Défier les Dieux cruels

MOLLY X. CHANG

DÉFIER LES DIEUX CRUELS

Traduit de l'anglais (États-Unis)
par Elisa Bes

OLYMPE

OLYMPE® *est une marque déposée,*
propriété des Éditions Denoël.

Couverture :
Design jaquette : Regina Flath
Illustration jaquette : Sija Hong
Illustration pages de garde : June Tran
Photo de l'autrice : Katrina Wong

Visuels intérieurs :
Photos © AnyaLi, bill81/AdobeStock.

Titre original :
TO GAZE UPON WICKED GODS

À mes grands-parents.
Pour les histoires qui ont inspiré ce livre
et pour m'avoir toujours rappelé que
si nos ancêtres ont pu survivre aux hivers
les plus rigoureux que l'homme ait connus,
à la guerre et à la famine, génocide après génocide,
alors je peux moi aussi survivre à n'importe quoi.
Ces souvenirs de vous m'ont donné le courage
de continuer, même dans les moments
où mener ce livre jusqu'à la publication
ressemblait à une mort par mille coupures[1].

1. Supplice infligé dans le cadre d'une condamnation à mort pour des crimes exceptionnels, où le condamné était soumis à un certain nombre de blessures plus ou moins graves jusqu'à ce que l'accumulation des dommages devienne fatale. *(Toutes les notes sont de la traductrice.)*

NOTE DE L'AUTRICE

Je me souviens des larmes de mon grand-père. De la manière dont sa voix se cassait quand il parlait, aussi bas qu'un murmure, des fantômes qui hantaient la Mandchourie. Des démons qui enlevaient les enfants désobéissants dans leur lit pour mener sur eux des expériences monstrueuses. Toute ma vie, j'ai cru que ces histoires n'étaient que du folklore, transmis de bouche à oreille. Une fiction, créée de toutes pièces pour me faire peur afin que je fasse bien mes devoirs. Ce n'est qu'en 2020, après la mort de mon grand-père, et alors que j'avais à la fois le mal de mon pays, la Chine, et le cœur lourd de chagrin face à la haine antiasiatique qui se répandait à travers le pays pour lequel j'avais quitté mon foyer, que j'ai compris que ces histoires représentaient bien plus que je ne le pensais au départ.

Cherchant désespérément à garder vivants mes liens avec mes grands-parents et ma patrie, je suis tombée sur des articles à propos de l'Unité 731, un endroit qui se trouvait à Harbin pendant la Seconde Guerre mondiale, à seulement vingt minutes de là où j'ai grandi. J'ai pris conscience que les récits de fantômes qui ont hanté mon enfance n'ont jamais été des « histoires ». Ce sont des souvenirs, enracinés dans la réalité. Ils sont une part de l'histoire, oubliée par beaucoup trop de gens. C'est pourquoi, bien que *Contempler les Dieux cruels* soit une fiction, ses inspirations sont très réelles. Tout l'est, depuis les expériences abjectes jusqu'aux hommes qui ont essayé de s'ériger en Dieux. Les terrifiantes histoires vraies de la Mandchourie sous les occupations russe et japonaise méritent qu'on se souvienne d'elles et qu'on les raconte à nouveau.

Ce qui est arrivé aux peuples de Mandchourie et de Chine a laissé un traumatisme si atroce que les survivants n'ont pas été capables de le raconter comme des faits historiques. C'est pour cela que mon grand-père mandchou et son peuple en ont fait la toile de fond d'histoires d'horreur avec des accents sinistres de paranormal, de fantômes et de démons. Ces souvenirs du passé sont devenus du folklore, transmis de parents à enfant alors que les Japonais niaient l'existence de l'Unité 731, niaient avoir versé le sang mandchou, niaient la souffrance et le traumatisme infligés aux générations successives, soudées entre elles par nos larmes.

Les histoires de mon grand-père étaient des graines, et j'espère que s'il était encore en vie aujourd'hui, il serait fier de l'arbre qui est né de ces graines : des histoires de tribus et d'Empires, des épreuves et de la souffrance de notre peuple, des étendues sauvages de la Sibérie et des ancêtres qui ont survécu, génocide après génocide. Aussi, de la chance que j'ai eue de naître de sang mandchou, de grandir sur la terre de Mandchourie. Mon grand-père disait que si nos ancêtres avaient survécu aux glaces de la Sibérie, nous pouvions survivre à n'importe quoi.

J'espère que s'il rencontrait Ruying, mon héroïne, il serait fier de sa farouche détermination à survivre. Exactement comme nos ancêtres, qui ont grandi à une époque où personne n'était en sécurité, où les gens étaient prêts à tout pour rester en vie.

La faim et la pauvreté. L'amour de la famille, le sentiment d'impuissance alors que tout ce qui était précieux dans notre culture, pour notre peuple, nous était arraché morceau par morceau parce que la Chine, aux balles et aux avions de ses envahisseurs occidentaux, ne pouvait opposer que des arcs et des flèches. Comment auraient tourné les choses si nous avions eu plus que cela ? Mon grand-père mêlait histoire et démons. J'ai choisi, quant à moi, d'ajouter de l'espoir à ses récits. Et si la magie dans nos anciennes épopées de Dieux et de héros avait été réalité ? Et si nous avions eu cette magie pour combattre leur science ?

Et si ?

Et si ?

Et si… ?

Dans *Contempler les Dieux cruels*, il y a beaucoup de choses : les histoires oubliées du Siècle de la Honte chinois, les choix difficiles qui ont dû être faits pour survivre dans un monde sans merci. C'est l'histoire d'une jeune fille asiatique à qui l'on a appris à se taire, qui rêve de pouvoir crier. Mais fondamentalement, c'est une histoire sur l'immigration et les sacrifices qui viennent avec elle : traverser les océans et les mondes, supporter les épreuves et l'incertitude pour donner une vie meilleure à ceux que vous aimez.

Cher lecteur, chère lectrice, j'espère que vous aimerez ce livre autant que moi. J'espère que vous lirez l'histoire de Ruying et que vous la verrez, non comme une méchante, mais comme une jeune fille qui aime sa famille, comme une victime de la brutalité du monde où elle est née, et qui fait tout ce qui est en son pouvoir pour défendre celles à qui elle tient. Même si cela veut dire trahir ses valeurs morales et travailler pour l'ennemi, commettre des actes impardonnables… Tant que cela lui permet de protéger sa famille.

PREMIÈRE PARTIE

天外之神

Les Dieux venus des cieux

Nos deux mondes se trouvent quelque part
entre la Vie et la Mort.
L'un a fait de la magie sa richesse.
L'autre a fait de la science son domaine.
Pangu était un paradis,
où magie et humanité vivaient en harmonie.
Rome était une planète d'un autre règne,
où l'électricité chassait jusqu'à la nuit
et où les moteurs se nourrissaient d'essences.
Nos mondes existaient en parallèle,
séparés par un Voile tissé par la Destinée elle-même,
jusqu'au jour où les Romains arrivèrent
du ciel comme des Dieux
dans leurs avions chargés d'armes à feu.
Au début, ils nous saluèrent avec des sourires.
Alors que nous les émerveillions avec notre magie,
eux nous stupéfiaient par leur technologie
qui rendait l'impossible
possible.
Un traité fut signé,
pour un âge d'union pacifique.
Nous pensions qu'ils étaient bienveillants et bons.
Jusqu'à ce que…

1

Le ciel pleurait de nouveau.

Tout autour de moi, mon monde pleurait. Des larmes grises, glacées, caressaient ma peau, tandis que je frissonnais dans la chaleur de l'été finissant. D'un pas mesuré, je franchis la Barrière qui coupait ma cité en deux moitiés, gardée par les soldats romains, poignes serrées sur les pistolets qui hantaient nos cauchemars, prêts à faire feu sur moi à la moindre provocation.

Je haïssais ces hommes. Je haïssais leurs visages fermés et leurs vêtements étrangers venus d'au-delà du portail miroitant, haut dans le ciel sombre, qui joignait à présent nos deux mondes. Cette fracture scintillante se dressait au-dessus de ma cité brisée comme l'œil aux aguets d'un Dieu vengeur qui n'était pas ici pour aimer et protéger, mais pour torturer.

Pour infliger un chagrin et une souffrance inimaginables, comme les Romains le faisaient depuis maintenant plus de deux décennies.

Chaque jour, je maudissais cette route, cette Barrière, leurs fusils chargés et chaque trace de Rome qui souillait mon monde comme une tache indélébile.

Et pourtant, je courbais quand même la tête devant eux, je parcourais cette route semaine après semaine sous leurs regards acérés pour me procurer la drogue qui tuait ma sœur à petit feu, mais sans laquelle elle serait morte aussi rapidement qu'une fleur séparée de sa tige. Au moins, avec l'opiane, Meiya pourrait vivre encore deux, trois, peut-être cinq ans comme Père l'avait fait.

Sans elle, elle risquait de ne pas passer la saison.

Certains Romains affichaient clairement leur haine et leur dégoût sur leur visage. D'autres, des rictus narquois et concupiscents. L'un d'eux pinça ses lèvres et lança un sifflement aigu qui me fit froid dans le dos.

La magie de la Mort pulsait doucement sous ma peau : des braises prêtes à devenir flammes à l'instant même où je les laisserais faire.

Je n'avais aucune raison de redouter ces hommes. Étant donné mes pouvoirs, je n'avais aucune raison de craindre qui que ce soit.

En courbant simplement la main, je pouvais puiser dans le royaume de la Mort, tout en teintes de gris crues, et arracher le *qi* de leurs corps jusqu'à ce qu'il n'en reste que des cadavres. C'était une tentation constante que de tout leur prendre, comme ils nous avaient tant pris.

Mais Grand-Mère m'avait enseigné la prudence. Une fille ne pouvait jamais faire assez attention en cette période de destruction coloniale, où la paix entre magie et science ne tenait qu'à un fil… Celui d'un couteau.

Je pourrais en tuer un, peut-être même deux ou trois, si j'avais de la chance. Mais je ne pouvais pas tuer chacun des Romains qui parcouraient cette cité, la tête levée avec arrogance, se croyant le droit de réclamer tout ce qui – et quiconque – leur plaisait.

Bien que les années aient passé, le souvenir restait vif comme un rêve tout récent : celui de la première fois où j'avais assisté au meurtre de sang-froid de l'un des miens aux mains des Romains.

J'étais encore une enfant, Père était encore en vie et aussi gentil qu'il l'avait toujours été.

Ç'avait été un meurtre par balle, à la manière d'une exécution. Et les doigts qui avaient pressé la détente n'appartenaient à nul autre que l'aîné de leurs princes : Valentin Auguste. À peine âgé de trois ans de plus que moi, il avait tué, devant des centaines de témoins, un homme qui avait eu la simple audace de poser des mains sales sur ses vêtements immaculés. Parce qu'il avait osé mendier auprès du prince la menue monnaie que celui-ci gardait négligemment dans ses poches. Quelques sous qui auraient permis à un père de donner à manger à son enfant affamé.

Si je fermais les yeux, je pouvais encore sentir la main tremblante de mon père tenir la mienne et l'odeur de la peur qui s'échappait de toute cette foule, comme une puanteur nauséabonde. La même peur qui émanait de ma propre peau au moment où j'avais entendu le *bang* retentissant. Une chose viscérale venue du fond de mon ventre.

Les Romains avaient le mal dans le sang, c'était ce qu'on disait. Mais il se racontait que Valentin Auguste était bien pire encore.

Des bruits couraient aussi sur ses deux frères, dans la cité.

Son cadet vivait à ses côtés sur Pangu, mais personne ne l'avait jamais vu s'aventurer au-delà de la Barrière.

Le troisième et plus jeune prince était un militaire assoiffé de sang et le seul resté à Rome en tant que bras droit de leur grand-père.

Leur fameux grand-père, puissant mais haïssable, dont le mépris pour mes semblables façonnait les politiques des deux mondes. Dont le cœur sans merci avait condamné mon Empire à son amer destin.

Cruels et monstrueux, ils l'étaient tous. Ces Romains se gorgeaient de pouvoir et de privilèges, comme la flamme d'une lampe en dévore l'huile.

C'est pourquoi je marchais à pas vigilants, les mains croisées sur ma poitrine, bien en vue. Silencieuse, tendue et craintive comme un fantôme prêt à s'évanouir dans l'air. C'était ainsi que l'on m'avait appris à me comporter parmi eux.

Il y avait eu trop d'histoires de soldats à la gâchette facile.

Trop de mises en garde de ma grand-mère.

Un geste de travers et ils pouvaient massacrer ma famille en représailles, comme ils l'avaient trop souvent fait quand des patriotes ou des martyrs refusaient de ployer le genou.

Dans cette cité maudite, tout le monde connaissait quelqu'un qui était mort entre les griffes de ces Romains qui jouaient aux Dieux avec leur science et leurs machines, réduisant notre Empire, jadis grand, à mendier des miettes de leur pitié.

Les récits d'horreur étaient mêlés aux récits de crainte respectueuse. Quand ils inspectaient nos rues, il valait mieux ne pas s'approcher de trop près.

Quand ce n'était pas le prince Valentin, c'était un autre noble ou soldat romain qui semait la terreur dans notre cité décrépite. Des hommes qui, dans un accès de rage, de lubricité ou d'un mélange tordu des deux, enlevaient les gens de mon peuple en pleine rue, les traînaient jusque dans des ruelles où leurs cris de terreur pouvaient être entendus de tous ceux qui passaient à proximité. Mais peu avaient assez de courage pour agir. Et parmi ces braves âmes, encore moins avaient la chance d'en réchapper pour pouvoir le raconter.

路见不平，拔刀相助. *Quand vous voyez quelqu'un en danger, tirez votre lame et venez à son aide.*

Mais qu'est-ce qu'une épée, face à une balle ?

Que peut la magie, face à la science ?

À quoi bon demander justice quand ces monstres répugnants vivaient au-dessus des lois, sans aucune décence ? Qui viendrait les punir ? C'étaient des mortels vivant comme des Dieux, avec un pouvoir tel que même notre jeune empereur Yongle était forcé de baisser la tête et de les laisser fouler sa dignité aux pieds… Comme l'avait fait son père avant lui.

Notre grand Empire était tombé bien bas. D'un immense fanal de pouvoir, rayonnant sur tout un continent, il était devenu un pantin, dansant au bout de ficelles au bon plaisir de Rome.

Tout ça en l'espace d'une vingtaine d'années.

Cet incident avec le prince Valentin avait peut-être été le premier où j'avais vu un Romain tuer l'un des nôtres de sang-froid, mais ce n'était pas la première fois que cela se produisait sur notre sol.

Et ça n'avait pas été la dernière non plus.

Un jour, un vieux père au corps affaibli avait essayé de demander justice pour son fils, tué par un groupe de dignitaires romains ivres parce qu'il avait osé les regarder avec mépris au lieu de s'incliner respectueusement. Un acte de défi qui lui avait coûté la vie. Ce père avait hurlé et s'était lamenté devant les portes de Rome, jusqu'à ce que les gardes l'abattent promptement et suspendent son corps à la Barrière pour une lune entière : un avertissement officiel à tous ceux qui s'aviseraient de manquer de respect à l'Empire romain.

Notre empereur, les gardes de sa cité et tous les généraux et gouverneurs censés nous protéger n'en firent rien, et restèrent cois.

Les Romains pouvaient nous brutaliser, nous tuer, nous faire des choses innommables, tant qu'ils rentraient de leur côté de la Barrière avant que les autorités les rattrapent, ils ne pouvaient pas être punis.

De toute façon, personne à Jing-City n'aurait eu le courage d'arrêter un Romain.

C'eût été une déclaration de guerre.

Et personne de sain d'esprit n'aurait voulu provoquer intentionnellement une chose aussi épouvantable pour quelques vies perdues. Les Romains connaissaient leur pouvoir, et ils n'hésiteraient pas à s'en servir.

Les lois des mortels ne s'appliquent pas aux Dieux : un proverbe murmuré dans le deuil et la détresse.

C'était peut-être notre monde, notre foyer, notre terre, mais les Romains s'étaient taillé un chemin dans nos vies à coups de fusil, de grenades et de machines volantes, des armes qui dépassaient nos pires cauchemars.

La guerre qui avait tué mon grand-père il y avait presque vingt ans avait commencé et s'était terminée juste avant ma naissance. Parce que les Romains nous avaient vaincus non pas en une année, en un mois, ni même en une semaine.

Ils nous avaient vaincus en un seul jour.

Comme pendant un orage, le ciel s'était empli d'avions qui avaient fait pleuvoir le feu et les balles sur le camp où les armées d'Er-Lang étaient stationnées : une bataille comme notre continent n'en avait jamais vu.

Et depuis ce jour, quand Rome nous disait de nous agenouiller, nous nous mettions à genoux.

Car nous savions que dans une guerre entre magie et science, nous n'avions aucune chance.

La défaite avait été si lourde que nos assaillants ne s'étaient sans doute pas satisfaits d'une simple reddition. Personne ne sut l'étendue du traité de paix ni tout ce que notre empereur avait dû céder pour s'assurer qu'aucune autre guerre n'aurait lieu sur notre sol.

Telle était la nature du pouvoir. Les décisions des empereurs n'étaient jamais portées à la connaissance de leurs sujets, qui se raccrochaient donc à la moindre rumeur, à la moindre spéculation, spectateurs impuissants des changements de leur cité. La moitié ouest de la capitale fut abandonnée aux Romains, et tous ses habitants furent expulsés, ou, s'ils avaient assez d'audace pour défier les vœux de ces tyrans sanguinaires, massacrés au bord de la Barrière, là où tout le monde pouvait les voir. Et l'opiane – la substance censée avoir déclenché cette guerre aussi brève qu'humiliante – avait inondé les rues pour ses prétendues propriétés : renforcer les Dons des Xianlings et éveiller la magie chez ceux qui n'étaient pas nés Doués.

Les années avaient passé en un clin d'œil. Des bébés étaient nés et avaient grandi.

À présent, l'Empire d'Er-Lang n'existait plus que de nom. Après la mort de l'empereur et après que son dernier fils survivant – âgé de trois ans de plus que moi, comme le prince Valentin – lui eut succédé sur le trône, les choses n'avaient fait qu'empirer.

Les Romains cherchaient à passer pour des Dieux, mais ils refusaient de répondre à nos interminables supplications.

Au lieu de nous accorder leur bienveillance, ils nous infligeaient persécutions et drames. Un chapelet infini de chagrins et de chaos politique avait tué l'ancien empereur à force d'angoisses. Certains murmuraient qu'il était mort d'une overdose d'opiane et avait accordé de plein gré à Rome de vivre au-dessus de nos lois, laissant leurs péchés impunis. Tout ça en échange d'un approvisionnement régulier de cette drogue prétendument divine.

La mâchoire serrée, je passai devant une musicienne de rue, qui faisait le ravissement d'une petite foule avec un spectacle d'ombres virevoltantes et de paroles aussi douces que le miel. Elle reprenait un chant ancestral que l'on nous avait appris quand nous étions enfants : « Nos deux mondes se trouvent quelque part entre la Vie et la Mort. L'un a fait de la magie sa richesse. L'autre a fait de la science son… »

2

Je pris une intersection et m'engageai le long d'une rue animée, dans la clameur des marchands occupés à monter les étals du marché nocturne. L'odeur des plats à emporter et des friandises confites envahit mes poumons, me mettant l'eau à la bouche.

La Tour du Lotus s'élevait au bord de la Barrière, surplombant une rangée de maisons romaines récemment construites et de cafés affichant des pancartes INTERDIT AUX PANGULAIS.

Bien qu'ayant déjà annexé la moitié de notre cité, les Romains continuaient de la dévorer, parce qu'ils savaient qu'ils le pouvaient. On aurait dit que rien ne parvenait à les rassasier, peu importe combien ils avaient déjà englouti.

Et nous n'avions aucun moyen de les empêcher d'acheter des terrains, qu'ils aient recours à un échange financier légal ou à de sombres procédés d'intimidation.

À cause de cela, ce qui avait été la plus florissante maison de thé au cœur de Jing-City tenait aujourd'hui le haut du pavé comme fumerie d'opiane et lieu de débauche.

À l'intérieur, sous les opulentes poutres rouges et les arcades en demi-lune, le monde vous aguichait avec des fumées dansantes et des soies vaporeuses, transparentes sur les corps qui les portaient. Des mains épaisses étalaient une profusion d'or et de jade, des poches étaient chargées d'argent. Des soupirs mielleux et des souffles chauds et caressants tourbillonnaient dans l'air, se mêlant au rire délicat des garçons et des filles de service.

Je tirai mon voile de satin sur le bas de mon visage, dissimulant tout ce qui était en dessous.

Ce n'était pas un endroit pour les jeunes filles respectables. Trop de membres de l'élite d'Er-Lang fréquentaient ces salons. Les mots étaient comme l'eau, et une seule rumeur suffisait à noyer la réputation d'une jeune fille pour la vie. Si je voulais m'assurer un bon mariage, je devais faire en sorte de ne pas être reconnue.

Pourtant, Azi me repéra à l'instant où j'entrai dans le hall enfumé. Je n'en étais pas à ma première visite. Ni à la deuxième. Ou même à la troisième. Ma sœur consumait ses doses comme le feu une traînée de poudre, et j'avais bien de la chance que Baihu me donne la drogue pour pratiquement rien.

Pour l'instant.

Tu entres et tu ressors. Pas de bêtises. Je ne pouvais pas risquer une autre dispute avec lui. Pas tant que la vie de Meiya dépendait des bonnes grâces de celui qu'on appelait le Tigre blanc.

Azi m'accueillit avec un profond salut, court-vêtue dans les soieries qui glissaient dangereusement de ses épaules nues. Ses paupières étaient enduites de fard romain et, quand elle me regarda à travers sa frange proprement coupée, il y avait un certain charme dans son regard. Mais tout ce que je voyais, c'étaient les marques des ecchymoses qu'elle s'efforçait de cacher.

Son visage s'éclaira d'un sourire délicat, chaleureux et familier, et tout mon dégoût et mes inquiétudes s'évanouirent.

C'était le Don d'Azi : la confiance et le réconfort. Une capacité à manipuler les émotions. Baihu la gardait sous la main afin que les hommes puissants s'épanchent et laissent échapper dans leurs murmures des informations interdites, pour les utiliser comme monnaie d'échange dans ses jeux de pouvoir et de politique.

La Tour du Lotus était une ruche bourdonnant de secrets et de mensonges, mais l'or et l'opiane n'étaient pas les seules choses qui s'y échangeaient. Le bon renseignement venant de la bonne personne valait davantage que toute l'opiane d'une ville.

« Il est là ? » demandai-je, mes mots chargés d'espoir.

Baihu ne passait que quelques jours par lune à Jing-City. Encore moins ici à la Tour du Lotus. Personne ne savait où il était le reste du temps, et je ne tenais pas à le savoir non plus. Si Baihu n'était pas là, tant mieux. Azi me donnerait la drogue, et je pourrais partir sans le croiser.

Aujourd'hui, je n'allais pas avoir cette chance.

Azi hocha imperceptiblement la tête, et mon cœur s'assombrit. « *Qing. Je t'en prie.* » Elle fit un geste vers l'escalier monumental qui montait depuis le hall enfumé où les clients ordinaires se retrouvaient sur des coussins de soie rouge en se passant de longues pipes d'opiane, gloussant et se balançant comme de molles marionnettes de chair affamées. « Il t'attend. »

Je pressai le dos de ma main contre mon nez, moins pour couvrir mon visage que pour ne pas respirer le parfum doucereux de l'opiane : une odeur qui ne manquait jamais de me rappeler les souvenirs glaçants de Père comatant dans la cour sous l'effet de la drogue. De Grand-Mère en larmes. Des créanciers furieux, martelant notre porte de leurs poings.

Cette odeur me donnait l'impression d'avoir encore sept ans, pleurant dans un coin sombre, impuissante alors que des étrangers venaient saisir des morceaux de notre foyer. La faim me tenaillait le ventre, le vent hurlant d'hiver lacérait ma peau, engourdie et gercée. Père avait dilapidé en opiane l'argent qui aurait dû nous servir à acheter du bois de chauffage jusqu'à ce qu'il n'en reste plus rien, pas même assez pour manger.

Je chassai ce souvenir. *Concentre-toi.*

Je suivis Azi dans les escaliers en bois grinçant, les mélodies du *gu-qin* et les tambours romains d'importation se faisant de plus en plus lointains.

Nous passâmes devant des portes en treillis bouché par du papier qui n'offrait que peu d'intimité vis-à-vis des rires bruyants de l'extérieur ou des gloussements étouffés de l'intérieur. Alors que nous montions les étages, les couloirs sinueux devenaient plus calmes, et les chambres, plus à l'abri des regards. Les murs peu décorés cédaient place à ceux ornés de sculptures et de tapisseries, de statues de jade et de vases délicats : des pièces de valeur historique qui avaient traversé les guerres et les changements dynastiques pour finir ici et servir de décoration à un boudoir respirant le stupre. Des panneaux de verre dépoli et de lourdes portes de fer avaient été installés pour protéger les secrets des hommes importants, ainsi que des rares Romains qui fréquentaient l'établissement pour ses alcools, ses jolis minois et pour y rencontrer les traîtres aux langues bien pendues dont ils bourraient les poches d'or.

Mais jamais pour l'opiane.

Ils connaissaient les conséquences mortelles de la drogue, en dépit des mensonges dont ils berçaient les gens de mon espèce.

Le bureau de Baihu était au dernier étage. Loin des vapeurs maladives, bien caché dans un coin discret.

Azi frappa trois coups. « Mlle Yang est là.

— Fais-la entrer », répondit une voix.

Azi s'écarta et attrapa mon poignet en un ferme avertissement alors que j'avançais ma main vers la porte. « Ne sois pas aussi dure avec lui. C'est quelqu'un de bien. »

Aucun homme qui touche à l'opiane n'est quelqu'un de bien. Encore moins si c'est lui qui la vend. Ces mots faillirent m'échapper, mais je me mordis la langue.

J'étais un pion dans la main de Baihu, je jouais son jeu.

Je baissai le menton, me forçant à acquiescer.

La porte s'ouvrit. Je ravalai ma fierté et entrai dans la tanière du tigre.

3

Baihu.
Le Tigre blanc.

Vêtu d'un costume trois pièces pourpre, rouge comme le sang – à la mode romaine –, l'homme qui se tenait derrière la table n'avait plus rien à voir avec le garçon gentil et timide de mes souvenirs d'enfance. L'ami, le voisin dont la mère à la santé fragile échangeait avec nous de la viande séchée et du chou mariné contre du riz en hiver. Le garçon qui regardait les feux d'artifice du Nouvel An assis sur le toit avec moi, qui avait pleuré dans mes bras quand sa mère était tombée malade et que son prince de père était devenu violent et cruel comme l'avait fait le mien.

Bien sûr, à vingt ans, Baihu n'avait plus rien d'un garçon.

Comme moi, il avait grandi trop vite.

Alors que je m'accrochais à ma dignité, Baihu avait choisi d'abandonner la sienne trois ans plus tôt, quand il s'était débarrassé de nos robes traditionnelles et avait coupé son chignon[1]. Il avait maintenant les cheveux courts, coiffés en arrière à la romaine. Chaque jour il ressemblait un peu plus aux faux Dieux de l'autre côté de la Barrière, comme s'il avait hâte de changer de

1. Il s'agit du chignon traditionnel masculin tel qu'il se portait dans plusieurs pays d'Asie, comme la Chine, la Corée ou le Japon, coupé en signe de renoncement, de transition vers une autre phase de la vie ou de déshonneur.

peau, d'effacer toute trace de son passé et de ressemblance avec nous, depuis son nouveau poste haut placé, en tant que bras droit du prince Valentin.

Aux yeux de quelqu'un d'autre, il était peut-être distingué, beau, un homme façonné et aimé par Nüwa elle-même.

Pour moi, il n'était rien d'autre qu'un traître. L'un des leurs, ni plus ni moins.

« Te revoilà, dit-il d'une voix aussi douce qu'une plume qui tombe.

— C'est la dernière fois, répondis-je. Meiya va arrêter. Elle va beaucoup mieux. Bientôt nous n'aurons plus besoin de faire appel à ta charité. »

Il fit un demi-sourire. « C'est ce que tu as dit la dernière fois. » Son ton n'était pas menaçant ni malveillant. Il parlait avec innocence, les sourcils froncés comme s'il s'inquiétait sincèrement.

Les papillons dans ma poitrine se changèrent en un poids. L'opiane était une toxine et les consommateurs qui essayaient d'arrêter survivaient rarement à la douleur et à la dégradation de leur corps durant le sevrage. Les probabilités n'étaient pas du côté de ma sœur. Et elles ne le seraient jamais.

Néanmoins, je croyais en elle. Meiya était forte et courageuse. Elle survivrait à son addiction.

Il le fallait.

L'opiane avait déjà emporté mon père. Je refusais qu'elle fasse de même avec ma sœur.

Mais j'avais beau avoir foi en elle, ce n'était pas plus facile pour autant de devoir retourner à la Tour du Lotus, encore et encore.

Dire que Baihu Er-Lang faisait partie des méchants aurait été pousser un peu loin. Mais c'eût été un mensonge que de le qualifier d'innocent. Il était quelque part entre les deux : dans la zone grise, entre blanc et noir. Autrefois, avant que sa mère n'ait consumé sa vie en fumée en tentant de soulager les douleurs de son corps malade, et avant qu'il n'ait vendu son allégeance aux Romains pour le pouvoir et la fortune, Baihu avait été mon ami. Quelqu'un que j'avais admiré : noble, bon et loyal.

Plus maintenant.

« Peut-être que l'opiane n'est pas aussi mauvaise que tu le penses, dit-il d'une voix aussi froide qu'une étoffe de soie n'ayant jamais été portée. Beaucoup de gens jurent par l'opiane pour ses effets surnaturels, tu sais. Elle améliore aussi les pouvoirs des Xianlings, et rend leur magie plus forte. Il paraît que l'ancien empereur lui-même en était très amateur. »

Ma frustration avait une couleur d'un pourpre sombre. J'essayai de déglutir. Un goût de cendre me vint à la bouche et brûla ma gorge avant de m'engluer les poumons.

« Oui, il adorait tellement ça qu'il a sacrifié sa fille unique à Rome en guise de garantie quand ils ont menacé de diviser par deux nos approvisionnements en opiane », rétorquai-je, avant de le regretter rapidement.

Belle et douce, la princesse Helei avait été la 掌上明珠 de l'ancien empereur, *la perle sur sa main*, la prunelle de ses yeux. En somme, la personne qu'il chérissait le plus au monde. Et maintenant, elle n'était plus qu'une assurance, une otage gardée par les Romains derrière leur Barrière altière, et qu'ils tueraient à l'instant où Er-Lang oserait défier leur souveraineté.

Quelle que fût l'exactitude de ce que je venais de lui rétorquer, Baihu était pour moi la dernière personne à insulter ou à offenser. Avec l'appui de Rome et l'oreille du prince, il était peu ou prou l'un des leurs. Un Dieu parmi les hommes. Au-dessus des lois, au-dessus des empereurs, au-dessus de tout. Et donc, en mesure de faire de ma vie un enfer d'un simple claquement de doigts.

« Ce n'est qu'une rumeur. » Il sourit. « Et même si c'était vrai, qu'est-ce que ça peut faire ? Rome demande des garanties pour s'assurer que l'Empire ne lui plante pas un poignard dans le dos, comme les nombreux conseillers du jeune empereur l'incitent à le faire. Tu crois que Rome est sourde à ce qui se chuchote dans les maisons de thé, ignore que des lettres s'échangent sur les marchés nocturnes et que le Spectre et toute sa racaille sèment la zizanie en appelant à la révolte dans les villages de campagne ?

— Ici, nous ne sommes pas en territoire romain. Ils n'ont pas le droit de dicter notre façon de vivre.» *Ces gens ont raison de se révolter, de vouloir plus, de vouloir mieux.* Mais je n'eus pas le cran de dire cela tout haut. Je prenais trop garde à sa colère, j'avais trop conscience que l'enveloppe mortelle de ma sœur avait aussi un besoin mortel de son opiane.

«Mais notre empereur, il en a le droit, lui? répliqua Baihu, avec des yeux si acérés et assassins que je sursautai presque sous le poids de son regard. Qui le lui a donné, Ruying? Parce qu'il est sorti du bon ventre, sous le bon nom de famille?»

Des mots comme du fil barbelé, que Baihu enroulait autour de lui, encore et encore, pour cacher sa douleur et son chagrin. Car s'il était né d'une mère comme il faut et avait été un enfant légitime, il n'aurait pas partagé seulement un lien du sang avec l'empereur, mais un droit de naissance qui l'aurait placé dans la ligne de succession. Et si une naissance de sang royal lui avait octroyé le pouvoir de gouverner, peut-être qu'il n'aurait jamais tourné le dos à sa patrie.

Avec sa détermination et son esprit, l'Empire aurait pu connaître un autre sort.

Notre monde même aurait peut-être été différent.

«Les jours des anciens Dieux sont finis, Ruying. La magie se fait de plus en plus rare dans les générations récentes. Maintenant qu'ils ne sont plus là, il est peut-être temps de jurer obédience à de nouveaux.»

Baihu avait raison. Même avant que Rome ne fonde sur notre monde, la magie s'était tarie au fil des générations, et elle était devenue plus difficile à manier. Le Don des Dieux s'échappait de nos veines, lentement – aussi bien dans les lignées royales que dans la masse du peuple. Ceux d'entre nous qui étaient nés avec un Don, les Xianlings, se faisaient de plus en plus rares et nos pouvoirs devenaient un pâle reflet de ce qu'ils avaient été chez nos ancêtres. Après l'invasion, les Romains s'étaient emparés des temples Wucai où les Xianlings avaient l'habitude de s'entraîner, et nous n'en étions devenus que plus faibles. Sans enseignement correct, notre magie demeurait brute et rebelle, inutile face aux balles de Rome.

Nous ne pouvons pas attendre que les Dieux viennent à notre secours. Nous devons nous sauver nous-mêmes : ces mots de Meiya résonnaient dans ma tête.

J'en avais mal au cœur. Mais comment pouvions-nous être de taille face à leurs armes à feu, leurs vaisseaux et tout l'arsenal invraisemblable dont la science les avait armés ?

Et quel serait le coût d'une telle guerre ?

La dernière fois qu'Er-Lang avait tenté de tenir tête aux Romains, il y avait eu des dizaines de milliers de morts en un seul après-midi. Que se passerait-il si nous essayions de répéter l'histoire ?

Que perdrions-nous, cette fois ?

Derrière Baihu, par les fenêtres de treillage ouvertes, les rues de Jing-City étaient belles et chaotiques. Les étroits passages fourmillaient d'une population qui se déchaînait en musique, en voix, en rires et dans les douces mélodies des artistes de rue pinçant les cordes des *erhu*[1] et des *pipa*[2]. La lueur des lanternes écarlates guidait les étrangers jusqu'à un bon lit et, par-dessus toute cette effervescence, le ciel bleu saphir du crépuscule embrassait des milliers d'étoiles éblouissantes qui brillaient comme des cristaux.

Là, j'imaginai Baihu, perché à la fenêtre, un pied sur le chambranle et l'autre appuyé sur la corniche du toit de tuiles, patient comme un prédateur, regardant les festivités tourbillonner dans les rues avec une avidité qu'il avait gagnée en se hissant toutes griffes dehors jusqu'à sa position de pouvoir.

Dans le lointain, la lumière dorée du palais royal flamboyait comme un deuxième soleil au bord de la ligne d'horizon. Mais le

1. Un instrument de musique traditionnel à deux cordes frottées, avec un long manche et une petite caisse de résonance en forme de cylindre, appartenant à la famille des vielles.

2. Un autre instrument, de la famille des luths, à quatre cordes pincées avec une caisse de résonance en forme de poire.

véritable maître de Jing-City et d'Er-Lang ne vivait pas derrière les puissants murs rouges du palais.

Il était ici et Jing-City le connaissait sous le nom de Baihu. Le fils bâtard d'un prince mort qui avait été l'oncle de notre empereur. Un traître qui avait tourné le dos à tout et tout le monde et dont la main contrôlait le pouls de l'opiane – la denrée la plus précieuse du pays.

En d'autres circonstances, j'aurais été fière de Baihu et de tout ce qu'il avait surmonté. De tout ce qu'il s'était acharné à devenir.

Son papa l'avait abandonné, sa maman, négligé. Ses cousins, les princes, s'étaient moqués de lui à cause de son statut d'enfant illégitime. Toute sa vie, on l'avait regardé avec dédain. Mais il avait prouvé que le monde entier s'était fourré le doigt dans l'œil, et il jouissait maintenant de plus de pouvoir que quiconque aurait pu rêver, et ce en faisant la volonté des monstres qui avaient ruiné nos vies et notre avenir.

Alors que notre peuple étouffait, Baihu se tenait la tête plus haute que jamais, drapé dans le sang versé par des gens comme mon père ou sa mère.

« Tu as la drogue ? » demandai-je en changeant de sujet pour repousser les souvenirs. Peu importe ce que Baihu avait été. La seule chose qui comptait, c'était qui il était en ce moment, et ce que je voulais de lui.

Je plaçai une petite bourse de soie sur la table. Les pièces tintèrent à l'intérieur : il y en avait tout juste assez. Le bracelet que j'avais laissé au prêteur sur gages aurait valu le triple de ce qu'on m'en avait donné en temps d'abondance, mais les troubles et l'instabilité avaient rendu les gens durs en affaires. Ce qui était autrefois prisé des riches, l'opulence et le superflu, avait perdu toute valeur – sauf l'opiane. Les gens n'ont que faire du jade, de l'or, de la soie chatoyante quand ils ont le ventre vide et qu'on les dépossède de leur foyer. Grand-Mère disait que pendant la guerre, un seul grain de riz valait dix fois son poids en or.

J'espérais que les choses n'en arriveraient pas là.

Mais ma part de réalisme me disait qu'un tel futur était inévitable. La seule question était : combien de temps nous restait-il pour nous y préparer ?

Baihu prit la bourse sans en vérifier le contenu et la déposa dans un tiroir, avec le reste de mes possessions. Des bracelets taillés d'une pièce dans le jade, des boucles d'oreilles ornées de perles et des pendentifs d'argent massif. Les seules choses que nous ait laissées ma mère, à ma sœur et à moi. Il les avait gardées. Comme des souvenirs de l'époque où je payais avec des objets en manière de gages.

J'avais changé la nature des paiements quelques mois auparavant. Cela impliquait l'effort supplémentaire d'aller au mont-de-piété mais avait l'avantage d'enlever tout aspect intime aux transactions.

Voir mes effets personnels cachés dans son bureau comme s'il s'agissait d'un trésor me fit quelque chose. Cela éveilla en moi un sentiment de malaise, de culpabilité et… d'autre chose.

Échanger des gages, c'était bon pour les amants.

Ce que Baihu et moi n'étions certainement pas.

Nous n'étions même pas amis. Plus maintenant en tout cas.

Pourtant, à une époque, rien ne m'aurait fait plus plaisir que d'être l'objet de son affection, d'échanger des babioles et de respirer le même air que lui. J'aurais adoré qu'il me regarde comme il le faisait à présent, avec des yeux si brûlants que mon pouls s'emballait.

Ses lèvres n'étaient plus qu'une fine ligne à force de retenir les mots. Quand nous étions enfants, ses yeux se posaient sur moi avec un tendre attachement. Mais à mesure que nous grandissions, cette tendresse s'était endurcie en désir, une sorte de convoitise que j'avais l'habitude de voir dans le regard d'hommes cruels.

Mais était-ce après mon corps qu'il en avait ou après ma magie ?

Sans me lâcher des yeux, Baihu tira finalement un petit paquet du tiroir du haut de son bureau. Je tendis instantanément la main pour l'attraper, mes doigts effleurant le parchemin juste avant qu'il ne le retire.

Il n'en avait pas encore fini avec moi. «J'ai entendu dire que ta grand-mère recevait des prétendants pour toi ?»

Je me forçai à hocher la tête et à participer à ces civilités factices. «Elle veut que je me marie bientôt, avant que les rumeurs de guerre ne se réalisent.»

Mon père avait peut-être perdu tout ce que nos ancêtres nous avaient laissé, mais le nom des Yang avait toujours du poids dans certaines parties de l'Empire. J'étais la descendante d'un général légendaire et d'une famille qui avait exercé la puissance militaire. Les soldats qui avaient servi sous les ordres de mon grand-père se rappelaient son nom et, à leurs yeux, c'était un honneur d'épouser une femme née dans le grand clan Yang.

Ça, et…

Baihu leva un sourcil, la chaleur de ses yeux en croissants de lune devenant suffocante. «Et toi, Ruying Yang, qu'est-ce que tu veux ?»

Il me démangeait de lui arracher le paquet qu'il couvait sous ses griffes.

«Est-ce que j'ai envie de m'enchaîner à la volonté d'un homme et de me plier à ses ordres pour toujours ?» J'en aurais presque ri. «Ma mère est morte en nous donnant la vie, à ma sœur et à moi, parce que c'est ce qui est attendu des femmes. Grand-Mère est la plus fine stratège de sa génération. Mon grand-père lui doit ses succès militaires, et personne n'a jamais entendu parler d'elle. C'est lui qui a reçu toute la reconnaissance à laquelle elle n'avait pas droit. Il a aussi eu les louanges, les applaudissements et l'admiration de toutes les filles en pâmoison qu'il mettait dans son lit pendant qu'elle avait le dos tourné. En dépit de tout ce qu'elle avait fait pour lui. Non, je n'ai pas envie de me marier. Mais ma famille a besoin d'une protection. Rome devient plus avide de jour en jour et, comme tu le dis si bien, les conseillers de l'empereur le poussent à riposter et à prendre les armes. Et le Spectre gagne des partisans parmi les rebelles à chaque nouvelle provocation de Rome. Trop de gens ont tout perdu, que ce soit du fait des Romains, à cause de l'opiane, ou bien par la lâcheté de notre empereur. Tous les jours, de nouveaux acteurs apparaissent dans ce jeu du pouvoir. Grand-Mère a peur que la guerre ne soit plus proche que nous ne le croyons, et je ne lui donne pas tort. »

Baihu prit un siège et s'installa confortablement tout en jouant avec la ficelle du paquet. Il versa deux tasses de thé et me désigna d'un geste le fauteuil de cuir de l'autre côté de la table.

Je ne m'assis pas, ni n'acceptai son thé même si mes poumons se délectaient déjà de l'arôme appétissant du *da hong pao* – un luxe dont ma famille était coutumière au temps où elle pouvait encore se le payer. À la place, je restai debout, le regardant de haut en imaginant que c'était moi, l'homme qui détenait le pouvoir d'un Empire, et lui la jeune fille démunie demandant aide et charité.

La magie de la Mort, chaude et réconfortante, picotait le long de mon bras. La tentation chantait sa mélodie pour me rappeler que je pouvais le mettre à genoux, si l'envie m'en prenait. Je repoussai la Mort au fond de ma tête pour qu'elle arrête de me narguer, me rappelant les paroles de Grand-Mère.

La magie se paie au prix fort, Ruying. Use de sagesse quand tu veux t'en servir.

« J'ai entendu dire que Taohua est rentrée pour une permission, dit Baihu d'un ton mesuré et prudent, comme s'il me jaugeait. Je me rappelle que vous étiez inséparables, enfants.

— Tu as peur que la puissante commandante d'Er-Lang soit ici pour occire le tigre apprivoisé de Rome ? » répliquai-je, mes mots plus blessants qu'il ne m'était permis. Mais je n'avais pas pu me retenir.

« Je pense que Taohua a bien assez à faire avec toutes ces rébellions qui éclatent à travers l'Empire. Les paysans assoiffés de sang et de justice qui sont prêts à renverser la dynastie Er-Lang dans leur fureur contre Rome, ce genre de choses. » Il sourit. « Ça ne te manque pas, à toi, l'époque où on était tous gosses, à courir dans les petites rues entre nos maisons, les jeux, les chansons ? Les jours d'insouciance, même s'ils n'ont pas duré longtemps ?

— Il n'y avait pas que ça. On détestait déjà le monde et les Romains pour ce qu'ils avaient fait de notre pays, murmurai-je. Tu t'en souviens, Baihu ?

— Bien sûr. Mais je me souviens surtout qu'on crevait de faim, et à quel point c'était merdique de vivre sans savoir quand j'aurais de nouveau à manger, pendant que ma mère était en larmes et que mon père se camait avec mon oncle, derrière les murs dorés de son palais, bien loin de nos problèmes de simples mortels. Par moments, je repense à ces jours où les choses étaient plus simples, dans cette rue de maisons déchues que la pauvreté envahissait peu à peu. Quand l'argent sortait des poches de nos parents pour aller dans celles de Rome. J'ai aussi des souvenirs d'il y a bien longtemps, quand on avait le ventre plein, qu'il y avait des banquets au Nouvel An et qu'on portait des robes en soie avec des broderies extravagantes. Au temps où mon père se souvenait encore de ses devoirs de père… J'avais douze ans quand il est mort. Le tien, c'était avant, c'est bien ça ? »

J'avais dix ans quand mon père avait rendu son dernier soupir. Nous étions finalement arrivés à court d'argent pour payer l'opiane qui maintenait son *qi* en état de brûler, et Grand-Mère avait été obligée de prendre une décision qu'aucun parent ne devrait avoir à prendre : choisir entre son fils et ses petites-filles. Au bout du compte, elle nous avait choisies, nous. Elle avait caché chaque sou, chaque petit bijou qu'elle pouvait trouver pour les garder hors de portée de ses mains voraces, afin qu'il nous reste quelque chose pour vivre. Pour que nous ayons une petite chance de mener une vie décente. Dans ses derniers jours, mon père nous aurait toutes vendues au bordel, s'il avait eu la force de nous traîner à travers la ville.

Mais au moins, à une époque de sa vie avant que tout ça n'arrive, mon père avait été quelqu'un de gentil.

Au moins, il avait été présent, même si cela remontait à bien longtemps.

Pour Baihu, ç'avait été une autre histoire. Son père l'avait abandonné, lui et sa mère, longtemps avant de mourir. Bien que de sang royal, il était cruel et égoïste. À une époque, il venait lui lire des histoires avant d'aller au lit et l'embrassait pour son anniversaire, mais le temps que Baihu soit assez grand pour pouvoir s'en souvenir, il s'était mis à le considérer comme un moins-que-rien, et à traiter sa mère encore plus mal. Sur la fin, il avait décidé que l'argent qu'il dépensait pour son fils bâtard serait mieux utilisé en opiane et en jeunes filles des maisons de passe.

Je connaissais la moindre cicatrice de Baihu, tout comme il connaissait chacune des miennes.

« Où tu veux en venir ? murmurai-je pour rompre le silence, ravalant les souvenirs amers dans mon esprit.

— Tu te rappelles quand on était gosses, continua Baihu, ses yeux rivés sur moi comme un tigre traquant sa proie, comme je plaisantais sur le fait que je t'épouserais un jour ? »

C'était le genre de choses qu'il disait, oui.

Des paroles en l'air, d'une époque depuis longtemps révolue, maintenant aussi dénuées d'importance que tous les jeux que nous inventions dans notre enfance. Je ne lui avais jamais raconté tous mes rêves pour nous deux à l'époque : un mariage heureux comme ceux des histoires que Grand-Mère nous racontait avant de dormir. Je voyais Baihu, grand et beau comme il était maintenant, exactement le genre de mari qui m'aurait choyée, aimée, protégée. Le genre d'amour capable de résister aux tempêtes les plus déchaînées.

À présent, ces rêveries naïves me faisaient doucement rire. Un amour comme ça, dans la vraie vie, ça n'existait pas.

Aucun n'était assez fort pour supporter la cruauté des Romains, le chaos et la misère qui avaient englouti notre Empire ces dernières années.

À quoi bon l'amour, alors que je ne savais même pas si nous aurions assez de nourriture et de bois pour passer l'hiver ? Ou si Baihu allait continuer à nous faire la charité, aumône après aumône, pendant que ma sœur peinait à se sevrer de l'opiane ?

Il y avait bien eu une version de moi qui faisait des vœux à chaque étoile filante, pour demander une vie simple et une famille heureuse. Mais elle avait été emportée il y avait longtemps par le deuil et la souffrance. Aimer était un privilège qui n'était pas donné à nous autres, nés en ces temps d'épreuves où la survie n'était jamais garantie.

Nous étions les fruits de notre environnement, de notre éducation.

Les promesses et les rêves d'enfance sont comme les graines de pissenlit : dispersés à la moindre brise.

Jamais Baihu ne m'épouserait. Mais j'étais choquée qu'il puisse encore se rappeler ces bêtises d'autrefois, alors que son esprit aurait dû être occupé à d'autres choses. Comme, par exemple, monter les échelons parmi les Romains et chercher à se venger des fils légitimes et nobles, de tous ceux qui avaient osé lui faire du tort.

Mais surtout, à trouver comment dormir la nuit, malgré toutes les horreurs qu'il infligeait à ceux de son propre sang. Ses ancêtres pleureraient dans leurs tombes s'ils savaient quel genre d'homme il était devenu.

Je promenai mon regard dans la pièce. Les denrées rares et précieuses de Rome nous entouraient de toutes parts : peintures à l'huile sur les murs, statues de jade, vases délicats façonnés par les meilleurs artisans. *De l'argent sale.* Qui revêtait le corps de Baihu, pendait à son cou, ornait ses doigts, imprégnait jusqu'à l'air que nous respirions. Tout cet argent venait des poches des consommateurs d'opiane et des larmes de leurs familles brisées.

« Les choses ont changé, Baihu », soufflai-je.

Le monde a changé. Nous avons changé.

« Tu as raison. Les choses ont sacrément changé, en effet. » Son sourire quitta son visage et son regard se fit dur. Je sentis l'air manquer autour de nous. « J'ai besoin de ton aide, Ru. »

Mon estomac se tordit. Je m'attendais à ce que ce moment arrive depuis des mois. Baihu était un homme d'affaires. Il n'y avait aucune chance qu'il m'accorde son aide par pure bonté d'âme. Il avait forcément une raison cachée.

« Je refuse.

— Tu ne sais pas ce que je vais te demander.

— À quoi d'autre pourrait servir une fille comme moi par les temps qui courent ? » murmurai-je, les non-dits restant suspendus entre nous, la magie me brûlant le bout des doigts. Le pouvoir de la Mort se faisait plus lourd à chacune de mes respirations.

Un pouvoir comme le mien, dans un âge sans foi ni loi comme le nôtre, faisait plus de mal que de bien.

« Cela fait vingt ans que notre Empire est vendu à Rome morceau par morceau, une rue après l'autre, secret après secret. Quel mal y aurait-il à enfreindre une ou deux lois sur la magie ? D'ailleurs, utiliser ta magie n'est pas contre la loi.

— Utiliser la magie pour commettre un crime, si. Pour autant que je sache, l'assassinat est un crime, non ? Ou les Romains ont fait un amendement dans les deux dernières minutes ?

— Je suis là. Je te protégerai. Je te protégerai quoi qu'il arrive, Ruying. Toujours. »

Je n'ai pas besoin de ta protection. Les mots s'enlisèrent au bout de ma langue. Je ne faisais que me leurrer. Même si j'aurais adoré que ce soit vrai.

« Si tu es si puissant, pourquoi tu ne t'occupes pas de le tuer toi-même, ton homme ?

— Parce que… » Il laissa sa phrase en suspens, prit une grande inspiration, pesant ses mots avec soin.

Il ne me faisait pas confiance.

Mes côtes se contractèrent sur mes poumons jusqu'à ce que je ne puisse plus respirer. Dans ma gorge, l'angoisse battait lourdement.

Je commençais à avoir une idée de qui pouvait être sa cible.

C'était la seule chose convoitée par un homme comme Baihu qu'il ne pouvait obtenir.

Quelque chose qui profiterait non seulement à lui, mais aussi aux Romains devant qui il se prosternait.

Le trône d'Er-Lang.

Ma magie était silencieuse et ne laissait aucune trace. Je pouvais tuer le jeune empereur sans impliquer Baihu ni ses maîtres romains. Une fois l'empereur effacé du tableau, il y aurait un vide dans le pouvoir, et Baihu serait parfaitement placé pour le remplir.

Tout bâtard qu'il était, rien ne pouvait effacer le sang des Er-Lang dans ses veines. Et avec l'appui de la puissance de Rome, il n'y aurait rien qu'il ne pût accomplir.

S'emparer du pouvoir serait aussi facile que de prendre ses bonbons à un enfant.

Baihu posséderait alors la seule chose qu'il ait jamais voulue : le pouvoir.

Et du même coup, Rome aussi.

L'empereur Yongle avait un peu moins de vingt-deux ans; il était tenu protégé du monde, encore inexpérimenté. Mais il n'obéissait pas à tous les ordres de Rome ni n'acquiesçait à tous ses avertissements. Ses conseillers y veillaient. Ils avaient guidé trois générations d'empereurs Er-Lang. Ces hommes avaient vécu assez longtemps pour se rappeler la gloire d'avant l'humiliation.

En dépit des rumeurs, j'aimais à penser que le jeune empereur était plus fin qu'il ne le montrait et plus capable que quiconque s'accordait à le dire.

Ce chaton geignard pourrait bien devenir un fauve, un jour.

Baihu, lui, serait toujours le pantin modèle pour les Romains. Tout ce qu'ils avaient à faire, c'était supprimer l'empereur actuel, et c'en serait fini d'Er-Lang tel que nous le connaissions.

« Il y a une chose qu'il faut que je fasse, Ruying. Et si tu me prêtes ton Don, je saurai te récompenser. Dis-moi quel est ton prix et je…

— Ma magie est tout sauf un Don », coupai-je d'un ton sec.

Mes yeux tombèrent sur le paquet d'opiane, et je me rappelai que Baihu n'était plus le gentil garçon dont le rire répondait au mien et dont les bras venaient m'entourer quand je pleurais.

C'était un prédateur.

Un tigre, avec des griffes et des crocs, qui se retournerait contre moi tôt ou tard.

Il ne me devait rien. C'était moi qui avais une dette envers lui. C'était grâce à lui que ma sœur était encore en vie. Sans lui – c'est-à-dire sans opiane –, les effets du manque auraient déjà tué Meiya comme ils l'avaient fait pour notre père.

Je baissai la tête.

« La magie de la Mort est une malédiction. Chaque fois que je m'en sers, elle arrache un peu plus de temps à ma vie. Tu sais quelles sont les conséquences.

— Je le sais, oui.

— Alors ne me demande pas de faire ça. »

Il hésita. Pendant un instant, une expression de compréhension se répandit sur son visage, douce et dorée comme un crépuscule d'été, et, bêtement, je pensai que la discussion était finie.

Mais la lueur trompeuse passa rapidement, remplacée par une sombre détermination, grise comme une lame acérée, qui venait de vaincre l'or d'un coup féroce.

« Quand la guerre arrivera, ce sera le chaos, et les lois qui protègent les Xianlings cesseront d'exister. Tu connais les histoires, Ruying, comme celles de l'empereur Qin qui a voulu conquérir le continent avec la magie xianling ? Comment il arrachait les bébés à leurs mères pour les entraîner afin d'en faire des tueurs ? Le trafic de Xianlings pour s'emparer de leurs Dons ? Cette ère d'atrocités n'a pris fin que quand les Dieux sont descendus de leurs demeures célestes pour se réincarner et défaire le tyran. Mais ils ne sont plus là maintenant, Ruying. Personne ne va venir nous sauver. »

Nous devons nous sauver nous-mêmes : les mots de ma sœur me revinrent. Parfois, chez Baihu, j'avais l'impression d'entendre Meiya.

Ça me faisait mal de l'admettre, mais il avait raison.

J'étais la jeune fille bénie par la Mort. À cause de ce pouvoir, j'avais une cible dans le dos. J'étais un outil que l'on voulait posséder, utiliser, exploiter. La seule chose qui empêchait que je vive dans une histoire d'horreur, comme celles qu'on racontait au coin du feu sur le compte du règne de l'empereur Qin, c'était la loi impériale contre le trafic de Xianlings. Et c'était encore une des choses qui viendraient rapidement à disparaître si, ou plutôt « quand » la guerre s'abattrait comme un marteau sur cette fragile illusion qu'était la paix.

Je devais me faire petite et garder le Don de la Mort secret. Si Rome ou l'Empire savait ce dont j'étais réellement capable, ils m'enverraient de force au combat, et je deviendrais la tueuse que j'avais cherché à fuir toute ma vie. Un monstre ne vivant que pour la destruction, troquant des lambeaux de sa vie contre une magie fugace, au nom d'une guerre vouée à l'échec. Je me retrouverais à combattre pour le compte d'individus qui ne me verraient jamais autrement que comme un pouvoir capable d'inspirer la peur, une arme à leur disposition.

« Si tu fais ça pour moi, reprit Baihu, je pourrai t'offrir ma protection et tellement d'argent que tu n'aurais pas besoin de te marier pour subvenir aux besoins de ta famille. »

N'importe qui d'un peu malin et doué de raison aurait accepté son offre : c'était la chose à faire pour survivre.

Mais l'empereur était l'élu du ciel, un descendant de ces mêmes Dieux qui, il y avait des milliers d'années, s'étaient réincarnés pour sauver les Xianlings. Tuer une personne de sang divin était un blasphème, un péché au plus haut degré.

Dans leurs corps réincarnés, les Dieux avaient connu la même mort que les hommes mortels, et leurs âmes étaient retournées à leur royaume céleste, nous laissant livrés à nous-mêmes. Leurs descendants, qui continuaient de régner sur le continent en dépit des guerres civiles, des soulèvements et des frontières mouvantes, étaient devenus le dernier fil qui nous reliait à eux.

Certains croyaient que ce lien était la seule chose qui maintenait ouvert le portail d'énergie entre notre monde et le leur. Si ces lignées venaient à disparaître, il se refermerait et la magie s'évanouirait de nos corps, laissant Pangu sans défense contre les tyrans et les envahisseurs.

Si je tuais l'empereur, le ciel me maudirait, moi et toute ma famille, nous condamnant à une vie de remords et de malheur.

Les légendes entourant l'origine de nos Dons étaient innombrables, et celle-ci pouvait être un conte de bonnes femmes comme un autre, mais personne de sain d'esprit ne se serait risqué à éprouver sa véracité.

En tout cas, personne ayant quelque chose à perdre.

Malgré tout ce que j'avais perdu, il me restait encore une chose : ma famille.

Jamais je ne mettrais leur vie en danger pour vérifier la légende.

J'entrouvris mes lèvres, essayant de parler, mais les mots ricochaient dans ma tête. Accepter l'offre de Baihu, c'était vraisemblablement la chose intelligente à faire, mais c'était loin d'être ce qu'on aurait pu appeler la bonne chose à faire.

L'expression de Baihu s'adoucit à mon silence, à l'hésitation qu'il percevait tandis que mon visage affichait clairement mon conflit intérieur.

« Tu veillais toujours sur moi quand on était enfants. Tu t'en souviens ? Laisse-moi te rendre la pareille, Ruying.

— Si tu voulais vraiment veiller sur moi, tu ne me demanderais pas de faire ça », murmurai-je, les yeux rivés sur le paquet qu'il tenait toujours.

Peu importe ce que je voulais ou non. Baihu avait l'opiane dans sa main et sa « charité » me tenait pieds et poings liés. S'il exigeait mon Don en paiement de la drogue, je n'étais pas en position de refuser.

Je ne pouvais pas regarder ma sœur mourir.

Ses lèvres s'étrécirent. La honte était muette et douloureuse. Il y avait presque du regret dans sa voix quand il dit « je sais ». Il se leva, lentement.

« Prends ton temps. Réfléchis à mon offre. Tu me donneras ta réponse la prochaine fois que tu viendras. Et rappelle-toi que j'aurais horreur qu'il arrive quelque chose à toi ou à ta famille. »

Mon cœur s'arrêta. « C'est une menace ?

— La tempête arrive, murmura Baihu, comme si je ne le savais pas déjà. Quand les Dieux sont morts, ils ont laissé le continent entre les mains de leurs enfants. Et pour un petit siècle, nous avons connu la paix et la vraie prospérité. Mais il y a une chose qu'on ne nous a pas apprise à l'école : pendant que passaient les âges, que certains Empires devenaient plus riches et d'autres plus pauvres au gré des sécheresses ou des inondations qui frappaient les différentes régions, nos empereurs ont commencé à lorgner les autres. Pour leurs terres plus fertiles, de meilleurs points d'eau, des montagnes riches en gisements d'or, de fer ou de métaux précieux. Des batailles et des guerres ont été disputées au nom des traditions, de la gloire ou pour honorer nos ancêtres, à une époque où la vérité était plus simple et plus humaine. Mais eux, ils ne se battaient pas pour les Dieux, qui étaient repartis depuis longtemps dans leur royaume céleste. Ils se battaient par pure cupidité, insatiable et sans fin. Pour l'orgueil et le pouvoir. Même avant que les Romains n'arrivent, la paix avait toujours été précaire, presque une légende. Er-Lang a toujours été un des Empires les plus riches et inébranlables. C'est bien pour ça que les autres Empires n'ont pas levé le petit doigt quand Rome a orchestré notre chute progressive. Après tout ce qu'on leur avait déjà volé, pour eux, ce n'était que justice qu'une nation plus forte vienne nous piller à notre tour. »

Je savais ce que Baihu essayait de me dire. Si les Romains pouvaient humilier Er-Lang aussi facilement, les Dieux seuls savaient ce qu'ils pourraient faire avec l'un des Empires plus faibles. Celui de Jiang, par exemple, avec sa magie déclinante et ses bruits de trafic de Xianlings, exactement comme au temps de l'empereur Qin. On entendait pléthore de rumeurs de disparitions de Xianlings à nos frontières. Des crimes qui ne seraient pas restés impunis quelque vingt ans plus tôt.

Mais maintenant, nous étions bien trop occupés avec nos propres problèmes. Comment prêter attention aux souffrances d'étrangers alors que nos familles mouraient de faim, que nos êtres chers succombaient aux overdoses, aux effets du manque, ou disparaissaient à cause de la cruauté des Romains ?

« Nos voisins nous ont abandonnés, reprit Baihu. Rome continue d'amasser du pouvoir. Elle s'est déjà associée avec l'Empire Jiang. Avant que tout ça ne commence, notre plus proche allié était Lei-Zhen, au nord, par les fiançailles de la princesse Helei avec leur prince héritier – une alliance en péril depuis que les Romains la tiennent en otage. Ne-Zha est trop loin à l'ouest pour se préoccuper des jeux diplomatiques de l'Est. Et le Sihai n'intervient pas dans les politiques du continent. Er-Lang est sans alliés. Nous n'avons cessé d'appeler nos voisins à l'aide, mais nous nous retrouvons seuls. Entre la cupidité de Rome et les conseillers de l'empereur qui le poussent à la guerre, la fin se rapproche plus vite que tu ne le crois. C'est le moment de choisir ton camp, Ruying.

— Vivre en traître comme toi ou mourir en héroïne ? » murmurai-je.

Combattre pour mon pays ou le trahir.

Er-Lang avait été fier et puissant pendant des millénaires, mais avec la magie qui s'éteignait dans nos veines et l'impossibilité de s'entraîner pour ceux qui possédaient le Don, nous étions maintenant des proies prêtes à être massacrées.

Les Xianlings n'étaient plus en sécurité. Tôt ou tard, je deviendrais une cible à abattre et, du même coup, Meiya aussi.

« Choisis ton camp, Ruying. » Baihu poussa le paquet vers mon côté de la table. Je l'attrapai des deux mains, avant qu'il ne change d'avis. Nos doigts s'effleurèrent, à peine.

Ses yeux étincelèrent douloureusement. Était-ce de la peur ou autre chose ?

« Je vais y réfléchir, dis-je. Je te donnerai ma réponse la prochaine fois que je te verrai.

— D'accord. » Il sourit.

Je souris de même et me fis cette promesse : *Il n'y aura pas de prochaine fois.*

4

Mon regard s'arrêta longtemps sur mes mains. Je me souvins de l'effet que cela m'avait fait, la première fois que j'avais tué quelqu'un. Ç'avait été un accident, un jour d'été où il faisait extrêmement chaud. Cet instant continuait de me hanter, des années plus tard. Je pouvais encore sentir les derniers éclats de son *qi* en moi, les couleurs brûlantes de la Mort.

La compassion de Baihu s'effilochait, ne tenant plus qu'à ses derniers fils. Qu'allait-il faire si je refusais sa proposition ?

Si je provoquais sa fureur, qui sait ce qui arriverait ? À moi ou à ma famille ?

Il en avait le pouvoir.

Est-ce que le garçon timide de mes souvenirs, d'une vie plus simple et plus libre, existait encore quelque part en lui ? Ou Baihu avait-il réduit en cendres ce qu'il avait été en prêtant allégeance à Rome ?

Le paquet dans ma main était important, il y en avait assez pour faire tenir Meiya toute une lune. Mais est-ce que ça lui suffirait pour se sevrer de cette drogue ? Le syndrome de sevrage était dangereux, mortel, même. Un arrêt brutal pouvait mettre sa vie en danger.

Nous allions devoir y aller doucement pour donner à son corps le temps dont il avait besoin.

Tout ce que j'espérais, c'était faire durer cette dernière réserve le plus longtemps possible.

Dehors, le ciel était devenu sombre, passant du crépuscule à la nuit. Le bureau de Baihu en haut de la Tour du Lotus brillait comme un phare, d'une lumière trop forte qui n'était pas naturelle, produite par des lampes alimentées par l'électricité grésillante au lieu de la flamme des bougies.

Je pris le temps de profiter de cette vue. La prochaine fois, il n'était pas sûr que je puisse repartir aussi facilement.

S'il le décidait, Baihu pouvait très bien utiliser la vie de Meiya comme moyen de pression en faisant en sorte que plus personne en ville ne me vende d'opiane. C'eût été la façon la plus cruelle de me forcer la main.

S'il en arrivait là, je capitulerais, prête à faire tout ce qu'il m'ordonnerait.

Et il le savait.

Je devais tellement à Meiya qu'une vie n'aurait pas suffi à le lui rendre, y compris s'il fallait tuer pour ça. Si Baihu me demandait ma vie en échange de la sienne, je me rendrais sans hésitation.

Si devenir une meurtrière était ce qu'il fallait pour protéger ma sœur, je le ferais. Mais ça ne voulait pas dire que je n'essaierais pas d'abord de trouver une alternative.

« Traître », marmonnai-je à voix basse, dans un éclat de rage. Une bien petite manifestation de défi, qui n'arriverait jamais jusqu'à ses oreilles.

Je pressai le pas. Grand-Mère n'aimait pas que je rentre à la maison après le coucher du soleil. Je gardais ce qui restait de mes pièces à l'abri loin dans mes manches, hors d'atteinte des voleurs à la tire, tandis que je frôlais les épaules des badauds et des marchands beuglant leurs réclames. Le marché nocturne était bondé de fermiers qui vendaient leurs produits à la criée, éclairés par la lumière vive des lanternes. L'atmosphère était chaotique mais réconfortante. Cette multitude étourdissante de distractions m'aidait à oublier mes soucis et à retrouver le sourire à la vue des parents flânant avec leurs enfants, des amoureux main dans la main ou des amis bras dessus bras dessous.

Sous la lumière diffuse du portail céleste et dans l'ombre de la Barrière, la menace de la guerre flottait comme un air vicié. Mais malgré tout, le bonheur réussissait à s'enraciner en joies éparses. C'était tout ce qu'il nous restait.

Dans les coins sombres, sur les murs croulants et les poutres écaillées étaient placardées des affiches noir et rouge que j'avais déjà vues mille fois, éparpillées dans les rues ou collées à la hâte. Cette fois, je leur prêtai plus d'attention.

Car quelques jours plus tôt, j'avais trouvé une pile de ces affiches, cachées dans la chambre de Meiya.

Rejoignez la rébellion. L'humiliation doit s'arrêter maintenant.

Rejoignez le Spectre. Soyez du bon côté de l'histoire.

Partout à travers le continent, des rebelles se faisaient passer pour des martyrs ou des justiciers et risquaient leur vie en attaquant les convois d'opiane. Petites représailles qui ne pesaient pas lourd dans le tableau d'ensemble. Ces rebelles mouraient, versaient leur sang et épuisaient leur magie pour quelques feux de célébrité et avoir le sentiment de servir la justice.

Les promesses du Spectre étaient-elles montées à la tête de ma sœur ? Que faisait-elle avec ces affiches ? Est-ce que c'était pour ça qu'elle était tombée dans l'opiane au départ ? Une petite crapule lui avait peut-être fait gober une histoire selon laquelle l'opiane renforcerait son Don ou transformerait sa magie… en quoi ? Quelque chose qu'elle n'aurait jamais dû être ? Une tueuse, comme moi ?

Ce qu'on prétendait sur l'opiane n'était pas entièrement faux. Elle augmentait la magie de la même façon que l'huile attise le feu. Mais plus nous brûlions fort, plus nous nous éteignions vite. Les effets de la drogue de Rome sur mon peuple n'étaient que temporaires et toujours de courte durée. Était-ce là la vérité qu'elle me cachait ? Qu'elle était devenue accro à la drogue qui avait tué notre père, tout ça pour se battre pour une cause futile ?

Les héros meurent. Les lâches survivent.

La proposition de Baihu résonna tout bas à mes oreilles, obsédante. *Je saurai te récompenser.*

Et moi, étais-je une héroïne ou une lâche ?

Je chassai cette pensée et continuai d'avancer. Au coin de la rue, une vieille dame aux cheveux grisonnants se tenait perchée sur son chariot de fruits : des cenelles d'aubépine, des prunes, des kakis et des litchis, empilés bien soigneusement. Les fruits étaient mûrs et joufflus, éclatants de couleurs qui promettaient du sucre à chaque bouchée.

Les litchis me mirent l'eau à la bouche, mais l'image de Meiya avec ses os saillants, ses joues creuses et son minuscule corps frêle apparut devant mes yeux. Elle s'efforçait de draper ses robes aussi serré autour d'elle que possible, mais il n'y avait aucune chair sur laquelle le coton fluide aurait pu trouver prise. C'était l'un des pires symptômes du manque. Il lui coupait l'appétit pour tout sauf l'opiane, et son corps s'étiolait comme poussière au vent.

Je cherchai des doigts les pièces dans le fond de ma poche. Les prix de la nourriture grimpaient un peu plus chaque jour. Quand le sort finirait par pencher en faveur de la guerre, ils partiraient en flèche. Et à ce moment, comment pourrions-nous nous en sortir, toutes les trois, alors que nous survivions déjà avec peine ?

Ma conscience me sermonna : *Tu devrais garder ces quelques pièces pour les jours de vache maigre.* Mais ma sœur méritait une petite douceur. Une touche sucrée dans ces jours d'amertume interminables.

Demain, cela ferait dix jours qu'elle n'avait pas touché à l'opiane. Le plus longtemps qu'elle ait tenu depuis que j'avais découvert son addiction. Elle méritait quelque chose pour marquer le coup. Les cenelles coûtaient cher, mais le sourire de Meiya valait bien ça. Peut-être qu'au moment où je les lui offrirais, elle me détesterait un peu moins, et nous pourrions de nouveau être celles que nous étions avant : des sœurs, les meilleures amies l'une pour l'autre.

Fruits et argent changeaient de mains quand éclata un bruyant coup de gong.

« Approchez, approchez ! Mesdames et messieurs, je suis sur le point de changer votre vie. » Un jeune homme en robe de lin noire s'égosillait depuis un carrefour de larges rues un peu plus loin devant moi. Un public de curieux aux yeux écarquillés se rassemblait en cercle autour de lui. « Est-ce que, parmi vous, quelqu'un a un opiamane dans son entourage ? » héla l'homme.

Je lâchai un soupir, connaissant déjà la suite. Encore un faux antidote. Une chose dont on ne manquait jamais dans cette ville, c'étaient bien les mensonges, qui faisaient leur proie des plus vulnérables.

D'abord, ils nous avaient vendu l'opiane comme un produit aux vertus miraculeuses : faire accéder les gens normaux à la magie xianling ou la renforcer. M<ême la pousser jusqu'à des sommets quasi divins. Maintenant, ce que les escrocs vendaient aux opiamanes qui s'étaient mis sur la paille pour ce poison et ses extases maladives, c'étaient des boniments.

Si vous étiez un peu futé, vous passiez votre chemin. Les désespérés se précipitaient pour demander le prix. L'espoir était précieux, et certains auraient donné n'importe quoi pour s'y accrocher quelques secondes pendant qu'il battait des ailes.

Je me dépêchai de m'éloigner en faisant la sourde oreille, et me trouvais au bout du marché quand une mélodie troublante m'arrêta, pour la deuxième fois de la soirée.

Là, sous les arches qui marquaient les limites du marché, une fille aux habits grisâtres et tachés de boue était assise à genoux, et sur ces derniers reposait un *erhu*. À côté d'elle, d'une natte en bambou dépassait une main. Une main maigre et inerte, à la peau pâle et transparente comme du papier de riz sur laquelle s'étalaient des veines sombres.

Je n'avais pas besoin de m'approcher pour savoir ce qu'il y avait sous la natte, ni ce que la fille faisait ici.

Encore une vie volée par la drogue de Rome, prête à être fauchée du jour au lendemain.

L'espace d'une seconde, le visage de Meiya jaillit devant mes yeux, me donnant le frisson. À côté de la fille, sur une planche, on pouvait lire les mots 卖身葬母. Elle se vendait pour payer les funérailles de sa mère.

Ma gorge se serra et je sentis rapidement le chagrin monter en moi.

Ne t'arrête pas. C'est ce que j'essayais de me dire. *Ce n'est pas ta mère et ça ne te concerne pas.* Des filles comme ça, il y en avait plein les rues, de jour comme de nuit. Je ne pouvais pas aider toutes celles que je croisais.

J'arrivais tout juste à m'en sortir moi-même.

À Jing-City, les mendiants étaient vus comme une source d'ennuis et on les évitait à tout prix. Il valait mieux que je fasse un détour plutôt que de l'aider et de prendre le risque qu'elle me confonde avec une espèce de sainte. C'est alors que je vis un jeune homme, pas beaucoup plus vieux que moi, qui écoutait la fille. Debout, fier et la tête bien levée, les yeux fermés pour mieux profiter de la mélodie cadencée qu'elle tissait sur les cordes de l'instrument au son plaintif.

Il avait la peau pâle et les cheveux sombres, avec des boucles douces coupées court près de son visage. Même à la distance où je me trouvais, je pouvais voir qu'il était beau, bien que d'une façon inhabituelle pour Pangu. Le nez fort, les lèvres charnues, les sourcils arqués, les yeux arrondis : ses traits étaient marqués, comme ceux de la sculpture que les Romains avaient offerte à l'ancien empereur à leur arrivée, et qui avait été installée sur la place près du palais. *Caesar Auguste*, un de ces souverains légendaires de Rome, d'un passé millénaire. Leur premier empereur.

Quelque chose dans le visage de ce jeune homme me rappelait la statue.

Je ne m'aperçus que j'étais en train de le fixer que lorsque ses yeux rencontrèrent les miens, verts comme du jade de grand prix.

Les vêtements qu'il avait sur le corps étaient taillés, et de la meilleure facture : un costume bleu nuit avec des boutons de manchette brillants. Il portait une montre d'or à son poignet gauche et ses doigts étaient parés de plusieurs anneaux. Tout, depuis son habillement jusqu'à son maintien, annonçait richesse et pouvoir.

Le garçon était romain. Son argent sale le signalait clairement, au cas où son visage n'aurait pas suffi.

Quand la chanson fut terminée, il se pencha pour donner à la fille une unique pièce d'or. Assez pour enterrer sa mère dix fois de suite.

L'envie monta en moi, rapide et brûlante. Envers la fille, avec la petite fortune qui venait de lui tomber du ciel, et envers le privilège vertigineux que le Romain tenait dans le creux de sa main. Sa bourse de soie contenait plus d'or que je n'en verrais de toute ma vie. Notre or à nous, arraché aux mains inertes de mon peuple.

Débordant de joie, la fille fit le *ketou* pour le remercier. Elle s'agenouilla, s'inclinant jusqu'à ce que son front heurte le gravier si fort que j'entendis l'écho de son crâne. Plus votre tête faisait de bruit en cognant contre le sol, plus le respect que vous témoigniez à la personne était profond. La manière dont elle venait de le faire pour ce Romain aurait convenu à un Dieu.

Interdit et désorienté par notre coutume, le jeune homme posa vivement sa bourse par terre et l'aida à se relever. « Tu vas te faire mal. »

Il avait suffi qu'une de nos traditions vienne se télescoper avec les leurs, et une quantité suffisante d'or pour toute une vie se retrouvait à traîner par terre, comme une chose sans importance.

Mon regard se fixa dessus.

Je vis passer les yeux durs et sans merci de Baihu.

Meiya et son doux souffle court.

Grand-Mère toute courbée, dont les jambes semblaient se mettre à trembler quand elle restait debout trop longtemps.

Un garçon romain pourri gâté avait probablement tout ce qu'il pouvait vouloir dans la vie, et sa bourse ne risquait pas de lui manquer. Mais dans mes mains, elle pouvait faire la différence entre la vie et la mort.

Je me rapprochai, à pas de loup, aiguillonnée par le désespoir. Avec autant d'argent, je n'aurais plus à dépendre de la pitié de

Baihu, ni à épouser un homme que je n'aimais pas pour subvenir aux besoins de ma famille.

Toute ma vie, Grand-Mère m'avait appris à être prudente.

Mais cette fois, je n'allais pas l'être.

Ce qui arriva ensuite se passa très vite.

J'avais la soie froide entre le bout de mes doigts. Un torse massif percuta mon épaule. Une main essaya de m'agripper, mais je dus être plus rapide qu'elle, car un instant plus tard, je m'enfuyais en courant, pressant la lourde bourse d'or contre ma poitrine, jouant des coudes pour me frayer un chemin à travers la foule jusqu'à la pénombre des ruelles sinueuses.

Le Romain cria pour que quelqu'un m'arrête, mais personne ne bougea. La moitié des gens dans la foule aurait fait la même chose à ma place, et l'autre moitié n'avait simplement pas envie de se mêler des ennuis de quelqu'un d'autre. Haletant pour reprendre mon souffle, je déguerpis, courant à travers les ruelles comme si ma vie dépendait de cette fuite. Parce que c'était le cas. À Jing-City, les délits perpétrés à l'encontre des Romains étaient automatiquement punis de mort.

Pas d'exceptions.

Et pas d'hésitation.

Je venais de commettre le crime suprême, et si je…

Quelque chose bondit sur moi. Une poigne d'acier m'attrapa par la gorge et me précipita au sol. Le gravier m'écorcha la paume des mains jusqu'au sang, laissant une sensation brûlante sous les manches déchirées de ma robe préférée. Je sentis un goût de cuivre dans ma bouche. J'entendis mon coude craquer contre la pierre, le corps de mon assaillant pesant de tout son poids sur le mien, alors que je me débattais pour essayer de respirer. J'eus à peine le temps de me retourner pour le voir lever le poing, prêt à frapper.

«Je vais vous donner une bonne leçon, ordures de sauvages, ça vous apprendra à voler un Ro…»

Je ne voulais tuer personne. Mais visiblement, ce n'était pas le cas de ce Romain et du chien enragé qui lui tenait lieu de garde.

J'attrapai la main de celui-ci, celle qui agrippait ma gorge comme la serre d'un faucon. Mon Don n'avait pas besoin que nos peaux se touchent, mais Grand-Mère disait que ça m'aiderait à le contrôler.

«Je suis désolée», soufflai-je d'une voix étranglée.

Les fois où j'avais utilisé la magie de la Mort se comptaient sur les doigts d'une seule main, bien que la tentation soit constante. C'était un murmure que je repoussais toujours vers le fond de mon esprit, un picotement dans mes mains que je me forçais à ignorer. Chaque seconde de chaque jour. Après l'Accident, c'est-à-dire après que j'eus réalisé à quel point il était facile de détacher les âmes de leur corps périssable, je m'étais promis d'utiliser mon Don seulement pour les cas de vie ou de mort.

Et là, c'en était un.

Et je ne voulais pas mourir.

Alors, pour la première fois depuis des années, je cessai de résister aux impulsions enjôleuses qui hantaient chacune de mes pensées éveillées.

Comme une pierre s'enfonçant sous la pression, je me laissai tomber dans les bras de la Mort.

Une chaleur familière et apaisante m'entoura, me donnant le sentiment de rentrer à la maison.

Les couleurs se délavèrent pour disparaître alors que je glissais entre les mondes, jusqu'à ce que tout se fonde en teintes de noir et de blanc, comme une aquarelle regardée de trop près. L'or était la seule autre couleur qui existait, dans les lueurs du *qi* qui résidait en toute chose et liait les âmes des mortels aux corps périssables. Avec délicatesse, mais solidement, j'enroulai mes doigts autour des courants palpitants de cette scintillante poussière dorée. Et je tirai.

Tout s'échappa à flots. L'énergie coula dans mes mains, déferla à travers moi en une marée montante qui vida pratiquement tout l'air de mes poumons sous son choc. Puis elle se répandit, vibrant doucement dans mes veines à la façon du vin capiteux que buvait Père pour apaiser son chagrin avant qu'il ne se change en rage.

Comme l'opiane, que j'avais pressée contre mon nez, un jour, quand j'étais enfant. Juste pour essayer. Pour assouvir mon insatiable curiosité envers la substance dont tout le monde parlait.

C'était le même genre de sensation, mais en mieux.

Tellement mieux.

Une symphonie rugissait dans mon crâne et tremblait dans mes os. C'était au-delà du plaisir permis par la condition mortelle, ça dépassait tout ce que le règne de la vie pouvait m'offrir.

Cette transe prit possession de moi à peine un instant, avant que les hurlements de l'homme ne déchirent la ruelle, leur écho résonnant sur les vieilles pierres.

Quelque chose brûlait dans ma poitrine, et devenait de plus en plus chaud alors que la magie de la Mort arrachait le *qi* de son corps et le tirait jusque dans le mien.

Vite, beaucoup trop vite.

J'essayai de l'arrêter, de la contrôler, mais la magie était une arme que je n'avais jamais appris à manier.

De la sueur perla sur ma peau. La couleur se retira du visage de l'homme et ses yeux devinrent vitreux. Ses plaintes se firent rauques alors que je dévorais son énergie d'une main et la donnais en pâture à la Mort de l'autre. Mon corps n'était qu'un réceptacle, acheminant l'énergie du monde des vivants vers celui des morts.

« Arrête ! cria-t-il. Pitié ! »

Ceux qui disaient que la Mort était indolore ne m'avaient manifestement jamais rencontrée.

Je sentis son *qi* s'épuiser et son âme commencer de se détacher.

Ça suffit ! Je voulus hurler, pour que tout s'arrête. Je tentai de reculer, mais la Mort n'en faisait qu'à sa tête. La magie s'accrochait à l'homme comme une bête affamée refusant de lâcher son festin, dévorant plus de *qi*, plus d'énergie, engloutissant tout devant elle. La Mort continuait d'aspirer les poussières d'or, de plus en plus vite, alors même que je me débattais pour lâcher prise.

Les Dieux t'ont offert un Don pour une raison. Tu es née pour tuer, mon enfant.

« Aidez-moi ! hurla l'homme. Je vous en prie ! »

Es-tu une héroïne ou un monstre ?

« Pitié, arrête ! »

Au dernier moment, alors que son *qi* devenait faible et diffus comme une fleur en train de faner, je réussis à le repousser. Son corps, flasque et sans force, était plus léger qu'auparavant.

Je me remis péniblement debout, vacillant sur mes jambes.

L'homme vivrait. Quelques volutes d'énergie s'accrochaient encore à lui.

Une grâce.

J'avais fait preuve de clémence. Bien plus qu'il n'aurait fait pour moi.

À Er-Lang, la magie n'était pas prohibée. Mais l'utiliser pour commettre quelque chose qui l'était – comme un vol ou attaquer un Romain – pouvait me valoir d'être envoyée à l'échafaud.

Je n'étais pas encore prête à mourir. J'avais trop à faire encore, et trop de raisons de vivre.

Avant que je n'aie le temps de me mettre à courir, je surpris un éclat vert dans la pénombre du bout de la ruelle.

« Qu'es-tu ? » L'exclamation était basse, teintée à la fois de peur et d'ébahissement. C'était le Romain dont j'avais volé l'argent qui se tenait de l'autre côté de la venelle. Il avait tout vu. Il me contemplait d'un air stupéfait, incrédule, comme s'il ne pouvait admettre l'existence d'un tel prodige. Pistolet à la main, le doigt sur la détente.

Je m'attendais à ce qu'il tire d'un instant à l'autre.

Il n'en fit rien.

Au lieu de ça, il me sourit. D'un large et beau sourire qui monta jusqu'à ses yeux fascinés, et qui me cloua sur place une seconde de plus que je ne pouvais me le permettre, étant donné le danger qui m'entourait.

Il leva sa main libre, comme pour m'inviter à m'approcher et discuter.

Je n'étais pas le genre de gamine des rues assez idiote pour tomber dans le panneau.

Quand le reste de ses gardes se précipita dans l'étroit passage, il mit immédiatement les mains en l'air et leur cria : « Baissez vos armes ! »

C'était donc ça : il me voulait vivante.

Je reculai en trébuchant, tentant de rassembler ma magie, mais mes muscles étaient endoloris et mes poumons à bout de souffle. Je n'avais pas l'habitude de mobiliser mes pouvoirs plusieurs fois de suite en si peu de temps, et mon corps était déjà au bord de l'épuisement après ma course.

J'essayai de l'atteindre, mais son *qi* me fila entre les mains, pugnace et rétif. Cet homme avait trop de raisons de vivre pour être ébranlé par ma magie mal dégrossie.

Merde.

J'étais sur le point de m'enfuir la queue entre les jambes quand une ombre mince et élancée se rua dans l'allée. D'un seul coup de poing, elle flanqua par terre le garde le plus proche.

La silhouette était à peine plus grande que moi et trop légèrement bâtie pour pouvoir mettre au tapis un homme de deux fois sa taille aussi facilement.

C'est alors que je vis son visage délicat et son sourire enchanteur.

« Taohua ?

— Je ne peux pas te laisser toute seule pendant deux secondes, pas vrai ? pesta-t-elle en me prenant par la main. Allez, cours ! »

Je n'eus pas besoin qu'elle me le dise deux fois.

5

Filant à fond de train, nous laissâmes derrière nous la rumeur des grosses artères et le murmure des ruelles pour entrer dans une partie plus silencieuse de la ville située à l'est du palais, où les demeures dotées de cours intérieures étaient assez vastes pour abriter de plus grandes familles. Avant l'arrivée des Romains, ç'avait été l'un des quartiers les plus riches de la ville, débordant de boutiques spécialisées en calligraphies et antiquités, avec une abondante clientèle aisée.

Maintenant, ces cours étaient bourrées de squatteurs et de générations de familles rassemblées sous le même toit. La peinture s'écaillait sur les murs, pendant que la rue de mon enfance tombait en ruine au ralenti. La plupart des familles qui avaient vécu ici quand j'étais petite avaient disparu à présent, tuées par l'opiane ou mises à la porte par les créanciers qui avaient enfoncé leurs portes et pillé leurs foyers.

Haletantes, Taohua et moi nous cachâmes dans un coin sombre à quelques rues de ma maison, tendant l'oreille au cas où le bruit des pas de nos poursuivants se ferait entendre. Quand seuls nous parvinrent le grondement de la ville et celui des battements de nos cœurs, j'éclatai de rire.

La faim ardente de la Mort me collait encore à la peau, douloureusement. C'était un sentiment de manque qu'une seule chose pouvait combler : assécher les courants d'essence vitale des âmes. Je pris plusieurs grandes inspirations. La Mort et son cortège de tentations étaient constants, mais après toutes ces années, j'avais appris à les ignorer.

Respirer profondément.

Bientôt, tout ça redeviendrait un simple bruit de fond.

J'avais été assez loin comme ça. J'avais réussi à m'échapper. Il n'y avait aucune raison de prendre davantage.

得饶人处且饶人. *Fais preuve de clémence quand tu en as la possibilité.*

C'était une chose que Grand-Mère m'avait apprise. C'était moi qui avais mal agi. J'avais volé le Romain aux yeux verts. Et à en juger par le poids de la bourse dans ma manche, c'était une somme colossale.

Assez pour que je n'aie pas à me faire de souci pour la nourriture et le bois de chauffage une fois l'hiver venu.

Un rire me monta aux lèvres. Je l'avais fait ! J'avais détroussé un Romain et survécu.

Taohua, elle, ne partageait pas ma gaieté. « Mais qu'est-ce que tu as fait ? » demanda-t-elle sèchement, son regard froid et dur, lourd d'accusation.

Je sortis la bourse et la tins en l'air devant elle. « Quelque chose qui me vaudra d'être écorchée vive par Grand-Mère quand elle s'en apercevra. »

Elle écarquilla les yeux. « Ruying, si tu as besoin d'argent, tu peux venir me demander. Ces quelques pièces ne valent pas que tu les paies de ta vie. Les Romains auraient pu te tuer sur place. Les Dieux seuls savent ce qui serait arrivé si je n'étais pas passée par là par hasard et si je ne t'avais pas reconnue. »

Ces sages paroles venaient d'une amie qui se faisait du souci pour moi. Mais elle, elle n'avait jamais connu les affres de la pauvreté, d'un père ivrogne avec la haine au cœur, les éprouvantes nuits d'hiver sans feu et l'angoisse de ne pas savoir d'où viendrait son prochain repas.

Fille d'un illustre général, Taohua n'avait jamais connu certaines de nos préoccupations les plus élémentaires, à Meiya et à moi. Même si Grand-Mère faisait de son mieux pour nous garder à flot et à l'abri, il n'était pas difficile de remarquer dans quel sombre dénuement Père nous avait laissées.

Je me forçai à sourire, puis j'inspectai une dernière fois les rues avant de me risquer à sortir des ombres.

Taohua me suivit. « Ruying, réponds-moi. Pourquoi as-tu fait ça ? Tu…

— Je croyais que tu ne rentrerais pas avant le Nouvel An », coupai-je, changeant brusquement de sujet.

Le visage de Taohua s'assombrit.

Elle avait compris le message.

Deux ans plus tôt, elle avait rejoint l'armée en tant que commandante, la deuxième femme à ce grade dans l'histoire d'Er-Lang, après sa sœur aînée, Tangsi. Maintenant, elle passait le plus clair de l'année en campagne à travers l'Empire, où elle suivait son père et sa sœur. Elle avait subi toutes sortes d'entraînements exténuants pour prouver sa valeur en tant que femme, se montrer digne d'un poste important dans les rangs de l'armée. Elle savait choisir ses batailles et savait céder à bon escient, quand l'adversaire se montrait trop têtu pour lâcher le morceau.

Même avec son Don de force surhumaine, il était difficile de convaincre des hommes qu'une femme puisse devenir leur supérieure, à moins qu'elle ne soit dix, vingt fois meilleure que tout le monde autour d'elle. À moins qu'elle ne soit parfaite en tous points. Il fallait qu'elle excelle au combat, à diriger les hommes, à la conversation. En conséquence, Taohua se poussait sans relâche vers la perfection. Et cela signifiait n'avoir ni temps libre, ni repos. Ses responsabilités étaient toute sa vie.

Le reste passait après.

Y compris sa famille et sa meilleure amie.

Je ne l'avais pas revue depuis le Nouvel An, il y avait plus de six lunes.

« C'est juste pour quelques jours. C'est mon père qui m'envoie, pour que Mère ait au moins une de ses filles auprès d'elle lors de son anniversaire. Je retourne dans le Sud d'ici quelques jours. »

Je souris. « C'est vrai que ton père veut te promouvoir générale et te donner ton propre bataillon à entraîner et commander ? »

Taohua et sa sœur avaient pour mission de mater les rébellions qui grondaient dans le Sud, où les troubles faisaient trop de bruit pour être ignorés, avec tous les Xianlings enlevés dans leur lit ou pendant leur promenade matinale. Kidnappés, tués, ou destinés à complètement autre chose, je n'en savais pas plus.

Je ne voulais pas le savoir.

Mais les gens réclamaient des réponses à cor et à cri, et l'ignorer était impossible. Des mères et des pères, des orphelins et des familles éperdues attendaient désespérément qu'on les retrouve. Certains affirmaient que des trafiquants du Jiang avaient fait le coup, d'autres l'imputaient aux Romains.

C'était exactement le genre d'agitation que voulait le Spectre pour attirer de nouvelles recrues prêtes à risquer leur vie pour la liberté.

« J'ai aussi entendu dire que tu avais affronté les rebelles du Spectre et que tu les avais battus ? Deux fois ? C'est un exploit formidable », ajoutai-je face à son silence.

Pendant trois années, le général Ma, son père, avait traqué le Spectre sur les ordres à la fois de Rome et de notre empereur. Mais ça n'avait rien donné. C'était là une marque d'incompétence peu commune pour un chef de guerre aussi renommé, et ça n'avait fait qu'augmenter les forces et le pouvoir du Spectre.

Dans les maisons de thé, on rapportait que Rome était à bout de patience. Il y avait eu trop d'échauffourées entre rebelles du Spectre et soldats romains.

Au début, Rome l'avait vu comme une chose de peu d'importance. Une mouche bourdonnant à la limite de son champ de vision. Mais durant les dernières années, il était devenu une menace à part entière.

Apparemment, le Spectre avait déjà attaqué l'armurerie de Rome deux fois durant l'année. Et par deux fois il avait échoué. Ce que voulaient les rebelles, c'étaient des armes à feu, s'emparer de cette science qui mettait Er-Lang à genoux, plongé dans la peur. Mais il ne s'agissait pas là d'un simple cambriolage. Les Romains comprenaient quelle puissance leur donnait leur armement et gardaient soigneusement leur arsenal. Certains l'avaient appris dans la douleur.

De nouveau, Taohua ne répondit pas.

Elle eut un sourire forcé, mal à l'aise, ne confirmant ni ne démentant quoi que ce soit. Elle cachait quelque chose. Comme moi, Taohua était jalouse de ses secrets.

« Les gens parlent de toi comme d'une héroïne », continuai-je. Enfin, elle arqua les lèvres en un petit sourire.

« Tu es passée de la docile fille de général à l'héroïne dont le nom restera gravé dans l'histoire, un honneur réservé aux hommes jusque-là. Un jour, on chantera tes conquêtes et on récitera des poèmes en ton nom comme pour Peng Yuefei et Wei Xing-Ling.

— C'est peut-être à ça qu'on reconnaît que notre Empire est tombé bien bas, souffla Taohua avec un rire amer. Même les filles sont autorisées à diriger et à se faire un nom. J'aurais seulement voulu que mon succès ne se soit pas bâti sur les souffrances d'autant de personnes. Si la magie n'était pas en train de disparaître en laissant l'armée dans un besoin désespéré de soldats xianlings, la cour ne nous aurait jamais accordé la possibilité de combattre, à ma sœur et à moi. Si les rebelles ne se déchaînaient pas face à l'état de notre Empire, et si nos empereurs ne ployaient pas le genou aussi facilement…

— La manière dont tu as obtenu ces titres n'a pas d'importance. Ce qui compte, c'est qu'on se souviendra de toi. En tant qu'héroïne », dis-je avec un picotement bien trop familier dans le cœur.

J'étais fière de Taohua. Elle avait bien mérité la gloire et l'honneur qui étaient les siens.

Jadis, j'avais voulu les mêmes choses.

Dans une autre vie, peut-être, je l'aurais rejointe comme soldate et je serais devenue générale, comme mon grand-père et son grand-père avant lui. J'aurais appris à affûter la magie de la Mort, et je l'aurais mise à profit pour une plus noble cause.

Mais ce ne serait pas dans cette vie.

Pas quand j'avais une grand-mère et une sœur à protéger.

Dans cette vie, je ne recherchais aucune gloire.

Seulement la survie.

Pour moi-même et celles que j'aimais.

Quoi qu'il en soit, quelque chose de déplaisant couvait dans le creux de mon ventre.

L'envie.

La haine.

Des sentiments que j'avais honte d'éprouver.

Nous rêvions toutes les deux de devenir des héroïnes quand nous étions enfants.

Taohua avait été assez courageuse pour poursuivre ce rêve, pendant que je pataugeais dans la peur pour trop de choses.

Quand je regardais Taohua, je voyais la femme que j'avais toujours espéré devenir, et je détestais le fait qu'elle poursuive un chemin que j'avais abandonné.

« C'est incroyable, tout ce qui a changé depuis que tu as rejoint l'armée, murmurai-je.

— C'est certain. » Elle sourit. « J'imagine que je suis devenue trop forte, maintenant, pour que les brutes s'en prennent à moi. Tu te rappelles les gamins qui me pourchassaient dans la rue et qui me lançaient des cailloux, parce qu'ils considéraient que c'était la faute de mon père si Rome avait pu nous envahir et si leurs parents étaient devenus accros à l'opiane ? Ils disaient que, s'il avait été un meilleur général, les temples Wucai n'auraient pas été brûlés et notre cité n'aurait pas été coupée en deux et donnée en pâture aux Romains pour qu'ils la démolissent et s'y installent.

— Ils te poursuivaient jusque sur le pas de ma porte, puis ils me voyaient et faisaient demi-tour en courant.

— Personne n'osait se moquer de moi quand tu étais dans le coin. »

Personne n'avait assez de cran pour risquer de se mettre à dos la fille bénie par la Mort.

C'était comme ça que Taohua et moi étions devenues amies. Je la protégeais de ces petites brutes et elle me protégeait de la solitude, après que le bruit avait commencé à courir que j'étais un monstre. Après que j'avais tué quelqu'un…

Je chassai cette pensée.

Taohua n'avait pas eu besoin de moi pendant longtemps, bien sûr. Deux ans après que nous étions entrées dans la vie l'une de l'autre, elle avait découvert son Don de force. Bien qu'elle soit restée aussi gracile qu'un saule pleureur, sa magie la rendait forte. Le besoin d'être protégée par moi devint une chose étriquée qu'elle laissa derrière elle comme une vieille robe.

Mais moi, elle ne me trouva jamais trop étriquée pour elle. Et jamais elle ne me laissa tomber pour de meilleurs amis, ou des amis moins dangereux, ainsi que je m'y attendais.

Ainsi qu'elle aurait dû le faire.

« Bon, reprit-elle, tu vas me dire pourquoi tu as volé son argent à ce Romain, maintenant ? »

Je restai silencieuse.

Avec douceur, Taohua examina la blessure sous ma robe en lambeaux, encore rouge du sang perdu pendant l'attaque du garde.

« Ruying ! » Son ton, ferme et empreint d'autorité, sonnait trop comme celui de la mère que je n'avais jamais connue. Une lente chaleur filtra en moi. Entre m'occuper de Meiya et essayer d'aider Grand-Mère, je n'arrivais même plus à me souvenir de ce que ça faisait d'avoir quelqu'un pour veiller sur moi.

« Dis-moi la vérité, s'il te plaît. »

Je ne répondis rien. L'addiction de Meiya n'était pas mon secret, il ne m'appartenait pas de le révéler.

« D'accord. Fais comme tu veux, soupira Taohua. Quelle coïncidence, tout de même. J'étais justement en chemin pour venir te voir, quand je me suis retrouvée à devoir te sauver la vie de cette bande de Romains armés. » Elle sortit un mouchoir de soie, qu'elle déplia pour révéler l'épingle à cheveux de jade que j'avais mise en gage contre de l'argent quelques mois plus tôt. L'une de mes préférées, qui avait autrefois appartenu à Mère.

« Je l'ai vue dans une vitrine et je me suis rappelé que tu en avais justement une comme celle-là. Maintenant, ça t'en fait deux. »

Les mensonges étaient tournés si naturellement, si impeccablement que j'aurais presque pu la croire. La dernière fois que j'avais laissé des bijoux au prêteur sur gages pour Meiya, les serviteurs de la famille de Taohua nous les avaient rapportés, en guise de cadeaux pour la nôtre. Toujours au prétexte de compléter une collection qui n'existait pas.

Taohua ne m'avait jamais demandé franchement pour quelle raison je vendais mes effets personnels. Et elle ne me demandait pas non plus de reconnaissance.

« Merci », soufflai-je en prenant le cadeau enveloppé de soie.

Un silence s'installa entre nous.

Nous approchions de ma maison, avec ses murs délabrés salis par l'âge et croulant sous les plantes grimpantes qui essayaient de la dévorer.

Le visage de Taohua restait neutre, mais je sentis la désapprobation émaner d'elle.

« Vous n'êtes toujours que toutes les trois, ta sœur, ta grand-mère et toi, à vivre ici ?

— Nous trois, c'est tout, oui. » Il était mal vu que des femmes vivent seules, sans hommes et sans gardes. Mais cela faisait des années que Père était mort, et nous nous en sortions très bien comme ça. Et par les enfers, quand il était en vie, il ne valait pas grand-chose, comme protecteur. « Je suis capable de veiller sur ma famille. La Mort ne m'a pas bénie pour rien.

— Mais qui veille sur toi, alors, Ruying ? marmonna Taohua, son instinct de sœur commençant à percer à travers les fentes de son armure. Quelque chose de terrible se prépare. Je le sens, c'est comme un orage qui couve. Si tu as des ennuis, Ru, tu dois me le dire. Je ferai tout ce que je pourrai pour t'aider. Je te le promets. »

Non.

Pas cette fois.

Je ne pouvais pas répéter à Taohua ce qui était arrivé à Meiya. Jamais elle n'accepterait de m'aider à acheter de l'opiane. Elle lui en voudrait à elle, et elle me détesterait probablement pour avoir laissé ma sœur tomber dans la drogue. Son père avait tout fait pour contenir la circulation de l'opiane dans notre monde après que Rome l'y avait introduite.

Sans parler des affiches que j'avais trouvées dans la chambre de Meiya, qui n'étaient ni plus ni moins que la propagande du Spectre. Elle la ferait arrêter sur-le-champ si elle était au courant.

« Je vais bien, mentis-je. Tu te fais trop de souci. »

Taohua sourit, mais en resta là. « Je devrais y aller. Mère veut que nous dînions avec tous mes oncles et tantes aujourd'hui. Comme une vraie famille. Elle a exigé que je prenne un bain bouillant et que je prie nos ancêtres de me purifier du *sha-qi* du champ de bataille avant de m'approcher de qui que ce soit. Tu sais comme elle est superstitieuse. »

Le *sha-qi*, l'énergie de la Mort. Une telle chose m'aurait suivie où que j'aille, si elle avait réellement existé. Enfant, je me demandais si c'était la raison pour laquelle il m'était si difficile de me faire des amis. Si, comme des proies ressentant le danger, ces gosses sentaient le *sha-qi* en moi.

Père y croyait, lui aussi, de son vivant. Même si sa manière à lui de s'en débarrasser, c'était de s'enfermer dans sa chambre avec une quantité massive d'opiane.

Le général Ma, le père de Taohua, était le plus jeune de douze enfants, vendu à l'armée à l'âge de tout juste neuf ans pour que ses parents puissent nourrir ses frères et sœurs. À l'époque où mon grand-père était encore en vie, il avait élevé et formé le général, de simple soldat au chef qu'il était aujourd'hui. Il l'avait promu, bataille après bataille, l'avait préparé à le remplacer comme général, car il ne voyait guère de talent en son propre fils, à savoir mon père.

Père avait toujours détesté le général Ma, d'aussi loin que je me rappelle. Parce que Grand-Père avait davantage cru en un orphelin qu'en son propre fils.

« Ru, tu sais que tu peux venir me voir pour quoi que ce soit, n'est-ce pas ? Si jamais tu as besoin d'aide, je suis là. Quoi qu'il arrive. On est des amies, de la famille. On est des sœurs. Je suis là pour toi.

— Je sais », marmonnai-je. Sa compassion me mettait mal à l'aise, elle me rappelait silencieusement mon impuissance, nos différences de statut et de situation.

Il y avait bien une petite partie de moi qui voulait de son aide, mais ces pensées étaient comme des braises dans la neige : promptes à prendre feu, promptes à mourir. Certains auraient appelé cela de l'orgueil, d'autres de l'indépendance. Quoi qu'il en soit, cette chose qui m'empêchait de demander de l'aide faisait autant partie de moi que mon maudit Don.

« Fais attention, Ru. Les signalements d'enlèvements ont augmenté autour de la capitale. Chaque jour, davantage de Xianlings sont portés disparus, et la plupart d'entre eux sont des consommateurs de drogue. Il se passe des choses étranges à travers tout le continent.

— Quel genre de choses ? »

Elle jeta des coups d'œil à gauche et à droite avant de se rapprocher pour me chuchoter à l'oreille :

« Il y a eu des signalements de cadavres retrouvés échoués sur la côte, vidés de leur sang. Leurs corps n'étaient plus que des enveloppes ratatinées. Des tempêtes se préparent dans le Sud, et on murmure que le Sihai serait en train d'essayer de signer un nouveau traité de paix avec les Romains. »

Je serrai le paquet d'opiane caché dans ma manche plus fort contre moi. Meiya m'attendait. Malgré tout, la curiosité l'emporta. Le savoir faisait le pouvoir, et Taohua en recevait beaucoup de son père et de sa sœur. Ces secrets militaires et politiques ne parvenaient aux oreilles de la plupart des gens que sous forme de rumeurs et de conjectures.

Je choisis soigneusement mes mots avant de parler : « Il paraît que la cour est divisée entre ceux qui appellent à la révolte et ceux qui voudraient se prosterner plus bas que terre et même au-delà, jusqu'à ce que les Romains puissent nous marcher sur la tête.

— Parce que la soumission a des conséquences largement moins catastrophiques qu'entrer en guerre, répondit Taohua, en écho à un sentiment partagé par beaucoup trop de gens, non seulement à la cour, mais parmi les paysans ordinaires qui voulaient seulement survivre et qu'un semblant de paix leur permette de vaquer à leurs occupations. Les hommes les plus âgés de la cour ont été les témoins directs de ce dont Rome est capable. Si feu l'empereur n'avait pas capitulé aussi vite et ne s'était pas plié à toutes leurs exigences, ils auraient réduit la capitale en cendres. Ce qui veut dire que…

— Mais ils ne l'ont pas fait, rétorquai-je. Il doit bien y avoir une raison, quelque chose qu'ils voulaient de nous. »

Ses yeux fuirent mon regard.

De quel côté était-elle ?

Et quel côté était le bon côté ?

Valait-il mieux rester à genoux et les laisser continuer à nous humilier ou nous battre ? La liberté valait-elle seulement la peine de se battre contre un adversaire d'une puissance comme celle de Rome ?

« Est-ce que ta mission dans le Sud est liée à tout ça ? repris-je. Tout l'Empire est au courant de l'agitation à nos frontières et de l'appel à l'indépendance des rebelles. Vis-à-vis de Rome comme de la famille Er-Lang. Ils croient que l'empereur est un faible. Mais toi, Taohua, qu'est-ce que tu penses de tout ça ? »

Son rôle était-il d'éteindre les foyers de rébellion ou était-ce quelque chose de plus compliqué ?

De nouveau, elle ne pipa mot, ses yeux papillotant dans toutes les directions sauf la mienne, les lèvres plissées, la mâchoire contractée à force de retenir ses mots.

Baihu et moi n'étions pas les seuls à avoir changé avec les années, alors que notre monde se fanait en une pâle copie de sa gloire passée.

Il fut un temps, Taohua et moi nous disions tout, jusqu'à nos plus profonds secrets.

Maintenant, un fossé s'étendait entre nous.

C'était comme si toutes les personnes qui m'étaient chères s'éloignaient lentement. En dépit du pouvoir immense que j'avais au bout de mes doigts, il n'y avait rien que je puisse faire pour les retenir et les garder près de moi.

Je baissai les yeux. Son silence en disait long, et c'était toute la réponse dont j'avais besoin. La seule que j'aurais, également. Cela ne servait à rien de la pousser dans ses retranchements alors que, clairement, elle ne voulait pas s'épancher. Qu'aurais-je fait de tels secrets, au reste ? Ce n'était pas comme si j'avais le pouvoir de changer les choses.

Je n'étais qu'une fille, qui souffrait comme tout le monde. Je n'avais aucun poids dans ce jeu de pouvoir. La seule chose que je pouvais espérer, c'était d'être épargnée.

Survivre.

Des besoins si simples en temps de paix. Des rêves impossibles pour une époque telle que celle-ci.

« Le Spectre sème la pagaille, il perturbe les routes d'acheminement de l'opiane, il se mêle de tout, déclara Taohua avec réticence, après ce silence. Mais l'ennemi de Pangu a toujours été Rome, que les cinq empereurs du continent s'en rendent compte ou non. Et s'ils sont trop lâches pour se battre pour leur propre peuple, il est peut-être temps que nous prenions notre destin en main.

— Et qu'en est-il de…

— Ruying ? Je dois te prévenir. Le moins tu en sauras, le mieux ça vaudra, même si tu pourrais croire le contraire. À moi, tu peux me poser ces questions, mais ne les pose jamais à qui que ce soit d'autre, tu comprends ? »

Je hochai la tête, écoutant son conseil, reconnaissante des

bribes d'informations – donc de pouvoir – que je venais de recevoir.

Le nombre de partisans du Spectre augmentait de jour en jour. Et plus seulement dans les villages reculés, à présent.

Il y en avait jusqu'ici, dans les cités, cachés juste sous nos yeux.

Des rebelles prêts à en découdre et des martyrs préparés à mourir.

Je parcourus la maison du regard, jusqu'au deuxième étage où était la chambre de Meiya, avant de revenir à Taohua. « Fais attention à toi.

— Toujours. »

6

Je me faufilai dans la maison en passant par les couloirs dérobés qui permettaient jadis aux serviteurs de se déplacer de pièce en pièce sans être vus. Cela faisait belle lurette que la maison n'avait pas connu leur présence. Tous étaient partis quand Père avait dilapidé la fortune que nos ancêtres nous avaient laissée.

Même s'il était mort à présent, les conséquences de ses actes, de son attitude d'enfant gâté, de ses dettes, elles, étaient encore là.

Il rejetait la faute de ses erreurs et de son addiction sur Meiya et moi, parce que nous étions nées filles. Il hurlait que si nous avions été des fils, s'il avait eu quelqu'un pour perpétuer le nom de notre famille, elle ne serait jamais tombée en disgrâce. Il se servait de cela comme excuse pour nous battre. Pendant des années, il avait passé sa douleur et toute la haine qu'il avait envers lui-même sur nous.

Certains jours, il me manquait ; d'autres, j'étais contente qu'il soit mort. Et parfois, je regrettais de ne pas l'avoir tué moi-même.

Grand-Mère nous disait que ce n'était pas sa faute, qu'il avait souffert lui aussi et que nous devions essayer de le comprendre et de lui pardonner : après tout, il avait perdu sa femme.

Maman était morte en nous donnant la vie, à Meiya et à moi.

Était-ce la raison pour laquelle il nous en voulait ?

Serrant les dents, je filai dans ma chambre en vitesse, espérant pouvoir enfiler une robe propre avant que quelqu'un ne me voie. Je ne voulais pas que Meiya ou Grand-Mère s'inquiètent à la vue du sang sur mes manches.

Mais ce n'était pas la chambre bien rangée que j'avais laissée en partant qui m'attendait derrière la porte. À la place se trouvait un véritable champ de ruines, comme si un ouragan était passé.

Mes vêtements étaient éparpillés sur les chaises, ma bibliothèque renversée, son contenu jonchant le sol. Des papiers égarés et des livres avaient été jetés un peu partout dans la pièce. Des miroirs en bronze et des vases, brisés. J'étouffai un cri de surprise en apercevant la pierre à encre de Grand-Père, l'objet le plus précieux que j'aie jamais possédé, fendue sur le sol.

Immédiatement, je pris la bourse de soie dans mes mains, comme si elle risquait de se volatiliser.

Les Romains. Cet homme avait dû envoyer ses gardes après moi, et maintenant…

Où étaient Meiya et Grand-Mère ? Et s'ils m'avaient poursuivie jusque dans la maison ? Et si…

« Meiya ! Nai-Nai ! » m'écriai-je. J'étais sur le point de me ruer hors de la chambre quand je vis la silhouette rose et blanc à genoux sur le sol, à demi cachée par mon lit retourné, près de la niche où j'avais l'habitude de cacher la réserve d'opiane.

Non.

Les épaules de Meiya tremblaient tandis qu'elle sanglotait sans bruit, une main serrée devant sa bouche. Elle s'était faite si petite, à moitié dissimulée par les lattes de parquet retirées, que j'avais failli ne pas la voir.

Mon cœur se calma. Je poussai un soupir de soulagement et fermai la porte derrière moi.

Grand-Mère ne pouvait pas voir Meiya comme ça. Il valait mieux lui cacher ce secret le plus longtemps possible. Elle avait eu son compte de tragédies, il était inutile de lui donner une nouvelle raison de verser des larmes.

Ce n'était pas la première fois que je rentrais à la maison pour trouver ma chambre retournée par Meiya dans sa quête de l'opiane que j'y cachais.

Mais c'était la première fois qu'elle avait réussi à la trouver.

Elle avait dû être désespérée, cette fois. Heureusement, il n'en restait pas beaucoup dans la cachette.

« Meiya ? » Ma voix était douce et hésitante, comme si je voulais approcher un animal blessé. « Ça va ?

— Est-ce que ça a l'air d'aller, selon toi ? » Elle leva les yeux vers moi ; ils étaient injectés de sang. Sa voix froide et détachée me rappela Père avant ses pires sautes d'humeur.

Meiya et moi l'appelions le calme avant la tempête.

Elle ne me regarda pas quand je m'agenouillai à côté d'elle. Elle avait les yeux baissés sur la poudre blanche qui maculait sa robe, les dents serrées comme si elle s'apprêtait à défoncer le sol à coups de poing.

J'eus envie de pleurer et de lui rappeler qu'elle venait de ruiner tous ses récents progrès, mais de telles paroles ne lui seraient d'aucune aide dans un moment comme celui-ci.

Meiya essuya ses larmes. Je savais ce qu'elle pensait. Enfant, elle avait haï notre père chaque fois qu'il cédait à ses addictions.

« Ça ne devait pas se passer comme ça, gémit-elle. Je pensais être plus forte que ça. Plus que Père. Je pensais... » Sa voix se cassa.

« Être l'exception à la règle », finis-je à sa place.

À ces mots, ma sœur se mit à sangloter.

Je n'avais plus le cœur de lui demander la raison pour laquelle elle avait commencé à prendre cette drogue.

Une partie de moi le savait déjà.

C'était pour le Spectre, pour son clan de Fantômes et ses promesses de libération de la tutelle des Romains.

Meiya n'était pas comme moi. Elle ne pouvait se résigner au silence. Elle voulait se battre, utiliser son Don, qui amplifiait celui des autres et pouvait guérir les blessés. Un Don au service des autres dont la puissance était sous-estimée par tous, y compris elle-même.

Elle pensait qu'assister personnellement à la triste fin de notre père aurait dû la rendre différente des autres opiamanes.

Mais avec les addictions, ça ne marche pas comme ça. Je ne connaissais que trop bien les mélodies enjôleuses comme celles de l'opiane. Je les entendais entre chacun de mes battements de cœur. Elles m'étaient aussi familières que l'air emplissant mes poumons, le dessin bleu pâle des veines parcourant le dos de mes mains ou les creux et les bosses de mes phalanges quand je serrais le poing.

L'opiane et les murmures de la Mort avaient beaucoup en commun. Les deux étaient des jeux dangereux dont les transes vous hantaient. Comment pouvais-je jeter la pierre à Meiya quand, la plupart du temps, je n'étais qu'à un cheveu de céder ?

Nous avions toutes les deux nos démons, ma sœur et moi.

Cependant, alors que j'étais habituée à ces pulsions mortelles, ayant vécu des années en faisant mon possible pour ignorer leurs mélodies, c'était différent pour Meiya. Son corps avait une dépendance à l'opiane. Une privation brutale serait un choc trop rude pour son organisme. Aider quelqu'un à se sevrer était comme faire tenir une lame en équilibre sur son tranchant : difficile, mais pas impossible.

Quand on veut, on peut.

Il le fallait.

« On va s'en sortir », lui dis-je en cherchant sa main. Mais elle la retira avant que ma peau ne touche la sienne. Je m'y étais attendue.

Quand Père était encore en vie et que ses cris résonnaient dans la maison comme ceux d'un monstre omniprésent, nous trouvions notre réconfort dans le silence et le contact apaisant de nos mains. À cette époque, même quand la situation était au plus mal, nous n'avions pas à l'affronter seules : nous étions là l'une pour l'autre. Nous avions une promesse : toujours nous aimer l'une l'autre, même si Père, lui, ne nous aimait pas.

Trop de choses avaient changé depuis cette enfance où nous étions impuissantes face à la colère de Père.

Le monde entier, pour commencer.

Et nous-mêmes, aussi.

Durant les derniers mois, un gouffre s'était formé entre nous. Nous qui avions été deux moitiés d'une même personne, nous nous retrouvions à présent séparées, des deux côtés de l'abîme.

«Je suis désolée, souffla-t-elle, regardant ma chambre sens dessus dessous, l'opiane saupoudrée sur sa robe comme une poussière de cristaux. Je… »

Sa voix s'érailla.

Je m'agenouillai un peu plus près d'elle, mais sans essayer de l'apaiser par des paroles réconfortantes ou en la prenant dans mes bras. Je connaissais trop bien ma sœur. Compatir ne ferait que la mettre plus en colère.

C'était tout ce que je pouvais faire : rester auprès d'elle et lui rappeler qu'elle pouvait compter sur moi. Peu importent les problèmes qu'elle pouvait s'attirer, peu importe combien elle me détestait pour ma lâcheté, elle restait ma sœur.

Je serais toujours là pour la protéger.

Je l'aimais, même si elle ne m'aimait plus.

«Parle-moi», murmurai-je, la suppliant, l'implorant.

Elle ne me regarda même pas.

La scintillante poudre blanche sur ses genoux était fine comme du sucre, même si je savais très bien qu'elle n'avait rien de commun avec lui. J'époussetai ses genoux pour récupérer les grains d'opiane, mettant de côté ces quelques miettes pour un autre jour.

En partant ce matin, j'avais été pleine d'espoir. Meiya s'en sortait très bien. Je pensais qu'on en aurait bientôt terminé et que cette aumône serait la dernière que j'aurais à demander à Baihu.

Je m'étais fourvoyée.

La route de la guérison était longue et difficile, et nous étions bien loin d'en avoir fini.

Inconsciemment, je tapotai la bourse d'or et repensai au jeune homme aux yeux verts. *Cet or n'est peut-être qu'une goutte dans l'océan pour toi, mais il va changer nos vies. Si nous nous revoyons dans une prochaine vie, je te promets que je te le rendrai.*

« Grand-Mère va partir en voyage demain, dit Meiya, après un long silence. Dans le Nord cette fois, pour rencontrer d'autres prétendants au mariage pour toi. »

Sa voix avait des accents froids et inhabituels. Du désespoir. Elle ne le disait pas, mais je savais qu'elle redoutait que j'épouse un homme mauvais, comme notre père.

Je me rapprochai encore un peu, pour sentir sa chaleur. Et je fis comme si nous étions encore ces sœurs qui se racontaient tout.

Nous partagions le même sang, la même âme. Je feignis un sourire.

« Grand-Mère va me trouver un bon parti. Quelqu'un qui pourra subvenir à nos besoins à toutes les trois, et qui nous protégera des Romains et de la guerre qui se profile. »

J'essayai de ne pas penser aux conséquences de cette protection, aux sacrifices que l'on exigeait des femmes durant leur nuit de noces.

Pour ma famille, j'étais prête à donner n'importe quoi.

« Nous protéger ? » répéta Meiya d'un ton assez froid pour me donner le frisson et qui me poignait le cœur comme une lame glacée. Quand elle me regarda, ce fut sans amour, seulement de la déception. « Ouvre un peu les yeux. Les Romains n'arrêteront le massacre que quand ils auront englouti Er-Lang tout entier. Quand ils auront dévoré tout le continent ! Le pire reste à venir. Arrête d'être aussi lâche et… »

Sa voix, furieuse et outrée, se brisa de nouveau. Les larmes lui montèrent aux yeux alors que son espoir s'éteignait comme une chandelle arrivée au bout de sa mèche. Son visage se tordit de douleur, de désillusion, de dégoût. Ses yeux s'arrachèrent à moi comme si elle ne pouvait plus supporter de me voir. Je voulus me rapprocher encore, lui prendre la main, la réconforter, dire quoi que ce soit qui puisse l'aider à se sentir mieux.

Mais je n'y parvins pas, car les seules choses qu'elle désirait en cet instant, je ne pouvais pas les lui donner : la vengeance et la justice. Que je remette ma magie entre les mains du Spectre et que je prête allégeance aux rebelles avec qui elle conspirait.

Tout ça n'était que futilité : ils ne pouvaient pas vaincre les Romains de cette façon.

La magie était certes puissante, mais les balles l'étaient tout autant, et deux fois plus rapides. Et elles n'enlevaient pas des heures de vie à ceux qui les utilisaient.

Si les révoltes servaient à quelque chose, Er-Lang ne se trouverait pas dans un tel état de décrépitude. Notre peuple ne serait pas en train de mourir de faim, banni de ses propres rues. Les commerces tenus par nos compatriotes n'afficheraient pas sans vergogne des pancartes ACCÈS RÉSERVÉ AUX ROMAINS les jours où ces tyrans l'exigeaient. Les Romains désiraient explorer nos cités, goûter notre nourriture, profiter de notre culture, nos récits, notre histoire. Mais ils voulaient le faire sans avoir à nous côtoyer, comme si nous étions des rats ou une boue indigne d'être foulée par leurs chaussures de cuir rutilant, astiquées jusqu'à la nausée.

Les Romains se voyaient comme nos conquérants.

Et c'était peut-être bien le cas.

« Je ne veux pas que tu te retrouves impliquée dans tout ça, c'est dangereux », murmurai-je.

Je ne pouvais pas donner à Meiya ce dont elle avait envie, mais je pouvais lui donner ce dont elle avait besoin.

Je la tiendrais à l'écart de ces Fantômes qui faisaient naître chez elle des espoirs insensés, qui lui chuchotaient à l'oreille pour la persuader que toutes ces petites rébellions auraient un quelconque effet. Tout ce qu'elles faisaient, en vérité, c'était enrager les Romains et les pousser chaque jour un peu plus vers une guerre inévitable.

Ma sœur voulait être une martyre.

Plutôt mourir moi-même que laisser quoi que ce soit lui arriver.

« Tu n'as pas à me dire ce que je dois faire, cracha-t-elle.

— Meiya, je vais trouver un bon mari et l'épouser, et nous n'aurons plus besoin de nous faire de souci pour l'argent, ou Rome, ou… »

Son rire sonna comme le bruit de ferraille strident de la dernière pièce abandonnée au fond d'un pot. « Tu crois que ça a la moindre importance pour moi ? Tu penses vraiment que te marier comme une bonne petite fille va résoudre tous nos problèmes ? Les Romains font semblant d'être gentils parce que l'empereur Yongle se plie à tous leurs ordres. Mais bientôt, ils voudront des choses que l'empereur n'est pas disposé à donner. Qu'est-ce qui se passera à ce moment-là ? Une vie à genoux n'est pas une vie. Nous devons nous battre, tuer ces fauves avant qu'ils ne deviennent trop puissants pour qu'on les arrête. »

Meiya me parlait comme si j'étais incapable de comprendre.

Même si je ne voulais pas l'admettre, je comprenais parfaitement ce qu'elle disait. C'était exactement pour ça qu'il fallait que je me marie : pour trouver un homme bien, de bonne famille, qui nous emmène loin du chaos de cette ville, loin des territoires que Rome revendiquait avec un zèle effréné.

Mon but n'était pas d'empêcher une catastrophe inévitable. C'était de donner à ma famille une chance de profiter du peu de paix qu'il nous restait. Un reste de normalité avant qu'elle ne disparaisse. Grand-Mère avait vécu assez de drames pour une vie entière ; je voulais qu'elle vive ses derniers jours en paix. La voir heureuse. Qu'elle assiste à mon mariage, que le nom du clan Yang retrouve un peu de sa gloire passée pour que, quand elle retrouverait mon grand-père dans l'Autre Monde, elle puisse le faire avec fierté.

Je voulais donner à Meiya une chance de vivre sa jeunesse, d'avoir encore quelques années où elle pourrait faire ce qu'elle voulait avant d'être entraînée dans le carnage, comme cela arriverait inévitablement pour nous tous.

C'était ma jumelle, ma cadette de quelques minutes, et elle avait tant fait pour moi.

« Meiya, je... »

J'essayai de la toucher. Elle me repoussa d'une bourrade. « Tu n'es qu'une lâche. »

Lâche. La magie de la Mort flamboya à ce mot. Je ris jaune. « Je suis peut-être une lâche, mais une lâche qui fera ce qu'elle aura à faire pour qu'on soit en sécurité. Maintenant, tu vas t'enlever ces conneries de rébellion de la tête et enfiler une robe propre. Je ne veux pas que Grand-Mère te voie comme ça. »

Meiya se leva en traînant les pieds. Je ne pouvais pas supporter la façon dont elle me regardait, avec une rancœur si incandescente qu'elle ne laissait que des cendres de l'amour qu'elle avait jadis eu pour moi. Un regard qui me hanterait à jamais dans mes pires cauchemars.

Entre deux souffles lents et rauques, elle lâcha : « Peut-être que Grand-Mère serait déçue, mais au moins je ne suis pas comme toi, Ruying. Je sais que la liberté vaut la peine qu'on meure pour elle. »

Je serrai les dents, mon cœur battant à un rythme bien trop rapide pour ma santé alors que la frustration enflait en moi.

« Tu perds ton temps.

— Quoi ?

— La seule raison pour laquelle le Spectre et ses rebelles sont encore en vie, c'est que Rome ne se sent pas menacée. Leur nombre et leur influence ont beau grandir de jour en jour, s'ils continuent à titiller la bête, ils finiront écrabouillés comme des cafards aux pieds de Rome. »

Les yeux de Meiya lançaient des éclairs. « Tu veux savoir la vraie raison pour laquelle j'ai commencé l'opiane ? Parce que je voulais être forte. Comme toi. Tellement forte que plus rien ne pourrait me blesser à nouveau. Parce que la Mort a béni la mauvaise sœur. Si j'avais tes pouvoirs, je ferais la fierté d'Er-Lang. Je me battrais pour ce qui est juste. Je ne gaspillerais pas mon précieux Don en le laissant pourrir sur place comme des fruits. Je ne laisserais pas les miens vivre à genoux et faire les quatre volontés de monstres qui n'ont aucun droit de se faire passer pour des Dieux. »

J'eus un pauvre sourire, forcé et plein d'amertume. « Tu as une si haute opinion de moi ? Tu penses que ma pathétique magie peut changer le monde comme tu le voudrais ? Meiya, je suis juste une personne, une seule. Je ne peux rien faire. J'arrive tout juste à m'occuper de notre famille. Pourquoi tu crois que je me laisse marier à un étranger qui me trouvera répugnante dès qu'il apprendra quel est mon Don ?

— Tu parles de pouvoir, mais tu n'en as pas ou tu ne veux pas en avoir ? » Meiya recula. « Si j'étais à ta place, née avec la Mort qui m'obéit au doigt et à l'œil, je serais tout ce que Maman voulait pour sa fille. Brave et courageuse, une héroïne digne de figurer dans les chansons et les poèmes. C'est pour ça qu'elle t'a appelée Ruying, non ? »

Mon nom signifiait « celle qui est brave ». Je déglutis, une boule dans ma gorge. « Je ne suis pas l'héroïne que tu voudrais que je sois, Meiya. Mais tu perds ton temps avec les mensonges du Spectre. Personne n'a le pouvoir de sauver ou de détruire le monde. Personne. Et si j'étais aussi forte que ça, tu crois qu'on serait encore là ? dis-je en montrant la maison décrépite autour de nous.

— Tu as raison. Tu n'es peut-être pas l'héroïne en qui je croyais. »

Elle claqua la porte derrière elle.

Je restai sur place dans le silence, le sac de baies d'aubépine oublié pesant dans ma manche de tout son poids.

À genoux, je ramassai le reste de poussière d'opiane dans le creux de ma main. Meiya devait arrêter, j'allais m'en assurer. Mais pour le moment, elle avait encore besoin de cette drogue. Et bon sang, comme elle coûtait cher.

En tout cas, le sac d'aujourd'hui serait le dernier à venir de Baihu.

Je refusais de me mêler de cette lutte ou de ses intrigues. Une fois trempée dans tout ça, je ne pourrais pas en ressortir. Cet Empire en faillite ne comptait peut-être pas assez à mes yeux pour que je risque ma vie pour lui, mais il était hors de question que je devienne une traîtresse, comme Baihu.

Pas tant qu'il me resterait d'autres choix.

C'était la dernière once de dignité et de courage que j'avais à offrir à ma sœur.

Elle finira par comprendre, avec le temps. Elle me remerciera un jour. Et elle comprendra que tout ce que j'ai fait, c'était pour notre famille.

Malgré tout, en regardant le champ de bataille autour de moi, les larmes me montèrent aux yeux.

J'aurais voulu que Meiya revienne en courant dans ma chambre, qu'elle me prenne dans ses bras et me dise qu'elle m'aimait, qu'elle comprenait que je n'avais pas le choix. Les mensonges du Spectre l'avaient embobinée, mais l'une de nous devait bien être réaliste, regarder en face le monde et ses dangers et faire ce qui était nécessaire pour que nous soyons en sécurité.

Meiya ne revint pas.

Elle ne s'excusa pas.

Avant de sécher mes larmes, je nettoyai la pagaille et mis l'opiane en sûreté.

7

Je descendis laver les baies pour Meiya. En colère ou pas, il fallait bien qu'elle mange. Durant les dernières lunes, alors que nous essayions de la sevrer, elle avait perdu tellement de poids que mon cœur se serrait à la vue de ses joues creuses et de ses yeux éteints.

La cuisine était cachée aux regards, dans un coin de la cour. Notre maison avait été plus grande, avec ses immenses pièces et jardins et ses imposantes salles de réception pour les invités. Tout cela avait été en grande partie vendu, morceau par morceau, pour nous maintenir à flot dans le sillage de la mort de Père et des dettes qu'il avait laissées derrière lui. Maintenant, tout ce qu'il en restait était cette minuscule section de pièces délabrées, juste assez grande pour nous trois.

Quand j'étais petite, la cuisine débordait de gens, de bruits et de fracas. Grand-Mère qui commandait des gâteaux, Père qui ordonnait un dîner pour ses hôtes de marque, Meiya et moi qui nous faufilions entre les jambes des gens pour jeter un coup d'œil par-dessus les tables, attraper une brioche au lotus ou une pâtisserie au haricot rouge.

Maintenant, les lieux étaient froids et silencieux.

Je lavai les baies, les déposai dans notre plus joli bol en porcelaine et les saupoudrai du précieux sucre que nous n'avions pas souvent les moyens d'acheter – et que Meiya aimait tant –, puis je montai à sa chambre.

Je frappai à la porte. Il n'y eut pas de réponse, et je n'insistai pas. Je laissai le bol devant sa porte, espérant qu'elle le trouverait plus tard.

Il faisait maintenant nuit noire. Je retournai à la cuisine pour y préparer le dîner et trouvai Grand-Mère, courbée sur une planche à découper, les pieds mal assurés, qui coupait des légumes avec un couteau émoussé. C'était peut-être un effet de la pénombre, mais j'aurais juré apercevoir des larmes dans ses yeux en entrant.

« Nai-Nai, dis-je doucement en lui prenant le couteau. Laisse-moi m'en occuper.

— C'est bon, je peux...

— Je m'en occupe », répétai-je en l'aidant à s'asseoir sur la chaise de l'autre côté de la longue table.

Elle ne protesta pas, se contentant de ramener la chaise un peu plus près, me regardant avec des yeux immobiles. Son visage était un masque. Même au bout de dix-neuf ans, je n'arrivais toujours pas à le percer.

Une fois notre argent tari et nos serviteurs partis, Meiya et moi avions pris en charge la plupart des corvées, malgré notre jeune âge. Grand-Mère voulait aider, mais elle était passée du statut de fille d'un riche père à celui d'épouse d'un homme plus riche encore. Elle n'avait jamais eu à lever le petit doigt. Lui demander de commencer à laver elle-même ses vêtements, de découper de la viande et de préparer à manger si tard dans sa vie semblait indigne de la part de ses petites filles.

Elle avait protesté, et nous avions insisté.

Meiya et moi n'étions que des gamines à l'époque. Nous ne pouvions pas vivre sans elle. S'il lui était arrivé quoi que ce soit, nous nous serions retrouvées orphelines, des proies dans une cité impitoyable et toujours avide de jolies filles et de magie rare.

Le portail des Romains planait au-dessus de nos têtes comme un présage silencieux, une déchirure au sombre éclat menaçant dans le ciel.

On disait que les démons venaient des enfers. Mais personne n'aurait cru que ces enfers s'ouvriraient depuis les cieux au-dessus de nous, et non des entrailles de la terre sous nos pieds. Et cette fois, Nüwa n'était pas là pour refermer la faille dans le ciel. Les anciens Dieux nous avaient abandonnés et la magie s'affaiblissait dans nos veines.

Baihu avait raison : mon Don faisait de moi une cible. Sans la protection de Grand-Mère, sans son intelligence et sa présence d'esprit qui changeaient le cuivre en argent, sans les petits échanges qui nous maintenaient à flot, les Dieux seuls savaient ce qui aurait pu nous arriver, à Meiya et à moi.

« Je voulais vous préparer un bon petit plat, les filles. Avant de partir dans le Nord examiner les propositions de mariage pour toi », marmonna-t-elle de sa voix éraillée.

Je souris. « C'est l'intention qui compte, Nai-Nai. Laisse-moi faire tout ça. Tu sais comme tes os te font mal quand tu restes debout trop longtemps. »

Après avoir mis les légumes sur le feu, je l'aidai à se relever et nous sortîmes dans la cour. Il faisait trop chaud dans la cuisine, et il y avait trop de fumée pour ses poumons.

L'automne se faisait déjà sentir par petites touches dans l'or des feuilles, mais il ne faisait pas encore froid. L'air du soir était vif et le ciel clair, aujourd'hui. Grand-Mère observait souvent la lune et les étoiles, de la même façon que les érudits lisaient des recueils de proverbes. *Les Dieux ont semé nos avenirs sous la forme de lueurs et d'éclats entre les étoiles. Il suffit d'un peu de patience pour les identifier.* En tout cas, c'est ce qu'elle me disait toujours quand j'étais petite – encore une de ses superstitions.

Je l'aidai à s'asseoir sur l'un des sièges de pierre et m'agenouillai à ses pieds pour masser les muscles tendus de sa jambe. Je levai les yeux, essayant moi aussi de voir ces avenirs qu'elle disait avoir découverts, mais tout ce que je vis était la déchirure qui s'étendait dans le ciel, la lumière pâle et incandescente du portail qui défigurait notre firmament. Une marque permanente qui perturbait tout, jusqu'aux étoiles.

De jour, il était à peine visible : une simple lueur haut dans le ciel, une trouée de lumière distordue. Mais quand la nuit s'épaississait au-dessus de la ville, il devenait difficile de l'ignorer. Sa lumière scintillait de temps en temps comme les étoiles, et sa forme changeait en permanence. Certaines nuits, il était si petit qu'on avait l'impression qu'il rétrécissait. Comme s'il avait lui-même conscience que ce que les Romains faisaient était mal et qu'il voulait se refermer pour les empêcher de passer.

Un avion, aussi petit qu'une tache d'encre sur l'indigo sombre du ciel, le traversa dans une imperceptible ride de lumière. À cet instant, j'aurais juré voir le portail disparaître une fraction de seconde, ses bords ondulant quand il réapparut dans le ciel.

D'après Grand-Mère, ces vaisseaux faisaient l'aller-retour une fois par lune quand les Romains venaient seulement d'arriver. Et c'était un spectacle qui émerveillait les gens. À l'époque où j'étais tout juste assez grande pour m'en souvenir, ils passaient déjà toutes les semaines. Maintenant, nous les voyions troubler la tranquillité de notre ciel quotidiennement. Plusieurs fois par jour, même.

Je m'étais toujours demandé ce qu'ils transportaient dans ces machines volantes. Ce qu'ils emportaient, ce qu'ils ramenaient. Si tant est qu'ils eussent ramené quelque chose.

Ces appareils ne se posaient pas en ville, mais sur des terres que l'ancien empereur avait cédées à Rome dans le cadre du traité. Une zone de territoire romain à perpétuité sur le sol d'Er-Lang, où ils pouvaient faire ce qu'ils voulaient aussi longtemps que durerait la paix entre nos deux nations. Comme si les Romains ne faisaient pas déjà tout ce qu'ils voulaient, qu'ils soient chez eux ou non.

Bien que je n'y sois jamais allée et que je ne l'aie jamais vu de mes propres yeux, j'avais entendu les histoires que les commères s'échangeaient comme une monnaie à propos de cet endroit. Elles disaient qu'il était situé bien à l'écart de la cité et qu'il était hanté. Une étrange fumée s'échappait jour et nuit des bâtiments, ainsi qu'une puanteur nauséabonde. Elles murmuraient qu'il était entouré de hautes barrières en métal chargées d'électricité et qu'au plus profond de la nuit il résonnait de hurlements à vous glacer le sang.

Je déglutis pour chasser le malaise au creux de mon ventre. Ce qui se passait là-bas ne me regardait pas. La seule chose vers laquelle je devais tourner mes angoisses était ici et maintenant.

Ma famille.

Notre survie.

Les hivers à venir qui apporteraient leur cortège de nuits de neige, de maigres ressources en nourriture et de flambées des prix du bois de chauffage, tandis que les habitants dépérissaient à vue d'œil et que les riches entassaient l'argent dans leurs coffres, hors de notre portée. Nous louions des parties anciennes de notre maison à des locataires désespérés qui s'entassaient dans des pièces bon marché, mais comment pouvaient-ils nous payer, alors que la majorité d'entre eux arrivaient à peine à se nourrir ?

Comme si elle ressentait mes pensées paranoïaques, Grand-Mère posa une main sur ma tête et caressa mes cheveux. « Tu es une bonne fille, Ruying. Si ton père voyait la jeune femme que tu es devenue, il serait tellement fier de toi. » Je fis semblant de sourire. Comme si je me souciais de ce qu'il pouvait penser de moi. « Garde un œil sur ta sœur quand je serai partie, d'accord ? Je me fais du souci pour elle. »

J'attendis que Grand-Mère ajoute quelque chose, qu'elle me dise qu'elle soupçonnait Meiya de prendre la même drogue qui avait tué notre père, mais elle n'en fit rien.

Soit nous avions trop bien réussi à le lui cacher, soit elle le savait mais se voilait la face.

J'aurais voulu lui dire d'en parler directement à Meiya si elle s'inquiétait, mais dans notre famille, ce n'était pas comme ça que nous nous occupions de nos problèmes. Nous étions plutôt du genre à coller du papier peint sur les lézardes et à faire comme si elles n'existaient pas. C'était la façon dont nous vivions nos vies : en sachant ce qui se passait, mais sans jamais en parler.

C'était la même chose pour la mort de Père : jamais, au grand jamais nous n'en parlions. Ni de cela, ni des ecchymoses qui meurtrissaient en permanence notre peau, de son vivant.

Dans le silence étoilé, je posai ma tête sur les genoux de Grand-Mère tandis qu'elle me caressait les cheveux. Je savourai ce moment, redoutant le jour où elle me serait enlevée par ce monde cruel. Ou celui où, moi, je lui serais enlevée, quand la magie aurait épuisé ma source de vie, fauchée par la même Mort qui me conférait mes pouvoirs impies.

« Quand seras-tu de retour ?

— Dans une semaine à peu près, répondit-elle. Je sais que tu n'aimes pas le froid, Ru. Je ne veux pas que tu te maries si loin. Je…

— J'aime bien le Nord », dis-je. Plus nous monterions vers le Nord, plus nous nous éloignerions de la capitale et des Romains. La région était froide et désolée, mais nous y serions en sécurité.

Au moins pour un temps.

Dans le Nord, les montagnes gelées étaient les gardiennes du peuple, car la terre aimait ses enfants, et, en retour, ils aimaient la terre où leurs ancêtres avaient versé leur sang et qui avait reçu leurs ossements en son sein. Les gens de la capitale prenaient ceux du Nord pour des sauvages sanguinaires, mais je savais que ce n'était pas le cas.

Et Grand-Mère aussi.

Son grand-père avait lui-même été un enfant du Nord, bien qu'il ait sacrifié le nom de son clan à des seigneurs du Sud en échange de grain quand une tempête hivernale comme on n'en voit qu'une par génération avait gelé le sol si fort qu'il en était resté stérile : une charité chèrement payée. Malgré cela, il avait gardé les histoires de nos ancêtres dans son cœur et les avait transmises au fil des repas au coin du feu.

Et la terre du Nord serait toujours bonne pour ses enfants, même si l'hiver montrait ses crocs et sortait ses griffes.

J'espérais que ce soit vrai. Que, malgré des générations d'éloignement, la terre se souviendrait de nous, nous aimerait et nous protégerait comme le promettaient les légendes.

Je n'étais pas superstitieuse, j'accordais peu de crédit aux mythes et aux traditions. Mais à celle-là, si.

Parce que mon cœur, tout froid qu'il était, avait besoin d'espoir, de quelque chose à quoi se raccrocher. Un refuge, un havre. Il avait besoin de rêver d'un endroit où ma famille et moi serions heureuses et en sécurité, loin des terreurs et des traumatismes imposés par l'ombre de Rome.

«Je suis désolée», souffla Grand-Mère, ses doigts passant doucement dans mes cheveux.

Je savais qu'elle était sincère. Elle comprenait très bien ce que c'était, d'épouser un homme que l'on n'avait jamais rencontré, d'être prise au piège dans un mariage sans amour, comme un pion dans un jeu de pouvoir, sans aucun contrôle sur son propre destin.

Elle n'avait jamais voulu une telle vie pour moi. En d'autres circonstances, si elle en avait eu le pouvoir, j'aurais choisi mon propre mariage et j'aurais forgé mon propre destin. J'aurais eu la possibilité de tomber amoureuse, de décider de ce que je voulais ou non pour ma vie, et si je voulais me marier tout court.

Mais les temps étaient à la prudence. La liberté était un luxe que peu pouvaient se permettre.

Les jours s'assombrissaient et l'hiver approchait. Ma famille n'était plus ce qu'elle avait été et, pour survivre aux tempêtes à venir, il fallait faire des sacrifices.

«En temps de guerre, il ne ressort jamais rien de bon des filles laissées sans protection, murmura-t-elle d'un ton grave chargé de culpabilité et de honte. Et j'en sais quelque chose, j'en ai vu beaucoup trop, des guerres, aux côtés de ton grand-père.»

Elle ne parlait jamais des choses qu'elle y avait vues, et je ne tenais pas à savoir. Les horreurs de mon imagination me suffisaient amplement.

Pour la survie de notre famille, elle devait sacrifier une de ses petites-filles pour sauver l'autre. Si ça n'avait pas été moi, Grand-Mère aurait marié Meiya.

Je préférais mourir plutôt que de laisser un homme poser la main sur ma sœur. Même s'il était quelqu'un de beau, de gentil, même s'il avait tout ce dont on pouvait rêver, Meiya n'aurait pas d'amour pour lui. Jamais elle n'aimerait un homme.

Je posai une des pièces d'or dans la main de Grand-Mère. « Prends ça, dis-je. Le voyage vers le Nord est long et difficile. Si tu as besoin de t'arrêter à une auberge pour te reposer ou de t'acheter à manger, je ne veux pas que tu te fasses souffrir pour économiser quelques sous. »

Elle regarda fixement la pièce d'or. « Où as-tu trouvé ceci ?

— Je l'ai volée. À un Romain. » Cela ne servait à rien de mentir à ma grand-mère ; elle ne serait pas dupe, elle donnait déjà l'impression de savoir tout sur tout, y compris les secrets que je cachais dans les recoins les plus profonds de mon cœur.

« Ruying Yang, comment as-tu...

— La chance s'est présentée et je l'ai saisie, Nai-Nai. Et je ne vais pas m'excuser. Les Romains nous prennent suffisamment comme ça tous les jours. Je n'ai pas à me sentir coupable de leur reprendre quelque chose à mon tour. Je suis sûre que ça ne manquera pas à ce jeune homme. »

Les larmes lui montèrent aux yeux et ses lèvres se mirent à trembler, alors qu'elle bouillait de rage intérieurement. Et de peur. « Tu aurais pu te faire tuer.

— Mais ça n'a pas été le cas. » Mes yeux tombèrent sur ma main. Grand-Mère m'avait fait promettre de ne plus jamais utiliser mon Don, après ce jour où j'avais découvert son existence, au fond de la cascade.

Elle pensait que je ne pouvais pas le contrôler.

Et elle avait raison.

Mais la Mort m'avait donné ce pouvoir. J'avais le droit de m'en servir à ma guise.

N'est-ce pas ?

J'étais forte, puissante. Au nom de quoi aurais-je dû réprimer une partie de moi-même pour que le monde respire plus à l'aise ?

« Peux-tu encore la sentir... elle ? » demanda Grand-Mère. Elle savait quand j'avais fait usage de ma magie. À chaque fois, elle le savait.

Elle disait qu'elle pouvait distinguer l'odeur de la magie dans l'air. Par moments, il me semblait que moi aussi.

Je mentis, faisant « non » de la tête.

Certains jours, c'était moi qui avais le dessus; d'autres, j'avais l'impression que c'était bien la Mort qui me tenait en son pouvoir. La soif de sang avait sa chanson, qui résonnait sous ma peau, sans relâche.

Il y avait des moments où elle était plus difficile à ignorer.

Les lois des mortels ne s'appliquent pas aux Dieux. Armée des pouvoirs de la Mort, je pourrais être l'un de ces faux Dieux, comme les Romains. Soustraire à autrui autant de *qi* qu'il me plairait, vider des innocents de leur essence vitale, décider qui vivrait et qui rejoindrait l'Autre Monde, comme si j'étais la Mort incarnée.

Ce que j'étais, d'une certaine façon.

« Tu ne devrais pas faire usage de ton Don, dit Grand-Mère, après une pause. La magie se paie. Chaque fois que tu t'en sers, c'est un peu de ton *qi* qui disparaît avec elle.

— Je sais. »

Il y avait deux types de Xianlings dans ce monde : les prudents qui utilisaient leurs pouvoirs avec parcimonie, et ceux qui en abusaient allègrement; puisque nous allions tous mourir, autant en profiter.

Le pouvoir était une tentation dangereuse, la violence une poussée d'adrénaline enivrante. Rares étaient ceux capables de résister à son attraction. C'était la raison pour laquelle la majorité des Xianlings ne vivaient pas assez longtemps pour atteindre la vieillesse, voir le monde et goûter aux plaisirs simples que la vie avait à offrir.

Ceux qui considéraient que les Xianlings avaient de la chance d'être nés doués de magie n'avaient aucune idée de ce que signifiait vivre dans notre peau, aucune idée du fardeau que nous avions à porter pour toujours nous contrôler.

Chaque seconde de chaque jour.

Les gens nés sans magie croyaient qu'elle rendait tout plus facile.

Mais ils oubliaient toujours le prix à payer pour elle : les allumettes qui brûlent le plus fort sont celles qui s'éteignent le plus vite.

« Promets-moi de ne plus jamais te resservir de ton Don. » C'était un ordre, pas une requête.

Il m'était impossible de faire une telle promesse.

À Jing-City, tout le monde avait un ennemi. Tout le monde voulait la mort de quelqu'un. Qui que soit mon futur époux, dès qu'il découvrirait l'étendue de mon Don et combien il m'était facile d'ôter la vie à ses pires ennemis sans être repérée, il ne passerait pas à côté d'un tel pouvoir. Sa famille voudrait m'utiliser comme une arme, et l'on exigeait de toute femme – une fille, une épouse – qu'elle obéisse aux ordres de ses supérieurs masculins.

Je n'aurais pas d'autre choix que d'obéir. J'avais entendu dire que l'empereur s'apprêtait à obliger les Xianlings à s'enrôler dans l'armée et à s'entraîner comme soldats. J'étais une lame, et on me forcerait à tuer, ce n'était qu'une question de temps.

Si je faisais un bon mariage, avec un homme qui puisse soutenir ma famille, au moins il s'occuperait d'elle.

Pas vrai ?

Mourir jeune était un destin que j'avais accepté depuis longtemps. Il y aurait des choses dont je ne ferais jamais l'expérience, comme vieillir aux côtés d'un être aimé. Avoir le luxe de vivre assez longtemps pour porter des enfants et les regarder grandir et devenir adultes – si tant est que mon mari supporte suffisamment mes monstrueuses capacités pour me toucher, et que ma future belle-mère me laisse approcher mes propres enfants…

Étais-je seulement capable d'avoir des enfants, avec la Mort affamée qui grondait en moi ? Ou est-ce qu'elle siphonnerait la vie de toute semence qui oserait germer en moi ?

Mon temps était compté, et sa fin pouvait être plus proche que je ne le pensais.

Chaque seconde était précieuse, et c'était pour cela que je comptais bien vivre aussi longtemps que possible.

Et offrir un peu de bonheur à celles que j'aimais avec le temps qu'il me restait.

Grand-Mère partit le lendemain, comme prévu.

Meiya ne mangea pas les baies que j'avais laissées à sa porte.

Les cenelles bien mûres restèrent devant sa chambre jusqu'à ce que les insectes sentent le sucre et attirent les rongeurs, qui s'enfuirent en emportant leur chair juteuse.

8

Enfant, je sentais le sang avant même qu'il ne coule et je voyais la Mort avant qu'elle n'arrive. En grandissant, ces capacités ne firent que s'affirmer. Un peu comme les animaux sentent les orages avant qu'ils n'éclatent, je ressentais la présence du carnage avant qu'il n'ait lieu.

Trois jours après le départ de Grand-Mère, je rêvai du souffle glacé de la Mort.

Dans mon rêve, je voyais Jing-City d'en haut, comme par les yeux de mon esprit tutélaire, à qui rien n'échappait. La capitale dormait, mais son obscurité était parcourue de rivières pourpres, clarté jetée par des lanternes rouge sang.

Cette nuit, elles n'étaient pas les seules porteuses de cette couleur.

Quelque chose en moi s'enroula sur lui-même et se tordit. La panique jaillit. Une brusque marée grimpa le long de ma gorge.

Dans la nuit, des hommes marchaient au pas militaire, se glissaient sans bruit dans les maisons, des couteaux luisant dans leurs mains.

Le Spectre, fut ma première pensée.

Puis je regardai de plus près : des vêtements étrangers et des fusils en bandoulière.

Les Romains, résonnait l'avertissement de Taohua.

J'en aurais presque ri. Ça n'avait rien d'étonnant. Cela faisait longtemps que la rumeur colportait que c'étaient eux qui enlevaient les Xianlings dans leur lit, comme les trafiquants pendant le règne de l'empereur Qin, il y avait mille ans. Les racontars étaient rarement de la fiction totale, comme la fumée n'existe pas sans le feu.

Mais pourquoi ?

L'empereur Qin voulait des Xianlings pour consolider son armée avec l'aide de la magie et conquérir davantage de terres. Mais Rome avait déjà sa science. En quoi la magie lui serait-elle utile ?

Une fumée silencieuse et jaunâtre suivait les Romains dans chaque foyer, faisant tomber ses habitants dans le sommeil, mais elle ne parvenait pas à endormir tout le monde à temps. Aussi, quand des cris déchiraient la nuit, les coups de feu suivaient. Les couleurs explosaient. Les âmes étaient arrachées aux corps blêmissants, et elles s'en allaient, flottant depuis les rues jusqu'aux cieux dans un flot de nuances éclatantes.

Elles étaient si nombreuses, illuminant l'obscurité.

Sauve-toi, ordonna la Mort.

Je me réveillai en sursaut, haletante. Il me fallut un moment pour revenir à la réalité et comprendre que les cris que j'entendais au loin étaient réels, et non une impression tenace laissée par mon rêve.

Un rougeoiement de flammes mêlé d'ombres chaotiques vacillait à travers mes fenêtres de papier huilé.

Sors ! retentit la voix de la Mort, impérieuse et brusque.

Maintenant.

Je sautai sur mes pieds, attrapai précipitamment ma robe et la bourse d'or de mon larcin, avant d'enfiler une paire de bottes.

Jing-City était en état de siège. Les épées et les flèches aux pointes de fer de la garde municipale ne tiendraient qu'un temps face aux balles de Rome. Il fallait que je sorte Meiya d'ici et que je trouve un endroit où nous mettre en sûreté avant qu'ils nous tombent dessus.

Les mots de Grand-Mère résonnèrent comme une cloche. *En temps de guerre, il ne ressort jamais rien de bon des filles laissées sans protection.*

Quelque chose vint titiller mes sens.

Je fermai les yeux et plongeai dans le monde noir et blanc de la Mort pour apercevoir ce qui échappait à mes yeux mortels.

Trois silhouettes scintillantes avançaient vers ma maison et se faufilaient à l'intérieur par les portes rouges écaillées.

Ma panique se mua en peur. Il fallait que je me dépêche.

Je me glissai jusqu'à la chambre de Meiya à la lumière de la lune, n'osant pas allumer les bougies de peur d'attirer l'attention.

« Meiya ! soufflai-je, tentant de la réveiller en la secouant. Il faut qu'on parte. Allez, viens ! »

Elle ne bougea pas. Sa peau était chaude au toucher, brûlante comme un charbon ardent.

Oh, ciel. Je ne me rappelais pas avoir jamais vu la fièvre arriver en si peu de temps. Le syndrome de sevrage apparaissait de plus en plus vite maintenant, comme ça avait été le cas chez Père juste avant qu'il ne…

« Meiya ! appelai-je avec insistance. Je t'en prie, réveille-toi ! »

Comme si elle ressentait ma détresse, ma sœur remua. Ses doigts tressautèrent et ses paupières frémirent. « Ru ? » À peine un murmure. Cela faisait des années qu'elle ne m'avait pas appelée Ru. Elle ouvrit des yeux hébétés, sans vraiment me voir.

« Je suis là. » Je lâchai un rire tremblant, soulagée. « Il faut qu'on parte. Tout de suite. Je t'expliquerai plus tard. »

Je tentai de la relever, mais ses yeux se refermèrent.

J'entendis les intrus entrer dans le vestibule en dessous, faire le tour de la cour, ouvrir à coups de pied les portes l'une après l'autre. Fouillant, passant tout au peigne fin, à la recherche de quelque chose à briser, à voler. Ils allaient nous trouver, ce n'était plus qu'une question de temps. J'essayai de nouveau. « Réveille-toi, ma sœur, je t'en prie ! » Mais cela ne servit à rien.

Quand sa main retomba mollement dans la mienne, je la lâchai. Même si j'arrivais à la réveiller, elle serait trop faible pour courir.

Je n'étais pas Taohua. Je n'avais pas assez de force pour la porter.

Une seule d'entre nous survivrait à cette nuit.

Je pliai et dépliai mes doigts, laissant la magie vibrer à travers moi, comme une symphonie familière. Je voulus projeter ma magie vers le *qi* des intrus et le vider jusqu'à épuisement, jusqu'à ce que leurs corps tombent morts et froids, mais ils étaient trop loin et ma magie, trop brute, manquait d'entraînement.

J'avais passé ma vie à réprimer les pouvoirs de la Mort, pour ne les utiliser que dans des situations extrêmes. Je savais que je ne serais pas assez forte pour m'en prendre à trois hommes à la fois.

Mais je me devais d'essayer.

Respirant par saccades, je me laissai imprégner de l'image du visage boudeur de Meiya, avec ses beaux yeux en croissants de lune. C'était si facile d'oublier que nous étions jumelles. Grand-Mère disait qu'à notre naissance elle était si petite qu'elle tenait pratiquement dans le creux de sa main. Pour cette raison, elle avait failli l'appeler Mingzhu, pour 掌上明珠 : *la perle brillante dans le creux de sa main.*

Ce fut seulement au moment où je découvris mon Don que nous comprîmes pourquoi Meiya était née si petite, alors que j'avais été en si bonne santé.

J'étais un parasite, une sangsue. Déjà bébé dans le ventre de notre mère, je volais le *qi* de Meiya et de Maman. J'avais essayé de les tuer toutes les deux.

C'était à cause de moi que Maman était morte.

Et c'était grâce à Meiya que nous avions survécu.

J'enlevais la vie, Meiya la rendait.

Une qui donne, une qui prend.

Yin et yang.

Père nous haïssait toutes les deux pour la mort de Maman. Mais il n'aurait dû haïr que moi.

Meiya n'y était pour rien. Et pourtant, je l'avais laissée me cacher dans les placards quand Père était d'humeur noire. Je l'avais laissée encaisser sa fureur seule parce que j'avais trop peur pour m'interposer.

J'étais déjà aussi lâche que maintenant.

Les larmes me piquèrent les yeux. Je devais tellement à ma sœur.

Depuis le début.

Dix-neuf ans de dette. Depuis l'instant où nous étions nées, je lui devais la vie.

C'est mon tour de prendre soin de toi, Meiya.

Je retirai la grande latte de plancher sous le lit de Meiya et la couchai dans la niche que Grand-Mère avait préparée pour les cas comme celui-ci. Elle avait toujours eu deux longueurs d'avance – l'intelligence qui avait fait le succès de notre grand-père – et nous avait appris à en faire autant.

Meiya geignit, un murmure inaudible tombé de ses lèvres inconscientes, délirante de fièvre.

« Je vais m'occuper de tout ça. » Je me penchai pour déposer un baiser sur son front. « Tu vas t'en sortir. Tout ira bien. Prends soin de toi, Meiya. Souviens-toi de moi. »

Je plaçai la bourse d'or dans ses douces mains et remis la latte de plancher en place.

Je ralentis ma respiration et descendis l'escalier des serviteurs sur la pointe des pieds, la magie parée au bout de mes doigts.

Je vis les intrus juste au moment où ils sortaient de la chambre inoccupée de Grand-Mère, alors qu'ils avançaient vers l'escalier menant à la chambre de Meiya et à la mienne.

Ils étaient enveloppés d'uniformes pourpres, armés de pistolets et de munitions et portaient des bottes trop belles pour appartenir à des criminels ordinaires.

Sans chercher à être discrète, je me ruai hors de ma cachette.

Quand ils me virent, des sourires s'étalèrent sur leurs visages peints d'un blanc spectral par le clair de lune.

« Je l'ai trouvée », dit l'homme le plus en avant, parlant dans un appareil fixé à son col, avant de lever son arme.

Je courus aussi vite que je pouvais. Il fallait que je les attire loin de Meiya, faire tout ce qui était possible pour la protéger.

J'essayai de me rappeler ce que Taohua m'avait appris sur la magie et l'art du combat.

Comme un tigre, saute à la gorge. Vise…

Je me baissai vivement alors que le premier coup de feu éclatait comme un coup de tonnerre.

Deux balles filèrent le long de mes oreilles, en brefs éclairs de couleur à la limite de mon champ de vision, rapides comme des étoiles filantes. Je tournoyai pour m'écarter de leur trajectoire. L'astuce était de rester en mouvement. Il est plus facile de tuer un canard immobile qu'en vol.

Cela faisait des années que je ne m'étais pas entraînée à éviter des flèches et les balles étaient bien plus rapides. Soit ces hommes ne savaient pas viser, soit ils ne tiraient pas pour tuer. Ils me voulaient vivante.

J'en tremblais rien que d'imaginer pourquoi.

Je ne vais pas me laisser capturer sans combattre. Je n'étais pas un murmure de vent ou un saule se pliant à la volonté du soleil. Il fallait que je sois le chasseur, avant de me retrouver dans le rôle de la proie.

Ces trafiquants feraient bien d'y réfléchir à deux fois, s'ils comptaient toucher à un cheveu de ma sœur.

Je lançai ma magie, courbant la main. Le *qi* s'abattit sur moi comme un essaim de vers luisants en quête d'un nouveau territoire, grimpant le long de mes bras, apportant chaleur et picotements. Le battement de leurs ailes faisait déferler l'énergie en moi, me rendant plus rapide, plus forte, et aiguisant toutes mes perceptions.

Grand-Mère disait que ma magie était une porte entre ce monde et le suivant. Chaque fois que le *qi* coulait à travers moi, je me sentais comme emportée par un char tiré par dix mille chevaux. C'était une montée de bien-être, comme l'euphorie après une course de vitesse : mes muscles douloureux, mon cœur battant la chamade, mes poumons brûlants cherchant l'air, tout mon corps léger, comme cette sensation d'échapper à l'apesanteur quand une balançoire s'élève le plus haut possible au bout de ses cordes. Un moment où la gravité cessait d'exister, où absolument tout cessait d'exister sauf cette sensation éthérée et glorieuse.

Mais tandis que le chant de cette énergie volée retentissait dans mes veines, je tremblai en imaginant les conséquences.

Deux fois en cinq jours.

Quand mon corps commençait à prendre goût au pouvoir, la Mort ne faisait que me narguer de plus belle et il était plus difficile de la repousser.

Quoi qu'il en soit, c'était un souci pour plus tard.

Déjà, passer la nuit.

Quand le premier homme s'écroula en un tas immobile – pas mort, seulement assommé –, je me tournai rapidement vers son compagnon qui courait à côté de lui. Mais l'énergie de celui-ci était hargneuse et inextricable comme un nœud serré. Quelque effort que je fasse pour l'appeler à moi, elle refusait d'obtempérer et s'accrochait à son corps mortel : cet homme ne voulait vraiment pas mourir.

Sans contact de peau à peau, ma prise sur son *qi* se relâcha. La magie était un muscle et je l'avais rarement utilisée. Si j'avais eu de la pratique, si je m'étais entraînée, j'aurais peut-être pu la pousser davantage et mieux la contrôler.

C'est trop tard pour y penser. Je donnai une nouvelle saccade sur son énergie et, cette fois, elle suffit à le faire trébucher et perdre l'équilibre. Dans sa chute, il fit trébucher à son tour l'homme qui courait derrière lui. Ils furent projetés au sol, bras et jambes enchevêtrés.

J'accélérai. Le rouge fané des portes de la cour était en vue.

La maison de Taohua n'était pas loin. La demeure du général était surveillée par des gardes et entourée de soldats. Si je pouvais l'atteindre…

La douleur explosa le long de ma colonne : quelque chose de pointu venait de se planter dans ma nuque.

Une balle ? Une aiguille… non, une fléchette.

Mes muscles s'engourdirent, s'effondrèrent sous mon poids alors que mon corps s'affaissait sur lui-même en désordre, s'écrasant au sol. Du sable et des graviers criblèrent ma peau, rouvrant les blessures à peine cicatrisées que je m'étais faites quatre jours plus tôt.

La fléchette était imprégnée de poison qui s'infiltrait goutte à goutte, froid sous ma peau. Je me sentais lourde comme une pierre en train de couler dans l'eau. J'avais envie de dormir.

J'essayai de continuer d'avancer, mes yeux fixés sur la porte rouge. Je plantai mon coude dans le sol, m'égratignant sur les cailloux rugueux.

Je rampai, avançant et avançant encore.

J'y suis presque.

J'étais si près.

Si.

Près.

« Tu nous auras donné du fil à retordre, toi, dit quelqu'un en faisant crisser le gravier derrière moi et en m'attrapant par la jambe. Allez, on y va. »

Meiya est en sécurité, tentai-je de me dire alors que leurs mains rudes me soulevaient. C'était tout ce qui comptait.

Ma sœur était en sûreté, et elle avait la vie sauve.

DEUXIÈME PARTIE

Veni, vidi, vici

Je suis venu, j'ai vu, j'ai vaincu

9

Quelque chose n'allait pas.

Je me réveillai les yeux humides de larmes et un demi-cri encore présent dans ma gorge. Le monde passa du flou au net en quelques respirations lentes mais superficielles. Il y avait des rayons d'une blancheur crue, mais cette lumière était étouffée et salie comme par un ciel gris d'orage avant de pouvoir se déverser par une étroite ouverture, et elle ne parvenait qu'à dessiner de pâles ombres. Elle toucha le bout de mes cils, et les quatre murs autour de moi prirent une teinte de cendre.

Le bruit métallique des chaînes et les cris incessants retentissaient comme un claquement dans l'air.

Des gens qui suppliaient.

« Laissez-moi sortir ! Je vous en prie ! »

« Que les Dieux vous maudissent ! »

« Pitié ! J'ai une famille ! Une fille, une mère et… »

Certains de ces cris étaient dans notre langue. D'autres, dans une tentative d'idiome romain, avec un fort accent. Grand-Mère avait veillé à nous donner une instruction bilingue, au cas où. La maîtrise des langues et de la communication était un talent qui pouvait nous sauver la vie si nos pires cauchemars se muaient en réalité.

Je me redressai, massai mes tempes, habitées d'un bruit sourd. L'afflux de sang à chaque battement de cœur tapait trop fort à mes oreilles.

Ensevelie sous la terre et la pierre moisie, la cellule était un cube miteux à peine assez grand pour un lit et une cuvette de toilette en métal. La détresse détrempait les murs, et le sol était comme rouillé de traces de sang. La puanteur de l'urine et du vomi imprégnait l'air, me secouant l'estomac.

Je roulai des épaules, reprenant lentement mes esprits. Je n'avais aucune idée d'où j'étais, et il n'y avait qu'une façon de le savoir.

Fermant les yeux, j'essayai d'établir le contact avec la magie de la Mort qui couvait en permanence. Si je parvenais à la pousser vers l'extérieur, je pourrais peut-être me faire une meilleure idée de cette prison, voir tout ce que mes yeux mortels ne pouvaient voir.

Mais, pour la première fois, la barrière entre les vivants et les morts ne s'effrita pas à mon toucher. Je poussai plus fort, les mains tendues en l'air, le bout de mes doigts cherchant les fils chauds et scintillants du *qi*.

Il aurait suffi de quelque chose, n'importe quoi.

Pitié, pensai-je. *Laissez-moi entrer.*

Rien ne se produisit.

Puis je les vis. Deux bracelets de métal, identiques, fixés sur mes poignets comme une seconde peau. Ils grésillaient, parcourus de quelque chose qui dépassait mon entendement, glacés au toucher. Ils étouffaient ma magie comme des mains autour d'une gorge.

Je pensai tout de suite au fer zhentien : une légende destinée à faire peur aux enfants xianlings. Une création capable de repousser la magie, inventée par l'empereur Qin pendant la Grande Guerre, pour se protéger des Dieux. À l'époque où les Xianlings étaient à la fois redoutés et exploités.

Pouvait-il s'agir de cela ?

Je passai un doigt le long de l'un des deux bracelets. Non, ils n'avaient pas été fabriqués au moyen de la magie. Ils grésillaient d'un courant de basse intensité issu de la science et émettaient une légère vibration quand j'essayais de rassembler la magie dans mes mains.

Je les fis tourner autour de mes poignets, cherchant un système de fermeture, le moindre interstice où enfoncer mes ongles jusqu'à les arracher s'il le fallait. J'étais prête à tout pour ôter ces monstruosités.

«Je n'essaierais pas ça, si j'étais toi.» La voix me fit tressaillir et je me tendis vers la Mort, par réflexe. De nouveau, elle éluda mon appel. Un homme se tenait derrière l'étroite fenêtre de ma cellule, découvrant ses dents en un sourire qui me rappela le fil d'un poignard, affûté de malveillance. «Les plus brillants esprits de Rome ont conçu ces choses. C'est une science qui dépasse la compréhension de simples créatures comme vous. Aucun Xianling n'a jamais réussi à s'en libérer.»

L'homme me regarda de haut en bas comme si j'étais un morceau de viande qu'il avait hâte de goûter. Je serrai les poings jusqu'à ce que mes ongles s'enfoncent dans ma chair. J'aurais voulu arracher ces yeux haineux de leurs orbites pour qu'il ne puisse plus jamais regarder une fille comme ça, lui enfoncer mes mains jusqu'au fond de la poitrine et lui ôter la vie, une poussière après l'autre jusqu'à ce qu'il hurle…

Je me souvins de lui.

Dans un éclat d'yeux vert pâle comme du jade, je revis le jeune maître romain dont j'avais volé l'or : c'était son garde. Celui qui m'avait plaquée au sol et que j'avais presque tué.

Je reculai, la peur montant en moi à la place de la magie.

Je n'avais pas pu bien voir son visage l'autre jour, mais je reconnus sa voix profonde et menaçante et sa façon de cracher rageusement chaque mot entre ses dents.

Je l'avais laissé à l'agonie après avoir déchaîné la Mort sur lui. Une pâleur lui était restée, ses yeux étaient cernés d'épuisement et les cheveux sur ses tempes grisonnaient légèrement. Même sa peau avait perdu sa souplesse et semblait mince comme du papier. J'ignorais quel âge il pouvait avoir, mais il était maintenant usé et buriné, malgré ses yeux jeunes et remplis de fureur.

Au moins, il était en vie.

Si nos places avaient été échangées, s'il avait tenu les pouvoirs de la Mort dans sa main, je ne serais probablement jamais ressortie de cette venelle cette nuit-là. Les Romains n'avaient aucune pitié pour le peuple d'Er-Lang. Nous n'étions que des rats à leurs yeux, de chétives créatures à leurs pieds. Ma mort aurait été insignifiante. Je n'étais sans doute pas le premier Pangulais qu'il aurait tué.

Le pire, c'est que s'il avait eu mon sang sur les mains, s'il m'avait étranglée jusqu'à ce qu'il ne reste plus rien de moi sur ce vieux chemin de pierre, il n'aurait pas eu à répondre de ses actes, à payer un quelconque prix pour ma mort.

Son sourire s'élargit à mon silence, comme s'il prenait grand plaisir à me voir captive.

« Tu es un si joli morceau. Je vais particulièrement prendre mon pied à te tuer.

— Attendez, appelai-je avant qu'il ne s'en aille. Quel est cet endroit ? Qu'est-ce que je fais ici ? »

Il marqua un arrêt mais ne se retourna pas. « Tu le sauras bien assez tôt. »

Sur ces mots, il disparut.

10

Le temps s'écoula en une lente torture.

Sans lumière du jour, il était impossible de garder la notion du temps. Je fracassai les bracelets contre les murs, encore et encore. J'essayai de les ouvrir jusqu'à ce que mes doigts soient encroûtés de sang. Je criai à m'en égosiller. Personne ne répondit. Il n'y avait aucun moyen de communiquer avec le monde extérieur, de savoir où je me trouvais ou ce qui s'était passé à la maison.

Grand-Mère était-elle revenue du Nord ? Meiya était-elle sortie indemne de cette nuit ? Était-ce une attaque isolée ou y avait-il eu des suites ? Étions-nous maintenant jusqu'au cou dans une guerre contre Rome ?

Si c'était le cas, qu'adviendrait-il de ma sœur et de ma grand-mère ? J'essayai d'obtenir des réponses des gardes, mais ils ne daignaient pas me regarder et étaient encore moins enclins à m'adresser la parole.

C'était peut-être le plus effrayant dans tout ça : ne pas savoir.

Quand les gardes se décidaient à porter leur regard sur moi, c'était avec haine et dégoût.

Aussi, j'arrêtai de crier, et je ne me rebiffais plus ni ne me plaignais quand ils me faisaient passer ma nourriture insipide par l'ouverture de la cellule. Je ne pleurais plus, et je n'implorais pas leur pitié. Je gardais mon énergie de côté et je mangeais tout ce qu'ils me donnaient pour rester forte.

Je savais une ou deux choses de la cruauté des hommes par mon père. Plus vous suppliiez, plus ils prenaient plaisir à vous faire du mal. J'aimais mieux rester silencieuse et ne pas leur donner cette satisfaction.

Petites victoires.

La fille bénie par la Mort ne mourrait pas comme ça, anonyme en territoire étranger, loin de celles qu'elle aimait. Ni en martyre ni en traîtresse.

Il fallait à tout prix que je survive et, pour ce faire, il fallait suivre leurs règles. Attendre le bon moment.

Les cris atroces de mes camarades prisonniers continuaient, à toute heure du jour ou de la nuit. Et, au début, j'en fus reconnaissante. Ils me gardaient en alerte et vigilante pendant que j'attendais qu'une occasion se présente de m'échapper, de me battre, de défier l'arrogance démesurée de Rome et de sauver ma vie contre toute attente.

Cette chance ne vint jamais.

Au bout d'un temps, l'épuisement l'emporta. Je ne fis plus que me rouler en boule au centre du lit pour conserver ma chaleur et tomber dans un sommeil rongé de cauchemars.

Finalement, je m'habituai aux cris, une mélodie qui hantait jusqu'à mes rêves.

Les gardes allaient et venaient le long des couloirs, parfois pour jeter de nouveaux prisonniers dans des cellules d'où avaient été extraits d'anciens prisonniers pour faire de la place.

Ceux qui étaient emmenés ne revenaient jamais.

J'ignorais ce qu'on faisait d'eux, s'ils étaient en vie ou…

Un si joli morceau : les paroles de ce garde retentissaient comme le tonnerre annonçant une tempête. *Je vais particulièrement prendre mon pied à te tuer.*

Je serrai les poings, fort, repensant à ma dernière conversation avec ma sœur : cette dispute, les choses qu'elle m'avait dites, et dont je savais qu'elle ne les pensait pas. Je ne laisserais pas ces mots devenir le dernier souvenir qui lui resterait de moi.

Meiya ne se le pardonnerait jamais.

Je ne laisserais pas Grand-Mère subir l'épreuve d'enterrer sa petite-fille après avoir déjà enterré son fils. 白发送黑发，不孝之道. *Laisser les cheveux blancs enterrer les cheveux noirs est au plus haut point indigne d'un enfant.*

Je n'imposerais pas ça à Grand-Mère.

Je…

« Lâchez-moi ! » La voix était familière. « Vous savez qui je suis ? »

Non.

Impossible. Ça ne pouvait pas être elle. Elle ne pouvait pas se retrouver ici.

« Taohua ! » hurlai-je en me précipitant vers l'étroite ouverture par laquelle ils nous faisaient passer l'eau et la nourriture, juste à temps pour voir les gardes traîner mon amie à travers les couloirs crûment éclairés, gesticulant et vociférant.

« Ruying ? s'exclama-t-elle. Ruying ! Au secours ! À l'aide…

— Ferme-la ! » Le garde qui la tenait par les bras fit un geste confus avec l'appareil qu'il avait en main, et tout le corps de Taohua fut pris de violentes convulsions, ses membres s'agitant comme un poisson mourant dans ses derniers efforts pour se libérer des mains de ses ravisseurs et retourner à l'océan serein.

« Taohua ! Taohua ! » Mes mains griffaient le vide, à travers la minuscule ouverture, comme si je pouvais l'atteindre, comme si je pouvais me faufiler dans cet espace exigu et arriver jusqu'à elle. L'aider. La sauver. Comme je l'avais fait quand nous étions enfants. Comme elle l'avait maintes fois fait pour moi après que nous étions devenues des adolescentes. « Pitié, laissez-la partir ! Prenez-moi à sa place ! Prenez-moi ! Prenez… »

La douleur me foudroya, montant de mes poignets et ébranlant tout mon corps, jusqu'à ce que je me retrouve à genoux, essayant de respirer entre les haut-le-cœur. Je ne m'aperçus que je pleurais qu'au moment où je m'étouffai sur mes propres sanglots.

Taohua…

« Tiens-toi correctement », aboya une voix au-dehors, et la petite fenêtre claqua, fermée. Elle avait été ma seule source de lumière.

J'appuyai ma main sur la porte de métal glacé.

Je n'étais personne.

Je ne manquerais à personne. Mais Taohua, elle, était quelqu'un, la fille d'un général, une commandante de l'armée d'Er-Lang. Son absence serait remarquée, on enquêterait. Même si les Romains le voulaient, ils ne pouvaient pas l'embarquer aussi facilement. Pas sans motif, pas sans une raison qui vaudrait au moins un conflit, une guerre.

L'image du garçon aux yeux verts éclata devant mes yeux de nouveau.

Les Romains devenaient bien audacieux, s'ils attaquaient la capitale comme ça.

Mais étaient-ils vraiment assez téméraires pour enlever la fille du général le plus estimé d'Er-Lang ?

Soudain, une pensée glaçante me vint à l'esprit.

Est-ce que c'était par ma faute que Taohua avait été capturée ? Elle m'avait aidée à m'enfuir, ce jour-là. S'agissait-il de représailles ?

Le garçon était-il la raison pour laquelle nous étions ici toutes les deux ?

Et si oui, qui était-il ?

聪明一世, 糊涂一时. *Intelligence et prudence pour une vie entière ne prennent qu'une seconde de stupidité à défaire.*

Qu'est-ce que j'avais fait ?

11

Dans l'obscurité, le temps passait encore plus lentement.

Je pleurai.

C'était ma faute.

Entièrement ma faute.

Ils me donnèrent à manger, mais je n'avais pas d'appétit.

Si c'était à cause de moi que Taohua avait été amenée ici, alors je n'avais pas seulement ruiné sa vie. Je l'avais menée en enfer.

Tout ce que je touchais, je le cassais. J'avais tué Maman, j'avais tué l'ami d'enfance qui avait toute la vie devant lui. J'avais fait du mal à tellement de personnes, et maintenant, j'avais peut-être tué Taohua.

Ma seule amie.

Du poing, je martelai les murs incrustés de saleté jusqu'à ce que mes phalanges soient rouges de sang et que je ne ressente plus rien hormis un engourdissement glacial et une haine brûlante, de celles qu'on ne ressent qu'envers soi-même.

Je n'aurais jamais dû me permettre de lier cette amitié avec elle, d'oser penser que j'étais digne d'avoir des amis ou d'être aimée. Si j'avais gardé mes distances, comme je savais que j'aurais dû le faire, peut-être que Taohua ne serait pas venue à mon aide au marché nocturne et ne serait pas tombée sous les yeux cruels de ce garçon romain.

Je gémis, mes bras enroulés autour de moi-même, pendant un long moment.

Jusqu'à ce que j'entende un petit coup à ma porte.

Et qu'une voix me tire hors des ténèbres qui menaçaient de m'engloutir.

« Ruying ? »

Baihu ?

J'ouvris les yeux. Est-ce que c'était réel ? Ou le début d'un nouveau cauchemar, juste avant que les monstres ne commencent à me pourchasser ?

L'étroite fente de métal s'ouvrit dans un grincement, et la lumière se déversa à nouveau dans ma minuscule cellule.

Je levai les yeux.

Une paire d'yeux bruns familiers, des cheveux sombres, coupés court. Je battis deux fois des paupières pour vérifier que ce n'était pas un mirage.

« Ruying, tu vas bien ? » chuchota-t-il en passant sa main dans l'ouverture.

Mon cœur retrouva son rythme habituel.

Non. Ce devait être un rêve. J'hallucinais. Il était impossible que quelqu'un comme Baihu se retrouve dans un endroit pareil.

Toujours est-il que l'espoir me prit à la gorge et me précipita contre la porte.

Il attrapa ma main pour m'aider à tenir debout, et je m'accrochai à la sienne comme à un filin de sauvetage. Mes larmes étaient chaudes quand elles touchèrent mes joues, tout comme les mains de Baihu.

C'était réel.

Il était réel. Tout ça était réel.

Je l'aurais embrassé, tellement j'étais heureuse.

« Taohua, hoquetai-je. Il faut que tu l'aides. Elle est ici, elle aussi. Aide-la, je t'en prie. Elle…

— Elle est en vie, chuchota Baihu. Les princes ont été impressionnés par son Don de force. Ils ont décidé de la garder en vie, pour plus ample observation.

— Aide-la, dis-je dans un gémissement. Il faut que tu la sortes d'ici…

— C'est ce que j'essaie de faire. » Sa main continuait de serrer la mienne. Son visage était partagé entre le soulagement et la terreur de me voir dans cet état, comme une réalité qu'il ne voulait pas regarder en face.

« Ma sœur va bien ? Est-ce que ma grand-mère est revenue du Nord, elle sait que je suis en vie ? Baihu, où est-ce que je suis ? Rome a déclaré la guerre ? Qu'est-ce qui est arrivé à ceux qui ont été emmenés ? Pourquoi personne n'est revenu ? Où est Taohua ? Elle est en vie, mais est-ce qu'elle va bien ? Est-ce qu'elle est en sécurité ? Baihu, je t'en prie, je ne veux pas mourir… » Les mots avaient fusé en une seule respiration précipitée avant que je ne puisse m'arrêter. C'étaient tous les chagrins hagards et les questions frénétiques que j'avais gardés enfermés à l'intérieur de moi pour tenter de rester forte, de tenir le coup jusqu'à ce que je trouve un moyen de sortir.

« Elles vont très bien. Et je ne laisserai rien leur arriver, ni à toi, me rassura Baihu, sa main serrant la mienne pour souligner ses paroles. Je suis là, il ne t'arrivera rien. Nous sommes du côté romain de la capitale. Et parmi ceux qu'on vient chercher dans leur cellule, certains sont tués, mais si les princes pensent qu'ils peuvent être utiles, ils sont gardés en vie. En tout cas pour un certain temps. Montre-leur tes pouvoirs quand ils te le demanderont, Ruying. Fais-leur voir de quoi tu es capable. C'est la seule façon de survivre, dans cet endroit.

— Qu'est-ce qu'ils font de nous, ici ? » demandai-je à nouveau, bien qu'une part de moi ait déjà une idée.

Baihu jeta un coup d'œil à droite et à gauche. Ce n'était pas un endroit sûr pour avoir une conversation. « Ça n'a pas d'importance. Ce qui en a, c'est que tu ne devrais même pas être ici. Toute cette rafle n'aurait jamais dû avoir lieu. Il y avait un pacte entre l'Empire et Rome. Ils ne devaient enlever que ceux qui ne manqueraient à personne, et s'en tenir aux villages de campagne pour que l'empereur puisse 睁一只眼, 闭一只眼,

garder un œil ouvert et un œil fermé. Ton nom n'aurait jamais dû se retrouver sur cette liste. Rien de tout ça n'était censé arriver. Tu ne devais pas être dans leur radar. Antoine n'était pas censé… »

Tout redevint froid à nouveau.

J'arrachai ma main à la sienne, n'entendant plus que le battement de mon cœur, maintenant que le brouillard d'excitation s'était dissipé. Ses mots s'imprimèrent lentement avec le froid.

Je regardai vers le bas. La fenêtre était juste assez large pour que j'aperçoive son veston bleu clair, bien taillé et immaculé, une chemise impeccablement repassée. Son cou arborait une cravate de soie.

Pas une tenue de criminel s'apprêtant à faire un casse. Un homme du rang.

Il avait traversé tous ces couloirs jusqu'à ma cellule sans que personne cherche à l'arrêter.

« Tu étais au courant ? » me récriai-je.

Tout à coup, je me sentis stupide de ne pas l'avoir compris plus tôt.

Évidemment qu'il avait connaissance de tout ça. Il n'était plus le Baihu Er-Lang de mes lumineux souvenirs d'enfance. Il était l'ennemi. Un garçon qui avait vendu son âme aux Romains.

« Tu savais ce qui se passait et tu n'as rien fait pour l'empêcher. » Une affirmation, pas une question. J'avais toujours su que Baihu était un traître. Jing-City tout entière le savait.

Et pourtant, une part de moi avait pensé que… ou plutôt, avait espéré…

Je ris à ma propre naïveté puérile, à l'impudence que j'avais eue d'espérer dans un monde pareil.

Je reculai, laissant les ombres me dévorer une fois de plus.

Mes oreilles résonnaient des cris qui tourmentaient ces murs, des supplications dans le vide muet, qui ne recevaient jamais de réponse. Nos Dieux ne nous répondaient pas parce qu'ils n'étaient plus là pour nous entendre.

Sous le portail iridescent de Rome, toujours grandissant comme le ciel déchiré des légendes de Nüwa, nous étions à la merci d'une tout autre sorte de Dieux.

Des pas se firent entendre au loin.

Baihu se redressa brusquement, attentif. «Je dois y aller, Ruying. Mais je vais te sortir de là. C'est promis. Attends. Donne-moi un peu de temps. S'il te plaît. Fais-moi confiance.»

Il ferma le guichet de la porte, et les ténèbres avalèrent le monde jusqu'à ce que je me retrouve seule avec les cris de mon propre sang. La faim, le désespoir, la peur et la haine me brûlaient comme jamais auparavant.

Je m'écroulai sur le sol froid, le menton sur mes genoux repliés.

Attends. Ses mots résonnèrent de concert avec les cris incessants.

12

Baihu ne revint pas.

Le froid engourdit mes sens, les jours se fondirent en une seule interminable journée, et je me demandai si Baihu était vraiment venu ou s'il avait été le produit de mon imagination. Dans cette basse-fosse, prisonnière dans le noir avec mes pensées pour seule compagnie, je ne pouvais en être sûre.

Peut-être que j'avais tout inventé.

Peut-être que je devenais folle.

Après des jours, des semaines, des mois, des années ou une éternité, j'arrêtai d'attendre.

Personne n'allait venir. Les ailes frémissantes de l'espoir cessèrent de battre.

Il était inutile d'espérer que quelqu'un vienne à ma rescousse. Si je voulais m'échapper, je devais le faire moi-même.

Au milieu de ces ténèbres, je mis sur pied un plan à partir des enseignements de Grand-Mère.

Son intelligence, la détermination de mes ancêtres et ma force de caractère : rien de tout cela n'était un Don des Dieux. Elles m'appartenaient en propre. Les Romains ne pouvaient pas s'en emparer, quelque effort qu'ils fissent.

Quand les gardes ouvrirent ma porte pour m'escorter à travers une série de couloirs à l'éclairage aveuglant, je n'avais aucune idée du temps qui avait pu s'écouler.

À chaque pas, je refrénai l'envie irrépressible de me battre. Je n'allais pas laisser la peur ou l'ambition prendre le dessus. Je devais patienter. Attendre mon heure. Jusqu'à ce qu'une occasion se présente.

Je devais survivre, quoi qu'il en coûte.

Avec ou sans magie.

Je gardai l'œil ouvert, dessinant une carte dans ma tête, répertoriant les endroits où je pouvais m'enfuir ou me cacher. Au cas où.

Ils me firent traverser deux portes de fer qui s'ouvraient sur une salle caverneuse, faiblement éclairée. En son centre se trouvait un immense cube de verre, plus vaste que la cour des demeures des plus riches ministres.

Cette salle était spacieuse et aérée, avec un plafond en dôme qui s'élevait si haut qu'il avait dû être construit des mains de géants, non de mortels. Il s'incurvait harmonieusement, sans raccord de maçonnerie, comme jamais l'architecture de Pangu n'y était parvenue. En haut de puissantes colonnes se tenaient de belles statues, sculptées de détails si saisissants que le tissu sur leur corps semblait pouvoir s'agiter à la moindre brise. Il y avait des hommes en armure et des enfants ailés, poudrés d'un or qui scintillait à la lumière. Tout était merveille pour les yeux, et j'en aurais eu le souffle coupé si mon corps n'avait perçu le danger de tous les côtés, éveillant un réflexe de fuite ou de lutte comme je n'en avais jamais ressenti jusque-là.

Car cette fois, je n'avais pas la Mort à mes côtés, cette arme invisible qui m'avait protégée depuis les tout premiers battements de mon cœur.

Les mots de Baihu résonnaient dans ma tête. *Montre-leur tes pouvoirs quand ils te le demanderont, Ruying. Fais-leur voir de quoi tu es capable. C'est la seule façon de survivre, dans cet endroit.*

Le mur opposé de la salle soutenait un balcon vitré. De sa hauteur, ses occupants dominaient l'arène comme des empereurs ou des rois, une aigre arrogance dans leurs sourires satisfaits.

Deux hommes au premier rang du balcon arrêtèrent mon regard. Pâles et beaux, ils étaient vêtus de costumes de velours brodés d'or, des étoffes rouges élégamment drapées sur leurs épaules et tombant dans leur dos, comme les capes des héros de champs de bataille, même si j'aurais été étonnée que ces hommes eussent jamais fait quoi que ce fût d'honorable ou d'héroïque. Mes yeux se fixèrent sur celui qui se tenait sur la gauche : les traits saillants, les boucles sombres, les yeux de…

Mon cœur se prit dans ma gorge comme un ruban de soie et se déchira en lambeaux.

Des yeux aussi verts que le jade.

Le garçon du marché nocturne dont j'avais volé l'argent.

La mince couronne de laurier nichée dans ses boucles noires était tout ce que j'avais besoin de savoir sur lui. C'était le deuxième prince de Rome. *Antoine Auguste.*

L'homme à côté de lui, je le reconnus de mes cauchemars : Valentin Auguste. Le premier-né de feu leur père.

Là où la réputation de son frère le précédait, Antoine était l'opposé : discret et insaisissable. La cité murmurait qu'il n'avait jamais quitté son côté de la Barrière par dégoût pour ceux de notre espèce et qu'il considérait les Xianlings comme un crime contre les lois de la nature. Mais toutes les rumeurs n'émanaient pas d'un fond de vérité, visiblement.

Cette bonté dans ses yeux quand il avait posé une lourde pièce d'or dans les mains d'une jeune fille désespérée, la stupéfaction mêlée d'émerveillement sur son visage lorsqu'il avait été le témoin de ma magie : rien n'était plus éloigné du dégoût.

Si quelqu'un regardait mon peuple et notre magie avec une répugnance sans équivoque, c'était bien son frère. Le compte de ses victimes ne faisait que s'alourdir, et ce pour les plus infimes transgressions. Sur toutes les années que Valentin Auguste avait passées dans mon monde, je ne me rappelais aucun acte de générosité de sa part – fictif ou réel.

Quand les yeux du prince cadet glissèrent dans ma direction, je baissai vivement la tête, cachant mon visage derrière mes cheveux tombants, en espérant qu'il ne se souvienne pas de moi.

Je te protégerai quoi qu'il arrive, Ruying… La promesse de Baihu. Mais que valaient ses mots face à un prince de Rome ? Il avait beau dire qu'il pouvait me protéger, même ses pouvoirs avaient leurs limites. 狐假虎威. *Tout puissant qu'il soit à Jing-City, Baihu n'était en fait qu'un renard, usurpant le pouvoir d'un tigre*[1].

Les deux jeunes hommes en haut des balcons, c'étaient eux les véritables tigres tapis derrière le renard Baihu.

Je me maudis de n'avoir pas écouté la mise en garde de Grand-Mère me recommandant de ne pas m'approcher des Romains. Si je m'étais faite petite et m'étais tenue à l'écart des ennuis, peut-être que rien de tout ça ne serait arrivé.

Mon nom ne se serait peut-être jamais retrouvé sur la liste de Rome.

L'arrogance et le désespoir m'avaient poussée au vol cette nuit-là.

Et j'allais le payer de ma vie.

Je serrai les poings jusqu'à ce que mes ongles mordent dans ma peau. Je tentai d'appuyer les bracelets contre mes côtes, de les frotter sur mes vêtements dans l'espoir de les desserrer, de créer le moindre jeu qui laisserait passer un soupçon de magie, suffisant pour me protéger.

Mais c'était comme puiser de l'eau avec un panier d'osier. J'eus beau m'acharner contre les bracelets, la magie ne revint pas.

1. Il s'agit d'une célèbre fable animalière chinoise, où un renard, attrapé par un tigre qui s'apprête à le manger, lui demande de le relâcher, prétextant être envoyé comme Maître du Bois par l'empereur céleste en personne. Il invite le tigre à le suivre dans la forêt pour constater la terreur et l'obéissance qu'il inspire. Et effectivement, avec le tigre marchant derrière lui, tous les animaux s'enfuient à la vue du renard.

Avec le Don de la Mort, il valait mieux ne pas me sous-estimer. J'inspirais la peur. J'étais quelqu'un qui n'avait pas à se plier aux caprices de quiconque.

Sans lui, je n'étais qu'une fille ordinaire.

Seule.

Perdue.

Effrayée.

Je n'étais pas de taille face à ces hommes. Ni face à Rome.

Ils me conduisirent dans une sorte de salle d'attente séparée, juste à l'extérieur de l'arène vitrée. De cet endroit, je vis la jeune fille qui était à l'intérieur.

À genoux et en larmes, la peau translucide, les yeux caves, les mains parcourues de veines sombres : une opiamane. Mon cœur vacilla. *Meiya.* Ce fut la première pensée qui me vint. À y regarder de plus près, je m'aperçus qu'elle était trop petite pour être ma sœur, ses traits étaient trop ronds, comme une pâte tendre attendant encore d'être façonnée.

« Ton Don, c'est l'eau ? » lui demanda un homme grand et maigre, avec une tablette électronique en main, depuis le balcon.

La fille tremblait, pleurait. « Je ne veux pas mourir, gémit-elle. Je vous en prie, je ne veux pas mourir. »

Les mêmes mots résonnaient dans mon cœur.

On fit apporter un bol d'eau dans le cube vitré. « Montre-nous ton talent. C'est le moment de nous impressionner avec ta magie. Gagne ton droit à rester en vie », répondit l'homme, nonchalamment. Aucune humanité. Pas d'émotion derrière ses yeux enfoncés dans leurs orbites.

Puis ses bracelets bipèrent. Un son perçant et pourtant si beau. Je me rapprochai du mur vitré, les yeux écarquillés, n'osant pas ciller pour ne pas manquer une miette de ce qui allait suivre.

La jeune fille leva la main et l'eau commença à danser en l'air devant elle au gré de sa magie, comme des serpents transparents qui s'entortillaient et se distordaient. La maîtrise de l'eau.

Utile, mais banal.

La magie vous choisissait au hasard, et l'ampleur des Dons variait énormément d'une personne à l'autre. De par la volonté des Dieux, nos Dons étaient souvent aussi uniques que nous-mêmes, que les empreintes au bout de nos doigts. Cette fille était née avec la capacité de déplacer l'eau, mais quelqu'un d'autre était peut-être capable de la faire geler, une autre personne de la faire s'évaporer ou encore de la générer à partir de l'humidité de l'air. Et quelque part, quelqu'un possédait peut-être le talent de faire tout cela à la fois, voire plus. Il était impossible de deviner quel était le pouvoir d'une personne, et quel usage elle pourrait en faire, avec le bon entraînement.

Aucun Don ne fonctionnait de la même manière, n'obéissait aux mêmes règles. C'était pour cette raison qu'aucun Xianling ne savait quelle proportion de son *qi* était brûlée à chaque utilisation de ses pouvoirs, du moins pas avant de rendre son dernier souffle.

Je reportai mon attention sur le balcon, ou plutôt sur les princes en particulier. Si j'en jugeais par leurs visages impassibles, ils pensaient la même chose que moi.

Le plus âgé eut un léger hochement de tête, presque agacé. L'homme tapa quelque chose sur sa tablette.

La jeune fille fut congédiée sans même un mot.

« Attendez ! cria-t-elle quand les gardes entrèrent dans le cube de verre et la firent sortir. Où est-ce que vous m'emmenez ? Qu'est-ce que vous allez me faire ? Pitié, je ne veux pas mourir ! Je ne veux… »

Ils la traînèrent à travers deux portes de métal qui s'ouvrirent et se refermèrent avec un bruit de vagues déferlantes, et sa voix mourut au loin.

Mes entrailles se nouèrent et mes côtes se contractèrent comme un poing serré. Ce qui l'attendait de l'autre côté de ces portes, je l'ignorais et quelque chose me disait que je ne tenais pas à le savoir.

« Suivant ! » cria l'homme maigre.

La Xianling qui venait ensuite était aussi une jeune fille, un peu plus âgée que moi. Sa peau était bronzée, et ses yeux verts en croissants de lune étaient vifs et alertes, comme si elle était excitée d'être ici. Elle gardait la tête baissée, mais sans signe de peur.

«Mon Don est la maîtrise des plantes», annonça-t-elle avant même que les Romains ne lui posent la question.

Le prince aîné haussa un sourcil à son audace. Puis vint un demi-sourire. Sur un geste de sa main, un soldat apporta dans l'arène un pot contenant un minuscule arbrisseau à demi flétri.

Les bracelets de la fille bipèrent après qu'il fut ressorti, les portes de verre se refermant derrière lui, la tenant prisonnière à l'intérieur. Je notai l'épée à sa hanche, la carte à sa ceinture qui ouvrait et fermait les portes, et l'appareil à la surface toujours changeante. Je ne connaissais rien de son fonctionnement, mais je savais que chaque fois qu'il appuyait sur le minuscule bouton bleu en haut, les bracelets bipaient et la magie revenait à la personne désignée. L'objet était très petit, à peine la taille de sa paume, et il le glissait discrètement dans sa poche après s'en être servi.

La jeune fille posa une main sur les branches desséchées. Comme annoncé, la plante fanée se redressa et reverdit. Deux battements de cœur plus tard, elle était éclatante de fleurs et de petites baies rouges poussaient maintenant sous un épais feuillage.

Cette fois, les deux princes sourirent.

L'aîné donna un léger hochement de tête, et le visage de la jeune fille s'épanouit comme une pivoine au printemps, radieuse et voluptueuse dans son élégante beauté.

Les soldats l'escortèrent à travers une autre double porte faite de bois sombre, de l'autre côté de l'arène.

Quand ils l'ouvrirent, j'aperçus un large couloir et une fenêtre ouverte.

Et par-delà celle-ci, un ciel bleu.

13

« Suivant ! »

Un soldat me poussa en avant.

Je sais marcher. Un chapelet de jurons furieux me brûlait la langue, mais je les ravalai un par un. Les yeux rivés au sol, j'entrai dans l'arène, immédiatement aveuglée par la lumière blanche et crue des lampes incrustées dans le plafond. Tout ce qui était en dehors du cube disparaissait quasiment dans la pénombre. Malgré tout, je remarquai qu'une des ombres, tout en haut dans le balcon, s'était redressée.

Antoine Auguste.

Le prince aîné lui jeta un regard de curiosité et lui souffla quelque chose que je n'entendis pas. Puis il fronça les sourcils, imperceptiblement.

Le prince Antoine devait se souvenir de moi. C'était obligé. Ce qu'il restait à voir, c'était s'il avait l'intention de m'accorder une fin rapide ou de me garder en vie dans l'unique but de me torturer.

Je l'avais volé. J'avais commis un crime. Un homme tel que lui, né entouré de privilèges, élevé dans l'idée que tout lui était dû, avait probablement tué pour moins que ça.

Docilement, je m'inclinai pour saluer, faisant ce qui était attendu de moi, ce qui répondrait le mieux à leur bon plaisir. La meilleure façon d'amener quelqu'un à baisser sa garde est de se présenter dans une attitude soumise. Mieux valait être sous-estimée que surestimée.

Grand-Mère me l'avait appris.

Retiens ton souffle, frappe quand ils s'y attendent le moins.

« Ton pouvoir est la Mort ? » demanda le prince aîné. La curiosité se changea en un pli sceptique entre ses sourcils.

Je me raidis. C'était la première fois que j'entendais sa voix. C'était un son profond, comme les orages ou les raz-de-marée. Le danger imprégnait la façon dont il me regardait. C'était un non-croyant, quelqu'un qui avait peur de ce qu'il ne pouvait comprendre.

Trop souvent, la peur inspirait la violence.

Je me redressai. Au moins, j'avais leur attention.

« Montre-nous ce que tu peux faire », ajouta le prince après que j'eus échoué à lui répondre. Il claqua des doigts. Deux soldats traînèrent un jeune homme par les portes où étaient emmenés les Xianlings refusés et le jetèrent dans le cube de verre à mon intention. « Tue-le. »

Quand les bracelets émirent leur *bip* perçant, je sursautai. Un froid soudain se répandit sur moi et la magie revint si vite que j'en perdis presque l'équilibre, alors que les couleurs retrouvaient leur acuité habituelle et que les pouvoirs de la Mort palpitaient de nouveau au plus profond de mes os. Le chaud murmure du *qi* se rassembla au bout de mes doigts, me suppliant de le cueillir. Les souvenirs du pouvoir se firent sentir au fond de mon esprit, l'apesanteur de l'ivresse de la Mort, me pressant de lui céder, de prendre cette énergie, juste un peu, pour me rappeler ce que ça faisait de se sentir forte, puissante, jusque dans cette pièce où je ne valais pas mieux qu'un animal en cage.

Tu es la fille bénie par la Mort, murmura une voix à l'intérieur de moi. *Tu pourrais être une Déesse si seulement… tu cédais.*

Je pliai et dépliai mes doigts, savourant la chaleur de la Mort qui chassait le froid de la peur.

J'osai lever les yeux. Les princes regardaient la scène avec une impatience avide. Le prince aîné était comme un molosse assoiffé de sang, une lueur animale dans les yeux, alors que le prince Antoine était plus calme, le regard dur, indéchiffrable. Aucun des deux n'était plus réconfortant que l'autre.

« Tue-le, ordonna le prince Valentin, depuis le balcon. Tue-le, ou c'est moi qui vais te tuer. »

La magie flamboya. J'aurais voulu l'atteindre et enrouler son *qi* autour de mes doigts comme des fils fantômes et tirer dessus, les extirper jusqu'à ce qu'il hurle, possédé par l'horreur que tant des miens avaient dû ressentir à l'intérieur de cette cage monstrueuse. Mais quelque chose dans les parois de verre étranglait la magie de la même façon que les bracelets.

À mon silence, les gardes autour de la cage se tendirent. Leurs mains s'approchèrent des pistolets à leur hanche, prêts à m'abattre si je ne me pliais pas au bon vouloir de leur prince.

« Pitié, supplia le garçon à travers son bâillon. Je vous en prie, je ne veux pas mourir… »

Il était jeune, presque du même âge que moi, peut-être un ou deux ans de moins. Peau pâle, cheveux d'encre, les yeux rouges d'avoir pleuré. Dans ces deux lacs sombres, bordés de larmes et emplis de terreur, je revis le visage du premier garçon que j'eusse jamais tué.

« Je ne veux pas mourir. Je ne veux pas mourir… » Il recula, pleurant et pleurant encore, sa figure rouge et chiffonnée.

« Moi non plus », murmurai-je en m'approchant de lui, un pas à la fois.

Dix soldats étaient postés autour du cube de verre, chacun armé d'une épée et d'un pistolet. Cela faisait trop d'yeux aux aguets, trop de balles qui pouvaient me tuer au moindre signe de désobéissance.

Mon regard fila vers les portes de bois, et je pensai au ciel bleu au-delà.

Si je suis assez rapide…

« S'il vous plaît. » Le garçon continuait de m'implorer, toujours en larmes. Son désespoir me donnait envie de pleurer moi aussi.

Il me suppliait comme si j'avais mon mot à dire.

Comme si j'avais la latitude de décider de lui laisser la vie sauve.

Je ne disposais pas d'un tel pouvoir. J'étais prise au piège et impuissante, autant qu'il l'était. Encerclée par la puissance de la science, ma magie à leur merci. Je n'étais qu'une ride sur la surface d'un océan.

Les murs se refermèrent sur moi, mon cœur cognant jusque dans ma gorge, me donnant envie de vomir, tandis que la chaleur de la magie s'accumulait au bout de mes doigts.

Tue-le. La Mort se fit entendre à mon oreille. *Fais-leur voir ce que tu sais faire. C'est la seule façon de survivre.*

«Je ne suis pas une Déesse», dis-je au garçon en parcourant les derniers pas qui nous séparaient. Je posai ma main sur sa joue froide. Les couleurs en disparurent jusqu'à ce qu'il ne reste qu'un mirage de gris et la lumière dorée de son *qi*, flottant comme des brins de soie, comme les cordes envoûtantes d'un bel instrument, m'appelant doucement à en jouer. «Je ne peux pas te sauver. Je peux seulement me sauver moi-même.»

C'est un cas de vie ou de mort.

Je me forçai à penser à un ciel bleu. À la culpabilité de ma sœur. Aux larmes de ma grand-mère.

Je ne pouvais pas mourir maintenant. Pas sans leur dire au revoir.

«Je suis désolée», dis-je d'une voix brisée. Et je tirai.

Un cri à déchirer les tympans.

Son énergie se débattit plus fort que celle des autres, résistante, refusant d'être oblitérée. Désespérée de vivre.

Pardon pardon pardon pardon pardon pardon pardon pardon pardon pardon pardon pardon pardon pardon…

Le garçon tomba à genoux, une flaque d'urine se formant sous lui.

Je tirai plus fort, et un courant parcourut mon corps avec une férocité pareille au battement d'une dizaine de milliers d'ailes. Je chancelai, perdant pied tandis qu'il se précipitait dans les bras de la Mort.

Quelque chose s'échappa aussi d'entre mes doigts. L'énergie du garçon emportait quelque chose de moi, comme je venais de prendre ce qui était à lui. Des fragments de ma vie, minutes ou heures, fauchés à chaque offrande à la Mort. Rien dans la vie n'était gratuit ou dénué de conséquences.

La magie donnait d'une main, et prenait de l'autre.

Sa lumière diminua, ses cris faiblirent. Mon cœur tremblait dans ma poitrine. Les teintes de son âme commencèrent d'apparaître, une couleur entre le bleu et le vert. J'en avais assez pris. Davantage, et il mourrait.

Les hommes au-dessus de moi regardaient, médusés.

Des larmes me brûlaient les yeux.

Assez. Je fis machine arrière avant que la dernière étincelle de vie ne s'échappe de lui.

Le garçon tomba inconscient. Les hommes au balcon se mirent à taper dans leurs mains : un tonnerre d'applaudissements excité par les perspectives qu'offrait leur nouveau et rutilant jouet.

Les bracelets bipèrent une nouvelle fois, et les soldats entrèrent dans le cube pour emporter le corps et m'escorter à travers les portes de bois.

Je les laissai s'approcher. Quand l'un d'eux me prit par l'épaule, je fis semblant de chanceler sur mes pieds pour avoir une raison de m'appuyer contre lui jusqu'à sentir la chaleur de son corps, glissai une main dans sa poche et m'emparai de la télécommande qui contrôlait mon destin.

Les Dieux t'ont offert un Don pour une raison.

Mes yeux se levèrent vers les visages euphoriques des princes. Je pouvais sentir leur soif avide, entendre le grondement insatiable de leur convoitise alors qu'ils imaginaient toutes les façons dont ils allaient pouvoir m'utiliser contre mon propre peuple. À cette pensée terrifiante, j'eus envie d'arracher ce monstrueux pouvoir de mes veines, de tuer la bête qui se tapissait sous ma chair et mes os pour que personne ne puisse mettre la main sur elle.

Tu es née pour tuer, mon enfant. La voix de la Mort. *Il est temps que tu cesses de tourner le dos à ton propre potentiel, Ruying. Embrasse-le.*

Maintenant que Rome savait ce dont j'étais capable, jamais ils ne me laisseraient libre. Ils feraient de moi la tueuse que Grand-Mère avait toujours redouté me voir devenir.

« Pitié ! marmonna le garçon, à demi conscient. Je ne veux pas mourir. »

Moi non plus.

À cette pensée, je repoussai les larmes, les peurs, les gardes stupéfaits trop absorbés par les murmures d'un garçon supposé mort, et je pris mes jambes à mon cou.

Une petite pression sur le bouton, et les bracelets se turent, permettant à la magie de couler à nouveau.

« Ne tirez pas ! » cria quelqu'un alors que je plongeais pour éviter les gardes qui se ruaient vers moi, m'emparant d'une épée d'apparat dans le même mouvement. À mon soulagement, c'était une vraie, affûtée et pas seulement faite pour le décorum. « Je la veux vivante ! » Un autre garde se jeta sur moi. J'esquivai en passant sous ses bras et lui assenai un coup fendant vers le haut, visant sa gorge, comme Grand-Mère me l'avait appris.

Le métal trancha dans la chair et les veines, et le sang se déversa crûment, âcre et chaud comme s'il voulait me submerger. Mon estomac se souleva en un haut-le-cœur et la bile grimpa le long de ma gorge.

Je forçai mon corps à se maintenir en mouvement tout en arrachant de la ceinture du garde la carte qui contrôlait les portes.

J'essuierai le sang plus tard.

D'abord, sortir d'ici en vie.

14

Chargé à bloc d'énergie volée, mon corps se fit plus fort et plus léger tandis que je fonçais à travers les portes et dans le couloir résonnant, si vite que je crus voler vers le ciel bleu de l'autre côté.

La liberté prit la forme d'un air pur et froid qui me remplit les poumons, plus délicieux que tout ce que j'avais jamais pu goûter.

« Attrapez-la ! » vociféra quelqu'un derrière moi.

Le couloir était gardé par deux hommes qui sursautèrent à ma vue. Leurs yeux s'agrandirent de surprise et de confusion.

Avant qu'ils ne puissent réagir, je lâchai la Mort sur eux et appelai leur *qi* à moi, tirant fort. L'un d'eux trébucha et tomba sur les genoux, alors que l'énergie du deuxième restait rétive, s'accrochant à la vie de toutes ses forces. De la main, il chercha le pistolet à sa ceinture au moment où je lui assenai un coup d'épée, traçant une entaille bien nette juste sous sa mâchoire : assez pour faire couler le sang et le faire paniquer, mais pas pour tuer. C'était quelque chose que Grand-Mère m'avait appris il y avait des années. Une compétence que j'avais espéré ne jamais avoir à mettre en pratique.

Ne t'arrête pas, me dis-je quand l'homme s'écroula comme son collègue, les mains serrées sur sa gorge, son sang jaillissant à gros bouillons.

Tueuse. Tueuse. Tueuse. Les mots sonnaient, railleurs, à mes oreilles. *Tu es née pour tuer.*

Dans des livres savants, j'avais lu que la magie était comme n'importe quel muscle : elle ne se renforçait que si on s'en servait et si on l'entraînait. Déjà, je la sentais émettre de la chaleur et commencer à picoter, gonflant mon corps d'énergie jusqu'à me griser de pouvoir.

Les fables avaient raison : la magie était vraiment une montée d'ivresse. Finalement, je compris pourquoi les Xianlings mouraient jeunes. Pourquoi ils foutaient en l'air des années de leur vie pour rester dans cet état de transe euphorique. Pourquoi Meiya ne parvenait pas à s'arracher aux griffes de l'opiane.

C'était là le pouvoir. Le véritable pouvoir.

Je souris. La Mort l'avait voulu ainsi. J'étais née pour…

Un coup de feu traversa l'air. Une balle siffla devant moi. Elle m'avait manquée d'à peine un pouce.

Bang. Une autre.

J'augmentai ma vitesse, les mains tendues devant moi. La liberté était si près que je pouvais la sentir dans l'air, toucher…

Je poussai un cri : une balle m'avait traversé la cuisse et je tombai à la renverse. Mon genou tremblant se fracassa contre le sol dur et, au même moment, une main m'attrapa par la gorge, écrasant mon visage contre les dalles froides. Je tentai de reprendre mon souffle, mais ça ne fit que l'inciter à me plaquer plus fort, jusqu'à ce que je ne puisse plus respirer.

J'aperçus son regard jeune et son visage maussade. Le soldat que j'avais manqué de tuer au marché. *Pas encore toi !*

Je tentai d'établir le contact avec la magie, mais je n'eus que quelques secondes avant de la sentir s'éteindre, la Mort arrachée à mes doigts.

Ma magie venait de se volatiliser, sans un signe, sans un geste.

Les bracelets se resserrèrent et une douleur aiguë et brûlante explosa dans tous mes os. C'était la même que j'avais ressentie dans ma cellule en arrivant ici, quand j'avais essayé de me faufiler par cette maudite ouverture pour sauver Taohua. Je ne voulais pas pleurer, je refusais de leur accorder cette satisfaction, mais une seconde plus tard, je n'entendais plus que mes propres cris. Tout mon corps se convulsait comme un poisson agonisant, comme Taohua quand elle avait refusé d'obtempérer. Ma tête se fracassa contre le sol de pierre froide avec des spasmes si violents que je crus que mes os allaient voler en éclats.

Je sentis ma fin arriver.

« Saletés de culs-terreux », me cracha au visage l'homme qui me tenait. Dans ses yeux dansait une soif de sang, de vengeance et de douleur, le désir de me rendre la monnaie de ma pièce après le marché nocturne.

Mes entrailles se nouèrent. J'étais affamée de magie, de l'envie dévorante du pouvoir qui étoufferait sa vie comme on mouche une chandelle. *J'aurais dû te tuer à la première occasion.*

Mais tout ce que je parvins à articuler fut « je ne veux pas mourir », en écho aux supplications du garçon. En l'absence de la magie, le courage laissait vite place à la peur.

Ma vision se brouilla. J'étais incapable de me concentrer sur autre chose que la douleur qui s'agitait en moi.

J'avais l'impression qu'on me brûlait vive.

Je n'aurais pas dû m'enfuir. C'était stupide, c'était...

Au loin, j'entendis un rire.

L'aîné des princes vint s'agenouiller en face de moi, une télécommande en main, son visage encadré de boucles aussi blondes que les blés. Un rictus victorieux lui traversait la figure d'une oreille à l'autre. Un visage si beau, et pourtant meurtrier.

Il va me tuer.

Le prince rit, caressant du doigt ma joue tuméfiée. « Tu pensais que ce serait aussi facile ? À qui croyais-tu avoir affaire ? Nous n'avons rien en commun avec les trafiquants minables de ton monde. Nous sommes des Romains. Les maîtres de la science, et vos nouveaux Dieux. »

Il claqua des doigts et un soldat lui tendit quelque chose.

Une seringue.

Je reconnus la substance incandescente qu'elle contenait : de l'opiane liquide. La toute nouvelle drogue de la Tour du Lotus.

« C'est le moment de te donner une leçon, petite fille. Un talent comme le tien est peut-être trop rare pour qu'on te tue, mais je ne peux pas te garder comme ça, tu es un danger sur pattes. » Il se pencha plus près et ajouta tout bas : « Et encore moins maintenant qu'Antoine t'a réclamée pour lui-même. Une arme pareille à ses côtés ? Je ne peux pas laisser mon cher frère avoir tout ce qu'il veut, n'est-ce pas ? Ne t'inquiète pas, tu n'auras pas mal. Bien au contraire. Tu vas te sentir extrêmement bien. Tellement que tu préféreras mourir plutôt que de vivre sans ça.

— Non ! » J'essayai de crier malgré la douleur, de me tortiller pour échapper à la poigne des énormes mains du soldat, mais il était trop fort. Sans magie, je n'avais pas la moindre chance.

Non.

Par pitié, non.

Je savais ce que la drogue avait fait à mon père, à ma sœur. Une fois sous son influence, je ne pourrais plus y échapper. Je ne connaîtrais plus que l'opiane, je ne pourrais plus m'en passer. Tout le reste de ma vie serait anéanti. Je deviendrais le jouet de Rome. Je…

Mes larmes coulèrent.

« Pitié, ne faites pas ça. J'obéirai. Je ferai tout ce que vous me direz. Ne le faites pas… Je vous en prie.

— C'était avant d'essayer de t'enfuir qu'il fallait y penser. » L'aîné des princes posa une de ses mains sur ma gorge, appuyant la pointe glacée de la seringue contre ma jugulaire. Je pouvais sentir jusqu'à son parfum maladivement doucereux. La peur me brûlait les entrailles comme de l'acide, mes larmes formaient des flaques sur le sol de marbre, le tempo effréné de mon cœur tambourinait dans mes oreilles. « Quel dommage. Un si joli minois. Peut-être que je m'amuserai avec toi avant de t'envoyer aux laboratoires.

— Valentin, coupa une nouvelle voix, ferme et sévère. Ce n'est pas nécessaire. Je te l'ai déjà dit, celle-ci est à moi. »

Il y eut un ricanement, mais la main du prince se desserra, la douleur s'arrêta et la seringue glacée se retira de ma gorge. « Elle est trop dangereuse. Si on ne la rend pas accro, qui sait comment nous pourrons contrôler une chose pareille, mon frère ?

— C'est à moi d'en décider. Pas à toi. Je compte en faire bon usage et je la veux lucide. »

L'aîné des princes, Valentin, jeta un regard incrédule à son frère, mais céda. « Surveille-la. Je ne veux pas la voir causer des problèmes dans la cité. Et s'il se passe quoi que ce soit à cause de ta clémence inconsidérée, je n'hésiterai pas à en rendre compte à notre grand-père. »

Le prince Antoine afficha un sourire lent et calculé. « Je n'en attends pas moins de toi, mon frère. »

15

Ils m'enfermèrent dans une cellule, cernée par des murs noirs de moisissure où la seule lumière qui filtrait était artificielle et électrique, rendant impossible de mesurer le temps qui passait. Aucun médecin ne fut envoyé examiner la blessure par balle à ma cuisse, qui saignait lentement. Je fis des bandages de fortune avec les haillons qu'ils nous donnaient en guise de vêtements, et j'essayai de ne pas malmener la plaie. J'espérais qu'elle guérirait, mais, sans traitement digne de ce nom, une infection s'installa rapidement autour de la chair à vif remplie de pus. La fièvre se répandit dans mon corps, inondant mon visage de bouffées de chaleur, me rendant faible et somnolente.

Je respirai, une inspiration et une expiration à la fois, perdant et reprenant conscience comme au gré du flux et du reflux d'une marée peu profonde. Je priai pour que mon corps guérisse, pour que j'aie une chance de vivre. Je priai les Dieux auxquels je ne croyais plus, n'importe quelle divinité qui m'entendrait… Même celles que je haïssais.

Je ne mourrais pas comme ça.

Dans le noir, je continuai à respirer, à ouvrir les yeux, à me répéter mon nom, à me rappeler où j'étais. Je me forçai à visualiser les personnes à qui je manquerais si je mourais.

Meiya.

Grand-Mère.

Taohua.

Peut-être même Baihu, à sa manière, si tordue soit-elle.

«Je ne vais pas mourir.» Je forçai les mots à sortir dans l'air amer. *Je suis la fille bénie par la Mort. Si mon intention est de vivre, rien ne peut m'arrêter.*

Est-ce que c'étaient là des vérités auxquelles je pouvais me fier ou de simples mots d'espoir, voués à voler en éclats?

La Mort était peut-être mon esprit tutélaire, mais elle ne me devait rien. Pour elle, ma vie n'en était qu'une parmi tant d'autres : un fruit destiné à être récolté. Allais-je vivre assez longtemps pour me gorger du jus sucré de la vie ou serais-je tragiquement cueillie encore aigre, avant mon heure, comme trop de Xianlings avant moi? Elle était la seule à pouvoir répondre à cette question.

Le temps s'écoula. Je continuais de prier, de me rappeler toutes mes raisons de vivre.

Quand un bruit de pas se fit entendre, je sus qu'un Dieu avait répondu à mes prières.

Malheureusement, pas celui que j'aurais voulu.

«Tu es vivante.» Des yeux vert pâle me regardèrent à travers les barreaux de fer qui me tenaient en cage comme un animal.

Antoine Auguste. Le deuxième prince de Rome.

Était-il venu pour se rengorger, pour se réjouir de ma souffrance? Est-ce que c'était là le prix à payer pour avoir osé lui dérober son or, des jours, des semaines, peut-être des mois plus tôt? Le temps me glissait entre les doigts comme de l'eau. Je ne me souvenais pas depuis combien de temps j'avais été capturée. Tout ce que je savais, c'est que ça m'avait paru une éternité de tourments.

«Tu sais, tout ça aurait pu être beaucoup plus facile si tu n'avais pas essayé de t'enfuir. Et blessé gravement plusieurs de mes gardes par la même occasion, dit-il, promenant son regard sur ma cellule. Je n'avais pas l'intention de partir du mauvais pied avec toi. Mon père disait toujours que l'on n'attrape pas des mouches avec du vinaigre, donc ce n'était pas comme ça que j'aurais voulu voir se terminer notre deuxième rencontre. Mais tu ne m'as pas laissé beaucoup le choix après ta petite tentative d'évasion.

— Que faites-vous ici ? demandai-je, ma voix à peine un souffle.

— C'est ça, le genre d'accueil que tu comptes me faire ? Tu devrais me remercier d'avoir forcé mon frère à t'épargner et d'avoir empêché qu'il te rende accro. J'ai vu ce que l'opiane fait aux tiens, comment ils se perdent dans ce paradis artificiel, la façon dont la faim d'y retourner dévore leur esprit. Une fois que tu y as goûté, tu ne désires plus que ça, tu ne penses plus qu'à ça. L'addiction te fait oublier jusqu'à ton nom, ta famille et tes amis, tous ceux qui t'aiment et que tu aimes. J'ai vu les guerriers les plus forts se changer en singes de cirque et danser aux caprices de mon frère.

— Vous êtes là pour me tuer ? » Je n'avais pas le temps pour ses petits jeux.

Il gloussa d'un petit rire. « Non.

— Pour vous venger, alors ? »

Il pencha la tête, une étincelle d'amusement dans ses yeux clairs.

« Non, malheureusement. Bien que tu m'aies effectivement volé beaucoup d'argent. Si nous étions à Rome, je pourrais t'envoyer en prison pour très longtemps.

— Il se trouve que je suis déjà en prison depuis très longtemps, marmonnai-je, désignant de la main la cellule autour de moi.

— Je pourrais faire en sorte que cela dure encore plus, si tu insistes pour aggraver ton cas. »

Mes lèvres se plissèrent, bien que ce ne fût pas sous l'effet d'un sourire. « Je suis au courant. À Jing-City, vous pourriez me tuer de vos propres mains si ça vous chantait sans avoir à souffrir la moindre conséquence. Parce que vous êtes un Romain, et moi non.

— Tu ne m'aimes pas beaucoup.

— Je devrais ?

— Je t'ai sauvée de mon frère.

— Vous m'avez sauvée parce que vous ne vouliez pas que je devienne son arme à lui. Vous l'avez dit vous-même : cette drogue m'aurait consumée. J'aurais été réduite à un chien prêt à lécher les bottes du premier à m'apporter ma dose, n'est-ce pas ? Or un chien sans aucune notion de fidélité ne présente aucun intérêt à vos yeux. »

L'ombre d'un sourire passa sur ses lèvres. « Tu es futée.

— Vous partiez du principe que j'étais stupide ? » rétorquai-je. Je fis un gros effort pour ne pas lui dire que j'avais été élevée par une des femmes les plus intelligentes que l'Empire d'Er-Lang ait connues, qui avait fait de son mari l'un de nos généraux les plus décorés, avant que l'histoire n'oublie son nom. « Maintenant, dites-moi pourquoi vous êtes venu. »

Son sourire s'agrandit. « Je suis venu t'offrir une chance de vivre. Tu veux vivre, n'est-ce pas, Ruying Yang ? »

Je ravalais la boule dans ma gorge. Mon cœur avait battu un peu trop vite quand il avait prononcé mon nom, avec tant de douceur et de bienveillance.

Plus que tout. La promesse de la vie sauve m'ensorcelait, mais je refusais de le lui laisser savoir. « À quel prix ? »

Il eut un rire rauque, entre le ricanement et le soupir. « Sais-tu pourquoi tu es encore en vie ? » Il s'approcha, passa ses bras autour des barreaux de la cellule et me regarda comme un faucon sa proie. Mais je n'étais pas sa proie. Pas encore. Il voulait quelque chose de moi, ce qui signifiait que je n'étais pas totalement impuissante dans ce marché. Il avait choisi un terrain où nous ne luttions pas à armes égales, mais au moins j'avais quelque chose.

Une seule carte, peut-être. Mais je comptais en jouer pleinement à mon avantage.

« Dis-moi, Ruying Yang, pour quoi es-tu prête à mourir ? »

Le sourire de ma sœur, les mains de ma grand-mère tenant doucement les miennes. Je me redressai. « Ce n'est pas la bonne question, mon prince », énonçai-je lentement, avec des mots mielleux. Une victime docile lui ferait bonne impression. Grand-Mère aussi m'avait appris que l'on attrape plus de mouches avec du miel qu'avec du vinaigre. Dommage pour lui, ce n'étaient pas des mouches que je voulais attraper, mais son cœur de faux Dieu, l'avoir encore palpitant dans ma main.

« Quelle est la bonne question, alors ?

— Ce que vous devriez demander à la fille bénie par la Mort, ce n'est pas pour qui elle est prête à mourir, mais pour qui elle est prête à tuer. »

De nouveau, il pencha la tête. J'avais maintenant toute son attention. « Te laisser la vie sauve n'est pas suffisant ? »

Ça l'était, mais j'étais plus gourmande que ça. Je voulais plus que ça. S'il désirait suffisamment ma magie, il serait disposé à me donner tout ce que je demanderais. Je devais simplement lui présenter l'arrangement de façon à lui laisser entendre qu'il avait l'avantage.

« Non, ça ne me suffit pas. Surtout si je dois trahir mon peuple, ma terre, mon Empire. La Mort est une magie puissante, qui implique d'incommensurables responsabilités. Entre de mauvaises mains, un Don comme le mien peut amener la ruine sur des mondes entiers. »

Un monstre comme lui ou ses frères s'en servirait pour réduire Er-Lang en cendres.

Du regard, je détaillai ses bras, robustes mais élégants, nonchalamment passés autour des barreaux de fer. Le prince semblait insouciant de ce que j'aurais pu lui faire.

« Tu as une très haute opinion de ta magie, dit-il.

— Vous avez vu ce dont je suis capable. Si vous étiez futé, vous auriez la même opinion.

— Tu essaies de me proposer un marché ?

— Oui, et alors ? »

Le sourire qui lui barrait le visage devint cruel. « Je ne sais pas encore ce que tu veux ; en revanche, je sais ce que tu ne veux pas : voir ta sœur et ta grand-mère souffrir de ton entêtement effronté. »

Mon cœur bondit à la mention de ma famille. « Elles sont en vie ? Qu'est-ce que vous leur avez fait ?

— Elles sont vivantes et en bonne santé. Si tu veux qu'elles le restent, cela dépend de ta coopération.

— Vous essayez de me faire chanter ?

— Oui, et alors ? » Le prince passa sa langue sur ses lèvres. « Moi aussi je peux jouer à ce jeu-là. Je ne sais pas pour qui tu me prends, mais comme disent les tiens : 我不是省油的灯. *Je ne suis pas une lampe qui va économiser l'huile pour toi*[1]. Je ne suis pas si facile à manipuler. »

Sa parfaite prononciation de ma langue me surprit.

À travers Er-Lang, les gens de mon peuple à avoir appris la sienne étaient nombreux. L'inverse n'était pas vrai, surtout dans les rangs de la noblesse et les sphères du pouvoir. Les interprètes étaient là pour ça.

« Ça n'a pas été bien difficile de me renseigner sur toi. Il m'a suffi d'une visite au prêteur sur gages que tu fréquentes pour apprendre tout ce qu'il y a à savoir sur toi, ta grand-mère et ta sœur. Les descendantes déchues d'un clan jadis glorieux. Quand toi et ta sœur étiez…

— Je vous jure que si vous touchez à un seul de ses cheveux… » Il avait dit cela pour me tendre un piège, et je venais de me jeter tout droit dedans. À l'instant où je bondis sur mes pieds, une brûlante décharge électrique crépita dans mes poignets. Elle envoya mon corps s'écraser contre les dalles de pierre froides, et j'atterris sur ma jambe blessée.

Je tentai de réprimer une grimace de douleur et ravalai mes larmes. Je ne pleurerais pas devant lui. Devant aucun des leurs.

« Ce n'est pas juste », lançai-je d'une voix rageuse, en voyant la petite télécommande dans sa main.

La douleur se calma lentement, mais le choc continua de se réverbérer dans mes muscles.

1. Littéralement « ne t'attends pas à économiser de l'huile en utilisant cette lampe ». Proverbe généralement utilisé pour se plaindre d'une personne avec qui il est difficile de s'entendre ou de traiter.

« La vie est injuste, ma chérie. »

J'aurais dû avoir la jugeote de m'abstenir de me disputer avec un prince qui pouvait me tuer en un claquement de doigts. Et pourtant, j'en étais là, toujours aussi sotte. À jouer avec les moustaches du tigre, en bonne trompe-la-mort.

J'avais envie de le tuer, de passer mon bras entre les barreaux, de l'attraper par sa chemise et de lui écraser sa belle petite figure contre les dalles pour voir s'il aimait ça.

Ma colère s'envenima comme un poison lent, s'enroula entre mes côtes comme de minuscules serpents en un nœud serré. Même sans les murmures de tentation de la Mort à mon oreille, sans sa présence dévorante pour hanter mes pensées, je voulais instiller la peur dans cet homme, le faire geindre, pleurer, supplier pour avoir la vie sauve.

Ce prince qui se considérait comme supérieur, qui me regardait de haut avec son sourire écœurant de suffisance, méritait la Mort que je portais en moi.

Je le tuerai, me promis-je. *Je suis la fille bénie par la Mort et je mettrai cet homme à genoux. Il mourra par ma main.*

Mais les bracelets créés par la science à mes poignets, l'absence de magie dans mes veines et la fièvre qui me rongeait la jambe n'étaient pas de cet avis. Il faudrait un miracle pour que je sorte de cette cellule vivante, sans parler de tuer un prince de Rome.

Il poussa un soupir. « Détends-toi. Je ne m'intéresse pas à ta sœur et je ne demande qu'à continuer si tu fais ce que je dis. Je ne veux pas te faire de mal. Plus vite tu arrêteras de te débattre, plus tu faciliteras les choses.

— Vous voulez dire tant que je me soumets à vous, que je fais vos quatre volontés comme un chien bien dressé qui aboie sur commande ? » lâchai-je avec mépris. Mon corps, vidé jusqu'à l'épuisement, s'effondra enfin au sol.

Je n'avais aucun pouvoir dans ce marché, même si j'avais quelque chose qu'il voulait. Rien ne l'empêchait de simplement me le prendre.

Je n'avais rien du tout.

Je n'étais rien.

« Rien ne t'oblige à rester ici, Ruying Yang. Je peux changer ta vie si tu me laisses faire. De beaux appartements. Ta famille en sécurité, ses besoins assurés. À manger, un toit, plus d'argent que tu ne saurais en dépenser. Je peux te donner tout ce que tu as toujours voulu, faire de grandes choses pour toi et ta famille. La vie a plus à t'offrir qu'une éternelle bataille pour survivre. Tu n'as pas envie de tout ça ? » Ses yeux firent le tour de la minuscule cellule. Quand il reprit, sa voix se fit plus basse et apaisante. « Je veux ta magie, et c'est une chose dont tu disposes. Toi, tu veux que ta famille survive, et je peux faire en sorte que ce soit le cas. Je suppose que ta grand-mère t'a raconté beaucoup d'histoires sinistres, qu'elle t'a avertie de tous les dangers qui se tapissent dans l'ombre ? Une vieille dame et une opiamane ne survivront pas aux épreuves des temps à venir. »

Les larmes me piquaient comme de toutes petites aiguilles derrière mes paupières. Je les retins, mais le désespoir était lourd, et il m'entraînait au fond comme un courant mortel.

Mon cœur saignait parce que tout ce qu'il venait de me rappeler était cruel, mais vrai.

La guerre était barbare et violente. Si je voulais que ma famille soit protégée, j'avais plus besoin de lui que lui de moi.

« Qu'est-ce que vous proposez ? » demandai-je, baissant finalement la tête, vaincue.

Son sourire devint redoutable. « Un marché qui sera bénéfique pour tous les deux. Je ne suis pas Valentin. Je ne veux pas rayer Pangu et ses habitants de la carte pour construire une deuxième Rome sur des terres volées. »

Je fronçai les sourcils, incrédule. Je m'attendais à ce que le jeune prince ait convoité quelque chose de plus trivial. Comme le pouvoir ou le trône. Je n'aurais pas été surprise qu'il me demande d'assassiner son frère ou le jeune empereur d'Er-Lang, ou même le Spectre. « Vous voulez nous aider ?

— Je veux sauver nos deux mondes. Et pour y parvenir, oui, j'ai besoin de ton aide.

— Comment ? Je ne sais rien de la politique de votre monde, et dans le mien, je n'ai aucun pouvoir, aucune influence.

— Tu n'as peut-être aucun statut particulier, mais tu disposes de quelque chose de plus précieux : la magie. Mes frères ont des partisans à Rome, mais je peux m'occuper de la politique de ce côté-ci du Voile. Ce dont j'ai besoin, c'est de quelqu'un qui puisse éliminer tous les potentiels éléments déclencheurs de guerre de ce côté-ci.

— Vous voulez que je tue le Spectre ? »

Le prince secoua la tête. « Les rebelles qui appellent Er-Lang à se soulever sont agaçants, mais il y a toujours eu des révolutionnaires, quel que soit le moment de l'histoire, et ils ont rarement réussi à renverser des Empires. Ils ne sont pas une menace. En tout cas pas pour l'instant. Non. Ce qui m'inquiète, c'est l'empereur. »

Le nouvel empereur était jeune, son esprit malléable. « Donc vous voulez que je tue les conseillers qui l'influencent ? »

Il eut un petit sourire mi-impressionné, mi-surpris. « Tu es peut-être un peu trop maligne pour ton propre bien, Ruying Yang. »

Je serrai les lèvres. Tuer tous les ministres et conseillers qui souhaitaient qu'Er-Lang se dresse contre la tyrannie des Romains ne ferait que prolonger leur domination sur nous, leur donner le temps d'amasser davantage de pouvoir et de planter leurs racines comme des parasites dans les veines de l'Empire, suçant toute notre vie comme des démons vengeurs.

Je fermai les yeux.

Mais d'une certaine façon, il n'avait pas tort. Cela éviterait la guerre, et la paix serait maintenue sur le fil du rasoir pour un peu plus longtemps. Cela donnerait à Grand-Mère une chance de vivre ses dernières années dans un semblant de normalité.

Une vie à genoux n'est pas une vie. Mais Meiya se trompait : une vie à genoux vaut mieux que la mort.

« Je sais que tu ne m'aimes pas, mais fais-moi confiance, je suis la meilleure solution que tu aies en ce moment. »

Je fis une grimace de mépris. « Vous autres Romains, vous êtes tous les mêmes.

— À tes yeux, peut-être. Et il n'y a sans doute rien que je puisse te dire pour que tu me fasses confiance, mais je veux sauver Pangu de ceux qui cherchent à l'exploiter. J'ai vu assez de gens souffrir pour toute une vie. Je ne peux pas rester à regarder la cupidité de Rome empoisonner ton monde comme elle l'a fait pour le mien. Je ne veux pas faire de nous des ennemis, Ruying Yang. Je peux être ton allié, si tu me laisses t'aider. »

Ses mots étaient charmeurs, mais je connaissais la politique. Je savais reconnaître des mensonges quand j'en entendais et repérer une manipulation même quand elle me jetait de la poudre aux yeux. J'avais trop de jugeote pour me fier à un Romain.

« Un homme comme vous ne se satisfait pas du bonheur des autres. La survie de mon monde n'est pas la seule chose qui vous intéresse, n'est-ce pas ? »

Il haussa un sourcil. Il se pencha plus près, les yeux fixés sur moi comme si j'étais un poème qu'il désirait ardemment déchiffrer. « Quel genre d'homme penses-tu que je sois, alors ?

— Quelqu'un d'ambitieux. D'égoïste. Quelqu'un qui voudrait renverser ses frères et s'emparer du trône. C'est vieux comme le monde. Nous aussi avons des princes sur Pangu. J'ai entendu assez d'histoires sur ces jeux de pouvoir entre jeunes hommes qui croient avoir tous les droits et sur leurs ego pour les reconnaître quand j'en vois. »

Il haussa les épaules d'un air innocent. « Et si je voulais effectivement le pouvoir ? Comment pourrais-je mieux protéger nos deux mondes qu'en devenant le souverain de Rome ? Ce serait l'idéal, que ta famille soit sous la protection de l'homme le plus puissant des deux royaumes, non ? Je peux convoiter le pouvoir tout en désirant la paix. L'ambition n'exclut pas la moralité.

— Mais si vous échouez, votre frère me tuera, moi, mais aussi ma famille.

— Si Valentin hérite du trône, ta famille ne sera pas la seule à mourir, je peux te l'assurer. C'est Pangu tout entière qui souffrira. Au moins, ça nous fera de la compagnie dans l'Autre Monde, pas vrai ? »

Je détestais sa façon d'avoir réponse à tout, et d'avoir raison dans tout ce qu'il disait.

« 良禽择木而栖, 贤臣择主而事, reprit-il. *Les oiseaux sages nichent sur la branche des arbres forts, et les esprits sages servent des maîtres forts.* »

Les proverbes de mon peuple sortaient de ses lèvres avec beaucoup trop de fluidité et ça ne me plaisait pas.

« Vous vous y connaissez bien en littérature d'Er-Lang.

— C'est moi qui suis venu ici, c'est à moi de prendre l'initiative de comprendre ton peuple, ta culture. Comme vous dites : 知人知己. *Connais les autres comme tu te connais toi-même.* »

C'était bien calculé. Il était malin. Je ne tenais pas à me faire un ennemi de quelqu'un comme lui.

Car s'il pouvait me donner le pouvoir, il pouvait tout aussi bien me le reprendre : m'élever, me renverser, d'un claquement de doigts. Si j'acceptais son offre, je vivrais à sa merci, je deviendrais une épée à son côté, une marionnette sous ses ordres.

Les héros meurent. Les lâches survivent.

Pour avoir une chance de faire ce qui était juste, d'être du bon côté de l'histoire, d'abord, je devais rester en vie.

« J'ai trois conditions.

— Continue.

— La magie a un prix. Je ne pourrai pas tuer plus qu'un certain nombre de personnes avant de…

— Notre accord n'est pas à perpétuité. Seulement jusqu'à ce que j'aie assez gagné en pouvoir pour convaincre mon grand-père d'envisager une meilleure solution, ou jusqu'à ce que je sois nommé Héritier, selon l'ordre où cela se produira.

— Et vous vous occuperez de ma sœur et de ma grand-mère même si je meurs avant que vous n'y parveniez. Cela vaudra comme compensation pour ma mort.

— Tu as peur que je te plante un couteau dans le dos ? dit-il en riant. Tu as ma parole. Réserve-moi ta fidélité, et je resterai fidèle à notre accord. Quelle est la troisième condition ?

— Je veux que vous libériez Taohua.

— Taohua ?

— La fille qui a combattu vos hommes au marché nocturne. La fille du général Ma.

— La guerrière ? » Il hésita. « Pourquoi ?

— Qu'est-ce qui est plus important pour vous, son Don ou le mien ? Quel pouvoir est le plus rare des deux ? »

C'était téméraire de demander une chose qui n'était pas accordée d'avance, mais je ne pouvais pas abandonner Taohua comme ça. Elle m'avait aidée plus de fois que je ne pouvais en compter. Ce n'était rien comparé à tout ce qu'elle avait fait pour moi.

« Très bien, je vais voir ce que je peux faire, dit-il.

— Non, répondis-je. Je ne veux pas que vous essayiez. Je veux votre promesse que vous la laisserez rentrer chez elle, et que personne ne posera plus jamais la main sur elle ou sur sa famille. »

Le coin de son œil se plissa légèrement, comme s'il s'amusait de me voir marchander avec lui. En fin de compte, il hocha la tête. « Très bien. Comme tu voudras. »

Je fis de mon mieux pour ne pas sourire, pour ne pas laisser éclater ma joie en riant, et je cachai le tout derrière un soupir de satisfaction.

« Mais avant toute chose, je dois m'assurer que tu en vaux la peine, reprit-il.

— Pourquoi ? Vous avez vu mon Don de vos propres yeux. Vous savez de quoi je suis capable.

— Oui, j'ai vu la puissance de ta magie, mais qu'en est-il de toi ?

— Que voulez-vous dire ?

— Es-tu assez forte pour manipuler une telle magie ? Pour l'instant, tout ce que j'ai vu, c'est de la faiblesse et de l'hésitation. Tu as laissé la vie sauve à Dawson, et tu as épargné ce garçon dans la cage de verre. Et même les gardes, qui n'auraient pas demandé mieux que de te tuer. Tu as eu pitié à la moindre occasion, comme si tu avais peur de ton propre potentiel, de tout ce que tu pourrais devenir. J'ai besoin de savoir si tu fais ça par bonté ou si c'est une forme de faiblesse. Es-tu capable de manier l'extraordinaire Don qui s'est manifesté en toi ? Ou es-tu juste une fille qui a reçu quelque chose qu'elle n'est pas capable de gérer ? »

Ma mâchoire se crispa. Je ne répondis rien : il avait raison. J'avais eu pitié, même envers les soldats. Je m'étais assurée d'entailler leurs gorges juste assez pour les arrêter, mais pas pour les blesser mortellement.

La Mort était cruelle et définitive. Je ne connaissais pas ces hommes. Ils travaillaient peut-être pour l'ennemi, mais ce n'était pas une raison pour les tuer de sang-froid.

C'était bien pour ça que je ne l'avais pas fait.

Apparemment, même ce peu de compassion était un luxe que je ne pouvais plus me permettre.

« Rome n'est pas Er-Lang, Ruying Yang. Nous ne gardons pas de choses obsolètes juste pour le principe. S'il apparaît que tu ne m'es d'aucune utilité, je n'hésiterai pas à me débarrasser de toi.

— Alors comment dois-je faire mes preuves ? »

Il eut un sourire lent et délibéré qui me fit froid dans le dos.

Question idiote.

« Demain, nous allons faire un petit voyage de ton côté de la cité, après que mes docteurs t'auront remise en état.

— Je doute que ma blessure guérisse en un seul jour.

— Mon chou, tu n'as aucune idée des merveilles scientifiques qui existent de mon côté du Voile, n'est-ce pas ? Entièrement guérie, non. Mais tu seras sur pied dans quelques heures. » Il se pencha vers moi une fois de plus. « Fais ce que je te dis, prouve-moi que tu es capable de suivre les ordres. Quand tu seras l'une des nôtres, le moment venu, je te montrerai un tas de choses que tu pensais impossibles, ma chérie.

— Et si je ne peux pas ? »

Ses yeux se firent chaleureux, bienveillants.

Cette chaleur, cette compassion momentanées étaient-elles réelles ou feintes ?

« Nous allons espérer que tu n'auras jamais à le savoir. »

16

La guerre était sans pitié. Je venais d'une longue lignée de généraux et de soldats, élevée par l'une des plus grands stratèges de sa génération. Je savais cela mieux que personne.

Avoir le choix était un privilège qui ne me serait jamais donné, peu importe combien Antoine Auguste essayait de me faire croire le contraire. Je ne l'aurais jamais réellement.

Je ne suis pas en train de trahir mon peuple, me dis-je. *J'essaie de le protéger. Il y a une différence.*

Il devait bien y en avoir une, pas vrai ?

17

Ma cité pleurait. Elle pleurait ses disparus, ses morts et les survivants qui continuaient malgré tout, dans le sillage de la tragédie et de la perte. Apparemment, sept jours seulement s'étaient écoulés depuis que les hommes de Rome avaient mené leur rafle sur la capitale et m'avaient enlevée dans la nuit.

Ça m'avait paru sept ans.

Les Xianlings étaient déjà rares avant de tomber sous cette faux; la magie s'était échappée de nos veines génération après génération. À présent, la cité n'en avait jamais eu aussi peu. Et sans magie, quelles armes nous restait-il face à la toute-puissance de la science? Ma sœur voulait se battre, mais avec quoi? De l'espoir, de l'optimisme, des mots fleuris pour inspirer la révolution?

Des choses bien fragiles, trop facilement réduites en pièces sous les balles de Rome.

Des larmes me piquant les yeux, je regardai ma cité porter son deuil par la vitre teintée de la voiture d'Antoine Auguste : une construction de métal et de verre aux lignes racées qui rampait comme un serpent par les rues étroites. Les foules s'écartaient devant lui comme les océans devant les dragons légendaires. En sa présence, les mortels s'agenouillaient comme s'il était un objet de vénération.

Mes mains se serrèrent en poings sur mes genoux.

Notre noble magie, notre histoire impériale. Tout ça, c'était du passé. Elles me paraissaient petites et insignifiantes à présent, des choses qui n'existaient plus que dans les histoires de Grand-Mère.

La résignation s'installait doucement, comme des nuages d'orage remplissant un ciel jadis bleu azur.

« S'ils savaient à quel point leurs êtres chers sont près d'ici…, murmurai-je, regardant les mères parcourir les rues en hurlant le nom de leurs enfants, et les orphelins chercher leurs parents en brandissant leurs portraits grossièrement dessinés.

— Ils mourraient s'ils essayaient de s'introduire en territoire romain pour reprendre ceux qu'ils ont perdus. Et Valentin tuerait quiconque ferait fuiter cette information. » En d'autres termes, si je tenais à la vie, j'avais intérêt à garder le secret.

« L'empereur d'Er-Lang est au courant ? »

Antoine resta silencieux durant une seconde. « Il garde un œil ouvert et un œil fermé. 睁一只眼, 闭一只眼, comme dit ton peuple.

— Donc il choisit de ne rien faire, délibérément ?

— Il est sage de faire ce choix, rétorqua Antoine, sur la défensive.

— Quelle emprise avez-vous sur notre empereur ? » C'était la question que j'avais posée mille fois, au soleil, à la lune, à notre beau ciel déchiré. « Votre peuple continue de commettre des atrocités contre le mien, et pendant ce temps-là, notre empereur reste les bras croisés sans lever le petit doigt. Pourquoi ? »

Le prince eut un sourire, lent et beau. Douloureusement beau : celui d'un démon imbu de secrets qu'une personne aussi insignifiante et obscure que moi ne connaîtrait jamais.

Le regarder me fit bouillir les sangs. Je détournai les yeux de lui et des horreurs qui se déroulaient de l'autre côté de la vitre teintée.

Des monstres.

Les Romains étaient de véritables monstres.

Comme s'il lisait dans mes pensées, Antoine se tourna vers moi, le regard doux et chaleureux, comme s'il espérait que je voie en lui quelque chose qui n'existait pas.

« Comme vous, nous faisons ce que nous avons à faire pour survivre. »

Ces mots étaient peut-être censés faire appel à ma sympathie, atténuer ma colère, mais ils ne parvinrent qu'à attiser le feu dans mon sang.

« Parce que, dans tout ça, il y a des choses que vous êtes obligés de faire ? » Les mots m'échappèrent avant que je ne puisse m'arrêter, avant que je ne puisse casser cette colère en morceaux suffisamment petits pour les ranger chacun dans son propre compartiment, là où ils ne pourraient pas me causer d'ennuis. « Pourquoi nous avez-vous enlevés ? Que nous veut Rome ? »

Le prince ne répondit pas. Son silence marquait la fin de notre conversation.

La voiture s'arrêta et nos portières s'ouvrirent.

Je sortis pour me retrouver devant les portes rouges de la Tour du Lotus, ses lanternes allumées même en plein jour.

« Il y a quelques petites choses dont je dois m'occuper », me dit le prince alors que nous entrions, non par l'entrée principale, mais par un passage niché dans les ombres d'une venelle attenante, étroite et sombre, hors de vue. La porte s'ouvrit sur un escalier bien éclairé, en bois ciré couvert d'un tapis rouge vif. « Dawson, accompagnez Mlle Yang à ma suite. Je serai de retour dès que j'aurai terminé. »

Dawson était le garde que j'avais manqué de tuer au marché nocturne. Suivait-il le prince Antoine partout où il allait ? Si c'était le cas, c'était bien ma chance que l'âme damnée du prince soit un homme qui désirait aussi clairement ma mort pour avoir pratiquement causé la sienne.

Dommage pour lui, il ne pouvait pas poser la main sur moi. Pas tant que j'avais la faveur de son maître.

Pas tant que le prince avait besoin de ma magie.

Sans un mot, il me conduisit à travers les couloirs jusqu'à une chambre privée au dernier étage, loin au-dessus du hall et de ses iniquités.

Le monde paraissait plus calme là-haut. Presque tranquille. Si loin des chagrins et des deuils de mon peuple.

Les lieux étaient beaux et soignés, meublés dans le style romain au lieu du nôtre. Des sièges de velours, des tables faites de métal et d'épais panneaux de verre.

La porte se referma derrière moi, et je fus à nouveau seule.

Un répit.

Je tendis l'oreille, examinai l'espace. Puis je me précipitai à la fenêtre et l'ouvris.

J'aurais pu sauter et m'enfuir, mais pour aller où ?

Chez moi ? C'est le premier endroit où le prince viendrait me chercher. Si je rentrais à la maison maintenant, je ne ferais qu'amener la Mort sur celles que j'aimais.

Peu importe à quel point mon foyer et ma famille me manquaient, je ne pouvais pas prendre un tel risque. Pas avec ces démons sur mes talons.

J'avais fait mon choix. J'avais eu l'audace de passer un marché avec un Romain. Maintenant, j'en payais le prix.

La porte bruissa doucement en s'ouvrant. « Ruying ? »

Je levai les yeux, m'attendant à voir le prince me rejoindre. Mais quand je me retournai, ce fut Baihu que je vis, son visage pâle comme un revenant.

Il tressaillit quand nos regards se rencontrèrent. Ses yeux se remplirent de larmes, si chargés d'inquiétude que mon cœur manqua de se briser sur le coup.

« Est-ce que tu vas bien ? »

Les larmes me montèrent aux yeux, à moi aussi. J'aurais voulu me jeter dans ses bras, enfouir mon visage dans sa poitrine, sentir sa chaleur et ses bras autour de moi et lui crier : « Aide-moi ! »

« Nous n'avons pas beaucoup de temps, chuchota-t-il. J'ai demandé à Antoine de venir ici pour faire diversion, nous… »

Avant qu'il n'ait le temps de finir, la porte s'ouvrit à nouveau et le prince Antoine entra. Ses yeux, toujours aux aguets, firent un aller-retour entre nous deux. « Vous vous connaissez ? » Son ton était égal, feignant une parfaite et candide innocence.

« Non », mentis-je avant que Baihu ne puisse répondre.

Le prince sourit et marcha directement jusqu'à moi, toucha ma joue du bout de ses doigts, essuyant la larme qui y avait coulé sans que je m'en rende compte.

« Vous pouvez disposer, dit-il à Baihu, sans me quitter des yeux. Laissez les documents à Dawson. »

Baihu hésita. Enfin, avec un regard empli de regret, il tourna les talons et sortit.

Je ravalai les larmes qui me piquaient les yeux. Je refusais d'en verser ne serait-ce qu'une de plus devant Antoine.

Dès que Baihu fut parti, je repoussai le prince.

Il rit. « Viens t'asseoir. » Il désigna la table et ouvrit plus grand la fenêtre. Un souffle d'air froid s'engouffra dans la pièce, apportant le bruit de la rue animée en contrebas. « Tu sais, pour une espèce génétiquement supérieure avec une magie illimitée à votre disposition, on aurait pu s'attendre à ce que votre civilisation donne quelque chose de plus impressionnant, de plus avancé. Pourtant, ici, tout est tellement simple, semblable à mon monde il y a mille ans, dit-il comme pour lui-même. Je suppose que, quand on possède la magie, des choses comme la technologie ou les découvertes scientifiques ne sont pas franchement en haut de la liste des priorités. Au lieu de créer des outils pour résoudre les problèmes, vos ancêtres se servaient simplement de la magie. Pratique au départ, mais sur le long terme, ça a nui à votre développement. »

Je suivis la direction de son regard, apercevant les civils aux yeux encore humides des larmes versées sur tout ce qu'ils avaient perdu. L'odeur de fumée persistait. Dans le lointain, j'entendais le tumulte en direction de la Barrière qui séparait notre côté de la ville du leur. Qui séparait des mères de leurs enfants.

Des cris, réclamant justice.

Des appels à l'aide, inconscients du fait que ces faux Dieux ne nous apporteraient jamais la moindre aide, et étaient la cause même de nos tourments.

« D'une certaine façon, vous ne pouvez pas en vouloir à mon peuple, continua Antoine. Des arcs et des flèches contre des mitrailleuses ? C'en est presque hilarant, à quel point nos positions sont déséquilibrées. Il y a un ordre dans la nature, tu sais. L'évolution. Si on n'évolue pas pour garder sa place dans la chaîne alimentaire, on est éliminé. »

Je serrai les dents. 落后就要挨打. *Si vous êtes à la traîne, alors c'est votre faute s'ils vous réduisent en bouillie.* Un dicton dont ces vieilles rues endeuillées se faisaient l'écho.

Je n'aurais pas su dire si la manière hautaine avec laquelle il parlait faisait partie de son caractère ou s'il se comportait de cette façon pour me provoquer.

« Ce n'est pas parce que nous ne nous intéressons pas à la science que nous sommes moins intelligents que vous en quoi que ce soit, dis-je froidement, avec du venin dans la voix – un petit rappel que mon peuple n'avait pas toujours été la proie souffreteuse qu'il dénigrait à loisir. Peut-être que si nous n'avons pas d'armes de destruction massive comme les vôtres, c'est parce que nous n'en avons jamais eu besoin. Peut-être que malgré nos propres guerres et notre convoitise, nous n'avons pas autant perdu le contact avec notre humanité que vous. »

Ses yeux s'étrécirent avec une expression mi-agacée, mi-amusée.

« Et où en est-elle, cette magie, maintenant ? Cela fait presque trois ans que je vis à Er-Lang et, à part toi, je n'ai rien vu d'impressionnant. Je suis venu sur Pangu en m'attendant à être époustouflé, à tomber à genoux devant une espèce supérieure. Mais en fin de compte, c'est vous qui avez ployé le genou, et c'est nous qui sommes les Dieux.

— Puisque vous pensez aussi peu de bien de mon monde et de mon peuple, pourquoi ne pas vous en aller ? » Une telle question de ma part était osée : à moitié railleuse, mais à moitié sincère.

Tout le monde savait comment les Romains étaient arrivés, comment ils avaient envahi nos vies et comment ils s'étaient installés sur nos propres terres, non pas en invités, mais en tyrans redoutés. Mais personne ne savait pourquoi – ou plutôt pour quoi – ils étaient restés. Des rumeurs et des conjectures sans fin s'échangeaient à voix basse à ce sujet : les Romains étaient là pour notre or, notre argent, nos trésors ou nos réserves de grain. D'autres disaient qu'ils étaient là pour notre magie, et que c'était ainsi que les travailleurs des villages de campagne étaient enrôlés : par des promesses d'or et de vie meilleure. Une vie d'opulence dans un monde sans magie, où ils seraient des objets de révérence et de vénération. Tous ces gens aux yeux pleins de rêves dans leur quête désespérée étaient emmenés du côté romain du royaume, et on ne les revoyait jamais.

Mais n'était-ce pas pour une raison qui n'avait rien à voir avec tout ça ?

Comme vous, nous faisons ce que nous avons à faire pour survivre.

Les Romains voulaient quelque chose de nous, et ce n'était pas l'alliance politique dont ils faisaient étalage depuis deux décennies.

Peut-être que si nous savions de quoi il s'agissait, nous pourrions nous débarrasser d'eux sans déclencher une guerre. Une résolution pacifique qui sauverait ma patrie de la ruine.

À ma surprise, le visage du prince se radoucit. « Tu es en colère.

— Évidemment que je suis en colère. Ce sont mes ancêtres, ces gens que vous insultez. »

Il y eut un silence, puis Antoine hocha la tête. « Je suis désolé. J'ai parlé sans réfléchir. J'aurais dû ménager tes sentiments. »

Des excuses ? D'un prince de Rome ? Je cillai, me demandant si je venais de les imaginer.

Il détourna rapidement le regard, et la culpabilité que j'avais cru voir disparut aussitôt. « D'après ce que j'ai entendu, la magie de ton peuple était plus forte par le passé.

— Oui. Elle s'est… affaiblie, ces dernières générations. Les Xianlings deviennent plus rares, aussi. Pas seulement à Er-Lang, sur tout le continent. »

S'il était possible de restaurer la gloire passée d'Er-Lang, peut-être qu'un jour, ce seraient les Romains qui s'agenouilleraient devant nous.

« Pourquoi ? demanda-t-il.

— Si nous le savions, votre peuple ne serait pas là. » *Et si nous le savions, je ne serais pas là à supporter votre ignorance*, aurais-je voulu ajouter.

Le coin de ses lèvres s'incurva. « Vous n'arrivez pas à la contrôler.

— C'est parce qu'il n'y a plus personne pour nous enseigner comment maîtriser correctement nos Dons depuis que vous avez brûlé les temples Wucai et que les Moines ont disparu.

— J'ai entendu dire qu'autrefois les gens avaient peur des Xianlings. Qu'ils vous pourchassaient, même. Et que c'était pour ça que vous avez institué les temples Wucai : pour apprendre aux Xianlings à contrôler leur magie, pour qu'elle et les humains puissent coexister en harmonie. »

Il avait raison.

Si j'étais née durant les jours plus cléments d'avant la guerre, d'avant l'invasion romaine, on m'aurait envoyée étudier dans un temple. J'aurais appris à utiliser la magie de la Mort en étant vraiment accompagnée et guidée. Et aujourd'hui je saurais la contrôler au lieu de la redouter.

« Comment as-tu appris à utiliser tes pouvoirs, alors ?

— Dans les livres. Sous la supervision de ma grand-mère. Par pure volonté de ne pas mourir.

— C'est tout ?

— C'est tout. »

Il opina, méditant sur ce que je venais de lui dire. « J'ai déjà vu ton Don en action. Essayons autre chose aujourd'hui. » Il parcourut la foule du regard. « Tu vois cet homme ? Grand, en bleu, avec le nez cassé et la cicatrice sur son sourcil gauche ?

— Que lui voulez-vous ? » Je repérai l'individu en question. Un homme au physique banal, la peau bronzée, de grosses mains, les sourcils légèrement froncés, adossé à la balustrade du bâtiment d'en face, un petit pain dans sa main. D'après ses vêtements de lin et ses ongles terreux, je supposai que c'était un journalier en pause déjeuner. Quelqu'un qui devait livrer des sacs de grain à la porte des magasins.

« Je veux que tu le tues. »

Je sursautai. « Pourquoi ?

— Ton travail, c'est de faire ce que je te dis, pas de poser des questions. » Antoine me tendit un pistolet et me le fit pointer dans la direction de la foule agitée en contrebas. Mon cœur se serra, mes côtes crispées jusqu'à devoir lutter à chaque respiration.

Je dévisageai l'homme. Un étranger. Quelqu'un dont j'ignorais tout et qui n'avait rien fait de mal à part attirer l'attention des mauvais yeux au mauvais moment.

Chaque fois que j'avais utilisé mes pouvoirs, que j'avais blessé des gens, c'était parce que je n'avais pas eu le choix. Ç'avait été eux ou moi. Mais ça ? C'était différent. L'homme là-bas n'avait rien fait pour mériter une chose pareille.

« Je ne peux pas, murmurai-je. Pas comme ça.

— Tu vas devoir t'habituer à tuer des innocents, peut-être même des gens bien, si tu veux travailler pour moi. Ne rends pas les choses plus difficiles pour toi. J'ai besoin de pouvoir compter sur toi si je veux te prendre comme alliée. Crois-moi, Ruying, si tu ne passes pas ce test, tu ne vas pas aimer ce que j'ai prévu après. »

Bien que son expression fût dure et concentrée – le faisant ressembler au prince cruel et à son frère tels que mon monde se les représentait –, ses yeux disaient tout le contraire : patients, humides. Il me regardait comme un petit garçon implorant. Comme s'il me disait bien la vérité : il ne voulait pas que je sache quelles seraient les conséquences si je le décevais.

Ma main trembla quand je levai le pistolet pour tenter de viser cet homme, ce parfait étranger. Qui était peut-être un frère dévoué, un père attentionné pour ses enfants, un fils bien-aimé pour ses parents, peut-être que la vie d'une personne, quelque part, dépendait de lui.

Mais il pouvait aussi être quelqu'un de haïssable, un fruit pourri de l'intérieur.

Mes pensées se tournèrent vers mon propre père.

Le doigt sur la détente, je voulus tirer, laisser la balle partir et en avoir fini avec tout ça.

Mais comme toujours, j'hésitai.

Du coin de l'œil, je regardais Antoine m'observer. Que se passerait-il si je tournais le pistolet vers lui ? Qu'est-ce que cela changerait ?

Rien. Toucher un seul des cheveux de la tête d'un prince romain, c'était signer mon arrêt de mort, le mien mais aussi celui de toutes celles que j'aimais.

« Fais ce que je t'ai dit », répéta-t-il, en manière d'avertissement.

Je tentai de me concentrer, d'imposer à mon corps d'obéir à son ordre.

« Non, dis-je. Je ne peux pas. »

Antoine soupira, son visage affichant clairement sa déception et sa résignation. « J'avais vraiment espéré que tu n'échouerais pas à ce test.

— Je ne vais pas tuer un innocent sans la moindre raison. Montrez-moi plutôt un de vos ennemis.

— Ce n'est pas ça que je te demande.

— Mais qui suis-je – qui êtes-vous – pour décider de la vie et de la mort des gens ici-bas ? Nous ne sommes pas des Dieux. Nous ne pouvons pas traiter les vies d'autrui comme des fleurs qu'on arrache dans un champ. »

Son regard se durcit. « Ah non ? » Sur ces mots, Antoine prit un deuxième pistolet de son étui et tira. « Avec des pouvoirs tels que les tiens, tu peux être tout ce que tu veux être. Même une Déesse. »

Un silence choqué résonna durant un battement de cœur. Puis…

Des cris.

Antoine ferma la fenêtre avant que je ne puisse apercevoir les suites sanglantes de son geste. Il arracha le pistolet que je tenais, oublieuse, dans mes mains crispées.

«Et pour ton information, cet homme était bien un de mes ennemis. Un partisan du Spectre. Lui et son petit groupe de rebelles m'espionnent depuis un moment, ils prévoient de s'introduire dans l'arsenal de Rome pour y voler des armes. Un outrage que mes frères et mon grand-père ne sauraient tolérer le moins du monde.

— Vous dites vouloir sauver ma planète. Mais en quoi cela peut-il nous sauver de tuer ceux qui veulent défendre Pangu ?»

Il eut un sourire lent et sournois. «Cette information est classée secrète. Et ma confiance est un privilège que tu dois mériter, Ruying.»

Quelque chose en moi trembla. «Et pourquoi devrais-je vous faire confiance ?»

Il pointa le pistolet sur moi. «Parce que je peux te tuer. Quand je veux, à n'importe quel moment.» Sa bouche se tordit en une grimace. «Malheureusement, tu viens d'échouer au test.

— Vous n'avez pas dit clairement…

— Je veux une tueuse capable de suivre des ordres, pas une fille qui demande à connaître tout le passé de chaque cible qu'on lui donne.» Au-dehors, c'était la folie. Le bruit devint un tonnerre de courses et de bousculades.

Le chaos.

La terreur.

Si de tels concepts avaient un son, ç'aurait été celui-là.

Je regardai le pistolet dans sa main, me demandant ce que ça faisait de pouvoir tuer sans conséquences. La magie avait un prix, mais les armes et les balles ? On n'avait rien à payer pour ce type de violence.

Était-ce là la raison de l'attitude des Romains ? La cause de la froideur d'Antoine ? Parce que le concept de conséquences leur était étranger ? En tout cas, il n'avait jamais concerné le prince directement. Tout ce qu'il avait à faire était presser la détente, et la Mort se chargeait du reste.

Peut-être qu'au lieu d'années de leur vie, c'était une partie de leur âme qui s'en allait avec chaque personne assassinée, jusqu'à ce qu'il ne reste de leur être qu'une coquille vide. Monstrueuse et cruelle.

Si j'obéissais à ses ordres, si je devenais l'arme qu'il voulait que je sois, est-ce qu'un jour je deviendrais comme lui ?

Je fermai les yeux.

« Tu pourrais être tellement puissante, Ruying, si tu voulais bien accepter qui tu es.

— Tout le monde ne désire pas le pouvoir.

— "Tout le monde ne désire pas le pouvoir…", répéta-t-il avant d'éclater de rire. C'est ce que tu dis maintenant, mais quand tu auras vraiment goûté au pouvoir, tu feras tout ce que tu peux pour le garder. Crois-moi. » Il se mit debout et m'offrit sa main. Je la fixai des yeux. La main même qui venait de tuer un homme avec une telle facilité.

« Viens. Avant le coucher du soleil, j'aurai fait de toi une tueuse. »

Je déglutis, une boule dans la gorge, tentant de calmer les hurlements dans ma tête. Mon souffle était court et j'avais mal au cœur.

Je ne voulais pas faire ça. Je ne voulais pas être complice de ses agissements.

Et pourtant…

Je pris sa main et le laissai m'aider à me relever. Sa peau était plus chaude et douce que je ne m'y attendais.

Ses mains ne ressemblaient pas à celles d'un assassin.

Mais les miennes non plus, je supposais.

« J'avais l'intention d'y aller doucement avec toi. Je croyais que nous étions plus semblables que tu ne t'en rendais compte, et qu'il me serait facile de te modeler. Mais clairement, tu as besoin qu'on te bouscule plus que ça. Ne viens pas te plaindre de ce qui va se passer maintenant. Je t'avais prévenue.

— Où allons-nous ?

— Tu le sauras bien assez tôt. »

18

La voiture ralentit puis s'arrêta, et je me retrouvai devant une vue familière. Des murs rouges et écaillés, un portail usé, des poignées rouillées.

À la maison.

« Que faisons-nous ici ? » Immédiatement, mon attention tomba sur le pistolet qu'Antoine astiquait amoureusement sur ses genoux, brillant doucement dans la lumière de la fin d'après-midi.

« Je te l'ai dit, déclara-t-il. Je vais faire de toi une tueuse avant le coucher du soleil. »

Je voulus ouvrir la bouche, tenter de protester, mais aucun son n'en sortit.

À la place, mes yeux volèrent des portes de ma maison aux voitures noires et profilées des gardes qui suivaient le prince Antoine comme des ombres. Armés et dangereux. Mon cœur trembla en imaginant ce qui pourrait se passer si je poussais le bouchon trop loin avec lui.

Il remarqua mon silence. « Il semblerait que j'aie enfin trouvé comment calmer ta langue acerbe et bien pendue.

— Laissez-les en dehors de ça !

— Dans un conflit, il y a toujours des dommages collatéraux, Ruying. Le plus vite tu retiendras ça, le plus longtemps tu vivras. »

J'enfonçai mes ongles dans la peau de mes jambes pour m'empêcher de faire quelque chose que je regretterais. « Laissez-les en dehors de ça, répétai-je.

— Sois une bonne élève et je ne toucherai pas à un seul des cheveux de la jolie petite tête de ta sœur. » Le prince continuait d'astiquer son pistolet. « Si tu ne te montres pas très bonne élève ? Eh bien… »

Il n'eut pas besoin de terminer sa phrase.

Je pris une faible inspiration et mes yeux commencèrent à me piquer, une sensation bien trop familière. Je pouvais sentir siffler les serpents entre mes côtes, de nouveau. Je haïssais ce prince inhumain, de toutes mes forces. Son irrespect pour la vie, son arrogance, les extrémités sans scrupules auxquelles il était prêt à en venir pour obtenir ce qu'il voulait me révulsaient.

Chaque parcelle de mon être vomissait la moindre parcelle du sien.

« Mes hommes sont tout autour de nous, prêts à tirer à l'instant où j'en donnerai l'ordre. Si tu échoues à cette évaluation, alors… »

Tout se passa si vite que je n'eus pas la moindre idée de ce que j'étais en train de faire avant de comprendre que je tenais son pistolet glacé dans le creux de ma main, le canon appuyé contre sa tempe. « Laissez-les tranquilles », répétai-je une dernière fois.

À ma surprise, au lieu de l'effroi, c'est un sourire vicieux qui s'étendit lentement sur le visage du prince.

Ses yeux rencontrèrent les miens, dénués de toute peur. Comme s'il me mettait au défi de prouver ce que je venais de dire.

Je resserrai ma prise sur le pistolet. « Dites à vos hommes de baisser leurs armes !

— Ou quoi ?

— Ou vous allez voir si je suis une tueuse ou non.

— Vas-y, chuchota-t-il sans me quitter des yeux, son corps trop proche du mien dans l'espace confiné, sa voix rauque et narquoise.

— Quoi ?

— Fais-le. Tue-moi. Presse la détente. »

Je me figeai. Il pensait que je bluffais ?

« Tue-moi, Ruying Yang. Appuie sur cette détente et je laisserai la vie sauve à ta famille.

— Qu'est-ce que vous racontez ?

— Tue-moi, montre-moi jusqu'où tu es prête à aller pour protéger celles que tu aimes. Je te pose la question pour la deuxième fois : est-ce que tu as ce qu'il faut pour devenir une tueuse ? »

Il avait calculé tout ça. J'étais tombée en plein dans son piège.

Il se mit à compter. « Cinq. »

Je ne pouvais pas le tuer. Qui sait ce que ses gardes allaient me faire, à moi et à ma famille, si je tirais ?

« Quatre, rugit le prince en me narguant d'un regard vicieux. Trois – si tu ne me tues pas en premier, je pourrais bien faire payer ta faiblesse à ta famille. »

Mon doigt tressaillit.

« Deux – je t'assure que tu ne veux pas savoir ce qui va se passer quand je vais arriver à "un". »

Je pressai la détente.

Clic.

Rien.

Il n'y avait pas de balle dans la chambre. Bien entendu. Antoine Auguste ne s'amuserait pas à jouer avec sa propre vie comme ça. Il n'avait fait que me provoquer. Pour voir jusqu'où il pouvait me pousser.

Avec un sourire tordu, il récupéra le pistolet et le reposa sur ses genoux.

« Je t'aime bien, Ruying Yang. J'étais exactement comme toi, à une époque : naïf à propos du monde et de sa brutalité. » Il effleura mon menton du bout des doigts, suivant lentement le contour de ma mâchoire. Nous étions si près l'un de l'autre que son parfum m'engloutit comme une marée vorace d'embruns et de bois de santal. « Tuer demande du courage, mais épargner une vie demande de la force de caractère. Tu as toute mon admiration pour ta magie, ta maîtrise de toi, mais surtout… » Il saisit ma gorge, enfonçant rudement son pouce dans ma jugulaire. «J'apprécie que tu ne sois pas au-dessus de la peur, au-dessus de l'amour. »

Puis il me repoussa, chargea une balle dans le pistolet et le braqua contre ma tête cette fois.

Je cessai de respirer.

J'attendis l'inévitable. Je l'avais menacé, je l'avais pratiquement tué. Il ne me laisserait jamais en vie après une chose pareille. Je l'avais défié à toutes les occasions. Même s'il en avait après ma magie, il ne pouvait pas se permettre de garder quelqu'un d'aussi dangereux avec lui.

Il allait presser la détente, et ma vie prendrait fin. Pour rien.

Même ma mort ne mettrait pas ma famille en sécurité, et le monde ne garderait aucun souvenir d'une fille nommée Ruying Yang, ni comme une héroïne ni comme une méchante. Ma vie ne serait qu'une de plus, fauchée trop tôt aux mains des Romains. Un cri dans le noir qu'on n'entendrait plus jamais.

« Si jamais tu me refais un coup pareil, je n'aurai aucune hésitation à t'éliminer, toi, ta famille et tous ceux que tu aimes. Est-ce que c'est compris ? »

Ravalant mes larmes, je hochai la tête.

« Est-ce que c'est compris ? répéta-t-il, plus fort cette fois. Réponds !

— Oui, répondis-je dans un gémissement. J'ai compris. »

Je m'attendis à ce qu'il sourie, qu'il se délecte de ma défaite. Au lieu de ça, il laissa échapper un soupir, le front comme plissé par la culpabilité ou l'abattement.

«Je t'avais dit que mon plan B n'allait pas te plaire. Ton pouvoir est magnifique, et toi aussi. Mais des jolies choses, le monde en est plein. Ne t'avise pas de croire une seule seconde que moi, Antoine Auguste, je suis du genre à perdre la tête ou à me laisser attendrir par une jolie fille. Si j'étais comme ça, je serais six pieds sous terre depuis longtemps, et Rome ne connaîtrait jamais son plus grand monarque. Je t'aime bien, Ruying Yang. J'ai de l'admiration pour ta magie, ta volonté de survivre et tout ce qui te rend dangereuse, tout ce qui devrait éveiller ma méfiance. Mais tu es aussi dispensable que n'importe quoi dans ma vie. Là d'où je viens, nous avons un proverbe : ne mords pas la main qui te nourrit. Si tu suis mes ordres, je peux te promettre la sécurité et la prospérité. Dans le cas contraire ? Eh bien… »

Clic.

Je sursautai, trop terrifiée pour ouvrir la bouche, trop terrifiée même pour respirer.

« Je te tuerai. Et je n'aurai pas l'obligeance de compter jusqu'à cinq. Compris ?

— J'ai compris.

— Bien. Je pense que tu es prête pour ton évaluation. » Sur un geste de sa main, le chauffeur ralluma le moteur qui reprit vie dans un ronronnement.

« Je ne vais pas te sous-estimer, et tu devrais en faire autant avec moi. »

19

Des rues pavées baignaient dans la chaleur déclinante de l'été. La moitié romaine de Jing-City était un autre monde, comparée à la nôtre. Les maisons en argile cuite agglutinées avaient depuis longtemps été détruites pour laisser place à des demeures largement espacées, dotées de fenêtres vitrées, de portes en fer et de pelouses manucurées.

Mais en lieu et place des rues animées et des rires pleins de vie que je m'attendais à trouver dans ces luxueuses installations, tout ce que je vis furent des résidences désertes et des devantures de magasins vacantes, aussi vides que le cœur de leurs envahisseurs.

Enfant, je m'étais toujours demandé pourquoi les Romains choisissaient de fréquenter notre côté de la cité, à savoir des magasins qu'ils croyaient indignes d'eux.

Maintenant, je savais.

Ces maisons n'étaient pas des foyers. Tout, ici, ressemblait à une ville fantôme faite d'ambitions déçues, noyée dans un silence inquiétant.

Des coquilles de béton creuses, recouvertes d'un blanc immaculé. Une merveille pour les yeux, mais pour mériter le nom de cité, ces rues auraient eu besoin de vie, de gens. Il leur aurait fallu l'agitation foisonnante et pleine de rires, l'air chaud et bondé qui ne se trouvaient que de notre côté de la Barrière.

À la vue de cette moitié romaine de la cité, dépeuplée et à l'abandon, je ne ressentis ni satisfaction ni plaisir. Au contraire, la peur s'insinua dans mon ventre. Cette multitude de maisons signifiait que les Romains avaient l'intention d'y installer leur propre peuple mais qu'ils repoussaient cette échéance à plus tard.

Ils attendaient quelque chose.

Quoi ? J'avais trop peur de l'imaginer.

Des militaires en uniforme patrouillaient dans les rares avenues, sans armes. On ne voyait aucun des fusils de gros calibre qu'ils portaient communément pour garder la Barrière.

Pas de regards haineux pour vous dévisager. Seulement des hochements de tête polis et débonnaires quand la voiture du prince passait tranquillement devant eux, comme un requin glissant dans les eaux froides. Des bonnes manières réservées uniquement à ceux de leur espèce.

« La plupart des Romains qui vivent ici sont des diplomates, des hommes politiques, des officiers de l'armée, des hommes d'affaires ou leur famille. Des gens riches. Et importants », déclara le prince d'un ton docte. Je ne lui avais pas demandé cette explication.

« Des gens puissants, donc. Comme vous », dis-je d'une voix encore étouffée et tremblante après ce qui s'était passé à peine vingt minutes plus tôt. De ce côté de la Barrière, il n'y avait que des gens que j'aurais dû éviter et considérer avec la plus grande prudence.

Ces rues avaient beau respirer la paix et la beauté, une fille comme moi ne serait jamais en sécurité du côté romain. Jamais respectée ou perçue comme une égale. À moins d'avoir un prince à mes côtés, un maître gardant à l'œil son animal de compagnie soigneusement tenu en laisse.

« Comme moi », répéta-t-il à voix basse. Il y avait quelque chose de tranchant dans ses mots, une émotion fugace qui disparut en un instant. Trop vite pour que j'en comprenne le sens. « La plupart de ces maisons sont encore vides, malgré les invitations de mon grand-père à y installer plus de gens.

— Ont-ils refusé parce qu'ils ont peur de nous ? » Je me souvins des mises en garde de ma grand-mère quand j'étais petite.

La Barrière a été construite pour protéger les Romains.

De qui ?

De nous, avait-elle soufflé. *De toi.*

« Non, répondit le prince. Pas seulement, en tout cas. C'est une grosse décision, de laisser derrière soi tout ce qu'on a connu, tout ce qui nous est familier et sûr, pour quelque chose de nouveau sur une terre lointaine. »

Ou peut-être qu'ils avaient peur de se confronter aux atrocités que leur peuple avait commises à l'encontre du mien. La ruine d'une civilisation. Les affamés et les indigents errant dans nos rues parce qu'ils avaient expulsé la moitié de la cité de leurs foyers, et construit ces maisons vides sur les cendres et les ossements de notre malheur.

Pour leur plaisir.

Un côté de la ville vivait dans l'éblouissement de l'électricité, l'autre pataugeait dans le noir. Afin de dégager de la place pour leurs parcs spacieux et leurs routes pavées, le reste de la cité devait s'entasser et s'agglutiner pour accueillir les errants et les cabossés. Les commerces s'empilaient les uns sur les autres, des étages fragiles étaient précairement ajoutés à d'antiques bâtiments. On installait des couchages de fortune dans les couloirs et des foyers étaient démembrés et découpés en morceaux pour faire de la place.

Pendant qu'une moitié de la ville grelottait dans la nudité de son abandon, l'autre moitié, loin de l'éclat narquois de l'électricité, n'éprouvait que rage et affliction.

La nuit tombée, les enfants se massaient contre la Barrière, tendant leurs petites mains vers les lumières scintillantes, dorées et féeriques – si proches, et pourtant jamais assez pour les toucher.

Je levai les yeux vers le ciel, me demandant à quoi avait ressemblé la capitale avant que les Romains ne débarquent et n'y construisent leurs immeubles vides, altiers sous leurs colonnes blanches comme l'ivoire. Est-ce qu'elle avait été aussi belle que le disait Grand-Mère ? J'en étais sûre. Plus belle que tout ce que Rome pourrait jamais créer. On disait que Jing-City était un lieu magique, au sens propre comme au figuré.

Maintenant, la magie se mourait, et un gris désespoir l'avait remplacée, qui ternissait tout, comme une épaisse couche de poussière.

Je jetai un regard en coin au prince Antoine par-dessous mes cils. Est-ce que c'était facile pour lui, d'ignorer les conséquences de la brutalité de son peuple sur les autres humains ? Bien en sécurité de son côté de la Barrière, tandis que leur drogue et leurs soldats mettaient mon Empire à genoux ?

Sept jours plus tôt, le peuple d'Er-Lang avait vu sa capitale brûler, avait été témoin du rapt de ses compatriotes.

Pourquoi, au juste ?

Que nous voulaient les Romains ?

Nous passâmes devant de petites boutiques, des endroits pour danser, boire et manger, faire les courses du quotidien ou s'acheter des babioles. Le peu d'établissements dédiés à ces activités étaient aussi petits que dépourvus de vie, comme tout le reste de ce côté-ci de la Barrière. Pour trouver de la vraie joie, ils devaient la traverser et venir de notre côté. Où ils voulaient bien de notre musique et de notre art, mais pas de nous.

Au coin d'une rue, une mère tenait son bambin par la main en attendant de pouvoir traverser. Ces gens se sentaient-ils coupables de ce qu'ils nous infligeaient ? Avaient-ils seulement vu la désolation de l'autre côté, où les miens portaient encore le deuil dans leurs vêtements blafards de ceux qui leur avaient été arrachés pendant la rafle ?

Des tombes vides. Des familles qui ne pourraient jamais complètement tourner la page. Les horreurs survenues durant cette nuit seraient transmises de génération en génération, on en ferait des contes populaires – pour autant que nous survivions assez longtemps pour voir arriver une nouvelle génération.

Er-Lang était un Empire qui avait prospéré pendant des centaines d'années, un paradis où magie et humanité avaient vécu en harmonie – la plupart du temps. Mais Rome avait réussi à en faire l'ombre de lui-même en à peine vingt ans. Lentement mais sûrement, un outrage après l'autre, ils avaient traîné notre honneur et notre héritage dans la boue, et construit des maisons et des rues éclairées de lampadaires sur nos ruines.

J'entendais encore les lamentations de mon peuple résonner dans les rues, les cris des rebelles assez courageux pour élever la voix contre les Romains. Et les prières désespérées des Pangulais qui les voyaient encore comme des Dieux, envers et contre tout, à genoux devant leurs portes, joignant les mains en quémandant des miracles.

Notre peuple s'étiolait sous des nuages noirs, pendant que le leur s'épanouissait au soleil.

Je fermai les yeux, ravalai la boule dans ma gorge et tentai de chasser ces sombres pensées de mon esprit.

La voiture s'arrêta au centre du secteur romain, devant un bâtiment non seulement magnifique, mais positivement luxueux. Pas besoin d'être un génie pour savoir que c'était là que le prince résidait.

Je pris une pénible inspiration, suivis Antoine hors de la voiture et gravis les marches de pierre. L'intérieur de la demeure était aussi fastueux que l'extérieur. Nous fûmes accueillis par un vestibule aux meubles dorés et aux splendides fenêtres en vitrail. Ses plafonds s'ornaient de délicates peintures encadrées de moulures d'or, chacune des scènes répondant à une autre, racontant une histoire que je ne connaissais pas. C'était à couper le souffle, comme beaucoup trop de choses que je venais de découvrir dans cette moitié hantée de la cité.

Je n'avais jamais vu l'intérieur du palais impérial d'Er-Lang, acclamé depuis longtemps comme le plus bel endroit du monde. Mais j'avais du mal à imaginer quelque chose de plus ensorcelant que ce que j'avais sous les yeux. Tout y était décoré de façon recherchée, dans une débauche de luxe. L'or jetait ses feux dans tous les coins de la maison.

C'était plus une déclaration qu'une habitation. *Nous sommes au-dessus de vous*, clamait le décor. Comme si les princes voulaient s'en convaincre.

« Que faisons-nous ici ?

— Suis-moi. » Le prince me conduisit à une double porte à ouverture électrique.

Nous entrâmes dans un petit compartiment métallique qui descendait loin sous terre. La demeure se révélait encore plus grande qu'il n'y paraissait de l'extérieur. Caché dans le ventre de la bête se trouvait un réseau complexe de couloirs souterrains, éclairé par la lumière violente des lampes de Rome.

Antoine sortit du cube de métal qui nous avait acheminés, et je le suivis. Il marchait lentement, à pas mesurés à mes côtés, et je pouvais sentir ses yeux sur moi en permanence, ses lèvres remuant, comme s'il s'apprêtait à dire quelque chose.

« Attends. » Le mot émergea enfin lorsque nous arrivâmes au bout du couloir, devant une monumentale double porte de fer. « C'est ta dernière mission pour aujourd'hui. Ta vie, ou ta mort, dépend de la manière dont tu vas te comporter maintenant.

— Vous voulez que je tue quelqu'un pour vous ?

— Je veux que tu me prouves que tu es digne des tâches que j'entends te confier, que tu es bien la personne qu'il me faut. L'alliée dont j'ai besoin à mes côtés. Prouve-le-moi, Ruying Yang, car je n'ai pas envie de te tuer. » Je sentis la peur poindre derrière ses mots quand il parla. Une forme de douceur. Comme s'il avouait quelque chose sans qu'il veuille qu'on l'entende. À cet instant, je voulus croire à ses paroles, le voir comme autre chose qu'un prince monstrueux dans sa cupidité.

« Quand mon père est mort et que Grand-Père m'a confié la tâche de gouverner cette cité, j'ai promis à mon défunt père de tout faire pour protéger cette terre, comme il l'avait fait. Et cela signifie éradiquer le moindre signe de rébellion, la moindre raison que mon grand-père et mes frères pourraient utiliser pour justifier une guerre. Je te promets que je ne suis pas celui que tu crois. Je n'ai rien de commun avec Valentin ou mon grand-père, qui a déchaîné ses bombes et ses missiles sur ton monde juste parce qu'il le pouvait. Je veux la même chose que toi, Ruying. La paix. C'est ça, notre but commun. C'est la seule et unique chose que nous voulons, tous les deux. C'est la seule et unique chose que tout le monde devrait vouloir. »

La paix... Un mot si irrésistible. Presque une fiction, une chose qu'aucun citoyen d'Er-Lang n'avait eu la chance de connaître depuis l'arrivée de Rome. « On dit que la guerre est inéluctable, répondis-je.

— Pas moi. Je crois que nous pouvons l'empêcher, mais je ne peux pas le faire seul. J'ai besoin de toi. D'un assassin silencieux capable de faire disparaître des pièces de l'échiquier sans attirer l'attention de quiconque, sans soupçons ou accusations qui pourraient déclencher un conflit. »

Je repensai aux signes caractéristiques de trauma que j'avais laissés sur son garde, Dawson, après le marché nocturne. La peau cireuse, les yeux ternes.

« Ma magie n'est pas complètement indétectable.

— Elle l'est suffisamment, répondit-il. C'est le moyen qui s'en approche le plus que j'aie pu trouver jusqu'à présent. » Antoine poussa la porte, révélant une salle résonnante similaire à l'arène où nous avions été jugés il y avait à peine quelques jours.

Une cage de verre occupait également son centre, bien que plus petite que la précédente.

Mais comme la dernière fois, un homme se trouvait à l'intérieur. Les membres longs, les yeux perçants, des bracelets métalliques à ses poignets.

Ma proie.

20

La première vie que j'avais ôtée était aussi celle du premier garçon que j'aie jamais embrassé.

J'avais sept ans, c'était par un crépuscule d'été où les enfants du voisinage se cachaient de la chaleur sous les fraîches frondaisons de la forêt, vertes comme de fines découpures de jade. Une rivière descendait en babillant du flanc d'une montagne et s'épanchait en une cascade scintillante qui avait creusé un lac aux eaux froides à son pied.

De temps en temps, nous nous mettions au défi de sauter du haut de la cascade. La montée était raide, mais les sensations fortes en valaient la peine. Les souvenirs de ces étés étaient remplis de l'éblouissement des rires, des promesses à la vie à la mort et de tous les rêves de ce que nous ferions une fois plus grands.

Ce soir-là, il n'y eut ni rires ni promesses. Seulement des larmes et un éclat d'or troublant sur un arrière-plan gris comme l'hiver. Ce qui aurait dû être une farce inoffensive s'était terminé de façon indélébile.

La plupart des enfants n'héritaient pas du Don de leurs parents, et certains n'héritaient pas de magie, tout court. Hushan était l'un des rares pour qui, au contraire, ç'avait été le cas. Il était le fils d'un navigateur marchand, et sa capacité à manipuler l'eau lui serait bien utile quand il serait un jour amené à reprendre les affaires de son père.

Déjà petit, il avait tellement confiance en lui que je le croyais invincible. À le regarder, on aurait cru que tout était facile. Il n'y avait rien qu'il ne sache faire. S'il avait atteint l'âge adulte, il serait peut-être devenu le héros dont mon monde avait besoin en ces temps de chaos. Quelqu'un qui aurait combattu et mené les hommes, un martyr dont le sang aurait transformé le monde. Quelqu'un d'assez brave pour mourir pour ses convictions.

Tout l'opposé de moi.

Peut-être que c'était pour ça que je l'aimais bien. Son sourire facile, ses yeux aimables.

Il m'avait donné sa main, et je l'avais suivi pour grimper au flanc de la montagne pendant que nos amis barbotaient dans l'eau. Là-haut, loin du bruit, ses lèvres effleurèrent les miennes avec une incroyable douceur et je sentis un feu fondre sur moi. Des picotements, comme des fourmis, envahirent tout mon corps, mais sans la moindre douleur, seulement de la joie, un soulagement. Ses lèvres étaient des pétales veloutés et son toucher doux. Mais quand les garçons jaillirent des arbres derrière nous dans une explosion de rires et d'encouragements, je sursautai de peur.

Le bord de la falaise était mouillé et je glissai, mon corps basculant dans le vide. Dans cet instant terrifiant de chute libre, je tentai de me rattraper à quelque chose, à n'importe quoi, et j'entraînai Hushan avec moi.

La surface dure de l'eau et les pierres rugueuses heurtèrent nos peaux nues, les criblant de rouge. Hushan riait. La chute avait été brève, terminée en une terrifiante seconde avant que les eaux glacées ne nous avalent tout entiers. Si les choses s'étaient arrêtées là, c'eût été un jour comme les autres. Grand-Mère m'aurait grondée de m'être mise en danger pour un baiser et m'aurait fait un sermon sur l'immaturité des garçons.

Tout ça n'aurait été qu'un souvenir destiné à l'oubli.

Mais ça ne s'arrêta pas là.

Mon corps heurta l'eau de plein fouet. J'essayai de me propulser vers la surface, mais quelque chose me tirait au fond. Je luttai, mes mains tentant d'atteindre les ondulations de lumière au-dessus de moi. Jusqu'à la surface. Jusqu'à l'air.

Mais quelque chose poussait durement sur moi, avec trop de force pour un lac tranquille. Un courant qui ressemblait à la magie des vagues océaniques.

J'entendis ma sœur paniquer. « Mais qu'est-ce que tu fais ? »

Un rire me parvint à travers le gargouillement de l'eau au-dessus de moi.

Je n'avais pas envie de rire. J'étais en train de me noyer. Mes poumons me brûlaient.

« Arrête, Hushan ! » cria la voix de Baihu.

J'agitai les bras en direction de l'air, cherchant, priant pour trouver quoi que ce soit à quoi je pourrais m'accrocher pour m'aider à remonter.

Quand le monde bascula en teintes de noir et blanc, je pensai que j'allais mourir, mais un éclatant cordon d'or se mit à briller au-dessus de ma tête comme une lumière stellaire dans la plus noire des nuits.

« Hushan, arrête ! Tu vas trop loin ! »

Elle était belle, et elle m'appelait à elle.

Veux-tu vivre, Ruying ?

Je tendis les mains jusqu'à ce que mes doigts se referment sur la lumière. Dans mon besoin désespéré de respirer, je tirai sur elle comme sur un filin de sauvetage. J'aurais fait n'importe quoi pour sortir de ces eaux.

Quelque chose se précipita en moi comme si une digue venait de céder. Une sensation chaleureuse, réconfortante comme un bain chaud par un jour d'hiver glacial, qui suffit à muer ma peur en courage. Une énergie brute courait dans mes veines, inondant mon corps de sa force.

Ç'avait toujours été ça, la partie la plus addictive de mon Don. La poussée d'adrénaline qui accompagnait les moments où je volais le *qi* pour le laisser me traverser était stupéfiante, une expérience mystique, hors du commun. Au fond de moi, je savais que c'était ce que je désirais, plus que tout au monde.

Me sentir invincible, puissante. Savoir que quand je souhaitais du mal à autrui, ce n'était pas qu'un simple désir, mais quelque chose que je pouvais manifester d'un simple claquement de doigts. C'était une pulsion que je combattrais à chaque seconde de ma vie, mais être la fille bénie par la Mort me donnait un pouvoir, même s'il était mortel et cruel. Et les filles dotées de pouvoir étaient rares. Dès ma naissance, j'avais été la propriété de mon père, vouée à devenir ensuite celle d'un mari ou d'un fils jusqu'à ma mort, comme ç'avait été le cas de ma mère ou comme ç'aurait été celui de ma grand-mère, si elle n'avait pas enterré mon père la première.

Néanmoins, à ce moment-là au pied de la cascade, je n'avais pas encore eu ces prises de conscience. Tout ce que je voulais en cet instant était une chose et une seule.

Vivre.

Transie de peur, j'avais tenu bon, j'avais utilisé cette lumière ondoyante comme une ancre, jusqu'à ce que je perce la surface pour avaler de larges goulées d'air réconfortant.

Le courant faiblit. La lumière pâlit jusqu'à disparaître.

Le rire mourut.

Quand je regardai autour de moi, Hushan flottait à la surface, face contre l'eau, son corps inerte comme une molle feuille de saule.

Il n'y avait pas de sang.

Quelqu'un hurla. Ce pouvait avoir été moi ou n'importe lequel des gamins au bord de l'eau.

Quand les guérisseurs arrivèrent, ils dirent que Hushan était mort d'avoir épuisé son Don.

Certaines personnes crurent leurs paroles, mais je savais la vérité.

C'était peut-être le traumatisme de perdre un ami, ou peut-être que quelque part au fond d'eux-mêmes, ces gamins savaient de quoi j'étais capable, mais tout le monde arrêta de me fréquenter après ça.

Ils appelaient toujours Meiya pour venir jouer, mais pas moi.

Cela ne me dérangeait pas. Je m'étais fait une nouvelle amie.

Taohua, qui ne m'avait jamais jugée pour mes erreurs, qui n'avait jamais eu peur du monstre à l'intérieur de moi, ce Don que je n'avais pas demandé.

Plus tard, j'appris qu'il y avait peu de traces écrites de Xianlings nés avec un Don semblable au mien. Aucun d'eux n'avait été quelqu'un de bien. Aucun n'avait vécu longtemps.

Des monstres faits hommes. Destinés à la ruine.

Je méritais de porter cette culpabilité et cette honte, et toute la souffrance que ce monde me jetait au visage.

21

« Un seul d'entre vous sortira vivant de cette cage, aujourd'hui », murmura le prince, une amère promesse dans la voix. Mais ses yeux étaient doux, suppliants, comme à la Tour du Lotus. Il se pencha tout près de moi et, au contact de son souffle chaud, des frissons parcoururent mon cou. Ses lèvres frôlèrent doucement le bord de mon oreille. Je frémis. « Je veux que ce soit toi, Ruying. Ne me déçois pas. »

Il posa une main sur mon épaule et l'autre sous mon menton pour me forcer à regarder l'homme ensanglanté à l'intérieur de la cage.

Les yeux de mon adversaire étaient féroces, sauvages. Il voulait survivre aussi désespérément que moi. Une symphonie dévorante chantait au plus profond de nos os. Aucun d'entre nous ne laisserait l'autre gagner au nom de la miséricorde ni de la moralité.

« C'est un Xianling Multiplication. Un talent rare, mais il a rempli sa fonction. Il est temps pour lui de tirer sa révérence.

— Rempli sa fonction ? C'est ça qui m'attend ? Est-ce que vous me livrerez en pâture à votre prochain tueur quand j'aurai rempli la mienne ?

— Peut-être, répondit-il, le regard dur. Peut-être que non. Ne me donne pas de raisons de vouloir ta mort, et je ne te ferai pas de mal. »

Sa main se retira de mon épaule.

Dawson m'escorta jusqu'à la cage et me poussa dedans.

Contusionné et sanglant, le jeune homme oscillait légèrement sur ses pieds. Maintenant que nous nous trouvions face à face entre d'hermétiques murs de verre, je remarquai ses yeux : fixes et perçants. Un serpent prêt à mordre. Une telle concentration annonçait le danger et appelait à la prudence.

La multiplication ? Un pouvoir rare s'il en était, dont je n'avais entendu parler que dans des livres et des récits. C'étaient des Xianlings capables de diviser leur corps en deux, trois, voire quatre copies d'eux-mêmes. On aurait pu s'attendre à ce que les princes veuillent garder un pouvoir aussi rare. Pourquoi l'obliger à se battre ? Même s'il avait rempli sa fonction – quoi que ça veuille dire –, un talent pareil était précieux dans l'arsenal de Rome. Il avait plus de valeur vivant que mort.

N'est-ce pas ?

« Pas d'hésitation », résonna la voix d'Antoine dans les enceintes. Conseil ou avertissement, je n'aurais su le dire. « La Mort ne t'accorderait pas un tel pouvoir si elle ne voulait pas que tu t'en serves. C'est ton destin, Ruying. Ne cherche pas à lui échapper. Embrasse-le. »

J'aurais cru entendre ma sœur.

Le silence tomba sur la cage.

Nos bracelets bipèrent.

Le grésillement de la science se tut, et la magie afflua dans une décharge viscérale.

Tue-le, ordonna une voix à l'intérieur de moi, me poussant en avant alors que la magie de la Mort se faisait de plus en plus chaude, comme du foin abandonné l'été en plein soleil, prêt à prendre feu.

Mes poings se serrèrent à mes côtés, jusqu'à ce que les ongles mordent dans ma chair.

Je me souvins des prières que Grand-Père murmurait doucement à nos ancêtres au cœur de la nuit. *Personne ne devrait avoir tout ce pouvoir. S'il vous plaît, aidez ma petite-fille. Libérez-la de ce Don grotesque.*

Mes côtes se crispèrent plus fort. Je ne voulais pas décevoir Grand-Mère, je ne voulais pas devenir la tueuse de ses cauchemars.

Mais un sourire sadique s'étendit sur le visage de mon adversaire. «Je vais prendre mon pied. Le prince va être salement contrarié quand j'aurai tué son nouvel animal de compagnie», souffla-t-il avant de se jeter sur moi avec ses mains sanglantes.

J'esquivai, tout juste.

Tue-le, rugit la Mort.

Mon adversaire tenta un crochet du droit, choisissant un coup susceptible de m'envoyer au tapis.

La magie flamboya avec la férocité d'un incendie dans mes veines.

Aucun mortel n'a droit de vie ou de mort.

Je plongeai au sol, puis roulai sur moi-même pour me rétablir en position accroupie. Les poings serrés, je m'apprêtai à m'enfuir quand il se dédoubla, avec le grognement d'une bête déchirée en deux. *Il a mal. Utiliser son pouvoir le fait souffrir.* Avant que je puisse prendre en compte cette découverte, le double m'empoigna par la gorge et m'immobilisa au sol.

Un seul d'entre vous sortira vivant de cette cage, aujourd'hui.

«Je n'ai pas envie de te faire du mal!» dis-je en m'étranglant.

Il n'écoutait pas. Sa poigne se resserra autour de ma gorge jusqu'à ce que je ne puisse plus respirer.

Tue-le, intima la Mort. *Termine ce combat avant même qu'il n'ait commencé!*

D'un battement de paupières, je repoussai les souvenirs de la cascade, toutes ces années en arrière.

Le pouvoir était addictif, exactement comme l'opiane. Chaque fois que je cédais à ses pulsions coupables, j'avais peur de ne pas être capable d'arrêter. Chaque fois que je me soumettais à la magie de la Mort, une part d'elle-même me suivait dans ce monde, et son emprise sur moi s'étendait un peu plus. Et les voix, les tentations se faisaient de plus en plus fortes, comme des fantômes habitant chacun de mes souffles.

À chaque instant, je mourais d'envie de revivre cette transe, cette montée d'euphorie, ce sentiment de puissance, de contrôle. De voir la peur dans les yeux de ma victime. Me sentir forte, dangereuse, redoutable…

L'étau de sa prise se serra encore. Des taches noires brouillèrent ma vision. Je me démenai pour retrouver mon équilibre en me balançant d'avant en arrière, tentant de reprendre pied, mais son double me clouait au sol.

J'entendis un rire au-dessus de moi.

« C'est du gâchis, un Don pareil entre les mains d'une fille aussi lâche et faible. » La voix de mon adversaire perça le brouillard gris et résonnant qui m'obscurcissait les yeux. Il souriait de toutes ses dents, comme s'il avait déjà gagné.

Tue ou tu seras tuée.

Le multiple écrasa sa botte sur ma tête, le caoutchouc dur contre la chair de ma joue. La douleur explosa dans un martèlement perçant, et je sentis la pression remplir mon crâne comme si j'étais sous l'eau.

Le goût du sang me vint à la bouche, ma tête sonnant comme une cloche.

Je tentai de parler. « Ce n'est pas parce qu'il veut qu'on se batte qu'on doit le faire. Nous ne sommes pas les pantins de Rome. »

Une deuxième fois, j'essayai de me redresser, mais il me lança son pied dans l'estomac, me renvoyant au sol.

« Je pensais que la fille bénie par la Mort serait plus difficile que ça à tuer, mais en fait, tu n'es qu'une trouillarde. »

Tue-le ! tonna la Mort alors que le monde chavirait.

« C'est un homme que la Mort aurait dû bénir. Quelqu'un qui en serait digne. »

Je crachai le sang dans ma bouche. « J'en suis digne. »

Là-dessus, je lançai mon pouvoir autour de moi et je tirai.

J'enveloppai son *qi* de ma magie et, cette fois, je ne me retins pas. L'énergie dorée afflua à travers moi avec la vitesse d'une rivière en crue. Cette chaleur délicieuse était un nectar qui remplissait, qui comblait mes fractures meurtries, jusqu'à ce que toutes les blessures de ma chair mortelle s'évanouissent. Mon corps se régénéra – un geste charitable de la Mort. Comme les apiculteurs qui récompensent leurs abeilles d'un peu de miel, elle était une maîtresse bienveillante. La plupart du temps, le *qi* ne faisait que passer, comme de l'eau à travers une écluse, mais parfois il laissait un petit cadeau dans son sillage, soignant toutes les blessures, chair ou os.

La Mort avait besoin de moi, tout comme j'avais besoin d'elle. Plus je serais forte, plus elle le serait aussi.

Le multiple s'écroula au sol les yeux révulsés, s'effaçant peu à peu pour ne laisser que l'original, qui s'affaissa à terre à son tour.

J'aurais dû m'arrêter là, m'éloigner du précipice alors que son *qi* se réduisait à peau de chagrin. Sous ma main, sa vie palpitait encore dans ses derniers soubresauts, comme un animal agonisant.

Je pouvais presque sentir son âme se détacher de son corps. *Tu en as pris assez*, essayai-je de me dire. *Ça suffit !*

Mais je ne m'arrêtai pas.

Un seul d'entre vous sortira vivant de cette cage, aujourd'hui.

Je resserrai ma prise et sentis quelque chose se casser net.

Je veux que ce soit toi.

22

Quand les derniers lambeaux de vie quittèrent cet homme, quelque chose en moi mourut avec lui.

Au moment où son âme se détacha de son corps, je fermai les yeux pour ne pas voir les couleurs de la personne qu'il avait été – une expérience qui me laissait toujours un arrière-goût amer. Une brève vision de la vie qu'il n'avait pu vivre, de l'homme qu'il avait été avant que je ne tranche son fil. De toutes les joies et les peines que je lui avais volées.

C'était une connexion trop personnelle, trop troublante.

Parfois, quand on doit faire face aux conséquences de ses actions, il est plus facile de détourner le regard.

Comme un château de cartes s'affalant sur lui-même, je m'écroulai et éclatai en sanglots.

Une vie de plus, je venais d'arracher une vie de plus. Et avec cette vie, la Mort et son cortège de plaisirs brutaux s'enfonçaient un peu plus profondément dans mon âme, générant de nouvelles fissures sous la façade de gentille fille que je m'étais efforcée de maintenir pour Grand-Mère, pour moi-même, pour tous ceux qui me voyaient comme un monstre méconnaissable à cause d'un Don que je n'avais jamais demandé.

Une main toucha mon épaule, elle était chaude.

Puis une autre. Avant que je ne m'en rende compte, quelqu'un m'avait prise dans ses bras. Un refuge de tendresse où échapper au froid du reste du monde.

En silence, Antoine Auguste me serra fort, comme s'il pouvait ainsi maintenir ensemble tous mes morceaux brisés, me garder en une seule pièce contre l'assaut des vagues grises de haine qui s'abattaient sur moi comme un océan martelant des falaises au bord de l'éboulement.

Je savais jusqu'au tréfonds de mes os que tout, dans ce moment, était mal.

Me laisser aller à son contact était mal, l'entourer de mes bras et m'accrocher à lui comme si ma vie dépendait de cette étreinte était mal.

Mais je le fis quand même.

« Ça va devenir plus facile, murmura-t-il, ses lèvres effleurant ma tempe. Je te le promets.

— Comment vous pouvez le savoir ?

— Parce que ç'a été le cas pour moi. »

23

Plus tard, alors que les gardes emportaient le corps, je m'assis sur le côté de la cage, mon dos appuyé contre le verre froid.

Avec un regard tendre, le prince se plaça à côté de moi, nos corps si près l'un de l'autre que je pouvais sentir la chaleur qui émanait de lui, mais pas assez pour nous toucher. Deux peaux, séparées par ce minuscule espace, comme un fossé que nous ne pourrions jamais franchir.

« Il était mourant. D'après mes scientifiques, il n'aurait pas passé le mois. Même si tu ne l'avais pas tué, il serait mort en quelques semaines », dit doucement le prince. Il m'observa pendant un moment et me tendit une petite pilule blanche tirée de sa poche. « Elle va t'aider à soulager la… »

Je jetai la pilule par terre sans le laisser terminer. Je ne voulais pas de son remède, ou plutôt de ses solutions chimiques et scientifiques.

Je voulais ressentir cette douleur.

Il le fallait.

Je venais de tuer un homme. Si je réduisais ces sentiments à néant, comme Antoine, comme les Romains, qu'est-ce qui me différencierait des monstres de nos anciennes légendes ? Qu'est-ce qui me différencierait des Romains ?

Tuer était un péché, et pourtant Antoine n'avait pas même cillé quand il avait pressé la détente depuis la Tour du Lotus.

Je ne pouvais pas me laisser posséder par cette désinvolture. Je devais ressentir cette douleur, je devais m'y noyer. Souffrir, pleurer, laisser la culpabilité me dévorer. Qu'elle me rappelle constamment que tout ce que je faisais ici était mal.

C'était la dernière chose qui me rattachait à celle que j'avais été.

La jeune fille que Grand-Mère avait élevée. La sœur que Meiya avait sauvée.

« Il méritait de mourir, ajouta Antoine après ce silence, sa voix tel un souffle délicat, profonde et apaisante, comme la caresse d'une main sur une échine tremblante. C'était quelqu'un de mauvais. Le fils d'un homme riche. Une ordure qui s'en prenait aux plus faibles, terrorisait les innocents et s'en sortait impunément parce que son père payait pour tous les pots cassés et le gardait bien enveloppé dans ses privilèges. Tu viens de rendre au monde un service en le tuant. Parfois, on doit faire des choses mauvaises pour de bonnes raisons. Des sacrifices pour le plus grand bien.

— Je ne vaux pas mieux que lui », marmonnai-je. Mes mains frémissaient encore de *qi* et de pouvoir.

« Il n'y a rien de commun entre vous. » Quand Antoine se tourna vers moi, son regard soutint le mien avec une telle intensité et une telle douceur que je crus parler à un autre homme. Un garçon de mon âge au lieu d'un prince qui tenait ma vie entre ses mains, capable de m'écraser aussi facilement qu'un insecte. Le moment que nous avions partagé dans la cage perdurait comme une tache indélébile.

Ses yeux pâles luisaient d'une subtile patience, d'une compréhension. Comme s'il me voyait – mon moi véritable. La fille à la fois tentée et terrifiée par ce qu'elle pouvait faire, par ce qu'elle pourrait devenir si elle laissait ses pires instincts prendre le dessus.

« Cet homme a fait des choses mauvaises parce qu'il le voulait, parce qu'il aimait ça. Tu es différente. Tu le fais parce que tu n'as pas le choix. Comme moi. »

C'était censé me réconforter ?

Moi aussi, j'ai envie de faire de mauvaises choses – une vérité que je ne pouvais me résoudre à avouer. *Tous les jours. Prendre tout ce que je veux, sans m'excuser. Mettre à genoux tous ceux qui se sont moqués de moi, les faire couiner de terreur...*

La flamme de la rage couvait en permanence.

Je ramenai mes genoux sous mon menton, serrant mes bras autour de mes jambes, comme si cela pouvait m'aider à rester en un seul morceau encore un petit peu.

« Quel effet ça fait ? » demanda-t-il.

Je n'aurais pas dû lui parler. Je n'aurais pas dû faire durer ce moment avec cet homme infâme, nos corps si près l'un de l'autre que je sentais sa chaleur brûler mes contours. Dans son parfum d'embruns et de bois de santal. Mais j'avais le cœur serré, et ses mots délicats, réconfortants et chauds comme de l'or liquide comblaient les fissures de mon cœur en miettes.

« Vous savez ce qui est le pire ? murmurai-je dans la pénombre de la salle, en une manière de confession, m'exposant au jugement de ce Dieu indigne. J'aime ça. Cette sensation, quand une vie passe à travers moi, c'est la meilleure chose que j'aie jamais ressentie. Peut-être la meilleure que je ressentirai de toute ma vie. Une fois, quand j'étais jeune et curieuse, j'ai goûté un peu d'opiane volée parce que ç'avait l'air tellement alléchant, d'après tout ce que les vôtres en disaient. Une substance si phénoménale que même les Dieux au-delà des cieux chantent ses louanges ? Mais quand je l'ai inhalée, l'effet n'était rien comparé à la transe de la Mort. J'aime sentir l'énergie se rassembler dans mes mains. J'aime savoir que je peux tuer qui je veux, quand je veux. La Mort est belle, mais elle est cruelle. Ses murmures me hantent, car elle sait qu'à chaque battement de mon cœur, l'envie de retrouver cette sensation me tenaille.

— Mais tu résistes. Parce que tu sais que c'est la bonne chose à faire ? Parce que c'est ce que ferait quelqu'un de bien ?

— Oui.

— Mais la plupart du temps, tu n'as pas envie de résister. »

Quelque chose de chaud fusa sous mes paupières. Des larmes. Encore des larmes. Je fermai les yeux une fois de plus pour que le prince ne me voie pas pleurer.

« La seule chose qui me retient de céder à ce désir est ma peur de mourir. Les Xianlings qui s'abandonnent à la tentation de la magie ont la vie courte.

— Es-tu sûre que c'est la vérité, et pas seulement un mensonge raconté par les gens dénués de magie à ceux qui en sont dotés ? Pour les garder en laisse, pour exercer un pouvoir sur ceux qui sont en fait plus puissants qu'eux ?

— Qu'est-ce que vous voulez dire ? »

Le prince détourna le regard, ses yeux soudainement distants après cette intimité inattendue. Il n'avait pas tout dit, mais seul son silence me répondit. Notre moment de partage, aussi beau que les broderies cousues par ma grand-mère, se disloqua, déchiré en deux moitiés tenant tout juste par quelques fils emmêlés.

Un battement de cœur passa, puis un autre.

Antoine posa une main sur la mienne : chaude, forte. « Je sais ce que ça fait. » Un écho de ce qu'il m'avait dit à l'intérieur de la cage.

« Vraiment ? » Ma voix sonna plus dure et plus cruelle que je n'en avais eu l'intention. « À ce stade, vous devez avoir assassiné assez de gens pour que tuer soit aussi facile que respirer. »

Un léger sourire lui vint sur les lèvres. « Contrairement à ce que croient les gens, j'ai des sentiments. J'éprouve de la culpabilité, du regret, de la honte, et je doute constamment. Je me demande si je fais tout ça pour les bonnes raisons, si la fin justifie les moyens. Je ressens autant de choses que toi, que n'importe qui. Je suis juste plus doué pour le cacher au monde. Je suis un prince qui tente de se montrer digne d'un trône sans merci. Si je fais preuve de faiblesse, mon grand-père me bannira. Je perdrai toute valeur à ses yeux. Et si je n'ai plus de valeur, je ne peux plus aider mon peuple. Et je ne peux plus aider le tien. » Sa main serra la mienne, comme si nous étions des alliés, des amis. « Ça ira mieux, avec le temps. Même si ça fait toujours mal, toi, tu arriveras mieux à faire comme si ce n'était pas le cas.

— Pourquoi vous me dites tout ça ?

— La confiance marche dans les deux sens. Je veux te faire confiance, et je veux que tu aies confiance en moi en retour. Ça n'arrivera que si je te montre mes cartes, que je te laisse voir l'homme sous l'armure.

— Pour quoi faire ? soufflai-je. Tant que vous avez la vie de ma famille entre vos mains, j'obéirai au moindre de vos ordres. Vous n'avez pas besoin de ma confiance. Vous n'avez pas besoin de moi comme alliée.

— Et si c'était le cas ? Si je voyais les facettes que tu ne veux pas que le monde voie ? Tous ces démons tapis dans les ombres de ta conscience, les paroles enjôleuses de la Mort à ton oreille… Et si, en regardant tes démons, c'étaient les miens que je voyais ? Quelqu'un qui est terrifié d'être perçu un jour comme un être ignoble, de se retrouver du mauvais côté de l'histoire ? »

Mon cœur fit une embardée à ces mots qui semblaient tirés de mes pensées les plus noires. Il parlait avec une telle conviction que je craignis qu'il n'ait vu toutes les parties hideuses que j'espérais cacher derrière des mots calmes et posés et des sourires bien élevés. Chaque jour depuis l'incident de la cascade, je luttais avec la magie en moi, je luttais contre mes pulsions haineuses.

« Si ça se trouve, nous sommes réellement du mauvais côté de l'histoire. Personne ne devrait posséder autant de pouvoir.

— Et pourtant, c'est le cas, Ruying. Oublie tous les mensonges qu'on a essayé de te raconter. Avoir le pouvoir, ça en vaut la peine. On pourrait même dire que c'est la seule chose qui vaille la peine. Si tu acceptais le tien, tu pourrais faire en sorte que les hommes se prosternent à ton nom. Je peux te rendre si puissante que personne ne te fera plus jamais de mal. »

Ses mots étaient une mélodie envoûtante, ils m'attiraient vers lui, mon cœur battant la chamade.

Les gens mettent des choses différentes derrière le mot

« pouvoir ». Pour moi, il signifiait la sécurité, la stabilité. La possibilité de me laisser aller à la joie sans peur du lendemain. Être capable de protéger celles que j'aimais. Pouvoir punir ceux qui m'avaient fait du tort. Une vie libre de conséquences, comme celle que vivaient les Romains.

Mais ce n'était pas parce que c'était à ma portée que c'était une bonne idée.

« Sais-tu pourquoi je t'ai choisie comme mon alliée dans ce combat ?

— Des alliés, c'est ça que nous sommes ? Pour nous appeler comme ça, il faudrait déjà que nous soyons égaux. Il n'y a rien dans nos rapports qu'on puisse qualifier d'égalitaire.

— Si tu le souhaites, murmura-t-il, nous pouvons être alliés. C'est ce que je veux. Si ce n'était pas le cas, je n'aurais pas empêché Valentin de t'injecter de l'opiane. »

Je cillai. « Si je veux que nous soyons des alliés ? Est-ce que j'ai le choix ? Et n'essayez pas de me manipuler. Vous m'avez sauvée parce que vous convoitez ma magie. Vous me voulez comme arme, rien de plus. »

Antoine sourit et secoua la tête. « Depuis le temps que je suis là, j'ai rencontré beaucoup de Xianlings possédant des Dons invraisemblables. Mes frères et mon grand-père croient tous que plus les Xianlings sont puissants, plus il faut les contrôler. Mais j'ai vu trop d'entre eux perdre la raison à cause de l'opiane. Je ne veux pas que tu deviennes une de ces coquilles vides, un corps sans esprit. Je te veux non comme une marionnette au bout d'un fil, mais debout à mes côtés.

— Pourquoi ? »

Ses mots s'attardaient sur ma peau comme les paroles d'une mélodie, si sincères qu'ils semblaient combler le fossé qui nous séparait et rapprochaient mon cœur palpitant du sien.

C'était un prince de Rome. Il n'avait aucune raison de me mentir.

Cela ne signifiait pas pour autant que je pouvais me fier à ses paroles.

« À cause de tes yeux. La façon dont tu m'as regardé la première fois que nous nous sommes rencontrés, comme si tu avais besoin de moi. Le désespoir t'a poussée à me voler cet or. J'aurais dû être en colère, mais je ne t'ai pas jeté la pierre. Parce que j'ai fait la même chose quand j'étais dans la même situation que toi, il y a longtemps.

— Dans la même situation ?

— Je ne suis pas né prince, Ruying. J'ai vu le jour dans la rue à Rome, de parents qui ne possédaient rien, c'étaient des sans-le-sou qui faisaient tout pour survivre. Mais ça ne suffisait pas. J'étais jeune, aux abois et affamé. Je me suis fait remarquer de mon père adoptif, feu le prince héritier de Rome, de la même façon que je t'ai remarquée. Je l'ai volé, comme toi. Une bourse d'or. J'ai fait ça avec un peu plus d'élégance, bien sûr. Je l'ai cueillie à sa ceinture et je me suis rapidement éloigné dans les ombres avant de prendre mes jambes à mon cou. Le temps de rentrer jusqu'au pont d'autoroute dont ma famille partageait l'abri avec d'autres, je pensais être tiré d'affaire. Jusqu'à cette nuit-là, quand le prince a débarqué avec ses hommes, pistolet au poing. Il m'a donné un choix. Retourner le pistolet contre moi et payer pour mes crimes, ou tuer ceux que j'aimais pour avoir la possibilité d'accéder à la richesse, au pouvoir, à un statut. Une vie comme prince de Rome au lieu d'être un moins-que-rien, qui ne possédait rien et qui ne serait jamais rien. »

Mon cœur eut un spasme et s'arrêta. « Vous avez tué vos parents ? »

Le visage d'Antoine était froid, indéchiffrable. « La famille des Auguste croit au talent par-dessus tout. Leur dynastie est bâtie sur la méritocratie, et le trône n'est pas toujours transmis par les liens du sang. Mon grand-père craignait que Valentin ne soit pas capable d'endosser le poids d'un Empire une fois adulte. C'est pourquoi mon père devait trouver un suppléant. Au cas où. Et depuis cette nuit, j'ai passé chaque seconde à essayer de prouver ma valeur à mon grand-père. Mais visiblement, ça ne suffira jamais… »

Je le regardai passer en revue les cicatrices de ses tragédies passées avec une totale désinvolture, comme s'il discutait du temps qu'il faisait, sobre et sur son quant-à-soi. Mais je saisis un éclat de douleur dans ses yeux, un mince voile de larmes brouillant son regard.

« Au moins, je n'ai pas poussé aussi loin que mon père en te faisant tuer celles que tu aimes pour prouver ta loyauté envers moi.

— Et vous n'y tenez pas. Si j'étais capable de tuer ma famille pour du pouvoir, je pourrais en faire autant avec vous, et tout aussi facilement. Ce que vous voulez, c'est quelqu'un qui cherche avant tout à survivre, qui souhaite s'élever au-dessus de sa condition, mais qui ne soit pas aussi ambitieux que vous – pas assez froid pour être prêt à tout pour parvenir à ses fins. »

Le regard qu'Antoine posait sur moi changea à cet instant.

« Je ne suis pas sûr d'apprécier que tu sois aussi futée.

— Moi, je ne suis pas sûre d'apprécier que vous soyez aussi vicieux. »

La tension au bout de ses lèvres se mua en un sourire profond et sincère, puis en un petit rire indulgent qui secoua tout son corps, faisant s'effleurer nos épaules. Je pouvais sentir la chaleur qui émanait de lui, si proche. Une part de moi voulait se pencher vers lui, comme je l'aurais fait avec Grand-Mère, Meiya, Baihu, Taohua, avec toute la tendresse d'enfance qui faisait paraître le monde moins cruel.

Je me retins. « Donc en fait, vous n'êtes pas un prince ?

— Pas par le sang. Mais j'aime à penser que j'ai gagné ce titre au fil des années, par d'innombrables contributions à l'Empire, et mon grand-père est de cet avis lui aussi. Autrement, il ne mettrait pas autant de pouvoir entre mes mains. Mais malgré tout, les liens du sang restent les plus forts. Mon grand-père a du respect et de l'estime pour moi, mais il ne m'aime pas comme il aime Valentin. C'est pourquoi celui-ci a la préséance sur moi. Pourquoi les dignitaires et les politiciens de la cour penchent de son côté plus souvent que du mien.

— C'est parce qu'ils pensent qu'il va hériter du trône. Ils sont comme des saules, ils se courbent dans le sens du vent, dis-je, réfléchissant à voix haute. Pensez-vous que votre grand-père lui remettra la couronne ?

— Je pense que le pouvoir revient à ceux qui ont le courage de s'en emparer. » Une réponse diplomatique. « Mais un souverain n'est rien sans son peuple. Le jour où je régnerai sur Rome, je ne veux plus infliger de peine à des innocents. J'ai connu la souffrance. Je l'ai vue de mes yeux, j'ai senti son froid dans mes os et dans les coups qui ont meurtri mon corps. Je l'ai entendue dans les gémissements de ma mère quand elle sacrifiait son corps pour me protéger des criminels qui prenaient tout ce qu'ils voulaient, quand ils voulaient. Je l'ai entendue dans les sanglots de mon père alors qu'il se courbait devant des étrangers, qu'il faisait la manche pour quelques sous, pour pouvoir acheter quelque chose, n'importe quoi, pour me nourrir quand mon corps sous-alimenté devenait de plus en plus malade. Je ne veux plus qu'il y ait des gens comme nous dans le monde, voués à souffrir dès la naissance parce que personne ne se préoccupe des pauvres et des infirmes. »

Sa voix se cassa, juste un peu. Un silence se fit le temps qu'il se remette et chasse les larmes qui lui brouillaient les yeux.

« C'est pour cela que je m'aventure rarement de l'autre côté de la Barrière. Pas par dégoût envers les vôtres, comme beaucoup le supposent, mais parce que j'ai honte. » Sa voix se fit plus basse quand il continua, comme s'il confiait un secret. Depuis l'enfance, cet homme avait dû se montrer fort, implacable, et voilà qu'il m'exhibait les failles dans son armure, les angles sous lesquels je pouvais le blesser, comme un prédateur roulant sur le dos pour exposer son ventre vulnérable. Il me tendait un rameau d'olivier pour tenter de gagner ma confiance.

« Je sais ce que c'est que de souffrir. Je vois ma mère et mon père biologiques dans les visages des gens de ton peuple chaque fois que je mets le pied dans les rues misérables de ta cité, et les souvenirs remontent. D'où je viens. Ce à quoi ressemblait la vie d'un de ces rats d'égout que le monde refusait de voir. Ce que ça faisait d'être désespéré, affamé et en colère – tellement en colère. Contre le monde où j'étais né. Contre les maigres chances dont je disposais et la façon dont j'étais forcé de vivre. Je comprends ta rage, Ruying. Parce qu'il fut un temps, c'était aussi la mienne. Avant qu'on ne me donne une belle couronne, un beau titre et de beaux habits, je mendiais des piécettes comme tous ceux qui sont obligés de le faire dans cette cité impitoyable. Contrairement à mes frères, je ne suis pas né avec une cuillère en argent dans la bouche, et je ne peux pas fermer les yeux sur la détresse de tous ces innocents.

— Mais comment puis-je me fier à vos paroles? Qu'est-ce qui me prouve que vous serez différent, une fois devenu empereur?»

À ces mots, un sourire dansa sur ses lèvres, et sa main traversa la distance entre nos corps comme un pont au-dessus de tout ce qui nous séparait, un geste de paix entre nous et nos deux mondes.

«Comment fait-on confiance, à qui que ce soit? 人心隔肚皮, comme dirait ton peuple. *Nos cœurs sont tous séparés par la peau et la chair de nos propres corps*. Je ne peux pas lire dans tes pensées, ni toi dans les miennes. Tout ce qu'on peut avoir, c'est la foi, la confiance que l'autre ne nous entraîne pas sur le mauvais chemin.

— Allez-vous m'entraîner sur le mauvais chemin, mon prince?

— Je te mènerai à la gloire. Je te mènerai à la vie que tu as toujours voulue. À de meilleurs lendemains. Pas seulement pour mon monde, pour nos deux mondes. Une guerre entre la magie et la science ne bénéficiera qu'à ceux qui vivent dans leurs tours d'ivoire, loin du monde où la violence détruira des vies et privera de bonnes âmes de leur avenir. Les orphelins et les démunis deviendront des cibles faciles pour les hommes cupides. Je pensais vraiment ce que je t'ai dit l'autre jour dans les cachots, Ruying. Je veux sauver nos deux mondes. Pas seulement Rome.»

Sauver nos deux mondes.

«De quoi Rome a-t-elle besoin d'être sauvée?»

Antoine sourit. Un secret. Un clin d'œil. « Comme je l'ai dit, je préférerais que nous soyons amis. Des alliés, pas des ennemis. Moins tu me détesteras, plus il te sera facile de me faire confiance, de m'apprécier, d'être loyale envers moi. Si cela peut te soulager, tous ceux à qui je veux que tu ôtes la vie méritent de mourir d'une manière ou d'une autre, car ils vont tous finir par engendrer chaos et massacres si on ne s'occupe pas d'eux. Comme des mauvaises herbes qui dévorent un jardin impeccable.

— Et pourquoi devrais-je plus vous faire confiance à vous qu'à votre frère ? Vous parlez de paix, mais comment comptez-vous y parvenir ? Vous dites que la confiance se mérite. Ai-je fait assez pour mériter une réponse honnête ? »

À mes mots de défiance, le prince Antoine ne se mit pas en colère, ne perdit pas son calme comme je m'y attendais. Ses yeux restèrent tendres et indulgents. Ils me regardaient avec curiosité et émerveillement.

« Valentin veut la guerre. Les conseillers de ton empereur veulent la guerre. Je suis la seule personne qui empêche encore mon grand-père de céder à la tentation d'envahir Pangu avec toutes les armes de destruction massive qu'il trouvera dans notre arsenal. Je l'ai convaincu que nous pouvions nous servir de la science pour trouver un accord profitable pour tout le monde, un concept qui perdra considérablement de son attrait si Er-Lang continue à se rebeller. Ces hommes que je veux faire disparaître ? Ce sont ceux qui poussent ton empereur à attaquer pour nous chasser, ou des partisans du Spectre acharnés à semer le chaos et la vengeance. Mon grand-père a bien des qualités, mais la tolérance n'en a jamais fait partie. Il n'y a pas grand-chose que je puisse faire pour retenir ses velléités de représailles. »

J'interrompis mes questions. Une attaque sur Rome serait-elle si terrible ?

Après tout, la magie était une force insondable. Et si c'était possible de nous révolter, de les prendre par surprise et de gagner ?

« C'est une apocalypse qui se profile à l'horizon comme un nuage de tempête, prête à frapper. Une guerre entre la magie et la science pourrait tous nous détruire, reprit Antoine, comme s'il lisait dans mes pensées. Si tu ne me crois pas, il y a quelque chose que je veux te montrer. »

Il prit ma main dans la sienne et m'aida à me remettre debout.

Par une paire de portes verrouillées, il me conduisit à une salle faiblement éclairée. Il appuya sur un bouton, et les lampes s'animèrent dans un grésillement, rangée par rangée. Des rayons d'un blanc atroce au-dessus de mécaniques gris sombre.

Mon cœur me sauta dans la gorge, se déchirant en chemin comme un ruban. Il me fallut reprendre une profonde inspiration, puis une autre, pour assimiler ce que j'avais devant moi : des armes à perte de vue, empilées sur des étagères métalliques. Une quantité incroyable de fusils et de pistolets. Certains comme ceux que j'avais vus dans les rues, portés en bandoulière à l'épaule par les Romains, et d'autres que je n'avais jamais vus auparavant.

S'ils avaient assez d'importance pour qu'on les garde derrière des portes fermées, ils devaient être redoutables. Des créations de la science dont Rome voulait nous cacher l'existence.

« Tout à l'heure, tu m'as demandé quelle emprise avait Rome sur ton empereur. Eh bien, voilà ta réponse. Ceci est l'un de nos nombreux arsenaux dans la cité, et à travers l'Empire. Une seule de ces armes peut tuer une douzaine de soldats d'Er-Lang en l'espace d'une minute.

— Elles sont capables de massacrer les plus redoutables Xianlings avant même qu'ils n'aient une chance de faire appel à leur magie, murmurai-je, en écho aux paroles de Grand-Mère.

— Et ce n'est pas tout. Ces armes ne sont rien comparées à celles que nous avons sous la main. »

Antoine me conduisit jusqu'à une lourde table d'acier au centre de l'armurerie. D'un tapotement de son doigt, la surface prit vie pour devenir un écran électronique. Il tapa quelque chose dans le système, et l'image d'un avion s'afficha – comme ceux que je voyais parfois passer de notre planète à la leur par le portail dans le ciel, mais beaucoup plus petit.

« Des avions de combat. » Sa main balaya l'écran. « Tu es née après la guerre entre Rome et Er-Lang. Moi aussi. Mais contrairement à toi, j'ai vu des vidéos de ce qui s'est passé. Des images des avions avant qu'ils ne frappent vos armées et ne réduisent toutes ces pauvres âmes en lambeaux de chair et d'os. Les créations scientifiques de mon monde sont au-delà de ce que quiconque du tien peut imaginer. Une seule de nos bombes dépasse la puissance de dix mille de vos Xianlings les plus rares, dix mille de vos prétendus Dieux. Vous devriez remercier ces Dieux que feu votre empereur ait ployé le genou avant que mon grand-père ne les déchaîne sur les civils de cette cité. »

Antoine grimaça. Un soupçon de 不忍[1] entre ses sourcils : c'était un futur qu'il n'osait même pas imaginer.

Il fit glisser ses doigts sur l'écran et l'image passa à un nouvel objet, effilé et fin. Je ne connaissais pas le nom de cette chose.

« Des missiles. Il suffit d'un seul pour effacer la moitié de Jing-City en un clin d'œil. Mon grand-père a failli les utiliser sur Er-Lang à la suite d'un désaccord avec feu l'empereur, il y a quelques années. Il a menacé d'envoyer une flotte et d'annihiler votre Empire et tous ses habitants. C'est mon père qui l'en a dissuadé. En dépit de tout, c'était un homme de bien, mon père adoptif. Ou en tout cas, il essayait de l'être. Comme moi, il plaçait son espoir dans une solution qui pourrait à la fois sauver mon monde et libérer le tien de notre tyrannie. Lui non plus ne voulait pas voir des innocents mourir. »

Feu le prince héritier de Rome était mort il y avait quelques années. Personne ne savait pourquoi. C'était une affaire interne à Rome, un secret qui n'était pas parvenu aux oreilles des pires commères de la capitale.

1. Dans ce contexte, « un soupçon de compassion ». La clé 不忍 indique une incapacité à faire quelque chose, généralement en raison d'émotions douloureuses.

« Je suppose qu'on ne peut pas en dire autant de ton grand-père ?

— Ce que veut mon grand-père, ce sont des résultats. Il n'a jamais été du genre à prendre en considération les coûts collatéraux de ses objectifs, du moment qu'il obtient ce qu'il veut. Il est d'une autre époque, comme disait mon père. Quand la guerre ravageait notre monde, les autres superpuissances de la planète ont attaqué Rome de tous les côtés – par terre et par mer. Toutes se battaient pour les mêmes ressources finies. Les guerres ont fait rage pendant des décennies. La légitimité de notre famille à gouverner a été contestée à maintes reprises. Nous avons perdu des territoires, nous en avons conquis d'autres, expulsé des rivaux de leurs capitales, puis perdu la nôtre. Il s'est passé tellement de choses, et nous avons tant perdu. Mon grand-père a traversé un nombre incommensurable de traumatismes – des souvenirs qui ont fait de lui l'homme qu'il est maintenant : quelqu'un de prêt à tout pour protéger sa patrie.

— Ma grand-mère a traversé énormément de souffrances elle aussi, rétorquai-je. En fait, je suis pratiquement sûre que tous les enfants d'Er-Lang qui ont grandi sous l'ombre de Rome ont traversé des tragédies inimaginables, sous une forme ou une autre, et pourtant, aucun de nous ne menace d'effacer des Empires entiers de la carte.

— Ses actions vis-à-vis d'Er-Lang sont peu de chose comparées à ce qu'il a fait à d'autres pays de notre côté du Voile, répondit Antoine. Autant dire que si une guerre éclate entre nos deux mondes, il n'y aura pas de retour possible. Tu n'y survivras pas, Ruying, Er-Lang n'y survivra pas. Pas si mon grand-père entend détruire tous ceux qui lui désobéissent. »

Il tendit sa main à nouveau, la chaleur de ses doigts enveloppant les miens. Il me regarda avec la même attention, teintée cette fois d'un désespoir magnifiquement inhabituel. Je voyais devant moi un homme qui m'implorait de l'écouter, de prêter attention à sa mise en garde. Comme il l'avait fait précédemment à la Tour du Lotus.

« Je ne suis pas un boucher comme mon grand-père, prêt à lâcher des missiles sur des civils pour éradiquer les rebelles. Et je ne te demanderai pas non plus de tuer des innocents par cupidité mesquine ou pour des désirs tordus de pouvoir et de suprématie factice comme mes frères. Je me vois comme un chirurgien, et je voudrais que tu sois mon scalpel, pour retirer seulement ce qui est nécessaire et débusquer les instigateurs de cette guerre non pas juste pour Rome, mais pour Pangu aussi. Pour les deux côtés du Voile. Pour sauver le plus grand nombre, nous devons sacrifier quelques-uns. Tu peux me haïr autant que tu le veux, mais s'il te plaît, essaie de comprendre que ton monde a besoin de moi. Aide-moi à aider Pangu. Permets-moi de trouver une façon pour nous de coexister. »

Le souffle court, je pris une inspiration.

De nouveau, mes pensées se tournèrent vers ma sœur et ma grand-mère. Comme elles seraient déçues de me voir sous les ordres d'un prince romain, à trahir notre Empire pour une chance de vivre comme un chien à leurs pieds.

Je ne vaudrais pas mieux que les traîtres que nous maudissions toutes les trois. Que Baihu, que j'avais méprisé en levant les yeux au ciel, comme si j'avais la moindre légitimité à le juger.

Je voulais faire le bon choix, de tout mon cœur. Mais tous les chemins qui s'ouvraient devant moi me faisaient mauvaise impression. Et peut-être que c'était là toute la question. Je voulais trop de choses à la fois, et la tension faisait craquer mes coutures déjà fragiles. Entre être quelqu'un d'honorable et survivre, je devais choisir.

« Pour préserver la paix, nous devons faire des sacrifices, continua le prince. Le monde n'est pas tout blanc ou tout noir, ou bon ou mauvais. Parfois, pour survivre, nous devons faire de notre mieux. Et parfois, il faut faire des choses mauvaises pour le bien commun. »

Comme le meurtre.

« Ce n'est pas une solution à long terme, murmurai-je.

— Tu as raison, ce n'est pas le cas. Mais l'apocalypse approche, et c'est ce que j'ai de mieux. C'est ce que l'Empire a de mieux.

— L'apocalypse ?

— Mon grand-père perd patience, les progrès ici sur Pangu ne sont pas assez rapides à son goût. Il veut des résultats.

— Quel genre de résultats ? » Puis, un peu plus fort, même si ce n'était toujours qu'avec un murmure de courage, je demandai : « Qu'attendez-vous de mon monde ? »

Les yeux d'Antoine se firent aussi acérés que son sourire perfide. Il était trop fin pour tomber dans mes petits pièges.

« Le fait est que, dit-il d'une voix caressante mais où chaque mot pesait d'une autorité qui exigeait d'être entendue et crainte, les membres de ma famille ne veulent pas voir seulement Er-Lang, mais la totalité de Pangu détruite pour laisser place à Rome. Ils sont en train d'essayer de forcer la main de mon grand-père. Une année, si ce n'est moins : c'est tout ce qui nous reste avant qu'il ne prenne une décision définitive. Ruying, si tu veux que ton monde survive, tu dois me faire confiance. Fais ce que je te dis, aide-moi à arranger les choses et à convaincre mon grand-père que la guerre n'est pas nécessaire et que maintenir cette paix laborieuse est la meilleure solution pour tout le monde.

— Pourquoi cela vous tient-il tant à cœur que mon peuple vive ou meure ?

— Parce que mon père aimait les vôtres. Il aimait cette terre avec toute sa culture et sa beauté grandiose. Les montagnes et les rivières, les forêts si vertes qu'on a peine à croire qu'elles sont réelles. Tout Pangu est à l'opposé des mornes cités de métal et de verre que Rome connaît depuis trop de générations. Maintenant qu'il n'est plus de ce monde, je dois suivre ses traces et protéger cette planète et toutes ses merveilles du mieux que je peux.

— Même de votre propre grand-père ?

— De mon grand-père plus que tout autre.

— Pourquoi me racontez-vous tout cela ? »

Même s'il avait jalousement gardé ses secrets par-devers lui, cela faisait beaucoup trop pour être révélé sur le simple ton de la conversation sans qu'il y ait un moyen de pression caché derrière tout ça.

« Pour que tu comprennes la gravité de la situation. Pour que tu saches que, quand je dis que j'ai besoin de ton aide, c'est la vérité. Me fais-tu confiance ?

— Non, mais ai-je le choix ? »

Je fermai les yeux.

Pardonnez-moi.

INTERLUDE

Moments entre deux rivages

LA MORT

La fille était frêle et menue, sous-alimentée par les années de pauvreté. Elle se mouvait comme une ombre entre les royaumes des vivants et des morts. Avec soin, avec précision, ses doigts arrachaient le *qi* des corps.

Délicate, douce.

C'était la dernière grâce qu'elle pouvait accorder à ces malheureuses âmes que son prince voulait voir disparaître dans ce périlleux jeu de pouvoir.

Une par une, elle les détacha des corps mortels et les laissa partir à tire-d'aile dans l'éther. Elle fit cela en silence, dans le chagrin et le désespoir. Car, si elle désobéissait aux ordres de son prince, qu'adviendrait-il de sa famille ? Et qu'adviendrait-il d'elle ?

Pour une fille bénie par la Mort, elle redoutait de mourir plus qu'elle n'aurait dû.

Peut-être était-ce parce qu'elle avait aperçu l'Autre Monde et senti le néant infini de l'autre côté du Voile qui séparait les vivants des morts.

Ruying Yang ne voulait pas mourir. Il y avait trop de choses encore qu'elle voulait faire, et trop de gens qu'elle devait protéger.

Pour Meiya, pensait-elle en son for intérieur. *Pour Grand-Mère. Pour survivre.*

LA FILLE

La nuit de mi-automne ramena avec elle l'odeur familière des gâteaux de lune et des feux d'artifice. Sous le couvert de la nuit tombante, je progressais à pas de loup, silencieuse comme le souffle de l'hiver, tandis que les festivités retentissaient dans le lointain. Un talent que m'avait enseigné ma grand-mère, une femme prévoyante et trop prudente.

Bien qu'elle n'ait jamais manié l'épée ni appris à tuer, elle n'en était pas moins la fille aînée d'un grand général, jusqu'au moment où elle devint l'épouse d'un général plus illustre encore. Elle avait regardé ses frères s'entraîner, enfants, avant qu'ils ne deviennent des hommes et ne perdent la vie l'un après l'autre sur le champ de bataille. Elle avait lu tous les manuels martiaux que son père gardait dans son cabinet de travail, puis avait observé son époux enseigner à son fils comment se battre et avoir le dessus en seulement trois mouvements.

Grand-Mère nous avait appris ces choses, non pour faire de nous des tueuses, mais pour s'assurer que nous sachions nous protéger. Après la mort de Père, notre maison avait perdu sa gloire passée, prise dans une spirale descendante de malheur inéluctable avec notre cité ruinée.

Ma grand-mère était intelligente et courageuse, elle avait toutes les qualités d'un grand homme. Mais elle ne pourrait jamais nous protéger comme son père, son mari et son fils l'avaient autrefois fait pour elle, ce qui signifiait que nous devions apprendre à le faire nous-mêmes.

Car même mon redoutable Don ne suffisait pas.

Grand-Mère avait gardé en mémoire les histoires racontées par sa propre mère, puis elle avait chevauché aux côtés de mon grand-père et avait vu les horreurs de la guerre de ses propres yeux. Elle savait combien la force, la vitesse et la capacité à se glisser dans l'ombre étaient précieuses pour des filles sans protection en des temps troublés.

J'avais beaucoup de chance, comparée à d'autres, de bien des façons.

J'étais pauvre, mais on avait pris soin de moi.

Peu de perspectives s'ouvraient à moi et, pourtant, j'avais le pouvoir de briser les règles et de tracer ma propre voie comme la Mort incarnée, si je le souhaitais.

Si j'en avais le courage.

Si je n'avais pas peur de mon propre potentiel.

Reste dans les limites que ce monde a tracées pour toi, ne te fais pas remarquer et sois prudente, étaient les mots de mise en garde que l'on me chuchotait. Des mots qui m'avaient tenue pieds et poings liés à maintes reprises alors que j'essayais de faire de mon mieux avec ce que j'avais dans des situations difficiles.

Je fais de mon mieux avec ce que j'ai, me disais-je, alors que la Mort m'entraînait dans les ruelles et que le manque irrépressible qui me rongeait la poitrine de l'intérieur devenait de plus en plus dur à ignorer.

Les meurtres avaient commencé par des hommes au passé horrible.

Des traîtres.

Des tueurs au cœur de pierre.

Des hommes qui auraient vendu père et mère sans sourciller tellement ils étaient prêts à tout pour le pouvoir et la fortune.

C'étaient les Pangulais qui chantaient les louanges de Rome et cherchaient à fournir à l'ennemi aussi bien des armes que des soldats xianlings. Des hommes qui voulaient exploiter la guerre à leur propre profit, s'acoquiner avec ces mauvais Dieux venus d'au-delà des cieux et se tailler la part du lion, non seulement pour la génération actuelle, mais pour toutes celles à venir.

Puis avaient suivi des hommes de bien. Dont les péchés n'étaient pas si faciles à définir. De braves gens qui voulaient amener de bonnes choses mais par des moyens qui contrariaient les plans d'Antoine ou qui menaçaient de faire pencher du mauvais côté l'équilibre précaire entre la guerre et la paix. Dont je ne comprenais parfois que trop intimement les motivations imprudentes. Dont le noble courage et l'optimisme me rappelaient trop ma sœur.

Ceux-là, Antoine me donnait leur nom en silence, sans raison, sans explication. Mais je savais. Chaque fois, je savais.

Je redoutais le silence d'Antoine, bien plus que ses mots. Plus les dossiers étaient minces, plus je savais que c'étaient des ordres auxquels j'aurais dû désobéir.

Mais j'obéis, chaque fois, laissant mes doigts danser et rassembler les poussières de *qi* pour les faire passer de leur corps au mien.

Quand je sentais ces hommes de bien périr de mes mains, c'était pratiquement insupportable.

Je fermai les yeux et tentai de repousser ces pensées.

Concentre-toi.

C'est mon devoir, à présent, me rappelai-je. Tout ce que je faisais, c'était pour le bien commun.

Pour la paix, si fragile soit-elle.

À maintes reprises, Antoine m'avait répété qu'il me fallait faire preuve de subtilité. Si quiconque découvrait que j'étais derrière ces morts étranges, il ne pourrait pas garantir ma protection sans créer de crise politique.

Avec les tensions exacerbées, c'était chacun pour soi, et trop de gens essayaient de tirer leur épingle du jeu. Antoine devait calculer soigneusement chacun de ses coups s'il voulait éviter la guerre et le conflit. Le moindre faux pas pourrait être utilisé contre lui un jour prochain.

Les Pangulais n'étaient pas les seuls à se sentir en terrain miné.

Il se trouvait que les Dieux aussi connaissaient la peur.

Comme le prouvait la longue liste de noms qu'Antoine voulait me voir effacer.

Ma cible de la soirée était le chef d'un petit groupe de rebelles qui projetaient de voler de l'artillerie dans l'arsenal de Rome.

Je me faufilai dans la taverne où il passait ses derniers moments en silence, parmi la foule. Il était dans un coin sombre et se versait un dernier verre avant de partir pour ce qu'il savait être une probable mission-suicide.

La tête baissée, mon visage dissimulé par les cheveux en bataille et les vêtements ordinaires d'une gamine des rues cherchant son prochain repas, je me rapprochai de lui pas à pas, jusqu'à sentir le frémissement de son *qi* sur mes paumes ouvertes, assez près pour répondre à mon appel.

Un mouvement de ma main, et il s'écroula au sol.

L'énergie me remplit, aussi délicieuse qu'un vin de riz soigneusement vieilli.

Il suffit d'une deuxième saccade et son âme, d'un bleu profond, s'enfuit de son corps inerte.

Je voulus détourner les yeux, mais je ne fus pas assez rapide.

D'un seul coup, toutes les illusions amenées par la transe s'évanouirent.

Son âme était aiguisée et froide, comme un morceau de glace aux bords acérés qui m'écorchait les entrailles. Elle avait un léger goût de sel, comme les larmes que mon monde s'était trop habitué à verser, et le parfum des chrysanthèmes que les voisins offrent aux familles endeuillées. Il y avait aussi l'odeur suffocante de fumée montant de l'argent que nous brûlions pour mon père et mon grand-père, pour ma mère et pour les arrière-grands-parents morts avant ma naissance[1].

1. Il est traditionnel de brûler de l'argent symbolique, l'« argent des esprits » ou « argent des ancêtres », comme des billets en papier coloré ou de faux lingots de papier doré ou argenté lors du festival de Qingming, l'équivalent d'une fête des morts.

Rien qu'avec ça, j'en savais plus que je ne le voulais. Sa vie avait été remplie de chagrin et de deuil – comme trop de ceux que j'avais tués dernièrement.

La douleur et la rage l'avaient consumé, jusqu'à ce qu'il n'y ait plus de place où l'espoir puisse s'épanouir.

Seulement le désespoir.

Les hommes qui n'avaient plus rien à perdre étaient toujours les plus dangereux.

Tous les gens que nous connaissons ont perdu quelqu'un aux mains des Romains : le proverbe sonna à mes oreilles alors que la foule avinée continuait à boire, à chanter, à beugler, à pleurer.

Ils prendraient le cadavre dans le coin pour un homme de plus essayant de noyer ses problèmes. Personne ne s'apercevrait qu'il était mort avant un certain temps.

Je me glissai au-dehors sans que quiconque me remarque.

C'était quelqu'un de mauvais, me répétai-je quand je sentis le goût de mes larmes.

Mais à l'instant même où je formulai cette pensée, je sus que c'était un mensonge. Il n'avait rien de mauvais, il s'était juste retrouvé à court d'options. Les épreuves et les pertes l'avaient aigri jusqu'à ce qu'il devienne implacable.

Le sacrifice de quelques-uns, pour la pérennité du plus grand nombre.

Ces hommes voulaient se rebeller contre Rome et encourir sa colère du même coup. En les retirant de l'échiquier, je prolongeais la paix afin que mon peuple ait quelques années de plus pour profiter de nuits comme celle-ci. Avec des gâteaux de lune, du vin de riz et des lanternes, et des enfants dans leurs manteaux d'hiver neufs qui couraient, heureux et libres, riant dans leur innocence enfantine. Ils ignoraient tout de l'apocalypse qui se profilait à l'horizon pendant que les membres du sénat romain exhortaient leur monarque à déchaîner sur nous toute la fureur de leur armée.

D'ici peu, tout notre bonheur et toute notre joie risquaient de finir en cendres, souvenirs d'un temps révolu.

« 我不求荣华富贵, murmurai-je dans l'air froid. 我只求奶奶和妹妹安度余年. *Je ne souhaite ni la prospérité ni la fortune ; seulement que ma grand-mère et ma sœur puissent vivre leur vie en paix.* »

Je tâchai de ne pas regarder les gamins dans leurs vêtements usés jusqu'à la corde.

Les sans-abri qui dormaient, frigorifiés, dans des coins sombres.

Les familles blotties ensemble pour se tenir chaud.

Les parents qui mendiaient à genoux quelques piécettes pour nourrir leurs enfants affamés.

Les parents qui vendaient leurs enfants pour s'acheter leur prochaine dose d'opiane.

Ces scènes étaient familières. Mais à présent, quand mes yeux s'égratignaient sur les épines acérées de ces angoisses qui éclataient en échardes de chagrin, je voyais Antoine partout. Son enfance. L'enfant famélique qu'il avait été en grandissant autrefois, dans un autre monde.

Il connaissait leur détresse et refusait de fermer les yeux sur leur souffrance juste parce qu'il le pouvait.

Il y avait de la bonté même dans le plus malfaisant des Dieux. Et tous ceux qui commettent des actes monstrueux ne sont pas des monstres pour autant.

Comme moi.

Comme lui.

Peut-être qu'Antoine avait raison, et que nous nous ressemblions plus que je ne voulais le croire, plus que je ne voulais le voir.

Tous deux dotés de grands pouvoirs, et par conséquent accablés de la responsabilité plus grande encore d'en user sagement.

Le monde n'est pas tout blanc ou tout noir, ou bon ou mauvais… Et parfois, il faut faire des choses mauvaises pour le bien commun.

Tout ce que je pouvais espérer, c'était que ça ne dure pas éternellement. Qu'un jour, Antoine monte sur le trône de Rome et change les choses pour le mieux.

J'espérais que, quand ce jour viendrait, ces gens seraient encore en vie pour voir le soleil briller sur notre cité une nouvelle fois.

Un monde où nous pourrions marcher la tête haute.

Un monde où les privilèges des Romains ne seraient plus bâtis sur la souffrance de Pangu.

L'espoir est une chose formidable, mais pas un antidote. Tuer n'en est pas plus facile.

Je pleurais les hommes bons comme les mauvais.

Ces vagues glacées de dégoût de moi-même me criblaient d'aiguilles et me submergeaient tout en me poussant de plus en plus loin des lumières du port lointain.

Si lointain que j'avais l'impression que je ne pourrais jamais faire demi-tour.

À ma surprise, Antoine répondait à ma faiblesse par la bonté.

Quand les larmes coulaient, il posait toujours sa main sur mon épaule, puis me prenait dans ses bras.

Il me tenait, envers et contre tout – contre la honte, pesante comme une damnation, qui m'entraînait dans ses profondeurs tremblantes.

Ces bras étaient réconfortants et forts et devenaient mon ancre chaque fois que je m'y blottissais à l'abri – mon seul bouclier face à la folie des vagues. Quand l'eau montait de plus en plus haut et que je faisais tout ce que je pouvais pour rester au-dessus de la marée, perchée sur la pointe de mes pieds, il était la dernière chose qui me rattachait encore à ma raison vacillante.

Quand les soirs d'été se muèrent en crépuscules d'hiver, il devint ma seule source de chaleur. Le seul endroit où il m'était permis de m'effondrer inlassablement. La seule personne à qui je pouvais parler en étant entendue, comprise.

Sans honte.

Sans jugement.

Antoine ne me détestait pas comme ma sœur et ne me regardait pas avec déception comme ma grand-mère.

Quand le prince posait les yeux sur moi, il me voyait simplement pour ce que j'étais.

« Tout va bien se passer, murmurait-il. Tu fais le bon choix. Nous faisons le bon choix. Fais-moi confiance. »

Chaque fois qu'il disait cela, j'avais envie de croire en lui.

Je savais que c'était mal, mais je ne pouvais effacer les désirs qui brûlaient sous ma peau, enlever d'un petit coup de ciseaux les parties de moi qui voulaient traîtreusement se reposer sur lui, être tenue dans ses bras plus longtemps, serrée plus fort. Enfouir ma tête contre lui et ne plus penser aux conséquences de mes actions, ni aux visages de ceux que j'avais tués.

À tout ce qu'ils auraient pu accomplir dans leur vie. À un avenir où ces hommes auraient survécu à ma place et où ils auraient peut-être changé le monde comme en rêvait Meiya dans ses fantasmes grandioses.

La culpabilité me rongeait comme les vautours le faisaient d'un cadavre.

La honte enserrait mon cou d'un nœud si étroit que je ne pouvais plus respirer.

Les voix que j'essayais désespérément d'ignorer. Les choses que je faisais semblant de ne pas voir, de ne pas savoir, de ne pas me rappeler.

Et pourtant…

En accomplissant les volontés d'Antoine, je l'aidais à amasser du pouvoir, à se rapprocher du trône de Rome, où il pourrait mettre en œuvre le changement et gouverner avec plus de bienveillance que son grand-père.

Je n'agissais pas ainsi par égoïsme. Je ne voulais pas trahir mon peuple. Mon but était de protéger ma famille, oui, mais du même coup, je protégeais toutes les autres familles dont Er-Lang était le foyer.

Car si Antoine montait un jour sur le trône, il veillerait à faire mieux, pour nous.

Il ferait mieux.

Il le fallait.

Parce que Er-Lang ne survivrait pas à une guerre entre la magie et la science. Si, au lieu de maintenir le statu quo, son grand-père décidait d'envahir mon monde, en quelques mois ce serait la fin de tout.

C'en serait fini d'Er-Lang.

C'en serait fini de nous.

L'apocalypse, comme l'avait appelée Antoine. Il n'y aurait nulle part où s'enfuir, nulle part où se cacher.

J'avais peur que ce jour ne vienne.

J'avais peur pour les nuées d'âmes perdues qui envahiraient les rues, s'il restait encore des rues après que Rome aurait déchaîné les feux de l'enfer sur la capitale, comme elle l'avait fait dans la guerre d'un seul jour qui avait tué mon grand-père, toutes ces années auparavant.

Une vie à genoux valait mieux que la mort.

Mieux qu'un Empire en ruine. Mieux que des rues jonchées de cadavres, sans le moindre survivant pour les enterrer.

Cette période de paix armée ne pouvait durer qu'un temps. Si des hommes comme ceux que j'avais tués continuaient de provoquer Rome, de donner à l'empereur romain des raisons de choisir l'affrontement et de riposter, alors les derniers lambeaux de l'immobilisme disparaîtraient à leur tour. Tout serait réduit en poussière et dispersé aux vents d'hiver.

C'était pour ça que je devais suivre cette voie avec Antoine, pourquoi je suivais ses ordres sans poser de question.

Même si j'avais l'estomac noué par la nausée.

Dans des temps comme celui-ci, il n'y avait pas de bon ou de mauvais choix qui tienne. Seulement des moyens de faire au mieux avec ce qu'on a.

Cette terre avait déjà connu bien trop de tragédies.

Par pitié, plus jamais ça.

TROISIÈME PARTIE

卧虎

Tigre tapi, dragon caché

24

Le temps m'emporta dans son étreinte. La Mort hantait chacun de mes souffles.

Les jours puis les saisons passèrent et, en un clin d'œil, six mois avaient péri entre mes doigts crispés. Quand les feuilles se fanèrent et que la neige tomba, une partie de moi mourut avec elles.

Au bout des six mois qui avaient suivi mon marché avec Antoine, le décompte de mes péchés s'était terriblement alourdi : quarante-huit vies innocentes, considérées comme des menaces contre Rome et Er-Lang par Antoine.

Leurs visages venaient me tourmenter dans mes rêves ; leur sang tachait mes mains comme le jus de baies pourrissantes, écarlate et pourpre. Je les avais lavées à grande eau des milliers de fois, mais la Mort ne s'effaçait pas si facilement.

« Seuls les puissants peuvent protéger ceux qu'ils aiment. » C'étaient les mots d'Antoine, et je les répétai tout en contemplant la maison de mon enfance dont la porte fraîchement repeinte de rouge reluisait au soleil.

Les marchands haranguaient la foule et la neige craquait sous les roues de chariots à chevaux dans le marché matinal, à quelque distance. L'atmosphère gardait un air de fête quelques jours après le Nouvel An. L'odeur de poudre des feux d'artifice était encore piquante, et les rues encore tendues de leurs décorations festives.

Malgré l'horreur et le traumatisme de la rafle romaine six mois plus tôt, la joie se frayait un chemin à travers le froid humide comme une pousse printanière tenace.

Non seulement la porte de la maison de ma famille avait été repeinte depuis mon dernier passage trois semaines plus tôt, mais les murs avaient été nettoyés et les mauvaises herbes arrachées. Depuis les ombres où j'observais, ce que je voyais devant moi n'était plus les ruines décrépites d'une maison déchue, mais le bastion d'une famille prospère – aussi prospère qu'il nous était possible de l'être sous l'occupation romaine, du moins.

Comme je ne voulais pas que ma grand-mère sache où j'étais et ce que je faisais, Antoine faisait en sorte que de l'argent lui parvienne par de menus échanges où chaque sou lui revenait au décuple.

Il avait également proposé de déménager ma famille dans un endroit sûr et discret. Loin des yeux inquisiteurs de Valentin et de tous les dangers qui accompagnaient le fait d'être l'assassin d'Antoine – assassin, alliée, amie, quelle que soit la nature de notre lien. Mais Grand-Mère n'aurait jamais voulu quitter cette maison qu'elle avait construite avec mon grand-père, où elle avait élevé ses enfants et où elle les avait vus mourir l'un après l'autre. Mon père avait été le seul qui ait vécu jusqu'à l'âge adulte, et il était finalement mort dans ses bras lui aussi, quelques années plus tard, la laissant grise et fanée, seule au monde pour tenter de prendre soin de deux petites filles.

C'était notre maison. Sa maison. Trois générations du clan Yang y avaient vécu ; elle n'abandonnerait pas notre héritage. Il y a six mois, elle l'aurait peut-être quittée si la guerre était venue jusqu'à sa porte. Mais plus maintenant.

Je la connaissais trop bien.

Car si elle partait, comment pourrais-je les retrouver ? C'était le seul foyer que j'aie jamais connu, et tant que je ne serais pas de retour dans ses bras, elle y demeurerait jusqu'à ce qu'elle en ait mal jusqu'au tréfonds de ses os, jusqu'à ce que son corps lâche. Elle resterait jusqu'à son dernier souffle, à m'attendre.

Elle attendrait encore et encore que sa petite-fille rentre à la maison.

Et si rester était ce qu'elle voulait, je ferais tout ce qui était en mon pouvoir pour m'assurer qu'elle le puisse, pour les garder en sécurité, elle et cette maison.

Autour de moi, la neige fondait doucement, le soleil grimpait un peu plus haut dans le pâle ciel bleu. Nous étions aux portes du printemps, et pourtant les derniers souffles de l'hiver s'accrochaient à l'air froid comme un empereur réticent à céder sa couronne. Je grelottais malgré mon manteau doublé de fourrure, mes pieds légèrement humides dans leurs bottes de cuir, enfoncées jusqu'à mi-hauteur dans la neige fondante alors que je m'efforçais d'échapper aux regards indiscrets et à toute personne qui pourrait me reconnaître.

Quand j'entendis le cliquetis de sabots et les roues lentes d'une calèche, je me tapis plus profondément dans les ombres. Mes mains nues agrippèrent le mur couvert de glace de la ruelle, jusqu'à ce que j'aperçoive brièvement les cheveux argentés de Grand-Mère et les boucles sombres de Meiya.

远在天边，近在眼前. *Aussi lointaines que l'autre bout du ciel, mais assez près pour être juste devant mes yeux.* J'aurais pu les toucher en tendant le bras, si j'avais voulu.

Je ravalai des larmes piquantes bien trop familières. J'avais obtenu tout ce que je désirais, et pourtant, mes journées se résumaient à pleurer ou à me retenir de le faire.

J'aurais dû m'en aller, mais je ne pouvais pas les lâcher des yeux.

Elles étaient ma famille. Mon foyer. Le seul endroit où toutes les parties tordues qui me constituaient prenaient un sens. Je me sentais en sécurité dans les bras réconfortants d'Antoine, mais ce sentiment n'était rien comparé à mon chez-moi. À m'asseoir à table pour dîner avec Grand-Mère et Meiya. Si je me laissais aller dans les bras d'Antoine, c'est parce que je connaissais son pouvoir et que je savais qu'il pouvait me protéger. Ici, avec ma grand-mère et ma sœur, nous nous protégions les unes les autres.

Quand ma sœur aida Grand-Mère à descendre de la calèche, je retins mon souffle et me cramponnai plus fort au mur. Les hivers se faisaient de plus en plus froids, et les os de ma grand-mère plus fragiles à chaque année qui passait. Elle était à l'âge où, disaient les commères, si vous tombiez une fois, vous ne pouviez plus jamais tenir correctement debout.

Mon cœur se convulsa à l'idée que Grand-Mère puisse se blesser et que je ne sois pas là pour prendre soin d'elle.

Et si, par mon marché avec l'ennemi, j'avais abandonné mon droit à être à ses côtés pour ses vieux jours, ses derniers instants ?

Cette pensée m'effrayait plus que la Mort, plus que mes propres pouvoirs, plus que les fantômes qui hantaient mes rêves en criant vengeance.

Mais si être une traîtresse et verser le sang de mon peuple pour le compte de l'ennemi permettait à celles que j'aimais de vivre une vie longue et prospère, c'était un prix que je continuerais de payer.

J'étais déjà compromise jusqu'au cou dans la course au pouvoir d'Antoine, son rêve d'un meilleur lendemain.

Il était trop tard pour reculer.

« Attention », dit vivement Meiya, tandis qu'elle aidait Grand-Mère à descendre de la calèche. La couleur était revenue à ses joues, et les veines sombres avaient disparu de ses doigts.

Les doses d'opiane qu'Antoine faisait discrètement parvenir jusqu'à ma sœur étaient tout aussi addictives, mais abîmaient moins le corps que la drogue ordinaire. Elle était toujours dépendante, et toujours une monnaie d'échange qu'il tenait dans le creux de sa main.

Mais c'était déjà ça.

Ses yeux étaient rougis et gonflés. Elle avait pleuré et perdu le sommeil. Elle et Grand-Mère m'avaient toutes les deux cherchée sans relâche, dans leur…

La douleur arriva soudainement et brutalement. Je sentis monter le sang avant même d'avoir des haut-le-cœur. Avant que mes entrailles ne me brûlent comme si on les avait jetées dans l'huile bouillante. Avant que mes genoux ne cèdent sous moi, froids et gourds.

Je me baissai derrière le mur juste à temps et me cachai dans les ombres et la boue où personne ne me verrait. Je vomis une, deux, trois gorgées de sang. Il était épais et décoloré, coagulé d'une façon étrangère au sang ordinaire.

Ça commence.

J'avais entendu des histoires de Xianlings ayant épuisé leur magie, mais je n'aurais jamais pensé que ça se produirait si vite. J'essuyai les traces rouges avec le dos de ma main en prenant garde de ne pas tacher les manches de mon manteau – une vieille habitude prise quand les jolies choses étaient rares et qu'on se devait de les conserver précieusement.

Je pris une grande inspiration, puis me remis debout. Il fallait que je parte. Je n'aurais pas dû rester aussi longtemps, pour commencer. Juste un coup d'œil : c'était la promesse que je me faisais chaque fois que je venais. Et pourtant, chaque fois je m'attardais plus longtemps que je n'en avais l'intention, plus longtemps que je ne pouvais le faire en sécurité.

Plus d'une fois, j'avais fait un pas chancelant comme pour m'avancer, tenaillée par l'envie d'essuyer les larmes de ma grand-mère, de sauter dans les bras de ma sœur, de retourner dans ma bonne vieille chambre et de grimper dans mon bon petit lit comme si je les avais quittés hier. Comme si les Romains ne m'avaient jamais enlevée cette nuit-là.

Le Nouvel An lunaire, quelques jours plus tôt, s'en était venu et reparti sans que je le partage avec ma famille. Pour la première fois de ma vie.

À la place, je l'avais passé à l'est de l'Empire, dans une ville frontalière nichée entre Er-Lang et Lei-Zhen où un conseiller impérial qui avait la faveur de l'empereur séjournait dans sa ville natale pour les fêtes, avec sa mère, son épouse et deux jeunes enfants. Un garçon et une fille avec d'adorables sourires qui leur dessinaient des fossettes et aux yeux pleins d'étoiles. Leurs rires respiraient le bonheur quand ils avaient couru dans les bras de leur père.

Cet officiel était un homme plein de bonté qui distribuait de l'argent aux pauvres et défendait la cause des faibles. Un trait plus rare qu'on ne voulait bien l'admettre dans un contexte où les tensions entre Rome et Er-Lang se durcissaient de jour en jour. La plupart des gens étaient trop occupés à se soucier d'eux-mêmes pour prendre soin des autres.

J'avais escaladé les murs, perchée sur l'appui de sa fenêtre pendant qu'il bordait ses enfants dans leur lit, puis j'avais lancé ma magie à l'intérieur de la chambre, doucement, pour emporter son âme dans son sommeil.

Un égard que je n'accordais qu'à ceux qui ne méritaient vraiment pas de mourir.

C'était le cas de la plupart des hommes qu'Antoine me demandait de tuer, ces derniers temps.

Le Nouvel An était fait pour manger des raviolis fourrés, allumer des feux d'artifice, recouvrir les murs de calligraphies rouges et passer du temps avec ses proches. J'aurais dû être à la maison avec ma sœur et ma grand-mère, pas occupée à enlever un père à ses enfants, un mari à sa femme, un fils à sa mère. Quant à ces enfants, ils n'auraient pas dû avoir à se réveiller une veille de Nouvel An pour trouver leur père mort.

«Je ne suis plus la Ruying qu'elles aimaient», me rappelai-je. Mes mains étaient souillées de trop de sang.

Malgré mes pieds vacillants, malgré mon cœur qui me tirait vers ma maison et ma famille avec la nostalgie brûlante de dix mille soleils, je ne pus me résoudre à sortir au grand jour. Ma grand-mère pleurait la petite-fille qui lui avait été volée, mais cette peine ne serait rien comparée à la haine pure et à la honte qu'elle ressentirait si jamais elle apprenait ce que j'avais commis, et commettais encore pour les garder en sécurité, Meiya et elle.

Antoine avait tenu toutes ses promesses. Il avait donné à ma famille la protection que j'avais demandée, avait secrètement rempli les poches de Grand-Mère avec assez de richesses pour qu'elles n'aient plus jamais à s'inquiéter de la nourriture, d'un abri ou de se procurer du bois de chauffage pour l'hiver.

Et avec le pouvoir d'un prince romain derrière moi, j'étais libre de faire ce que je voulais, d'aller où bon me semblait…

Pourvu que ce ne soit pas à la maison.

C'était la voie que j'avais choisie. Je l'arpenterais jusqu'à ce que mes pieds soient en sang, que ma magie me tue, que la Mort m'emporte au dix-huitième cercle de l'enfer pour m'y repentir de mes péchés ou que je voie Antoine s'asseoir fièrement sur le trône de Rome, et ce monde devenir meilleur et plus sûr sous sa houlette.

25

Avant chaque mission, je me repassais les ordres d'Antoine en mémoire. *Veille à ce que ça ne laisse pas de trace, cela doit ressembler à une mort de cause naturelle. Une attaque cérébrale ou une crise cardiaque, comme les gens voudront l'appeler, du moment que personne ne sait que c'est moi qui suis derrière ça.*

La cible du jour avait été un marchand qui parlait fort et qui causait des complications là où il n'aurait pas dû.

Je l'avais attendu devant sa maison. Nos épaules s'étaient frôlées quand il était passé devant moi, puis j'avais lancé la magie de la Mort vers lui.

J'avais fait deux pas, son *qi* avait commencé à faiblir et sa respiration était devenue laborieuse. Au bout de cinq pas, son corps s'était écroulé au milieu de la foule, heurtant le sol couvert de neige gelée avec le choc sourd d'un sac de riz qu'on lance.

Après neuf pas, une femme avait hurlé.

J'avais continué d'avancer. Le monde de la Mort s'était effacé lentement et progressivement : les couleurs revenaient un peu à chaque pas qui m'éloignait de ma victime.

Il avait fallu dix-huit pas pour que tout revienne à sa teinte naturelle.

Dernièrement, j'avais remarqué que les couleurs mettaient de plus en plus de temps à revenir à chaque meurtre.

Un rappel subtil du prix de la magie.

Quand j'eus atteint un tournant, je dus m'appuyer sur le mur de la ruelle pour reprendre mon équilibre.

Du sang ruisselait de mon nez.

Les Dieux donnaient d'une main et reprenaient de l'autre.

Quarante-neuf.

26

Antoine avait raison.

Tuer devenait plus facile.

Je détestais qu'il eût raison. Cela me faisait horreur, mais à chaque meurtre, mes principes moraux s'effritaient et s'engourdissaient, jusqu'à ce que la culpabilité ne me mette même plus les larmes aux yeux.

Domine tes peurs, ou ce sont elles qui te domineront, me dis-je, en manière de justification pour la personne que j'étais devenue.

Quelqu'un que ma sœur et ma grand-mère auraient honte de connaître.

Quelqu'un que j'avais honte d'être.

Je me sentais comme un sablier, un peu de mon essence vitale s'écoulait pour disparaître à chaque mission.

La liste d'ennemis d'Antoine n'en finissait pas.

Et ma vie déclinait.

Que m'arriverait-il quand ce sable mortel parviendrait à sa fin ?

Respirant profondément, je m'arrachai au soutien du mur d'une poussée. Dawson m'attendait à la Barrière. Je m'étais trop attardée à la maison, j'étais déjà en retard. Je m'apprêtais à sortir de la venelle quand une mince silhouette occulta la lumière devant moi.

« Ruying ? » Au son de cette voix, mon cœur s'arrêta.

Meiya.

Quand ma sœur s'avança dans l'embouchure de la ruelle, le monde s'effaça et mes battements de cœur devinrent le seul bruit audible dans le silence retentissant.

Je retins mon souffle, ma bouche s'ouvrant et se fermant comme un poisson à l'air, essayant de trouver mes mots. Elle n'aurait pas dû être ici. Elle n'était pas censée me voir. Et pourtant…

Les larmes coulèrent avant que je ne puisse les arrêter.

« Meiya. » Je prononçai son nom d'une voix brisée. Il était si réconfortant et mélodieux dans ma bouche. « Tu m'as manqué, je… »

Ma sœur fit un pas en arrière quand je m'approchai d'elle, une appréhension dans ses yeux. Son regard tomba sur mes mains, sur les fines bandes de métal autour de mes poignets.

Elle fronça les sourcils. La déception se peignit en une lente grimace sur son visage.

« Alors Baihu avait raison.

— Baihu ? » Je me redressai. Je n'avais pas revu Baihu depuis le jour à la Tour du Lotus avec Antoine. « Qu'est-ce qu'il t'a dit ? »

Meiya jeta des coups d'œil à droite et à gauche, et vérifia les alentours avant de s'aventurer plus loin dans les ombres de la venelle.

Je la suivis.

Je l'avais toujours suivie, dans ma vie.

Mon cœur se jetait contre ma poitrine comme un animal en cage, et je me demandai si elle pouvait l'entendre.

Le ciel devenait sombre. D'ici peu, Dawson allait se demander où j'étais. Il fallait que je rentre avant qu'il ne s'impatiente et ne parte à ma recherche.

La dernière fois que j'étais revenue d'une mission en retard, en guise d'avertissement, il avait utilisé les bracelets pour m'envoyer ces douloureux électrochocs dans tout le corps pendant cinq minutes. Je ne pouvais pas laisser Meiya assister à une torture pareille.

« Tu avais promis que tu n'utiliserais plus jamais ton Don après Hushan », murmura Meiya, après que nous nous fûmes arrêtées.

Je ne pus m'empêcher de remarquer qu'elle se tenait à distance, comme si elle ne supportait pas d'être aussi près de moi. « Une fois, tu m'as dit que la magie n'était pas un Don, qu'aucun mortel ne devrait avoir le pouvoir de décider de la vie ou de la mort de quiconque. C'était juste une excuse, n'est-ce pas ? Ça ne te pose aucun problème d'utiliser ton Don, mais juste pas pour Er-Lang, pas pour ton propre peuple. »

Ses yeux étaient tranchants comme des rasoirs, et chaque regard de dégoût infligeait une coupure à mon cœur déjà en sang.

« Sauf en cas de vie ou de mort, rectifiai-je.

— Cet homme qui vient de mourir ne présentait aucune menace pour toi, et pourtant, tu l'as bien tué. »

Je tressaillis. « Qu'est-ce qui te prouve que c'est moi qui l'ai tué ?

— Je reconnaîtrais ta magie entre mille, ma sœur. Je te connais, toi. Ne crois pas que je ne vais pas te voir simplement parce que tu es cachée derrière un mur. Pourquoi fais-tu ça, Ruying ? Pourquoi te caches-tu de nous ? As-tu la moindre idée de combien Grand-Mère... »

J'inspirai brusquement. « Tu ne lui as rien dit, n'est-ce pas ?

— Pour lui briser le cœur encore une fois ? » Elle rit. « Je ne suis pas aussi cruelle que toi.

— Beaucoup de choses ont changé, Meiya. Je sais que tu n'aimes pas ce que je fais, mais fais-moi confiance, c'est pour le plus grand bien. »

Elle ricana, son visage se fit venimeux alors même que les larmes montaient à ses yeux.

« Tu sais, quand Baihu m'a dit que tu nous avais trahis et que tu t'étais mise à travailler pour les Romains, je pensais qu'il mentait. Je me disais : pas ma sœur. Elle ne ferait jamais une chose pareille. Pas ma sœur à moi...

— Ce n'est pas ce que tu crois. Je fais ça pour vous ! Pour Grand-Mère ! Pour Er-Lang et pour...

— Comment peux-tu dire ça alors que tu es littéralement en train d'assassiner nos compatriotes, des gens de notre peuple ? »

cracha Meiya, toutes dents dehors et dans une rage sauvage contre Rome, contre le monde…

Contre moi.

Je ravalai la boule dans ma gorge. Étape par étape, je lui relatai les événements des six derniers mois, comment je l'avais cachée sous les lattes du plancher et m'étais laissé capturer pour la protéger. La cage, les bracelets, les démonstrations et ma tentative d'évasion avortée.

Puis l'offre qu'Antoine m'avait faite.

Quand j'eus fini, elle resta silencieuse. Puis elle secoua la tête.

« Tu te rappelles ce que Grand-Mère nous avait dit, quand nous étions plus jeunes et que nous venions juste de découvrir nos pouvoirs ? »

Je m'en souvenais. « Le pouvoir implique la responsabilité.

— Les Dieux nous ont bénies en nous dotant de magie pour que nous protégions ceux qui ne peuvent pas se défendre eux-mêmes.

— Ce Don, ou plutôt cette malédiction, je ne l'ai pas demandé, ma sœur. Et toi non plus. Mais je fais tout ce que je peux pour protéger ceux qui ne peuvent pas se défendre. Le prince Antoine est quelqu'un de bien. En l'aidant à s'emparer du pouvoir, c'est la paix que je préserve. Il y a une apocalypse à l'horizon et si…

— Ouvre les yeux, Ruying, et regarde autour de toi ! Les gens d'Er-Lang – de Pangu, en fait – ne connaîtront jamais vraiment la paix tant que Rome nous tiendra en son pouvoir. Nous ne pouvons pas remonter le temps et annuler l'erreur commise par nos ancêtres en leur faisant confiance, mais il n'est pas trop tard pour reprendre ce que nous avons perdu. Ce monde nous appartient. Cette terre imprégnée du sang de nos ancêtres, soutenue par leurs os vénérables, nous appartient. C'est nous que les Dieux ont bénis, c'est à nous qu'ils ont donné la magie, pas aux Romains. Ils se croient peut-être tout-puissants, des conquérants comme l'empereur Qin, mais ils n'ont aucun droit sur cette terre. Nous ne pouvons pas les laisser régner sur notre cité comme s'ils étaient des Dieux cruels venus de l'autre côté des cieux. Nous devons faire quelque chose. Nous devons nous battre, Ruying. »

Je repensai à l'arsenal que m'avait montré Antoine. Les avions de combat et les missiles de Rome, toute la destruction qu'ils pouvaient déchaîner sur notre monde en appuyant simplement sur un bouton.

« Ce n'est pas si simple, ma sœur. Qu'est-ce qui te fait croire que nous ayons la moindre chance contre Rome avec sa science ? Leurs avions et leurs vaisseaux ? Tu n'as aucune idée des choses que j'ai vues. Tu n'as jamais senti la science vider ton corps de sa magie. » Je levai les mains pour montrer les bracelets en guise de démonstration. « Et j'espère que ça ne t'arrivera jamais. »

Les yeux de Meiya s'étrécirent, butés.

« La science est peut-être forte, mais la magie peut avoir le dessus si nous avons la volonté de mobiliser nos pouvoirs et de tout donner.

— Une guerre entre la magie et la science pourrait absolument tout détruire, rétorquai-je, répétant les paroles d'Antoine quelques mois auparavant.

— Si une mort misérable m'attend d'un côté comme de l'autre, je préfère me battre pour ce en quoi je crois plutôt que de mourir à genoux comme une lâche. Nous devons bien ça à nos ancêtres, tu ne crois pas ? »

Meiya se pencha vers moi, et soudain son expression s'adoucit.

« Si tu veux, le Spectre peut…

— Non, la coupai-je avant qu'elle n'ait le temps de terminer d'exprimer sa pensée. Antoine me tuera sur-le-champ s'il vient à douter de ma loyauté. Je ne peux pas vous exposer à un tel danger, Grand-Mère et toi. Et si tu étais un peu maligne, tu ne ferais pas ça non plus. »

Que ce soit pour la bonne cause ou non, j'aurais offert ma vie à la Mort plutôt que de laisser le moindre mal arriver à ma famille.

Mes mains étaient trempées de sang, et la magie me tuait à petit feu. Ma seule consolation était de savoir que ma famille me survivrait, en sûreté sous la protection d'Antoine, bien longtemps après que je ne serais plus que poussière et os. Leur sécurité m'importait plus que tout, y compris la sauvegarde de la paix.

« Ruying, murmura Meiya, l'espoir brillant dans ses yeux sombres où se reflétaient les miens. Tu es la fille bénie par la Mort. Tu peux réduire le monde en cendres si tu le veux. Maman t'a nommée Ruying, parce qu'elle voulait que tu incarnes la bravoure. Jusqu'à son dernier souffle, elle a cru en toi. Rends-la fière, ma sœur. Sois l'héroïne dont le monde a besoin.

— J'ai fait le bon choix, protestai-je. Je vous protège, Grand-Mère et toi, et je protège la paix. Tous les Romains ne sont pas mauvais, Meiya. Certains sont… »

Comme un couteau, le rire de ma sœur se planta droit dans ma poitrine. Glaçant, amer, plein de haine et de fureur à peine contenues, bouillonnant trop près de la surface.

« Aucun Romain n'est bon, Ruying. Regarde ce que ces démons ont fait de notre monde ! Ce n'est pas un prince romain dont la richesse et le privilège sont bâtis sur les os de notre peuple qui va nous aider. Il est un des leurs, et tu ne vaux pas mieux si tu tournes le dos à tes semblables pour le servir comme un chien. »

Je vacillai à ces mots, une nausée me retournant le creux du ventre.

« Tu ne comprends pas. Il est différent. Il veut aider et il n'est pas comme ses frères. C'est quelqu'un de bien. Je sais qu'il l'est vraiment.

— Dis-moi que tu n'es pas assez stupide pour croire à ces balivernes, Ruying. Ta naïveté pourrait te porter préjudice.

— Ce n'est pas tout noir ou tout blanc, Meiya. Si Antoine vient à régner sur Rome, il sera un bon monarque et il apportera la paix sur nos deux mondes. »

L'espoir disparut dans les yeux de Meiya qui devinrent aussi durs et froids que ce long hiver. « Il n'y aura pas de paix tant que ces gens piétineront notre planète. Regarde autour de toi, Ruying : tu vois comment les Romains nous traitent. Plus ils accumuleront de pouvoir, plus les choses empireront. S'il te plaît, rends-toi compte que plus nous attendons, plus...

— Non. Je ne peux pas. »

Meiya eut un mouvement de recul et, à sa vue, mon cœur vola en milliers d'éclats qui me transpercèrent la poitrine, plus acérés que n'importe quelle lame. Mais je saignais en dedans, sous la surface, où elle ne le verrait pas.

« La paix est une chose sacrée qui justifie chacune des atrocités que j'ai commises, même plus. Parfois, nous devons faire des sacrifices pour le bien commun. Le chemin vers un monde meilleur ne se construit pas qu'avec des bonnes intentions et des rêves de justice. Parfois, la paix a comme fondation des actes vraiment, vraiment effroyables. »

Une grimace tirailla les lèvres de ma sœur. « Ou peut-être que tu te sers de tout ça comme d'une excuse bien commode. Peut-être que la vraie raison pour laquelle tu sers ce prince romain, c'est parce que tu n'es qu'une trouillarde. Exactement comme Père. Et comme Père, la seule personne dont tu te soucies, c'est toi. Tu fais honte à ton nom et à ton Don.

— Meiya, fais-moi confiance », bégayai-je, essayant désespérément de trouver par mes mots un moyen de la rapprocher de moi, pour qu'elle puisse voir les choses de mon point de vue. Mais elle garda ses distances, refusant de se laisser toucher. De nouveau, je sentis cette insurmontable distance entre nous.

« Nous avons reçu nos Dons pour une raison, Ruying. C'est quand on dispose de tout ce pouvoir et qu'on le gaspille volontairement que des choses terribles arrivent. Et c'est notre faute si elles se produisent.

— Meiya...

— Ne t'avise pas de prononcer mon nom ! cracha-t-elle. Je vais te le dire une dernière fois. Si nous n'arrêtons pas les Romains, le genre de vie qu'il nous restera ne vaudra pas d'être vécu. Si tu veux me protéger, et protéger Grand-Mère, tu dois aider le Spectre à renverser les Romains et tout ce qu'ils représentent. Aide-nous à faire en sorte que le soleil se lève de nouveau sur Er-Lang. Ce n'est pas juste Grand-Mère et moi qui voulons cela. C'est ce que Maman aurait voulu, elle aussi.

— Je suis désolée, Meiya, je ne peux pas.

— Alors tu n'es plus ma sœur. » Ses lèvres se courbèrent en un sourire glacial. « Maman aurait honte si elle voyait celle que tu es devenue. »

Je la regardai s'éloigner.

Elle ne se retourna pas.

Je connaissais ma sœur. Quand Meiya avait décidé quelque chose, rien au monde ne pouvait la faire changer d'avis.

Dans son ombre, je tombai à genoux.

Pour la première fois depuis très, très longtemps, je m'autorisai à me poser la question : et si j'avais commis une grave erreur ?

Loin au-dessus de la cité, le portail vacilla un instant.

27

La moitié romaine de la cité respirait l'opulence, mais tout ce qui brillait n'était pas d'or. Les soldats en faction me lancèrent des regards circonspects quand je m'approchai de la Barrière, leurs mains serrées un peu trop fort sur les holsters de leurs armes pour que j'aie l'esprit tranquille. J'avais beau être entrée et sortie par ces portes d'innombrables fois, leur réaction était toujours la même : le dégoût et le mépris se voyaient clairement dans leurs regards.

Je ravalai la boule au fond de ma gorge, encore une fois, car je n'avais pas le choix. Protester et faire un esclandre signifierait la mort.

Pas la mienne, la leur.

Je leur montrai le badge qui attestait de mon droit à franchir la Barrière et à mettre les pieds dans leurs rues.

Les gardes échangèrent un regard.

« Ruying Yang ? » Ils vérifièrent mon nom, mais avant que je puisse répondre, mes bracelets reprirent vie dans un grésillement et la magie me fut enlevée une fois de plus.

C'était le rituel à chaque fois que j'entrais dans leur monde. Peu importe la valeur que j'avais aux yeux du prince Antoine, ils ne pouvaient laisser un Xianling fouler leurs pavés sans contestation.

« Tu es en retard. »

Dawson s'avança derrière eux, son exaspérante télécommande en main.

« Les routes sont glissantes », répondis-je, faisant de mon mieux pour conserver un ton neutre.

Les mots de ma sœur retentissaient toujours à mes oreilles, comme d'incessants et impitoyables coups de fouet qui me déchiquetaient le cœur.

Je ne pouvais pas me permettre de laisser transparaître l'état dans lequel m'avait mise notre entrevue. Il ne fallait pas que Dawson sache ce qui venait de se passer.

Bien qu'Antoine n'ait jamais dit qu'il m'était interdit de voir ma famille, c'était mieux ainsi. S'il savait à qui Meiya prêtait allégeance, il y aurait des problèmes. Pas pour moi, pour elle.

« Eh bien, la prochaine fois, tu marcheras plus vite. »

Sur ces mots, le pouce de Dawson caressa amoureusement la télécommande, et une insoutenable décharge électrique fulgura à travers mon corps, comme si on m'arrachait la chair des os. Comme la morsure de dix mille lames qu'on me passerait à travers le corps en même temps.

Je mordis mes lèvres. La douleur s'intensifia, chantant de plus en plus fort, mais je refusais de lui donner la satisfaction de me voir crier.

« Vous savez que je peux vous tuer », grondai-je quand la douleur diminua enfin.

Il appuya de nouveau et le choc fut encore plus terrible que la fois précédente.

« Pas tant que j'ai ça dans les mains. »

Un jour, je finirai ce que j'ai commencé il y a six mois au marché nocturne. Comme je regrettais de ne pas avoir tué cet homme ignoble quand j'en avais eu l'occasion.

Je ne gaspillai pas ma salive à le lui dire – je ne lui dis pas un seul mot. Il n'en valait pas la peine. Il ne méritait même pas que j'utilise ma magie sur lui. Le jour où je le tuerais, ce serait d'une balle de ces pistolets qu'Antoine m'avait appris à utiliser. Pas d'un tir mortel, en tout cas pas instantanément. Je ne lui offrirais pas une mort rapide. Pas avant de lui avoir passé ces bracelets et de lui avoir fait goûter à la douleur qu'il m'avait infligée.

En me voyant refuser de crier, Dawson leva les yeux au ciel et se désintéressa de moi. Il tourna les talons et je le suivis, laissant une distance entre nous.

Je le haïssais. J'abhorrais la violence inutile qu'il m'administrait avec une délectation tordue juste pour garder le contrôle sur moi – alors qu'il était rare que j'outrepasse les limites fixées par Antoine. Oui, je posais la pointe du pied sur la ligne chaque fois que je disais quelque chose susceptible de déplaire à Antoine, mais il ne m'avait jamais punie, n'élevait jamais la voix et ne se mettait jamais en colère.

Il se contentait de sourire à mes mots imprudents – une attitude que je ne savais jamais comment interpréter.

Dawson ? Lui, il me détestait. Je ne savais pas trop si c'était à cause de mon sang xianling, dû au fait que je ne sois pas du même monde que lui, ou parce que j'avais été tout près de le tuer à un moment donné.

La beauté de la cité résidentielle fermée de Rome, nichée dans le cœur tranquille de la capitale, était un spectacle dont peu de gens de mon peuple avaient jamais été témoins.

Les Pangulais à qui revenait un tel privilège étaient généralement des officiels d'importance inféodés à Rome ou des membres de la famille royale dotés de pouvoir et d'influence par leur naissance – des gens dont le statut pouvait, d'une façon ou d'une autre, bénéficier à Rome. J'essayai de ne pas penser aux Xianlings enlevés dans leur lit, maintenant enfermés sous nos pieds, dans les cachots tortueux de la cité. Ces pauvres hères qui n'avaient aucune idée qu'ils se trouvaient dans la moitié romaine de la ville et qui ne verraient jamais les immeubles blanc ivoire et les arches de marbre.

Personne n'aurait cru que la fille d'une maison déchue pourrait figurer sur cette liste privilégiée de visiteurs.

Et pourtant, j'en étais bien là.

Si Père me voyait maintenant, serait-il fier ou honteux ?

Si j'avais été un garçon, il l'aurait probablement vu comme une réussite ; étant une fille, plutôt comme un acte de trahison. Les choses avaient toujours marché comme ça.

On admirait les garçons puissants : les héros légendaires dignes de poèmes et de chansons pour garder vivant le souvenir de leur honneur. Les filles puissantes étaient dépeintes comme pernicieuses et mauvaises, parce que nous attendions davantage de la vie que simplement enfanter des héritiers et obéir. Poursuivre des rêves était interdit et le sens du mot « amour » nous échapperait toujours.

Des souvenirs riants de Baihu m'apparurent, avec les yeux aimables et le doux sourire de notre jeunesse. Des pensées vagabondes revinrent subrepticement dans mon esprit, comme elles le faisaient toujours : où était-il ? Que faisait-il ?

Ces derniers mois, nos vies s'étaient déroulées en parallèle. Quand mes pas m'amenaient de ce côté-ci de la Barrière, il était retenu de l'autre. Je n'aurais pu dire si c'était par coïncidence ou si Antoine nous gardait intentionnellement séparés.

Il me restait des impressions tenaces de notre dernière rencontre à la Tour du Lotus. La façon que le regard d'Antoine avait eue d'osciller entre nous deux, l'ombre du soupçon se faufilant dans ses yeux de jade pâle. Je me souvins de l'infime grimace sur ses lèvres, l'expression fugitive de son irritation en nous voyant si proches.

Que penserait Baihu s'il me voyait maintenant ?

Je m'étais moquée de lui parce qu'il était un traître et, en l'espace de quelques mois, j'en étais venue à incarner tout ce que je détestais chez lui. Une personne sans perspectives, sans espoir, réduite à une trace grise dans ce décor grandiose. J'espérais seulement avoir fait le bon choix malgré tout en prenant le parti d'Antoine ; qu'il accomplirait ses promesses de miséricorde et de bienveillance.

Je fais le bon choix. J'essayai de me rassurer tandis que les mots de ma sœur me revinrent en mémoire comme l'écho traînant d'un gong qui refuserait de s'éteindre.

Antoine était quelqu'un de bien. Il était magnanime. J'avais foi dans le futur qu'il imaginait, où les Romains et les Xianlings vivraient en harmonie. Un futur où l'on n'aurait pas besoin de la guerre, et où la paix, toute précaire qu'elle soit, pourrait être maintenue et entretenue.

J'avais confiance en Antoine.

J'étais obligée.

Parce que l'alternative était trop épouvantable à envisager.

Je ne laisserais pas gagner ses frères. Je ne les laisserais pas monter avec leurs grands airs sur leur trône macabre et massacrer mon peuple comme un troupeau d'agneaux nés du dernier hiver.

La guerre.

Le carnage.

L'apocalypse.

Une vie à genoux n'était pas une vie, mais une guerre entre magie et science risquait de provoquer la fin du monde tel que nous le connaissions.

Meiya se raccrochait à ses espoirs et à ses prêches de martyre, mais le changement ne se décrète pas aussi facilement.

Pas quand nos adversaires ont sous la main la puissance de feu de dix mille Dieux, capable de déchaîner un déluge d'artillerie infernal sur notre terre natale où tout serait annihilé d'un bout à l'autre de l'horizon.

Ces rébellions ne feraient que courroucer davantage les Romains, et amener la guerre sur nos rivages.

Je serrai mon manteau contre moi. Le calme lugubre de ces rues vides les rendait plus froides que dans la moitié de la cité côté Er-Lang, où les artères fourmillaient de monde et du chaleureux son des rires. Ici, il n'y avait que solitude et regret vide, maquillés en grâce et supériorité.

Jadis, au moment où le traité venait d'être signé, quand l'ancien empereur était encore en vie, la Barrière se trouvait plus à l'ouest.

Puis les Romains avaient réclamé davantage de terres, plus d'espace pour étendre leur cité, afin d'y installer davantage des leurs. Nos empereurs, ancien et actuel, avaient donné leur accord sans protester à chaque fois. C'est pour cela qu'on les appelait les empereurs pantins. Ils ne détenaient aucun pouvoir, et n'en auraient aucun tant que la majeure partie de leur cour était dans la poche de Rome ou désirait y être.

Devant nos yeux, le pouvoir s'était déplacé sans que nous puissions faire quoi que ce soit pour l'empêcher. À l'époque, je pensais comme les autres que nos empereurs étaient des lâches qui nous avaient vendus à Rome par pusillanimité.

Maintenant, je savais qu'il n'en était rien.

Ils l'avaient fait par calcul. Ils attendaient leur heure. S'ils n'avaient pas cédé à la moindre exigence de Rome, la cité aurait été mise à feu et à sang avec tous ses habitants.

Comment la chair tendre et fragile de nos corps aurait-elle pu surpasser des machines de guerre si monstrueuses que les survivants de la guerre d'un seul jour pleuraient encore d'effroi quand un avion passait dans le ciel ?

Ils étaient forts et nous étions faibles.

C'était l'évolution.

Dominer ou être dominés.

Les soldats qui patrouillaient dans les rues fronçaient les sourcils à ma vue, à mon visage et à mes vêtements, qui étaient faits pour passer inaperçus de mon côté de la cité. Mais même quand j'essayais de porter leurs vêtements, de marcher comme eux, de parler comme eux, ils perçaient à jour ma façade. Ils entendaient le nasillement dans mon accent que je m'efforçais d'effacer et remarquaient les maniérismes subtils qui criaient à l'imposture.

Au moins, avec Dawson marchant devant moi, je ne me faisais pas arrêter tous les dix pas par des soldats qui contestaient mon droit à être ici.

Le peu de Romains que nous croisions restaient distants. Par peur ou par répulsion ? Je n'aurais su le dire. Les bandes de métal à mes poignets marquaient mon altérité.

J'avais horreur de la façon dont ils me regardaient, de leur ignorance de ce qui avait rendu possibles leur débauche et leur jouissance irresponsables : le sang, les os et les traumatismes de mon peuple passés de génération en génération.

Et pourtant, je crevais d'envie qu'ils m'acceptent. Qu'ils me regardent comme l'une des leurs. Pour qu'ils ne me voient pas sous le prisme de mes origines, mais comme quelqu'un de spécial, doté d'une puissance dépassant l'imagination des mortels.

Je voulais qu'ils me regardent comme le faisait Antoine.

Avec respect.

Avec révérence.

Avec la gentillesse attentionnée qui me donnait ce sentiment chaleureux de sécurité que j'avais ressenti au contact de si peu d'autres personnes.

Je voulais qu'ils voient mon Don comme une chose fabuleuse, plutôt que dangereuse.

Car en dépit de toutes les fois où ils chuchotaient à mon passage et me pointaient du doigt, grimaçaient de dégoût en me laissant entendre que je n'étais pas la bienvenue en terre romaine – malgré l'invitation de leur prince –, la douleur dans ma poitrine était toujours là.

Antoine avait tenu sa promesse. Ma famille était en sécurité et mes poches pleines d'or. Je ne me préoccupais plus du froid de l'hiver ou de la faim. Et chacun de mes actes répréhensibles, chaque homme que je tuais contribuait à la paix, grâce à eux cette cité continuait de respirer et le cœur de ses habitants de battre.

Les mains mêmes qui empêchaient la guerre de marcher sur cette ville étaient souillées de sang.

J'avais fait le bon choix, et pourtant, j'étais plus triste qu'à l'époque où je ne possédais rien.

Une goutte déposa sur ma joue son baiser humide.

Le ciel pleurait de nouveau.

28

Dawson s'arrêta devant la porte quand nous atteignîmes la maison d'Antoine au sommet d'une colline qui surplombait les deux moitiés de Jing-City. Il n'était pas habilité à y entrer librement, contrairement à moi.

C'était une minuscule victoire, mais j'affichai un sourire ravi.

La demeure d'Antoine était comme le reste de la cité. Opulente et tape-à-l'œil, mais sans chaleur, habitée d'un silence rempli d'échos qui me faisait de la peine pour lui. Il prétendait qu'il y avait peu de gardes dans les corridors parce qu'il aimait vivre seul. C'était un mensonge. La raison pour laquelle il veillait à ce qu'il y ait peu de gens chez lui était qu'il ne faisait confiance à personne en dehors de lui-même.

N'importe lequel de ces gardes aurait pu découvrir ses secrets et les rapporter à son frère. La vie d'un prince désireux d'accéder au trône était vouée à l'isolement. Toutes les fois où j'étais venue faire mon rapport après une mission, il n'y avait pas eu le moindre visiteur.

C'est pourquoi mon attention fut attirée par un tintement de verres.

Je suivis le bruit jusqu'à sa source. La porte de la bibliothèque était légèrement entrouverte.

Je jetai un coup d'œil à l'intérieur.

La personne que j'y trouvai n'était pas Antoine, mais le prince

Valentin, seul dans la pièce lambrissée d'acajou. Il observait Jing-City depuis les hautes fenêtres tout en tapotant la vitre de son verre de vin comme un métronome.

Tandis qu'il regardait la cité de l'autre côté, la mâchoire crispée, il y avait dans ses yeux une expression dure où flottait une ombre de convoitise, une faim qui ne pouvait être rassasiée.

Fronçant les sourcils, j'étais sur le point de m'esquiver quand il se retourna et me repéra.

« Tu te joins à moi ? demanda-t-il d'un ton aussi égal que le marbre, levant le verre qu'il avait en main. Je déteste boire seul et apparemment mon frère a décidé de prendre son temps pour rentrer à la maison. »

J'hésitai, vérifiant d'un coup d'œil derrière moi que j'étais bien celle à qui il s'adressait. Depuis la fois où il avait essayé de m'injecter de l'opiane, Valentin ne s'était plus jamais soucié de mon existence. J'étais stupéfaite qu'il se souvienne de moi.

J'entendis le tic-tac de l'horloge. Il était à peine midi. Trop tôt pour boire de l'alcool. Quoique l'on aurait pu arguer qu'il était également trop tôt pour commettre un meurtre, et c'était pourtant ce que je venais de faire.

« Viens », chuchota-t-il d'une voix profonde et veloutée. Il exsudait une assurance et un charisme aussi épais que du miel. Antoine disait que Valentin était bon négociateur. Je voyais bien comment même les plus coriaces officiels d'Er-Lang pouvaient se laisser soumettre par une voix pareille et une figure si séduisante.

« Je ne vais pas te mordre. »

Le rouge lui colorait les joues. Il n'en était pas à son premier verre de vin.

L'ivresse délie les langues.

À pas prudents, je m'approchai et m'assis sur l'un des fauteuils rembourrés aux accoudoirs sculptés et aux coussins moelleux.

Les Romains savaient vraiment vivre.

Ces salles étaient éclairées à l'électricité, pas aux bougies. Des machines faisaient bouillir leur eau, et leurs feux étaient instantanés. Ils n'avaient pas besoin de travailler pour quoi que ce soit, de ce côté de la Barrière. Tout était prêt et à leur disposition rien qu'en pressant un bouton.

« Choisis ton poison. » Il fit un geste vers une table chargée de bouteilles, qui portaient des étiquettes inconnues. Je n'appréciais pas l'alcool. Il me rendait confuse, ralentissait mes réflexes et me faisait perdre le contrôle de moi-même, et je n'aimais pas ça.

« La même chose que vous », lui répondis-je.

Valentin versa un autre verre de vin de la même bouteille – un liquide si sombre qu'il avait presque la couleur du sang.

Quand il me tendit mon verre, j'attendis qu'il prenne une gorgée avant de boire à mon tour. Le vin était fort, et plus sucré que je ne l'aurais pensé.

« Il paraît que tu joues les assassins pour mon frère.

— Pour Rome, rectifiai-je, répétant la réponse qu'Antoine m'avait apprise. Il paraît que vous jouez à terroriser le jeune empereur », ajoutai-je un temps plus tard, observant Valentin avec l'œil d'une tigresse jaugeant sa proie.

Le prince était au bord de l'ébriété, et je n'aurais probablement pas de meilleure occasion de le voir dans un état vulnérable. Le savoir, c'est le pouvoir, et je n'allais pas laisser passer cette chance de lui voler un peu du sien. Tout ce que j'avais à faire, c'était l'amener à baisser sa garde et…

« Ce n'est pas très gentil, dit-il avec un gloussement. Il faut bien que quelqu'un nettoie la pagaille d'Antoine.

— Quelle pagaille ? »

Valentin rit.

« Mon frère aime jouer les saints et nous faire la leçon, à Cassius et à moi, à cause de nos caractères, mais il est aussi froid et dangereux que nous autres.

— Cassius ?

— Notre autre frère. »

Le plus jeune des princes de Rome. Le protégé militaire qui n'avait jamais franchi le portail, si l'on en croyait les rumeurs. Celui qui était resté toutes ces années aux côtés de leur grand-père.

Son plus fidèle petit-fils.

« Tu ne savais pas qu'il y a trois princes de Rome ? » Valentin avait effectivement la langue bien pendue. « Moi, le seul petit-fils biologique. Antoine, l'enfant prodige tiré du caniveau. Et Cassius, le bien-aimé Cassius de mon grand-père. Le dernier héritier survivant de son plus proche conseiller. Après la mort de sa famille, mon grand-père l'a adopté comme son fils et l'a mis dans la ligne de succession, au cas où Antoine et moi ne ferions finalement pas l'affaire. » Il gloussa. « Antoine ne t'a rien dit de tout ça ? Combien de secrets il te cache, je parie que tu n'en as aucune idée. N'est-ce pas ? »

Mon cœur se serra à cette pique. « Il y a autre chose à savoir ? »

Le prince rit de nouveau. « As-tu déjà rencontré l'empereur d'Er-Lang ? »

La manière dont il avait dit « déjà » me flatta. Comme si quelqu'un dans mon genre avait le droit d'assister aux audiences de la cour avec l'empereur d'Er-Lang quand bon lui semblait.

« Je ne l'ai pas rencontré, mais j'ai entendu dire qu'il est très beau », répondis-je, lui laissant le soin de changer de sujet. Je le guidais, mais avec subtilité. Il fallait le mettre à l'aise, lui soutirer des secrets en laissant cette langue divaguer.

Le prince Valentin fit tourner son vin, observant la danse du liquide sombre dans son verre.

« C'est un homme intéressant, l'empereur Yongle. Il n'a rien de commun avec l'image que ton peuple s'en fait. Il est calculateur et précautionneux. C'est aussi un homme brisé qui a perdu son père, et dont l'unique sœur qui lui reste est retenue en otage dans nos cachots. » Il eut une très légère moue, presque un air triste.

Je me penchai en avant. Un monstre comme lui était-il capable de remords ?

Le prince se tut. Son regard se fit lointain, comme si son attention était ailleurs.

« Ton monde est magnifique. Il me rappelle les photos de mon grand-père, quand notre planète n'était pas aussi polluée. À l'époque où notre terre nous aimait et n'essayait pas encore de mener la race humaine à l'extinction à coups de pandémies, de famines, de sécheresses et d'inondations. J'envie ton peuple, tu sais. Vous avez tellement de chance que votre planète vous aime. »

Je n'avais aucune idée de quoi il parlait, mais je retenais chaque mot, mémorisant toutes les petites variations dans son ton. Il y avait un secret là-dessous, et je le déchiffrerais tôt ou tard.

« Parlez-moi de votre monde, le flattai-je. À quoi ressemble-t-il ?

— Il n'est pas si différent du tien, j'imagine. Notre ciel est bleu, et notre herbe est verte. Mais ici, l'air est plus propre. La première fois qu'il a traversé le portail, mon père ne tarissait pas d'éloges envers votre monde pour ses montagnes et ses fleuves. Quel est le proverbe que vous utilisez, déjà ? *Qian shan, rui shui ?* Montagne pâle, eau verte ? »

Qing shan, lü shui. Je faillis le corriger. « Votre planète vous manque ? repris-je. Depuis combien de temps êtes-vous ici ?

— Longtemps. Et oui, elle me manque. Il ne se passe pas un jour sans que je rêve de mon monde. Mais je le redoute tout autant.

— Pourquoi ? »

Il haussa les épaules et émit un soupir qui était presque un rire.

« Mon frère et moi, nous ne pourrons pas partir d'ici avant d'avoir obtenu ce que cherche notre grand-père. Et il... »

Le prince s'interrompit. Comme s'il venait de se réveiller en sursaut, son regard passa du vague au net, puis il secoua la tête comme pour essayer de sortir de son brouillard alcoolisé. Il eut un sourire cauteleux.

« J'en ai presque un peu trop dit, n'est-ce pas ? »

Ne t'en fais pas pour ça et continue de parler, pensai-je, tout en affichant un sourire poli. « Pas du tout. »

Valentin reposa son verre et se massa les tempes. Quelque chose brillait d'un éclat humide dans ses yeux. « Je ne sais pas ce qui me prend aujourd'hui. »

Je savais reconnaître le tourment quand je le voyais sur un visage. Était-ce l'alcool qui parlait derrière ces larmes ou de la honte et de la culpabilité authentiques ?

Voir Valentin dans cet état me mettait mal à l'aise. Le rôle du prince rongé de culpabilité était celui d'Antoine. Je ne m'attendais pas à voir quelqu'un comme Valentin si meurtri et si spontané – je n'aurais pas cru qu'une telle facette existât chez lui, bien loin de l'image de cruauté véhiculée par les rumeurs de ma cité.

Éloignée aussi du tueur impitoyable des souvenirs de mon enfance, qui répondait au supplice des miens par un bâillement.

Quand une larme s'échappa de son œil gauche, je me redressai un peu, résistant à l'envie de lui tendre le mouchoir que j'avais dans ma poche.

Cet homme est le mal incarné. Il ne mérite pas ma compassion.

« Dis-moi, Ruying Yang, que penses-tu de nous ? » demanda-t-il soudainement.

Prenant garde au terrain glissant sous mes pieds, j'hésitai et pesai mes mots pour répondre. « Je ne sais pas. Que pensez-vous de moi ? »

Le prince haussa les épaules. « Tu fais le boulot proprement et avec précision, chaque fois. Tu es une arme créée pour tuer avec le minimum de dommages collatéraux. Si belle et si meurtrière, comme une dague incrustée de pierreries. Je regrette presque de ne pas avoir mis la main sur toi en premier, j'aurais dû faire en sorte que tu sois à moi avant qu'Antoine ne te revendique. Qui sait, peut-être que tu viendras travailler pour moi le jour où mon grand-père décidera de jeter Antoine aux orties. Je n'aime pas qu'on me refuse les jouets que je désire. »

D'un coup, ses yeux furent perçants et lucides. Il n'était pas aussi ivre qu'il me l'avait fait croire.

J'eus presque un sourire. Voilà le Valentin que je connaissais.

« Est-ce qu'une telle chose pourrait réellement se produire ?

— Quoi ?

— Votre grand-père pourrait vraiment écarter Antoine ? Si vous y croyiez réellement, vous ne le détesteriez pas autant, n'est-ce pas ? N'êtes-vous pas un peu aigri que votre grand-père lui accorde plus d'attention qu'à vous ? Qu'il ait plus confiance en lui qu'en son propre sang ? »

Il serra les dents et ses yeux s'étrécirent. «Je n'aime pas que ma proie me réponde.

— Je ne suis pas votre proie. » J'étais l'assassin secret de son frère. Même s'il voulait me faire du mal, il n'en avait pas le droit. Pas tant que je restais sous la protection d'Antoine.

« Pas encore, murmura-t-il. Cela fait des années que mon grand-père aurait dû tous vous tuer et forcer cette terre à se soumettre. Mais mon idiot de père rêvait d'une réalité où nos deux mondes pourraient coexister. Il a obligé mon grand-père à se montrer clément envers vous autres sauvages. Antoine est un lâche, comme mon père. Rome a besoin d'un homme avec du cran pour la sauver. Pas d'un saint qui se pose des questions sur les droits d'un peuple qu'il ne lui appartient pas de gouverner.

— Sauver Rome ? De quoi ? » demandai-je. Je me rapprochais du secret, à présent.

« De nos Dieux, répondit-il en riant. De notre Déesse inexistante, dont le nom est Mère Nature. Elle nous punit de nos péchés, jour après jour, année après année. Notre monde se meurt. Les choses seraient tellement plus faciles si nous pouvions simplement prendre le contrôle du vôtre. Lancer quelques missiles et quelques bombes sur les villes, et vous tuer tous autant que vous êtes. »

Sans les bracelets et leurs murmures de science, ma magie aurait bouilli sous ma peau à ces mots. Juste pour cette fois, j'aurais peut-être cédé à la tentation de la Mort et administré un châtiment mérité à cet homme.

Mais si je touchais à un seul de ses cheveux, je ne sortirais pas d'ici vivante.

« Antoine croit avoir une meilleure solution, avec sa science et ses expériences sans fin, continua Valentin. Mais ce n'est pas de plus de science que notre peuple a besoin. Ce qu'il nous faut, c'est une deuxième chance. Un endroit sain et propre, loin de notre planète vengeresse. Ton monde a tout ce qu'il faut pour ce nouveau départ. Des minerais, des terres, des océans. Nous pourrions construire des usines, nous débarrasser de nos déchets, extraire le pétrole de vos gisements. Y faire toutes les choses que ma planète ne peut plus supporter… » Il eut un gloussement aviné. « J'ai raison. Mon grand-père sait que j'ai raison. Essayer d'argumenter avec des simples d'esprit comme vous est une perte de temps. Tôt ou tard, il finira par y voir clair. Il se rendra compte que la seule façon de sauver Rome est de détruire Pangu. »

Je serrai fort les dents pour qu'il ne me voie pas tressaillir. Au moins, Antoine m'avait dit la vérité. Il voulait que Rome fasse preuve d'humanité, là où d'autres appelaient à l'apocalypse, à l'annihilation.

À tout réduire en cendres, mon peuple avec.

Même sans les chuchotements insidieux de la Mort à mon oreille, à cet instant, j'eus envie de saigner Valentin Auguste pour ses paroles. Pour son arrogance, sa haine et son cœur pourri et cruel. Je voulus lui rappeler que, malgré tout ce dont ils se vantaient, les Romains n'étaient pas des Dieux. Pas pour de vrai.

Il y avait de la chair et du sang sous cette façade.

C'étaient de simples mortels, comme nous tous.

Et pourtant, je me contentai d'exhiber un sourire et de hocher la tête comme si j'approuvais. Une sauvage apprivoisée, séduite par leurs mensonges. Alors qu'en réalité, j'échafaudais cinquante plans différents pour mettre fin à ses jours.

D'un coup, les missions d'Antoine m'apparurent plus importantes que jamais. Un jour, quand il régnerait enfin sur Rome, je lui demanderais de me laisser tuer son satané frère. Et ce serait un moment de gloire.

Contrairement à celle de Dawson, la mort de Valentin vaudrait bien les secondes ou les heures de vie que j'y perdrais.

Mais en même temps, pour un bref moment, j'eus envie de percevoir le monde comme le faisait Valentin Auguste. Rien qu'une fois.

Né dans un milieu privilégié, bercé dans l'idée de sa propre grandeur par tous ceux qui voulaient l'utiliser à leur propre profit. Les besoins de Valentin n'en étaient pas vraiment. Découlant du fait qu'à ses yeux tout lui était dû, ils n'étaient que des mirages sous-tendus par la conviction qu'il pouvait avoir tout ce qu'il voulait, comme il le voulait.

Des pas résonnèrent dans le couloir.

Le prince Valentin sourit. « Bien. Mon cher frère est enfin de retour chez lui. Je ne voudrais pas qu'il rate ça. »

L'image de sa bouche sournoisement tordue, l'éclat d'une seringue tirée de la poche de son costume et les souvenirs de notre dernière rencontre affluèrent comme un déluge qui me précipita sur mes pieds et me propulsa dans ma fuite.

Il bondit sur moi, et je cherchai la Mort par instinct, mais les bracelets gardaient ma magie enchaînée dans une cage invisible. J'avais beau m'agripper à ces barreaux, elle restait ténue comme un fil d'araignée et se déchirait entre mes doigts, insaisissable.

À la place, j'esquivai, espérant que les techniques de combat que Taohua m'avait apprises suffiraient à me protéger. Je n'étais peut-être pas aussi forte qu'elle, mais j'étais rapide et mon corps se mouvait à l'instinct, même sans les instructions omniprésentes de la Mort.

Mais Valentin avait de plus longues jambes et ses mouvements étaient fluides et calculés. Il avait planifié tout cela depuis le moment où j'avais franchi les portes.

« Je t'avais bien dit que je ferais de toi ma proie, pas vrai ? » ricana-t-il en m'attrapant par le col, la seringue dangereusement proche de ma gorge.

Sans l'aide de la Mort, j'allais devoir me contenter de la bonne vieille méthode pour me tirer de là. Le poing serré, je le frappai de toutes mes forces. Secoué, il perdit l'équilibre pendant une seconde. Assez pour que je me libère de son emprise.

Malgré tout ce que Valentin Auguste croyait connaître de moi, je doutais qu'il ait anticipé que je sache me battre, qu'une fille soit capable de s'extirper de ses griffes.

Quand il trébucha, je saisis l'occasion pour lui envoyer un coup de pied dans le torse et le faire tomber. La seringue d'opiane s'envola de sa main. Je fus tentée de courir pour la rattraper et lui injecter le liquide sombre dans ses propres veines en lieu et place des miennes. Lui rendre la monnaie de sa pièce et lui donner un aperçu de la souffrance qu'il avait infligée à tant des miens.

« Qu'est-ce qui se passe ? » La voix d'Antoine m'arrêta avant que j'aie le temps de céder à mes sombres désirs.

Je tentai de ravaler la rage qui bouillonnait dans ma gorge.

« Elle est trop dangereuse pour la mission au Sihai », cracha Valentin en se remettant debout.

Le coin de sa bouche était tacheté de sang là où je l'avais frappé.

Je voulus sourire.

Bien.

« Elle est sauvage, comme tous les autres. Sa magie est trop puissante pour qu'on la laisse en liberté, poursuivit Valentin, la rancune perçant derrière chacun de ses mots. Cette petite… »

Quand il fit un pas en avant, Antoine l'imita et fit bouclier de son corps, s'interposant entre moi et lui. Valentin haussa un sourcil, perplexe. « Qu'est-ce que tu fais ? »

Antoine me poussa plus loin derrière lui, comme pour me cacher, me protéger.

« Ruying travaille pour moi. Je n'ai pas besoin que tu te mêles de ça. Tu n'as pas le droit de t'introduire chez moi et d'attaquer mon…

— Ton quoi, mon frère ? Ton alliée, ton amie, ton amante, ta putain ? Parce que tu es envoûté, c'est clair. N'oublie pas ce que mon grand-père t'a appris. N'oublie pas qui tu es, Antoine. Qui elle est, elle, et ce que nous sommes venus accomplir ici. »

À ces mots, le regard d'Antoine se durcit. « Fais attention, Valentin, je t'avertis. C'est la première et la dernière fois que je tolère une chose comme ça. Tu n'as aucune idée de ce que je ferai de toi si tu t'approches de Ruying à nouveau.

— Tu vas le regretter, rétorqua Valentin avec un rire mauvais. Souviens-toi de ce que je vais te dire : cette petite garce sera ta perte.

— C'est à moi d'en décider, mon frère. » Antoine posa sa main sur mon épaule. « J'ai confiance en elle. »

Valentin rit. « Pourquoi ?

— C'est comme ça. »

29

Le bruit des coups de feu ne me faisait plus sursauter, et le recul du pistolet ne me déséquilibrait plus.

Au début, j'avais été une élève réticente quand Antoine avait décidé de m'apprendre à manipuler les armes de son monde, mais en tant que professeur, il se montrait patient. Ma précision s'était améliorée à chaque entraînement, jusqu'à ce que je n'aie plus besoin d'un coup de chance pour faire mouche.

Quelques semaines plus tôt, j'avais plaisanté en disant qu'avec six mois de plus, l'élève dépasserait le maître, et le sourire de fierté d'Antoine avait fleuri comme des pivoines s'ouvrant au soleil d'été, me réchauffant de l'intérieur par un splendide rougeoiement.

Ces derniers temps, mes sourires avaient répondu aux siens à chaque occasion. Et son regard s'arrêtait toujours sur moi.

La curiosité et la méfiance amère de notre premier contact s'étaient évanouies depuis longtemps. Maintenant, il me regardait avec une tendresse à mille lieues du prince que j'avais rencontré des mois auparavant.

Je le ressentais non seulement dans ses yeux, mais dans l'ombre de sourire qui dansait au bord de ses lèvres. De véritables sourires, pas les expressions forcées destinées à charmer les conseillers et les marchands qui allaient et venaient dans son cabinet pour exposer leurs chapelets de problèmes.

C'était une affection fragile, mais une affection tout de même. J'espérais qu'elle suffirait à sauver ma sœur s'il découvrait son implication aux côtés du Spectre.

Si ce n'était pas déjà fait.

Rien ne lui échappait. Simplement, il passait beaucoup de choses sous silence.

Je pressai la détente. Une nouvelle volée de balles retentit dans la pièce, mais aucune n'atteignit la cible. J'étais distraite. Les souvenirs de ma dernière rencontre avec Meiya continuaient de résonner, comme la longue vibration d'une cloche de monastère, et hantaient chacune de mes pensées. Et quand je fermais les yeux, je voyais encore le rictus sadique de Valentin se jetant sur moi avec la seringue d'opiane liquide dans sa main…

Comme s'il lisait dans mes pensées, Antoine rompit le silence. « Je suis désolé de la façon dont mon frère s'est comporté. »

Un sourire m'échappa presque ; je sentis mes joues rougir et mon cœur s'emballer. Quand la voix d'Antoine se faisait douce et ses mots indulgents comme cela, j'avais l'impression qu'il était de mon côté. Qu'il serait de mon côté pour toujours.

Et ce sentiment était bienvenu après toutes ces années à être considérée comme une ennemie par ma sœur, à être un sujet d'angoisse pour ma grand-mère et à être abandonnée par Baihu et Taohua.

« Et je suis désolée de l'avoir attaqué, répondis-je.

— Ne le sois pas. Il l'avait mérité.

— Merci.

— Pour quoi ?

— D'avoir pris ma défense. De l'avoir empêché de m'injecter l'opiane il y a six mois. » *De me soutenir. De croire en moi.*

Ses lèvres se fendirent dans un quasi-sourire. « Si tu n'étais qu'un instrument sous l'influence de l'opiane, qui se chamaillerait avec moi tous les jours ? Qui me ferait les gros yeux quand je dis une bêtise ? »

Je haussai les épaules. « Dawson, peut-être ? Il a l'air d'avoir du cran.

— D'un côté ou de l'autre du Voile, personne n'a autant de cran que toi, Ruying. »

Le feu me monta aux joues. Il ne le pensait pas.

Je n'étais pas quelqu'un de courageux.

Loin de là.

Je ne serais pas ici, si je l'étais. Ma sœur ne me détesterait pas. Grand-Mère ne serait pas en train de pleurer d'inquiétude parce que j'étais trop honteuse pour affronter son jugement et lui dire que j'étais toujours en vie.

Pour son propre bien, il valait mieux qu'elle me croie morte que de découvrir ce que j'avais fait.

« Il n'y a rien dans notre contrat qui t'interdise de rentrer chez toi et de retrouver ta famille, tu sais », reprit Antoine.

J'étouffai un hoquet. « Vous saviez ? »

Comment ?

Est-ce qu'il m'espionnait ?

Il m'avait dit que je serais seule pendant mes missions car il ne fallait pas que des soldats romains soient vus aux abords des lieux des meurtres. Mais m'avaient-ils surveillée plus étroitement que je ne le croyais ?

Et s'ils avaient entendu ma conversation avec Meiya ? S'il savait qu'elle travaillait pour le Spectre ? Est-ce qu'il...

« Détends-toi, répondit Antoine, percevant ma panique. Je ne t'espionne pas, mais j'ai effectivement posté des gardes autour de chez toi. Cela fait partie de notre marché, n'est-ce pas ? Tu t'occupes de ceux que je veux voir morts, et moi, je m'occupe de celles que tu veux voir vivre. Mais c'est vrai que, dernièrement, j'ai reçu de curieux rapports à propos d'une fille bizarre qui traîne autour de la maison Yang comme une rôdeuse... »

Il me regarda, un sourcil levé.

Je baissai les yeux.

« Il faut que tu rentres si elles te manquent autant. Toi, tu ne vois peut-être pas d'inconvénient à rester des heures dans le froid juste pour apercevoir ta sœur et ta grand-mère, mais si elles le savaient, elles en verraient un. Je ne t'interdis pas de rentrer à la maison. Ta grand-mère se languit de toi, tu le sais. Elle ne veut pas abandonner l'espoir de te retrouver, même après tout ce temps. Et quelque chose me dit qu'elle n'abandonnera pas tant qu'elle ne t'aura pas vue de ses propres yeux sur le pas de sa porte ou à la morgue. »

Était-ce une menace ?

Les vieilles habitudes avaient la peau dure.

Je me tins en alerte et attentive, le terrain bien glissant sous mes pieds.

« Rentre au moins leur dire que tu es en vie », ajouta Antoine.

Je resserrai ma prise sur le pistolet, son poids familier me procurant un réconfort inattendu après tous ces mois d'entraînement. Je retournai mon attention vers les cibles et pressai la détente.

Une des balles fit mouche, effleurant de près le centre de la cible, alors que les autres ne firent que cribler le pourtour extérieur de la feuille de carton.

« Si ma grand-mère était au courant de notre marché, de ce que je fais pour m'assurer qu'elles restent en sécurité, au chaud et le ventre plein pendant ces longs hivers, elle préférerait que je sois morte.

— Tu n'en sais rien.

— Si, je sais. » Trois mots, prononcés si bas qu'on aurait dit qu'ils ne voulaient pas qu'on les entende. « D'ailleurs, en quoi cela vous importe-t-il ? Ne devriez-vous pas être content que je garde mes distances avec elles ? Plus je suis loin de celles que j'aime, moins il y a de risque que je change d'avis et que je vous tourne le dos.

— Pas si cela implique de te faire souffrir du même coup. » Encore cette douceur, cette inquiétude sincère, un des rares moments où il laissait tomber son masque impassible, même si c'était devenu de plus en plus fréquent au fil des mois.

Était-ce réel ou une façon de me manipuler sous couvert de sollicitude ?

Quand je tournai les yeux vers lui, je sentis mon cœur se remplir à son regard si attentionné. Au point que j'eus peur d'être en train de me faire des idées. Ou peut-être était-il en train de me berner. De tisser des mensonges devant mes yeux pour que je voie le monde avec sa lorgnette et que je lui serve ma loyauté et ma magie sur un plateau d'argent.

Maman aurait honte si elle voyait celle que tu es devenue. Les mots de Meiya me revinrent encore. C'était pour un ennemi que mes joues s'empourpraient, et comme un traître que mon cœur s'emballait.

La bouche entrouverte, j'attendis que le prince continue, qu'il me dise les mots que j'avais si désespérément besoin d'entendre – que ma famille m'aimerait toujours quoi qu'il arrive. Que j'avais fait le bon choix et que nos efforts seraient récompensés quand il régnerait sur Rome et permettrait à mon monde de redevenir comme avant.

Il ne dit rien.

Antoine n'était pas du genre à faire des promesses qu'il ne pouvait pas tenir.

Je m'apprêtais à recharger le pistolet quand sa main tomba sur la mienne. Elle était chaude. Nos doigts s'entrelacèrent, très légèrement. « Je suis désolé de t'avoir entraînée dans tout ça, dit-il, ses mots pleins de sensibilité, comme je me sentais moi-même à cet instant.

— Moi aussi. »

Deux mots, à peine un souffle. Et pourtant ils suffirent à faire tressaillir ce puissant prince, qui eut un mouvement de recul. Sa main se serra autour de la mienne pendant un instant, avant de la lâcher. Ses lèvres étaient encore entrouvertes comme s'il avait eu l'intention de dire quelque chose. Juste avant de serrer les dents et de ravaler ses pensées muettes.

Il y avait toujours un non-dit entre nous. Nous retenions nos mots comme des armures et des boucliers, et chacun gardait ses secrets de son côté. Malgré ce qui grandissait entre nous – quoi que ce pût être –, aucun de nous ne se fiait assez à l'autre pour se montrer honnête ou vulnérable.

Mais plus nous passions de temps ensemble, plus il se montrait gentil avec moi, plus je me sentais à l'aise en sa présence, et plus il me semblait que j'avais le pouvoir de le blesser.

Tout comme il le pouvait aussi. Si ce n'est pire.

Je pouvais lui briser le cœur.

Pouvait-il briser le mien ?

Nous étions des alliés, pas des amis. Et certainement pas davantage.

Malgré sa beauté, malgré toutes les façons que mon cœur avait de s'emballer quand sa peau et la mienne se rencontraient, même à l'occasion du plus petit effleurement, nous ne pouvions rien être de plus.

Nous venions de deux mondes différents, nos statuts étaient aux antipodes. Nous n'avions pas d'avenir ensemble.

Penser le contraire eût été insensé.

En dépit de toutes ses promesses d'égalité et d'alliance, nous savions tous les deux qu'Antoine avait le pouvoir d'infliger bien plus de dégâts à mon cœur que je ne pourrais jamais en causer au sien.

Le monde retint son souffle pour un instant.

« Ta sœur a beaucoup de chance de t'avoir. Que ne donnerais-je pas pour avoir quelqu'un comme toi dans ma vie. Quelqu'un de prêt à sacrifier tant de choses, juste pour me protéger, pour m'aimer. »

Valentin ne ferait pas ça pour vous ? Les mots moururent sur mes lèvres, question idiote.

Antoine et Valentin étaient avant tout des rivaux, bien avant d'être des membres de la même famille. Même s'ils avaient été frères de sang, ces liens supposément les plus forts n'auraient pas pesé lourd face à la tentation du pouvoir.

Valentin avait été très clair sur ce qu'il désirait le plus au monde. Et ça n'avait rien à voir avec la famille.

« Quel âge avez-vous ? » demandai-je plutôt.

À en juger par son haussement de sourcil, la question le prenait de court.

« Vingt ans. »

Seulement un an de plus que moi. «Je pensais que vous étiez plus âgé que ça.

— Pourquoi ? Ai-je des airs de beau vieillard ? » lança-t-il d'un air taquin, les yeux pétillants.

Dans les moments comme ceux-ci, le rire faisait tampon et il devenait facile d'oublier qui il était, et qui j'étais moi-même. Le monde qui nous séparait. La guerre qui nous déchirerait si nous ne parvenions pas à instaurer la paix que nous recherchions tous les deux.

« Non », dis-je, repensant à la façon dont il avait pointé son pistolet sur moi dans cette voiture, des mois plus tôt. Le froid dans son regard, l'impalpable cruauté qui me hantait toujours, si différente de la tendresse qu'il me témoignait maintenant. Laquelle était le masque, et laquelle la réalité ? « C'est juste que vous paraissez sage pour votre âge.

— Parce que je suis implacable quand je veux arriver à mes fins ? » suggéra-t-il.

Je ne répondis pas. Un aveu muet.

« Mon père disait la même chose quand il m'a adopté. Que je suis une vieille âme, quelqu'un qui a ce qu'il faut pour obtenir des résultats. Je désire sans vergogne et je poursuis mes buts sans merci. Je n'ai pas honte de qui je suis. Je suis capable de faire des choses graves, des choses terribles. 铁石心肠, on pourrait dire. *Un cœur de pierre.* Toi aussi tu en aurais un si tu avais été élevée comme moi. » Il s'arrêta un instant. Son attention se porta de nouveau sur moi, déterminée.

«Je te fais peur, Ruying ? »

Oui. Ce murmure dans mon cœur, je ne pus l'admettre, c'eût été une trahison. Mais envers moi-même ou envers lui ? Je n'en étais pas sûre.

À mon silence, Antoine eut sa réponse.

Il baissa imperceptiblement la tête.

« Avez-vous peur de moi ? demandai-je en retour.

— Oui. » Sa réponse me fit l'effet d'un coup de couteau dans la poitrine, une douleur capable d'arracher la chair des os, comme si la Mort en personne venait de me traverser. Il fit un pas vers moi. « Mais pas comme tu le penses. J'ai peur de toi comme les mortels craignent les Dieux. Oublie ce qu'on t'a appris, Ruying. Tu n'as rien d'un monstre. C'est tout le contraire. Tu es une merveille de la nature. Et comme disent les tiens : 我三生有，遇到你, *t'avoir rencontrée est la chance de trois vies.* Être témoin d'un tel pouvoir… Tu n'as pas idée du prodige que c'est pour moi, à chaque fois. Pour les gens de Pangu, les miens sont peut-être des Dieux, mais ils se trompent. C'est toi, la vraie divinité ici. Ton pouvoir devrait être un objet de vénération, Ruying. Tu mérites d'être crainte. Quand je te regarde, je vois une fille qui refuse d'embrasser son plein potentiel. Et je voudrais te montrer comment le faire, si tu me le permets. Si tu veux bien m'accorder ta confiance. »

Confiance. Un mot simple.

Est-ce que je lui faisais confiance ? Est-ce que je pouvais seulement lui faire confiance ?

J'en avais envie. À un point qui m'effrayait.

Antoine était si près que je pouvais sentir la chaleur de son corps arriver jusqu'au mien. Son parfum d'embruns et de bois de santal, envoûtant comme un sortilège. Si l'envie m'en prenait, j'aurais pu poser mes lèvres contre les siennes. Découvrir son goût, et lui le mien.

Je n'avais qu'un pas à faire, et il m'embrasserait.

J'en étais sûre.

Je lâchai sa main, m'apercevant qu'elle tenait toujours la mienne.

« Est-ce que tu me détestes, Ruying Yang ? demanda-t-il quand sa main retomba.

— Non. » Cette réponse était plus facile, car je n'avais pas besoin de lui cacher cette vérité. Je ne le détestais pas. Plus maintenant. J'avais rencontré l'être humain caché sous ses dehors princiers.

« Bien. » Ses lèvres esquissèrent un léger arc. « Il n'y a pas beaucoup de gens auxquels je puisse me fier, quel que soit le côté du

Voile. Ni à mes commandants, ni à mes frères. Je ne suis même pas sûr de faire confiance à mon grand-père, alors que c'est grâce à lui que je suis encore en vie. Je faisais confiance à mes parents biologiques, et à mon père adoptif, jadis. Mais ils sont morts à présent. Parler avec toi me met à l'aise car je sais que tu me diras toujours la vérité. Parce que je sais que, toi, tu comprendras ce que les autres ne peuvent pas saisir. Tu sais ce que ça fait d'être égoïste, de vouloir tout ce que le monde nous a volé, refusé. Tu es prête à tout pour survivre, comme moi. Tu connais le désespoir, tu connais la faim. Je me vois en toi. Tu es une égale que je ne m'attendais pas à trouver en quiconque. »

Ses paroles étaient une lourde symphonie, accordée au rythme de mon cœur.

Il avait raison. Je connaissais ces sentiments. Ces aiguilles qui égratignaient mes principes moraux, cette force de gravité qui m'avait attirée dans son orbite il y avait des mois de cela.

Car même si Antoine n'avait pas eu l'intention de protéger mon peuple, j'aurais tout de même trahi mon pays pour un besoin bien plus égoïste : survivre, et protéger celles que j'aimais.

Pour ma famille, j'aurais volontiers tourné le dos au monde entier.

« Nous ne sommes pas égaux, plaisantai-je. Je peux tuer quelqu'un sans même poser un doigt sur lui. Est-ce que vous pouvez faire ça, vous ?

— Je peux commander des armées et raser des villes si l'envie m'en prend. Peux-tu faire ça, toi ? »

Je me mordis les lèvres pour cacher mon sourire. « Je ne suis pas une divinité, et vous non plus.

— À mes yeux, tu en es une.

— L'histoire n'est pas tendre avec ceux qui se prennent pour des Dieux. Avec ceux qui essaient de se faire passer pour des Dieux.

— Non, c'est aux mortels qui jouent aux Dieux que l'histoire ne pardonne pas. Pas à nous. Il y a du pouvoir et de l'ambition en nous deux, et nous ne devrions pas en avoir honte. Ce qui fait notre force et notre valeur, c'est d'être capables de prendre les décisions que les autres n'osent pas prendre. Sacrifier quelques-uns pour le plus grand bien de tous. Changer les choses à long terme pour nos deux mondes.

— Commettre des meurtres au nom de la paix, répondis-je, rassemblant les questions auxquelles il me faudrait bien répondre à un moment ou à un autre. Dites-moi, si vous devenez empereur, renverrez-vous les Romains à leur propre planète et laisserez-vous Pangu redevenir comme avant ? »

Partir, comme si les vingt dernières années n'avaient jamais existé ?

Pouvait-il vraiment résister à l'appât du gain, contrairement à son grand-père, et permettre à mon monde de retrouver sa gloire d'antan ?

Antoine ne répondit pas tout de suite. Enfin, il dit : « Je ne pense pas que nous puissions remettre ce tigre-là dans sa cage. Mais il me tient à cœur que nos deux mondes trouvent un terrain d'entente et puissent régler les choses avec le minimum de pertes possible.

— Et que Rome veut-elle de Pangu ? » C'était la question à laquelle je n'avais cessé de penser depuis le moment où je l'avais rencontré. Qu'étaient-ils venus faire ici, que voulaient-ils ? La langue avinée de Valentin avait laissé échapper quelques fragments l'autre jour, mais ce n'était pas assez. Des théories, sans ancrage dans la vérité. De plus, à quel point pouvais-je me fier aux paroles de Valentin ? Peut-être cherchait-il à me déstabiliser, à me distraire et à créer de la friction entre Antoine et moi.

Je voulais une réponse, et je la voulais de la bouche d'Antoine.

Mais tout ce qu'il pouvait m'offrir, c'était du silence.

D'un seul coup, les mélodies qui chantaient entre nous s'arrêtèrent abruptement. Sa réponse muette était un avertissement. Une ligne tracée dans le sable que je n'avais pas intérêt à dépasser une deuxième fois.

Il changea de sujet. « Ta dernière mission a été l'assassinat le plus discret que tu aies commis jusqu'ici. Bien joué. »

Je me forçai à sourire comme si j'en tirais fierté, comme si je me languissais de recevoir son approbation. « Combien encore ?

— Plus beaucoup. »

Plus beaucoup, plus beaucoup. C'était ce qu'il disait à chaque fois.

« Ta prochaine mission est prête.

— Quand ? » Je posai le pistolet.

Que penserait Meiya si elle savait combien d'occasions j'avais gâchées, toutes les fois où j'aurais pu tuer Antoine Auguste et où j'avais décidé de ne pas le faire ?

Si elle était à ma place, hésiterait-elle en se rappelant que ma vie et celle de Grand-Mère seraient en danger si elle assassinait un prince de Rome ? Ou la haine et la révolution étaient-elles les seules choses qui importaient à ses yeux ?

« Nous partons dans cinq jours. Je te donnerai toutes les instructions quand nous serons sur place.

— Nous ? Vous venez avec moi ?

— Non. C'est toi qui viens avec moi.

— Ça doit être une sacrée mission, si Son Altesse a décidé d'honorer la scène de crime de sa présence. Où allons-nous ?

— La capitale du Sihai. La cité de Donghai. »

Des commérages de maisons de thé résonnèrent dans mon esprit, côte à côte avec le vacarme des âmes volées qui hantait toujours mes cauchemars.

« Donghai, répétai-je à haute voix, au cas où j'aurais mal entendu Antoine. Les rumeurs disent vrai, alors ? »

On racontait que le Sihai manigançait avec Rome un traité qui lui octroierait l'immunité si Rome déclarait la guerre au reste du continent.

« Tout dépend de quelles rumeurs tu as entendues. »

D'un hochement de menton, Antoine enfila son masque princier, et d'un seul coup, celui qui se rapprochait le plus d'un ami dans cette cité de solitude avait disparu. Entre nous, l'atmosphère se remplit une fois de plus de formalité glaciale.

« Si tu fais allusion à la signature d'un nouveau traité exclusif entre Rome et le Sihai, alors oui, les rumeurs disent vrai. »

Ça n'aurait pas dû m'étonner. Le dernier traité entre Pangu et Rome était vieux de plusieurs décennies et avait été signé par les cinq Empires du continent. Sa durée prévue était de quatre-vingt-dix-neuf ans. Mais avec tout ce qui était arrivé à Er-Lang, la contestation couvait chez nos voisins. Les autres Empires redoutaient de devenir la prochaine cible de Rome. Maintenant que le monde connaissait les dangers de l'opiane, les Romains ne seraient pas forcément en mesure de les affaiblir à coups de drogue comme ils l'avaient fait avec nous. Mais je ne doutais pas qu'ils aient d'autres méthodes à leur disposition.

Des images de l'arsenal défilèrent devant mes yeux. Ainsi que les histoires que me racontait Grand-Mère sur la guerre aussi embarrassante que brève durant laquelle mon grand-père avait été tué.

Le fait que le Sihai choisisse ce moment pour signer un traité exclusif avec Rome ne pouvait signifier qu'une seule chose.

« C'est chacun pour soi, désormais. »

Antoine ne me regardait plus. « Mon grand-père est en train de se laisser influencer. Mais aussi longtemps que je respirerai, aussi longtemps qu'il me prêtera l'oreille, je ne les laisserai pas rayer Er-Lang de la carte. Même si j'étais incapable de l'arrêter, je protégerais ta famille comme promis. Celles que tu aimes seront en sécurité quoi qu'il advienne. »

Je fis un effort pour sourire, pour avoir l'air contente, tandis que la honte me rongeait de ses crocs tranchants comme des rasoirs, me déchirant de l'intérieur.

« Quel est le plan et qui est la cible ?

— Je te donnerai tous les détails quand nous serons au Sihai. Pour l'instant, tu peux prendre quelques jours de repos et t'amuser comme tu veux, que ce soit en faisant le tour des meilleures échoppes de plats à emporter de la ville ou en restant plantée devant ta maison. Assure-toi juste de passer inaperçue. »

Je reconnus là la fin de notre entretien, et je m'apprêtais à me retirer quand la main d'Antoine effleura soudainement la mienne, très délicatement. Comme s'il me demandait de rester, encore un petit peu.

« Attends. » Il avait parlé doucement, mais à ce mot, le temps s'arrêta net. Une immense vulnérabilité se lisait dans ses yeux qui fuyaient en tout sens dans la pièce, regardant partout sauf dans ma direction. « Je pense que je te dois ça depuis longtemps. »

Il sortit une petite télécommande de sa poche, celle qui contrôlait mes bracelets, et appuya sur un bouton.

Je sursautai, m'apprêtant instinctivement à sentir éclater la douleur.

Au lieu de la décharge électrique à laquelle je m'étais tant habituée, mon corps ne ressentit que le picotement de la magie inondant mes sens à nouveau.

« Je sais à quel point tu détestes être séparée de ta magie, à quel point tu te sens vide en son absence. Comme je l'ai dit à Valentin l'autre jour, je te fais confiance. Sur ma propre vie. »

Je ne savais pas quoi dire. De toutes les petites consolations qu'il pouvait m'accorder, c'était celle à laquelle je m'attendais le moins. Et ce n'était pas du tout une petite. C'était énorme, en vérité. Un privilège dont aucun autre Xianling sous les ordres d'un prince ne jouissait.

Aux yeux de Rome, les Xianlings étaient un danger. Pour que nous ayons le droit de vivre de ce côté de la Barrière, notre magie devait être mise sous clé quand elle n'était pas à leur service.

« Que va dire Valentin s'il le découvre ? »

Antoine haussa les épaules. « Je n'ai pas l'intention de le lui dire. Toi non plus, je suppose ? Et ceci est pour toi, également. » Il me tendit une plaque, embossée du blason de la famille des Auguste. « Cet insigne est un prolongement de moi, Ruying. Il te donnera accès sans restriction à tous les établissements romains de la cité, et la prochaine fois que tu passeras la Barrière, personne n'osera t'interpeller. Si qui que ce soit te regarde de travers, tu n'auras qu'à lui montrer cette plaque. Celui qui ne te traiterait pas avec le même respect qu'il le ferait pour moi commettrait un acte de haute trahison. »

Ma mâchoire tomba. Comment avait-il pu remarquer cette peine qui me démangeait ? Il avait dû scruter chacun de mes gestes, noter chacun de mes chagrins.

« Merci », fut tout ce que je réussis à dire.

« Va te reposer. » Antoine fit le dernier pas qui le séparait de moi et ses lèvres se trouvèrent contre mon oreille, son souffle chaud sur ma peau. « D'ici là, j'ai un petit secret à te confier si tu promets de n'en parler à personne. L'histoire est une mélodie chantée par les vainqueurs. C'est moi qui fais de ses accords des vérités ou des mensonges. Reste-moi fidèle, et je te promets que le monde se souviendra de toi comme d'une héroïne forgée dans cette guerre entre magie et science. Que vienne le feu ou la tempête, c'est moi qui gagnerai ce jeu de pouvoir et je peux t'offrir une postérité qui te survivra. Un nom que l'on murmurera encore dans mille ans. Tes rêves les plus chers. Tout ce que tu as toujours souhaité. »

Héroïne.

Postérité.

Laisser une trace était une chose dont mon père avait rêvé. Mon grand-père et nombre de nos ancêtres en avaient rêvé aussi, avant que l'histoire n'oublie leurs noms.

Il fut un temps où j'avais désiré ces choses grandioses et extravagantes, moi aussi.

J'avais voulu vivre à la hauteur étouffante de mon nom, de tous les espoirs et les rêves que ma mère avait mis au monde au prix de sa vie.

Mais c'était avant que mon père ne se tourne vers l'opiane pour noyer ses chagrins, avant que ma cité ne tombe en ruine devant moi, avant que je ne connaisse la faim, le froid, la peur.

Après tout ça, je n'avais plus voulu que protéger celles que j'aimais. Défendre le peu de paix qui nous restait pour que ma grand-mère ne voie pas une nouvelle guerre de son vivant. Et même si c'était le cas, tant que j'avais la faveur d'un prince de Rome à mes côtés, elle serait en sécurité.

Tant qu'Antoine aurait du pouvoir, j'en aurais aussi.

30

Cette nuit-là, je rêvai du passé – des souvenirs de printemps, de rayons de soleil dorés passant entre les feuilles bourgeonnantes.

Père nous conduisait, Meiya et moi, à travers la cohue du marché matinal, sa main si chaude dans la mienne, et il nous laissait choisir ce que nous voulions pour le petit déjeuner. Mon panier débordait de litchis frais et de gâteaux à l'osmanthus que j'adorais, mais que Grand-Mère ne me laissait jamais manger parce qu'ils étaient trop sucrés. Meiya avait deux brochettes de tanghulu[1] dans sa minuscule main et les grignotait tour à tour. Des hommes en robe de soie nous abordaient dans les rues et saluaient Père en s'inclinant avec un sourire aimable, avant de discuter de politique et des guerres qui se terminaient.

Le ciel d'un bleu céruléen n'était plus souillé par le portail de Rome. Plus d'avions ou d'hélicoptères, plus de Barrière ou de parcs privatisés, aucun magasin ne portait d'écriteau ACCÈS RÉSERVÉ AUX ROMAINS.

C'est à ce moment-là que je sus que c'était un rêve, un décor de carton-pâte, trop beau pour être vrai.

1. Brochettes de fruits trempées dans un glaçage de sucre. La plus courante est faite avec des cenelles.

Je n'aurais pas dû m'abandonner à ces fantasmes impossibles. Ils ne feraient que me briser le cœur quand le jour se lèverait, mais je m'en moquais. Je m'accrochai au rêve et dansai avec ma sœur, savourant ses sourires, les yeux pleins de bonté de mon père et la vie que j'aurais vécue si seulement les Romains nous avaient laissés tranquilles.

Un sourire s'épanouissait sur mes lèvres quand un violent coup de tonnerre fit voler le mirage en dix mille éclats, comme une porcelaine brisée.

Les couleurs vives se ternirent. Le printemps devint chaud : un été brûlant et desséché rempli du grincement des cigales et du bourdonnement des mouches.

Père était inconscient dans le vestibule et marmonnait des mots avinés de justice et d'honneur, des poteries d'alcool vides roulant à ses pieds.

Je me précipitai à sa rescousse, essayant de l'aider à se relever, mais il me repoussa de plus en plus loin. Il aboyait et braillait que c'était ma faute et celle de Meiya si notre mère était morte et que notre maison était tombée en ruine.

« Des fils ! hurla-t-il. Elle aurait dû me donner des fils ! »

Quand il leva la main, quand ses doigts se fermèrent en un poing serré, je m'enfuis d'un pas chancelant et je me cachai dans un placard, espérant qu'il ne me trouverait pas. Depuis les ombres où j'étais tapie, je le regardai beugler et pleurer au milieu des pots de céramique fracassés contre les piliers de pierre gravés à la gloire de nos ancêtres.

Plus tard, quand il fut calmé et fatigué, il se redressa péniblement sur ses genoux et leva les yeux vers le portail scintillant qui surveillait notre cité comme un Dieu considérant ses sujets ou un chasseur attendant de pouvoir goûter à sa proie.

Lentement, le vin fut remplacé par des pipes d'opiane.

Les mêmes hommes qui avaient accueilli Père avec des sourires et qui lui avaient demandé des faveurs détournaient le visage quand ils le voyaient dans les rues, se moquant du 败家子, *mauvais fils prodigue*, qui dilapidait et perdait au jeu la fortune et le respect de plusieurs générations. Tout ce que nos ancêtres avaient construit avec leur sang, leur jeunesse et leurs innombrables sacrifices pourrissait dans les mains dissolues de mon père, jusqu'à ce qu'il ne reste plus rien, pas même pour du charbon d'hiver et du congee[1] lavasse.

Un autre fracas de tonnerre.

La lumière fut noyée dans des nuages d'orage et, soudain, Meiya me poussa dans le placard pour me cacher. Transie de peur, je me terrai dans l'obscurité, laissant ma sœur jumelle essuyer seule la fureur de Père.

Déjà enfant, Meiya était plus courageuse, plus forte.

Et moi, lâche.

On raconte que nos Dons n'émanent pas de nos âmes, mais parfois je me demandais si nos âmes n'étaient pas l'émanation de nos Dons. Était-ce par coïncidence que Meiya avait été bénie de la magie qui guérit et amplifie la vie, alors que j'avais le pouvoir de l'ôter ?

Une qui donne, une qui prend.

Une guérisseuse, une tueuse.

Une martyre et sa pleutre de sœur.

Je succombais à mon iniquité, mes tentations, mon égoïsme tandis qu'elle se tenait la tête haute du côté des justes. Même si cela impliquait de supporter des tourments, des souffrances et des sacrifices au-delà de son jeune âge.

Le visage empli de déception de Meiya m'apparut, sa façon de tressaillir quand j'avais essayé de m'approcher d'elle.

Tu n'es pas ma sœur. Tu n'es pas une héroïne, tu n'es rien qu'une traîtresse froussarde.

Ses mots résonnaient tandis que le monde s'assombrissait de plus en plus, encore et encore, jusqu'à ce que je me retrouve sous un ciel gris, avec devant mes yeux les cendres et les ruines de la cité qui avait été mon foyer.

1. Bouillie de riz comparable à du porridge, plus ou moins délayée.

Le portail qui reliait Rome à mon monde se déchira en un gouffre béant et rougeoya comme…

Je m'éveillai en sursaut, ma peau luisante de sueur.

Un rêve.

C'était seulement un rêve.

31

Mon appartement se trouvait du côté romain de la Barrière, au dernier étage d'un immeuble lumineux, assez proche de chez Antoine pour m'y rendre en marchant rapidement. Luxueusement décoré, et pourtant sinistrement vide, l'immeuble avait été prévu pour accueillir d'autres gens qui n'étaient jamais arrivés.

Je ne m'en plaignais pas. J'aimais l'espace, et le calme de la solitude était une bénédiction la plupart du temps, sauf quand trop de pensées bourdonnaient dans ma tête.

On m'avait dit que je pouvais décorer mon appartement comme je le souhaitais, mais je ne voulais pas grand-chose. Seulement un lit, une armoire et quelques chaises sur le petit balcon qui surplombait Jing-City au loin. La vue entêtante des lanternes festives me rappelait en permanence la voie que j'avais choisie, et tous ceux à qui j'avais tourné le dos.

Après le rêve, je me levai les larmes aux yeux et m'habillai rapidement, enfilant une robe sombre et attachant mes cheveux en un haut chignon entouré d'un *guan*[1] argenté fixé à l'aide d'une épingle, à la manière des hommes. Il était toujours plus facile de

1. Ici, la barrette ronde en forme de petite couronne qui entoure le chignon masculin, fixée avec une épingle à cheveux décorative.

se déplacer dans Jing-City avec les habits d'un homme qu'avec ceux d'une fille.

Il y avait bien un cuisinier chez Antoine qui aurait pu me préparer tout ce que je voulais, même les spécialités de ma planète, et de nombreux cafés à la mode de ce côté de la Barrière, mais j'étais trop fatiguée pour supporter le silence et les regards méfiants aujourd'hui. Je voulais me sentir chez moi, et avoir du réconfort. Il me fallait un bol de nouilles aux haricots noirs de l'échoppe favorite de Père, celle où il nous emmenait quand nous avions encore assez d'argent pour nous payer un tel luxe.

L'insigne d'Antoine fonctionnait à merveille et, finalement, je passai d'un côté de la ville à l'autre avec facilité. La journée était ensoleillée, l'air était frais : un bref moment de chaleur après un long hiver d'amère grisaille.

Je reléguai la culpabilité, la honte et tous ces sentiments pesants à l'arrière de mon esprit.

J'étais terriblement lasse de la souffrance et des responsabilités. Je voulais juste un peu de temps seule comme une personne normale, manger quelques-uns de mes plats préférés et ne plus me soucier de la guerre, de Rome, d'Er-Lang, et de savoir si je faisais les bons choix ou non. Je…

Un petit garçon dans une robe de lin loqueteuse me rentra dedans tellement fort que j'en perdis presque l'équilibre, vacillant sur mes pieds pour me rétablir. Des années de prudence enseignée par la pauvreté convergèrent dans mon esprit au moment où je sentis mon corps s'alléger d'un poids. La bourse de pièces que je portais à la ceinture s'était volatilisée.

Un voleur.

J'eus envie de sourire, me rappelant que, moi aussi, j'avais fait le même coup à des hommes en robe de soie par le passé, j'avais même été assez inconsciente pour essayer de voler un Romain d'apparence inoffensive qui s'était révélé être un prince.

Je levai les yeux. Le garçon en fuite était maigre comme un

clou, et ma colère s'éteignit avant d'avoir eu le temps de prendre forme. Je n'avais pas besoin de ces pièces. Je pouvais retourner à mon appartement, en récupérer d'autres et acheter une nouvelle bourse. Mais pour lui, cet argent pouvait faire la différence entre la vie et la mort.

Cela n'en valait pas la peine.

Je m'apprêtais à m'éloigner quand le petit garçon s'arrêta brusquement et regarda en arrière, ses yeux sombres essayant de me dire quelque chose.

Il voulait que je le poursuive.

Je fronçai les sourcils, mais je le suivis.

Il me mena à la Tour du Lotus. Cet emblème de désir et d'iniquité, avec son intérieur de soie et de beauté, qui semblait ressurgir d'une autre vie.

Dans la venelle sombre qui la bordait, je vis une silhouette vêtue d'un costume pourpre couleur de sang séché qui me considérait avec un regard froid et dur.

Baihu.

Il hocha légèrement la tête et fit un mouvement de la main, montrant brièvement ma bourse volée.

Je m'avançai dans la venelle, poussée par l'instinct tenace de l'époque où j'aurais suivi Baihu comme un petit chien partout où il allait. Cet homme avait été mon ami, autrefois. Quelqu'un à qui je pensais pouvoir faire confiance.

Malgré cela, je rassemblai ma magie, la tenant prête au bout de mes doigts.

Au cas où.

Nous passâmes par les mêmes portes de fer qu'Antoine avait utilisées la dernière fois. Ensuite, le même escalier sombre, mais, cette fois, nous allâmes jusqu'au sommet, et il nous mena directement à son bureau. Celui-là même que j'avais visité des centaines de fois, il y avait une vie de cela. Il me rappelait des souvenirs de temps plus cléments, de temps plus difficiles. D'une époque où j'étais tourmentée, non pas par les fantômes de mes crimes, mais par la peur permanente de l'hiver, de l'addiction de ma sœur, des fluctuations du prix de l'opiane et du riz, et des rumeurs de guerre omniprésentes.

Les derniers fragments de bijoux de ma mère, les quelques piécettes qui bringuebalaient dans ma poche quand même un seul fruit rouge d'été me semblait un luxe.

Maintenant, j'étais en sécurité et au chaud, ainsi que ma sœur et ma grand-mère. Je pouvais manger des litchis par poignées, y compris en hiver. Même des oranges, des pastèques et des prunes de mer, toutes les gourmandises de mon enfance que nous ne pouvions plus nous permettre après que mon père avait gaspillé la fortune que nos ancêtres avaient octroyée à notre maison en se rompant l'échine et en versant leur sang sur les champs de bataille.

De nobles sacrifices.

Que penseraient-ils s'ils savaient que j'avais vendu ma dignité, monnayé mon amour-propre ?

J'étais une traîtresse, comme Baihu.

Maintenant que j'étais à sa place, je comprenais.

Les principes moraux n'étaient que du vent. N'importe qui prendrait les mêmes décisions que nous si on lui en donnait l'occasion.

Entre la survie et l'honneur, j'avais choisi la survie.

Les héros meurent. Les lâches survivent.

Les griffes de mes sombres agissements m'écorchaient la poitrine, mais c'était la voie que j'avais choisie. Celle que je continuerais à arpenter quoi qu'il arrive. De toute façon, avais-je le choix ?

En des temps pareils, est-ce qu'une fille, n'importe quelle fille, avait seulement le choix ?

Baihu me salua comme s'il m'avait vue hier. « Tu as l'air d'aller bien. »

Au son de sa voix, ces mois sanglants s'évanouirent comme les larmes effacent la poudre de fard sur les joues.

J'embrassai le bureau des yeux – un endroit que j'avais jadis méprisé car il avait été construit avec de l'argent taché du sang de mon peuple.

Maintenant, mes mains étaient rouges du même sang.

Il y avait six mois, je l'avais pointé du doigt pour sa traîtrise, ignorant que je ne tarderais pas à prendre le même chemin, avec un cortège de fantômes sur mes talons. Des vies et des avenirs volés.

« Qu'est-ce que tu veux ? » demandai-je.

Il m'avait attirée ici pour une raison. S'il avait voulu simplement échanger les dernières nouvelles, il aurait pu me joindre des mois plus tôt.

Son visage était sombre et l'hésitation se peignait sur ses traits anguleux comme des nuages noirs annonciateurs d'un orage. « J'ai besoin de toi », dit-il en fermant la porte secrète derrière nous. Sa voix était basse et ses yeux durs, deux flammes qui brûlaient, brûlaient, brûlaient avec fureur.

« Tu as dit la même chose la dernière fois que je suis venue.

— Il s'agit de la même cible.

— Je suis étonnée qu'il soit encore en vie.

— C'est ça le problème, tu vois. Je ne veux pas le tuer. J'ai juste besoin qu'il soit... retiré de l'équation. Mais quand votre cible a en permanence trois ou quatre coups d'avance sur vous et les autres joueurs, ce n'est pas si facile de la prendre au dépourvu. Apparemment, kidnapper un prince de Rome est un pari difficile. »

Je me redressai brusquement, mon attention piquée.

« Quoi ? Tu as perdu la tête ?

— Hum, non.

— Tu peux tirer un trait sur le kidnapping. Si tu t'avisais seulement de toucher Antoine ou Valentin sans leur permission, ils pourraient te faire tuer pour trahison ! Est-ce que tu...

— Je suis un espion, Ru. »

À cet aveu de Baihu, mes pensées effrénées partirent s'écraser comme une charrette éjectée d'une route. Le nuage de poussière qui s'élevait de l'épave brouillait tout. Je n'arrivais ni à réfléchir ni à respirer.

« Je suis un espion et j'ai besoin de ton aide. »

Non.

« C'est un piège pour éprouver ma fidélité envers Rome ? C'est Valentin qui t'a mis sur ce coup ? » interrogeai-je, scrutant la pièce à la recherche de portes dissimulées, de caméras, d'Antoine ou Valentin cachés derrière les rideaux, prêts à me confondre. Il y avait à peine quelques jours, Valentin avait dit à Antoine que l'on ne pouvait pas me faire confiance. En était-il venu à envisager que le tigre qu'il gardait à ses côtés pourrait être le premier à se retourner contre lui ?

« Ce n'est ni une blague, ni un test. C'est on ne peut plus sérieux et nous avons besoin de ton aide. » À cet instant, je perçus la vérité, le désespoir dans ses yeux. Quelque chose qui ne pouvait pas être feint.

Les paroles de ma sœur dans la ruelle me revinrent en mémoire. *Baihu avait raison.*

« Meiya est au courant ?

— Cela fait longtemps qu'elle l'est. Ce n'est pas simplement par nostalgie de notre enfance ou... affection personnelle que je t'ai aidée à te procurer de l'opiane, murmura-t-il, sa voix si tremblante de culpabilité qu'on aurait cru qu'elle allait se briser.

— Donc pendant tout ce temps, tu m'as menti ?

— Je n'ai pas eu le choix, Ru. J'ai menti à tout le monde. J'étais obligé. Pour Er-Lang. Pour Pangu. Pour les jeunes et les anciens... pour tous ceux qui ne peuvent pas se protéger de l'avidité insatiable de Rome qui déchire notre monde comme une bête affamée. »

Il tendit la main pour saisir la mienne, et j'étais trop sonnée par ce qu'il venait de dire pour la retirer. La chaleur de sa peau enveloppa la mienne, familière, réconfortante et effrayante tout à la fois.

« Pourquoi me racontes-tu tout ça ? murmurai-je. Je pourrais faire demi-tour et te dénoncer à Antoine sur-le-champ. Est-ce que tu te rends compte qu'en me disant tout ça, tu mets en danger tout ce que tu as construit ?

— Oui.

— Alors pourquoi ?

— Parce que je n'ai aucun autre choix possible, Ruying. J'ai besoin de ton aide. »

Je fermai les yeux.

« La cible ? » Inutile de demander. Je savais déjà.

Si Baihu était obligé de faire appel à moi, alors ce devait être quelqu'un à qui il n'avait pas facilement accès. Quelqu'un qui se trouvait être la personne précise dont j'avais besoin qu'elle reste en vie.

« Antoine. »

Même si je savais déjà que ce serait lui, je tressaillis à son nom.

« Non. » La réponse fusa trop vite, et trop facilement.

« Écoute-moi, Ruying…

— Je refuse de le tuer.

— Tu es notre seul espoir. J'ai vu la façon dont il te traite. Il a confiance en toi. Il baisse sa garde quand il est avec toi, et il t'accorde un niveau d'accès dont personne d'autre ne dispose. Je ne le veux pas mort, Ru. Simplement… affaibli. Vulnérable. Mis hors course, pour un petit moment. S'il te plaît. Je ne te demande pas de le faire pour moi. Fais-le pour Er-Lang, pour Pangu, pour notre peuple. Pour Meiya. Nous devons changer le cours de ce conflit avant qu'il ne soit trop tard. Nous… »

Je le repoussai. « Pourquoi Antoine ? Pourquoi pas Valentin ? Contrairement à son tordu de frère, Antoine est de notre côté.

— Il est romain. Aucun Romain n'est jamais de notre côté. Tu n'as aucune idée de qui il est en privé. Valentin est peut-être sanguinaire, mais Antoine n'est pas un saint. En fait, il est aussi sinistre que le reste de sa famille, même s'il prétend le contraire. Il te dit son égale, mais tu as remarqué que vous ne conversez qu'en romain, et qu'il ne parle pangulais que quand ça l'arrange ?

— Non, répliquai-je. Antoine est différent. Il veut la paix, il veut protéger notre peuple. C'est quelqu'un de bien. Et s'il lui arrivait quelque chose, à lui ou à Valentin, leur grand-père ne le tolérerait pas. Cela déclencherait une guerre, Baihu ! C'est ça que tu veux ? »

À peine les mots sortis de ma bouche, je compris que c'était exactement pour ça qu'il avait prêté allégeance au prince belliqueux et non à celui qui voulait résoudre les problèmes et arriver à la paix à n'importe quel prix.

Le regard de Baihu devint froid, son visage impénétrable.

« Mieux vaut la guerre que le génocide. Tu crois que le monarque de Rome n'a pas déjà élaboré une stratégie pour nous annihiler si l'on en venait à se battre ? Qu'il n'est pas déjà en train de préparer de gigantesques armées pendant que notre peuple reste les bras croisés dans l'espoir naïf que la paix tienne uniquement grâce au traité et à notre habitude de ployer le genou chaque fois ? Mon cousin est un lâche. Et c'est valable pour chacun des empereurs qui règnent sur ce continent en prétendant être des descendants des Dieux et en promettant de nous protéger avec leur sainteté. »

Une vie à genoux n'est pas une vie : c'étaient les mots de ma sœur. J'avais beau faire tout ce que je pouvais pour étouffer sa voix, les paroles de Meiya infestaient mes pensées, érodaient mes fragiles convictions et mes principes moraux déjà bien entamés.

Je savais reconnaître de la détermination quand j'en voyais. Baihu était tenace. Quand il croyait en quelque chose, il y croyait de tout son être, jusqu'à son dernier battement de cœur.

« Ce sont tes propres convictions ou tu ne fais que répéter ce que le Spectre t'a appris ? » demandai-je.

Si l'empereur Yongle était le pantin que tout le monde croyait, jamais il n'enverrait un espion parmi nos ennemis comme cela. Il n'aurait pas assez de cran. De plus, malgré le sang royal qu'il tenait de son père, Baihu n'avait guère d'amour pour la dynastie Er-Lang et considérait feu son père comme un ivrogne bon à rien indigne de son nom et de ses titres.

Si Baihu ne travaillait pas pour l'empereur, ce ne pouvait être que pour une seule personne. Celle dont Meiya croyait religieusement les mensonges. L'homme qui avait bâti son existence entière sur des promesses de guerre, d'insurrection et d'une révolution qui ramènerait la justice à Er-Lang.

Le Spectre.

À mon accusation, Baihu se tendit comme un arc armé à l'extrême, sa flèche pointée vers la jugulaire de sa proie, délibérant s'il allait tirer ou non.

Un muscle tremblait convulsivement dans sa mâchoire, comme en proie au doute.

« Oui, c'est ma conviction. Et oui, je travaille pour le Spectre, si c'est ce que tu veux savoir. »

Je me raidis.

Le Spectre était une figure de rumeurs et de légendes, surgie des ombres et de la peur, enveloppée de mystère. Personne ne savait à quoi il ressemblait sous son masque de fer. Certains disaient qu'il était comme moi : un orphelin qui avait tout perdu à cause de l'opiane. Pour d'autres, c'était un homme de sang royal, un martyr prêt à mourir pour son pays. Et pour d'autres encore, c'était un va-t-en-guerre dont la rébellion ne visait qu'à semer le chaos et à en tirer du profit. Baihu était la dernière personne que j'aurais imaginée susceptible d'être leurrée par les paroles du Spectre. À mes yeux, ce dernier n'était rien d'autre qu'un homme assoiffé de pouvoir qui profitait de l'agitation. Un manipulateur qui ralliait troupes et partisans à sa cause par la rage et les promesses fumeuses. Un parasite, exactement comme les Romains.

Un opportuniste avide de pouvoir avec des rêves de grandeur au milieu des calamités.

Je fis un pas en arrière.

À ce moment, Baihu me toisa de toute sa hauteur comme il ne l'avait jamais fait quand nous étions enfants. D'aussi près, je remarquai à quel point il était devenu grand, comme ses muscles bien développés tendaient l'étoffe de son costume. Ses cils étaient noirs. Cela faisait longtemps que le chérubin de mes souvenirs d'enfance s'était évaporé de l'homme que j'avais devant moi, avec sa mâchoire carrée et ses contours ciselés sur lesquels on aurait pu se couper.

Je tenais la Mort parée contre moi. Baihu ne me ferait jamais de mal, mais il y avait du danger dans la façon dont il me regardait, et l'agressivité perçait dans le rythme de sa respiration.

« La guerre viendra que nous le voulions ou non. Si nous ne prenons pas les devants, quand les Romains auront eu le temps de se préparer pour une invasion complète, il sera trop tard.

— Non, si Antoine hérite du trône, s'il...

— N'essaie pas de m'amadouer avec ses boniments sur le plus grand bien. » Le visage de Baihu se renfrogna. « Antoine est aussi dangereux que son frère et son grand-père. Je te connais, Ruying. Tu es trop maligne pour ne pas voir clair dans ses mensonges, mais tu t'es quand même laissé bercer par eux, parce que la vérité te fait peur. Tu as trop peur d'admettre que tu fais tout ça pour toi-même. »

Je me redressai, fis en sorte de soutenir son regard, mon menton levé et mes yeux durs, pour montrer que je n'avais pas peur. Et pour la première fois dans ce bureau, c'était vrai.

Je n'avais pas peur.

Les couleurs de la Mort tachaient mes mains. Si je voulais tuer Baihu, cet ami d'enfance, l'homme que j'avais aimé il fut un temps – et que j'aimerais peut-être encore si nous étions des personnes différentes à une époque différente –, ce serait facile.

« Et alors ? Ce n'est pas un crime de vouloir une vie meilleure pour celles que j'aime.

— C'en est un si tu assassines les nôtres de sang-froid en échange de cette protection, en échange de tous les petits luxes dont Antoine te gâte. Ça n'a pas été difficile de gagner ta confiance, si ? Il lui a suffi de t'enfermer dans une cellule crasseuse avec une plaie infectée, puis de débarquer comme le sauveur qu'il prétend être. Un prince tout droit sorti des contes de fées de leur monde, venu te protéger de tous les monstres tapis dans l'ombre. Et pendant ce temps-là, tu ne te doutes pas que le monstre le plus dangereux de tous est juste à côté de toi, puisqu'il n'est pas hideux ni terrifiant, contrairement au portrait qu'on aime se faire des âmes damnées. Il est beau, avec un visage qu'on pourrait prendre pour celui d'un Dieu. Tous ses regards langoureux et ses murmures d'admiration sont comme des berceuses, ils apaisent ton ego fragile, parce que personne jusqu'à présent ne t'a jamais dit ce genre de choses. Parce que tu t'es convaincue que tu ne mérites pas d'être aimée. Ton estime de toi est basse au point de laisser le prince ennemi te courtiser juste parce que tu crois qu'il voit en toi quelque chose que personne d'autre ne peut voir ? Tu te détestes à ce point, Ruying Yang ? »

Mon cœur s'arrêta de battre. Les paroles de Baihu me faisaient l'effet d'un seau de glace renversé le long de mon dos. 一针见血. *Une seule piqûre d'aiguille pour voir le sang*[1]. Baihu me connaissait depuis trop longtemps et me comprenait trop bien.

De la même façon que ma sœur, il savait me blesser comme personne d'autre n'aurait pu le faire.

« Je ne suis pas ta martyre, Baihu. » Ce fut tout ce que je réussis à dire.

« Tu as oublié toutes les insultes que tu m'as lancées à la figure ces trois dernières années ? La façon dont tu m'as témoigné ton mépris parce que j'étais supposé être un traître ? Maintenant que notre Empire a besoin de toi, tu choisis nos ennemis plutôt que notre peuple ? » cria-t-il, haletant, sa poitrine se soulevant si vite que je crus qu'elle allait éclater.

Il fulminait, fou de rage, et il en avait complètement le droit.

Toutes ses accusations étaient justifiées, chacun de ses mots était une lame qui plongeait dans ma poitrine, déchirant la chair et fendant les os. Je méritais chaque once de douleur.

Là où Baihu mentait au nom de la liberté, mes trahisons, elles, étaient réelles. Mes crimes étaient impardonnables – des péchés que je ne pourrais jamais expier.

Je le savais.

Je l'avais su dès l'instant où j'étais sortie de cette cage et où j'avais pris la main d'Antoine. Je pouvais me forcer à détourner les yeux et me persuader du contraire, mais personne ne peut échapper à la vérité.

1. Une expression comparable à « appuyer là où ça fait mal ».

« Et tout ça pour quoi ? reprit-il. Pour ta sœur et ta grand-mère ? Deux vies, contre le monde entier ?

— Ces deux vies sont mon monde entier, coupai-je sèchement. Les Dieux nous ont totalement abandonnés, Baihu. Les héros meurent, mais les lâches survivent. Et j'ai l'intention de vivre. »

Le sang de ma famille était celui de mon âme. Sa survie était la mienne. Quand la Mort emporterait les derniers fragments de mon *qi* et que mon temps dans ce royaume mortel toucherait à sa fin, je continuerais à vivre dans les souvenirs de ma sœur et de ma grand-mère.

Cela me suffirait.

Baihu gloussa, secouant la tête. « Tu n'as pas la moindre idée de l'homme qu'est Antoine, n'est-ce pas ? Ce qu'il a commis ? Ce que ses scientifiques font à notre peuple ?

— Tu as raison. Je ne sais pas ce qu'il fait, pas en détail. Et franchement, je m'en fous. C'est ma voie, ma tombe, ma décision. Je crois en Antoine. Je crois que si nous voulons qu'Er-Lang survive, nous avons besoin de lui, en vie. Et moi, j'ai besoin de lui pour garder celles que j'aime en sécurité.

— Le Spectre peut protéger ta famille lui aussi, dit Baihu. Antoine n'est pas ton unique solution. »

Je ris. « Ah oui, il peut faire ça ? Après toutes les choses fabuleuses qu'il a accomplies, tu crois que je vais accorder ma confiance à ce psychopathe va-t-en-guerre ? C'est son prêchi-prêcha qui a convaincu Meiya de prendre de l'opiane. C'est à cause de lui que tout ça a commencé. Toutes mes souffrances et mes épreuves et les peurs qui font que je ne dors plus, elles ont commencé quand il a fait de ma sœur une accro, et pour quoi ? Pour qu'elle devienne plus forte ? Qu'elle risque sa vie pour lui comme tu le fais ? Je ne vais pas laisser ma sœur mourir. Plutôt m'arracher le cœur que de permettre que quoi que ce soit arrive à celles que j'aime. Le Spectre ne peut rien faire pour les protéger. Il est tout juste capable de se protéger lui-même, en se cachant derrière ses partisans. S'il le voulait, Antoine pourrait le traquer et le tuer aussi facilement qu'on écrase un insecte.

— Ce n'est pas le Spectre qui a commencé tout ça, murmura Baihu. C'est Rome, quand ils ont lâché l'opiane sur notre peuple, quand ils ont déchiré le ciel et ont envahi nos vies comme des démons tout droit venus du dix-huitième cercle des enfers. »

Je soupirai, et regardai par la fenêtre les rues bouillonnantes en contrebas, les toits de tuiles de la cité qui avait toujours été mon foyer. Une cité qui avait brûlé jusqu'au sol dans mes rêves, et avec elle, son histoire et son peuple.

« Et si le Spectre perd ? demandai-je. Et si vous vous retrouvez du mauvais côté de l'histoire, et que le destin de Rome est de gagner cette guerre ? Qu'est-ce que vous ferez ?

— Tu ne penses pas que la liberté vaut qu'on se batte pour elle, Ruying ?

— Tu n'as pas vu les choses que j'ai vues, Baihu. La liberté vaut la peine qu'on se batte seulement si on a une chance de gagner. Autrement, c'est juste un sacrifice aveugle pour un rêve sans espoir. On a tous entendu les histoires de cette guerre d'un seul jour, il y a vingt ans. La facilité avec laquelle Rome nous a vaincus. Rien n'a changé depuis ce moment. Si tu veux te rebeller, alors tu vas déclencher une guerre que nous ne gagnerons pas. Pour survivre, je dois être du côté des vainqueurs. Et si ce côté, c'est Rome, alors je suis désolée. Je ne peux pas t'aider. Mais je ne te dénoncerai pas non plus. C'est la seule consolation que je peux t'offrir.

— Je ne vais pas lui faire de fleur juste parce que tu es de son côté.

— Bonne chance avec ça, Baihu. Rappelle-toi juste que si tu es décidé à t'attaquer à Antoine, à partir de maintenant, nous allons devoir être ennemis.

— Qu'est-ce que tu lui trouves, Ruying ? Est-ce qu'il vaut vraiment la peine que tu tournes le dos à tout ce que tu as connu ?

— Il ne le vaut pas. Mais ses idées, ses rêves, eux, oui. La paix vaut tout ça. »

La survie de ma famille vaut tout ça.

« Il est monstrueux, Ru !

— Nous sommes tous monstrueux, Baihu, dis-je sèchement. Nous faisons tous ce que nous avons à faire pour survivre. »

À ces mots, la fureur de Baihu s'évanouit. La déception le submergea. Je ressentis sa douleur comme si c'était la mienne.

En fin de compte, j'étais devenue le monstre qu'il avait jadis promis que je ne serais jamais à ses yeux.

« Tu crois vraiment qu'Antoine t'aime bien ? Peut-être qu'il pense réellement les choses aguicheuses qu'il te dit et les louanges qu'il te chante, mais au bout du compte, tu n'es qu'un jouet pour lui. Il a toujours été comme ça, depuis que je le connais. Il aime les jolies choses brillantes qui excitent sa curiosité. C'est à peu près ça qu'il ressent pour toi. On peut dire beaucoup de choses de toi, Ruying, mais tu n'es pas stupide. Il ne t'aime pas. Un homme comme lui ne t'aimera jamais.

— Au revoir, Baihu.

— Tu ne te demandes jamais ce qui arrive aux gens qui ne sont pas retenus après la Démonstration ? Tu sais ce qu'ils font aux nôtres dans ces…

— Je ne sais pas. Et franchement, je m'en fiche.

— Très bien. Casse-toi. Retourne vers ton prince. Continue de te mentir. Mais rappelle-toi, Ruying : si tu n'es pas avec nous, tu es contre nous. Et tu es du mauvais côté de l'histoire. »

32

Le soleil se leva et se coucha. Quelques jours plus tard, exactement à l'heure prévue, nous appareillâmes pour le Donghai sur un navire de guerre romain assez grand pour engloutir des cités. Il fendait les brisants comme un couteau glissant à travers du satin. Le vent cinglait, brutal et féroce, contre son gigantesque corps de métal, comme si l'océan lui-même voulait repousser cette monstruosité hors de ses eaux.

Si ç'avait été un autre navire, il aurait peut-être réussi à nous retourner et à s'engouffrer partout dans un bouillonnement d'eau. Mais les vaisseaux romains étaient propulsés par des moteurs. Ils ne cédaient pas aux coups de vent ou aux tempêtes. L'océan pouvait bien lutter de toute sa puissance, le navire romain continuerait son œuvre de pollution et de destruction jusqu'à ce qu'il arrive à destination.

Le vent se ruait dans mes cheveux, claquait contre mes vêtements. Je m'agrippai fermement au bastingage métallique alors que Donghai-City se rapprochait de plus en plus. La capitale impériale du Sihai était un archipel d'îles couvertes de forêts vert de jade, semées sur des flots soyeux aux bleus incroyables, et cerclées de plages d'argent. Des bâtiments aux toits en queue d'hirondelle et des tours octogonales s'élevaient haut dans le ciel, rutilant dans leurs teintes de rouge brique et d'or ancien.

Au-delà de la cité surgissaient les contours pâles de montagnes aussi grandes que des géants. Magnifiques dans leur hauteur, elles se fondaient avec le ciel et les nuages comme des Dieux silencieux veillant sur leurs fidèles.

Il y avait mille ans, après la Grande Guerre qui avait éradiqué l'Empire Qin, les gens du Sihai avaient sculpté des images des Dieux et le nom de chaque homme tombé à la guerre dans les flancs de ces montagnes afin de commémorer leur sacrifice suprême pour le continent, pour les Xianlings, pour la liberté.

À travers l'histoire, trop de gens avaient essayé de dicter la façon dont devaient vivre les êtres doués de magie, de nous contraindre à prendre le chemin de la destruction ou du sacrifice pour leurs propres buts égoïstes.

Ce n'était pas si différent de ce que Rome était en train de faire maintenant.

Sauf que, cette fois, il n'y avait pas de Dieux pour venir nous sauver.

Ma conversation avec Baihu continuait à résonner dans ma tête.

Et s'il avait raison ? Est-ce que nous devrions nous soulever et combattre, même si cela pouvait nous coûter tout ce que nous avions ? S'il disait vrai et que, sous tous ses projets grandioses, Antoine était aussi monstrueux que tous ses semblables ?

Il n'était pas du sang de Pangu. Il n'avait que faire de cette planète. Aucune loyauté ne le liait à nous en dehors de son respect durable pour les dernières volontés de son père. Il pouvait facilement revenir sur sa parole.

Se retourner contre nous au nom du pouvoir.

Tant que le portail resterait ouvert, tant que les Romains seraient ici, Er-Lang vivrait toujours à genoux. Et un jour, peut-être, le continent entier s'agenouillerait et verserait des larmes comme nous le faisions.

Et peut-être qu'un autre jour encore, toute trace de Pangu serait effacée de notre sol, remplacée par d'immenses immeubles romains, par des rues romaines et par des voies romaines.

Je fermai les yeux, essayant de faire la sourde oreille aux doutes, de repousser les visions morbides du sang d'Er-Lang recouvrant mes mains, la fureur des Dieux morts depuis longtemps obscurcissant le ciel, mes crimes s'imprimant dans l'histoire et les poèmes, mon nom ridiculisé pour des milliers d'années.

Monstre. J'entendais leurs litanies torturées, un son qui marquait mon esprit comme une brûlure. *Monstre. Monstre. Monstre…*

« Un sou pour tes pensées ? » Je sursautai au son de la voix d'Antoine, soudaine et proche, son souffle chaud contre les vents violents alors qu'il se penchait derrière moi, me donnant des frissons dans la nuque.

« Je médite sur la magie de la science, mentis-je, trop facilement, désignant le navire. De quelles autres choses impossibles votre peuple est-il capable ? Quelles autres sortes de miracles existent de votre côté du Voile ? »

Et plus terrifiant encore : que nous cachaient-ils d'autre ? J'essayai de ne pas penser à cette salle de guerre, aux vidéos d'avions, de missiles et de bombes qui pouvaient raser des cités en un battement de cœur. Des visions de cauchemar, un morceau d'enfer qu'ils avaient volé aux démons du monde d'en dessous, j'en étais sûre.

« Rien n'est impossible avec la science, répondit Antoine.

— Avant, mon peuple pensait que rien n'était impossible à la magie non plus. Mais vous nous avez montré que nous nous trompions. »

天外有天. *Il y a un ciel au-delà du ciel, et un monde au-delà du nôtre.* Si puissante, forte et miraculeuse notre magie fût-elle, Rome nous avait piétinés quand nos forces s'étaient affrontées. Je touchai les bracelets à mes poignets. Ils ne grésillaient plus, mais si je dépassais une limite, si je provoquais Antoine d'une façon qui lui déplaise, appuierait-il sur le bouton et me volerait-il ma magie une fois encore ?

Si une véritable guerre éclatait, Er-Lang aurait-il une chance ou étions-nous condamnés d'entrée de jeu ?

« Tiens, ça va te réchauffer. » Antoine me tendit une tasse de porcelaine pleine d'un liquide brun et laiteux. « Du chocolat chaud. Goûte, je pense que ça va te plaire, dit-il. Quand mon père était encore vivant, nous en buvions chaque fois qu'il faisait mauvais, ce qui arrivait souvent dans notre monde. Surtout après que les calottes glaciaires des pôles ont commencé à fondre. »

Je ne savais pas de quoi il parlait, mais je pris une gorgée. Comme son nom l'indiquait, la boisson était chaude et sucrée. Je n'avais jamais goûté au chocolat – une friandise romaine, que seuls les riches dealers d'opiane et les nobles pouvaient se permettre, tant elle était chère –, mais si cette boisson ressemblait à l'original, je l'aimerais peut-être.

« Qu'en penses-tu ?

— Ça plairait à Meiya aussi, si elle était là. » À cette pensée, je posai la tasse et me retins de prendre une autre gorgée. Si elle ne pouvait être ici pour savourer cette boisson avec moi, alors il n'y avait pas de raison que j'en profite non plus. Enfants, nous partagions tout. Nous étions de vraies jumelles de sang. Ça ne changerait pas. Même si nous étions chacune de notre côté de la guerre qui se préparait, rien ne pourrait nous séparer.

À mes yeux, du moins.

« Donc, quel est notre plan ? demandai-je, sachant que cette conversation était inévitable. Qui est la cible ?

— Quand nous arriverons, je jouerai le rôle d'un prince empressé, venu pour signer le traité au nom de mon grand-père, et tu te feras passer pour ma garde. » Il se rapprocha un peu plus près, son regard sévère me clouant sur place. « Ensuite, quand le traité sera signé, j'aurai besoin que tu tues l'empereur du Sihai pour moi. Et que tu fasses en sorte que cela ait l'air d'une mort naturelle. »

Je cillai. L'empereur du Sihai ? « Vous n'êtes pas sérieux ? Il signe le traité, il va devenir l'allié de Rome. Pourquoi voudriez-vous qu'il meure ?

— J'ai mes raisons.

— Mais c'est l'empereur !

— Un empereur est un homme comme un autre, Ruying.

— Non. Je ne sais pas comment sont les choses à Rome, mais sur Pangu, tuer une personne de sang royal est un sacrilège.

L'empereur du Sihai gouverne les quatre océans. Il est un descendant direct des plus anciens Dieux de Pangu, les dragons ! »

Les lèvres d'Antoine esquissèrent un sourire, comme si je venais de plaisanter.

« Mes ancêtres prétendaient être des descendants des Dieux, eux aussi. De Jupiter, Neptune et Pluton. Zeus, Poséidon et Hadès. Nos Dieux avaient beaucoup de noms et d'avatars et, selon nos légendes, ils ont eu beaucoup d'enfants, et pourtant, il n'y a aucune magie dans nos lignées. Je suis mortel, tout comme l'étaient mes ancêtres. Ceux qui se disent des descendants de Dieux ne disent pas tous la vérité, Ruying. »

Je bouillais de colère. Je serrai les poings jusqu'à ce que mes ongles laissent des traces de sang en demi-lune dans ma peau. « Vous ne croyez peut-être pas en vos légendes, mais je crois en les miennes. La magie ne coule peut-être pas dans vos veines, mais dans les miennes, si. En ce qui me concerne, l'empereur du Sihai est le descendant des grands dragons. Il n'est pas comme les autres hommes que vous m'avez envoyée exterminer. »

Antoine hocha légèrement la tête, son regard fixé sur l'horizon.

« Je me suis documenté sur les histoires de Pangu, mais elles me font plutôt l'effet de fables. Crois-tu honnêtement que la dynastie Sihai est constituée de descendants des dragons qui régnaient autrefois sur la terre et les mers, et qui auraient décidé d'abandonner leurs incommensurables pouvoirs juste pour prendre des formes mortelles ?

— Ils ont quitté leurs formes draconiques parce qu'ils nous enviaient.

— Pourquoi des Dieux nous envieraient-ils, avec nos vies qui flambent aussi brièvement que des flammes, nous à qui il suffit d'un instant pour disparaître, vite effacés, vite oubliés ? Nous sommes aussi insignifiants et aussi imperceptibles que des grains de sable sur l'immense plage sans fin de l'histoire. Ce n'est qu'une fiction, dont on a tricoté des vérités. Les Dieux de tes histoires n'existent pas, et la magie non plus. Il n'y a que la science. La magie est simplement une forme de science que nous ne comprenons pas encore. Des capacités comme les tiennes sont probablement le résultat d'une évolution génétique, comme l'étaient celles des guerriers qui ont libéré les Xianlings de l'empereur Qin. Des humains, qui se sont fait passer pour des Dieux réincarnés sous une forme mortelle pour rallier le soutien de ceux qui ont envie de croire en quelque chose de plus grand qu'eux-mêmes.

— Pourquoi voulez-vous tuer l'empereur du Sihai ? » demandai-je calmement, entre mes dents à demi serrées. Mes entrailles me brûlaient à force de l'entendre, de son ton de Monsieur Je-Sais-Tout, m'expliquer mon propre monde, mes propres Dieux, mon histoire, ma magie. Comme si je ne savais rien. Comme si j'étais juste une enfant en mal d'instruction.

Je n'avais jamais remis en cause ses croyances, qu'est-ce qui lui donnait le droit de le faire avec les miennes ?

« L'empereur signe le traité avec vous, ajoutai-je après une longue inspiration. Cela fait de lui votre allié. Vous devriez vouloir qu'il vive, pas qu'il meure. »

Antoine se tut et resta de marbre, ses boucles ébouriffées par le vent marin. Jeter le doute sur ses plans ne faisait pas partie de mon travail, il me l'avait clairement fait savoir.

Mais le fait qu'il ait pouvoir sur moi et sur cette terre n'aurait pas dû faire de différence. La culture de mon peuple, notre histoire, nos croyances, les récits qui façonnaient nos identités, il nous appartenait à nous de les critiquer et de les interpréter à notre guise.

Pas à lui.

Jamais à lui.

Il y eut un long intervalle de silence.

Antoine se mettait rarement en colère quand je lui faisais part de mes ressentis. En fait, il avait toujours une étincelle dans le regard quand je lui tenais tête. Il aimait l'idée d'avoir pour interlocuteur quelqu'un qui lui répondait avec franchise plutôt que de s'écraser et de lui dire ce qu'il voulait entendre.

Mais ces derniers jours, j'avais la sensation de m'aventurer sur un terrain glissant alors que je m'éloignais toujours plus de chez moi, de qui j'étais. Un jour prochain, est-ce que j'irais trop loin et me retrouverais à dire quelque chose qu'il ne trouverait pas charmant?

«En quoi l'empereur est-il différent des autres hommes que tu as tués jusqu'à présent? dit Antoine, pensant à voix haute.

— Nous irons en enfer si nous tuons un descendant des Dieux.»

Il haussa un sourcil. Ses yeux rencontrèrent les miens. Ils n'étaient pas ombragés par l'impatience, comme je m'y attendais quand je dépassais la fine ligne qui nous séparait. Au contraire, ils étaient tendres, comme trop souvent dernièrement, et me considéraient avec une telle affection que cela me fit mal au cœur.

Parce que dans les moments comme celui-ci, ses sentiments semblaient tangibles, réels. Quelque chose que je pouvais toucher du doigt et revendiquer si je le voulais.

À un seul regard de lui, mon ventre se nouait, mon cœur se mettait à battre comme des tambours de guerre.

Il se rapprocha, jusqu'à ce que nos poitrines puissent presque se frôler.

Je voulus le toucher, me pencher en avant pour voir s'il m'embrasserait. Voir si sa tendresse était réelle ou si elle n'existait que dans mes pensées.

Et si Baihu avait raison et qu'Antoine était simplement fasciné par moi et mes pouvoirs?

Et si j'étais aussi pitoyable qu'il le disait, à ramper devant le premier homme à m'avoir murmuré des mots de gentillesse, à prendre de la politesse pour de l'affection véritable, à penser qu'il me comprenait?

Je voulais tellement croire qu'Antoine était quelqu'un d'aussi bien qu'il le disait.

Mais si… ?

«Je suis certain que ce sont des mensonges inventés par les dynasties régnantes pour conserver leur mainmise sur le pouvoir.

Un mensonge habile, mais un mensonge tout de même, murmura-t-il lentement, toujours trop près de moi. Mais même si c'était vrai, quelle importance ? Si nous allons en enfer pour cela, au moins nous irons ensemble. Après tout ce que nous avons commis, nous sommes voués à l'enfer de toute façon, tu ne crois pas ? Un peu plus de sang au bilan, quelle différence cela fait-il ? »

Je détournai les yeux et reculai d'un pas. « Dites-moi pourquoi, au moins.

— Ça ne fait pas partie de notre accord. »

Un ton amusé enveloppait encore ses mots, mais je sentis le terrain devenir de plus en plus glissant.

« Je...

— Souviens-toi de qui tu es, Ruying. Je n'ai pas à te répondre. »

Un frisson glacé se répandit dans mes os, la froidure m'enveloppa. D'un seul coup, je venais de recevoir un rappel : quelle que soit la bonté dont il faisait montre, Antoine et moi n'étions pas du même monde.

Nous ne serions jamais des égaux.

Baihu avait peut-être raison. Je n'avais pas la moindre idée de ce dont il était capable, et il serait inconscient de provoquer sa fureur ou de provoquer un embrasement que je ne pourrais pas contrôler.

Il est comme le soleil. Plus je m'en approcherai, plus vite il me brûlera.

« Je... je suis désolée. » Des excuses pour l'apaiser. Étais-je sincère ?

« Et je suis désolé, moi aussi, pour ce que je viens de dire à propos de tes histoires et de tes légendes. » Il soupira, secouant la tête. « Quant à la raison pour laquelle je veux la mort de l'empereur... Je garde certaines choses secrètes, Ruying. Cela fait partie de mon travail de prince. J'espère que je pourrai en partager une ou deux avec toi un jour. »

Moi aussi.

« Alors, qu'en dis-tu ? Es-tu prête à m'assister ?

— Ai-je le choix ?

— Tu as toujours le choix. »

Je voulais le croire, tout comme je voulais croire à tant d'autres choses.

« Faut-il que ce soit moi ?

— J'ai un plan de secours, mais je veux que ce soit toi. Pour que cela passe inaperçu, pour que le Sihai n'ait aucune preuve ni aucune raison de changer la paix en conflit, il faut que ce soit toi. »

Un silence. « Laissez-moi y réfléchir. »

Antoine pouvait avoir raison, ces histoires étaient peut-être des légendes mensongères, de larges pans de fiction se faisant passer pour des faits. Même si elles étaient vraies, j'étais déjà vouée à l'enfer. Comme il le disait, à ce stade, qu'est-ce qu'une vie de plus ?

Une goutte dans l'océan.

Mes mains étaient tellement couvertes de sang que je n'y distinguerais jamais celui d'un empereur de celui du ministre au Nouvel An, ou de celui de Hushan, le garçon à qui son mauvais tour avait coûté la vie.

Je pliai et dépliai mes doigts, un tic qui était devenu une habitude à chaque fois que j'essayais de repousser des souvenirs, de calmer les chuchotements insatiables de la Mort qui me disaient de prendre davantage, de vouloir davantage. Mes poumons suspendirent mon souffle. Je m'apprêtais à tourner les talons et à me retirer quand Antoine recouvrit mes deux mains des siennes et les porta à ses lèvres, pour les réchauffer en soufflant sur ma peau glacée.

Il les enveloppa de ses mains, son contact chaud et doux, et je voulus me rapprocher, laisser sa chaleur grimper le long de mes bras, m'envelopper comme un bain chaud par un jour d'hiver.

Une tentation aussi entêtante que la Mort.

« Je vais te trouver des gants si tu as froid », dit-il tendrement et tout bas, juste pour moi.

La douleur dans ma poitrine se fit sentir de nouveau. Je retirai mes mains des siennes, presque à regret. J'entendais encore les sarcasmes de Baihu et la rage de Meiya au fond de ma tête, comme si leur voix venait de toutes les directions, jusqu'à ce que je ne puisse plus m'écouter penser.

« On m'a appris que tu avais craché du sang après les meurtres, dernièrement, dit Antoine. Est-ce que ça va ?

— Ce n'est rien, marmonnai-je. C'est le prix de la magie. Et cela n'arrive que de temps à autre, pas à chaque fois que je tue.

— Ça ne devrait pas arriver du tout. Ces histoires répandues par vos empereurs, ce ne sont que des racontars et des mensonges pour abuser les enfants. Mon peuple a mené des expériences sur les tiens. La magie n'est pas censée faire souffrir comme la tienne le fait pour toi. Elle ne devrait pas…

— La magie a différentes façons de nous réclamer son dû », marmonnai-je sans le regarder, alors même que je sentais son regard brûlant au bord de mon champ de vision. Antoine secoua la tête. Il voulait en dire davantage, mais quelque chose le retenait.

« Si c'est vrai, alors je trouverai une façon de le ralentir, voire de l'arrêter complètement.

— Nous n'avons pas notre mot à dire sur le fait que les Xianlings vivent ou meurent. Nos vies sont dictées par le destin, la volonté des cieux. Vous ne pouvez pas jouer à Dieu avec votre science. Ce n'est pas comme ça que ça marche. Je peux abréger ma vie en épuisant le *qi* qui me rattache au royaume des mortels, mais je ne peux pas la rallonger. La vie obéit à ses ordres propres, et ceci en fait partie. »

Un muscle dans sa mâchoire tressauta comme s'il voulait me contredire. Cela arrivait souvent quand nous confrontions nos opinions, que ce soit sur des réflexions ou des croyances.

« Il ne t'arrivera rien, affirma-t-il simplement après un long silence. Tant que je serai ton protecteur, rien – même pas le Destin ou tes mystérieux Dieux – ne t'enlèvera à moi. »

Sur ces mots, il fit un pas en arrière et se retira.

Quand il fut parti, je plongeai mon regard sur l'océan et pensai à Meiya, Grand-Mère, Taohua. Les gens de Jing-City, d'Er-Lang.

Le sang de mon sang. Le sang de mon âme.

La honte que j'avais vue dans les yeux de ma sœur la dernière fois que nos chemins s'étaient croisés.

Baihu, qui avait laissé le monde entier le maudire comme un traître, pour ses convictions.

Et moi, en quoi croyais-je ?

J'entendis la voix de Grand-Mère : *Fais le bon choix*. Elle voulait que je sois quelqu'un de bien, la meilleure version possible de moi-même.

Moi aussi, je voulais faire le bien, et le bon choix.

Je voulais les rendre fières.

Mais…

33

Des hommes en parade se tenaient sur le port en comité d'accueil.

Je reconnus l'empereur à sa robe au dragon doré, et Feng Sihai – son fils aîné et héritier – d'après les peintures que Grand-Mère m'avait montrées il y a longtemps.

Des boucles noires, une peau soyeuse et bronzée au soleil et d'incroyables yeux bleus de la couleur des quatre océans. Feng Sihai était aussi beau que ses portraits. À une époque, il avait été le rêve de tous les tuteurs et parents de jeunes filles à marier.

Mais dix mille jeunes filles avaient été proposées, et dix mille refusées. Il s'était trouvé que les filles qu'on offrait au prince ne présentaient aucun intérêt à ses yeux.

« Votre Altesse. » L'empereur salua Antoine en langue romaine, puis les deux hommes échangèrent une ferme poignée de main, comme le voulaient les traditions romaines. Les sourires de l'empereur et de son héritier étaient chaleureux, mais ce qu'exprimaient leurs yeux était aussi glacial que les vents qui se faufilaient dans notre dos.

Des yeux de guerriers sur leurs gardes.

Néanmoins ils accueillirent Antoine à bras ouverts et avec de copieux compliments, ignorant ce que le prince romain préparait.

« 请, *je vous en prie*, dit l'empereur en désignant l'équipage de voitures à cheval qui nous attendait. Vous devez être épuisés du voyage. Les discussions politiques peuvent attendre. Nous allons d'abord veiller à ce que vous et vos compagnons soyez installés au palais. »

Cela me fit mal au cœur de regarder l'empereur traiter avec une telle courtoisie un homme qui voulait sa mort, de voir un descendant de dragons courber la tête devant Antoine comme un humble serviteur.

Si même les royautés de notre monde s'humiliaient devant Rome, que cela présageait-il pour notre futur ?

Pendant un bref instant, je compris pourquoi les gens se ralliaient derrière le Spectre, pourquoi Baihu risquait sa vie pour un rêve de révolution, pourquoi Meiya peignait des affiches et sortait en douce à minuit, prête à mourir pour un fragile espoir.

Peut-être que Baihu avait raison.

Peut-être que j'étais du mauvais côté de l'histoire. À cette pensée, une pression gonfla dans mes yeux, et je cillai pour la chasser.

Antoine, l'empereur et le prince Feng allaient dans un carrosse flanqué de gardes. Je marchais directement à droite d'Antoine. Une position de pouvoir. Être près de lui signifiait qu'il me faisait suffisamment confiance pour être son dernier rempart si la situation devenait chaotique. À l'intérieur du carrosse, tous les trois parlaient, mais je ne pouvais entendre un seul mot. Quelque part, un Xianling devait protéger leur conversation avec de la magie.

Je m'apprêtais à regarder ailleurs quand les yeux de l'empereur rencontrèrent les miens. D'un bleu profond comme la mer, c'étaient deux lacs de bienveillance. Quand il m'offrit un petit sourire, quelque chose en moi fondit comme du miel chaud, me donnant envie de lui sourire en retour.

Je n'avais jamais pu rencontrer mon grand-père, qui était mort avant ma naissance. Mais j'avais l'impression de le connaître à travers les histoires de Grand-Mère. Un guerrier mort trop jeune, trop fier pour arrêter de combattre même après que ses os eurent montré des signes de faiblesse et que son corps fut devenu un tissu de cicatrices qu'il chérissait autant que des médailles d'honneur.

On m'avait dit peu de chose sur la guerre qui l'avait tué. Ma famille n'aimait pas parler de l'humiliante rébellion qui n'avait duré qu'un seul jour, ni du déluge de feu de l'enfer que les Romains avaient déchaîné ce jour-là, laissant derrière lui un nombre incalculable de blessés avec des séquelles permanentes et traumatisés – quand ils avaient la chance d'avoir survécu.

C'est ce jour-là que beaucoup avaient compris que tous les prétendus Dieux que nous avions vénérés à genoux nous avaient abandonnés.

Enfants, Meiya et moi aimions imaginer quel genre d'homme Grand-Père serait devenu s'il avait eu la chance de pouvoir vieillir, comme ceux qu'il avait protégés au prix de sa vie.

Je me plaisais à croire qu'il aurait ressemblé à l'empereur du Sihai. Des yeux bienveillants et des sourires doux – des traits rares chez les hommes de pouvoir. Néanmoins, j'avais entendu les histoires de Grand-Mère et je savais que mon grand-père avait été aussi cruel que bienveillant. Implacable dans ses ambitions, il ne se souciait pas de sacrifier ses hommes tant qu'il pouvait revendiquer la victoire, bataille après bataille.

Être capable de sacrifier quelques-uns, au bénéfice du plus grand nombre.

Peut-être qu'on se ressemblait plus que je ne voulais l'admettre, lui et moi. En regardant l'empereur du Sihai maintenant, en sachant la raison pour laquelle il avait invité Antoine sur ses terres, je me dis que, peut-être, nous étions tous les trois plus semblables qu'il n'y paraissait.

Mais je ne pourrais jamais le savoir avec certitude. Car le lendemain, j'allais tuer ce formidable empereur. J'allais sentir son *qi* couler entre mes doigts, l'arracher à son corps jusqu'à ce que la chair et les os ne soient plus qu'une coquille vide sans un souffle de vie. J'allais être celle qui bannirait ce bienveillant sourire du monde.

Une vie de plus au décompte de mes péchés.

Le Sihai porterait le deuil.

Le monde changerait.

Et on se souviendrait de moi comme d'une traîtresse, pour l'éternité. Que Rome gagne ou perde la guerre, que l'histoire soit victorieusement racontée par eux ou par nous, je serais toujours connue comme la traîtresse ayant assassiné l'empereur du Sihai, et plongé le continent dans un chaos qu'Antoine considérait comme « ce qu'il y a de mieux pour nos deux mondes ».

Ou peut-être pas pour nos deux mondes… Peut-être seulement le mieux pour son monde à lui, pas le mien.

Je sentis une douleur lancinante entre mes côtes. Le lent sifflement des serpents qui infestaient mes entrailles.

34

Le palais impérial du Sihai était une cité à part entière, un dédale de pavillons immenses pour les concubines et les enfants de l'empereur, ainsi que les visiteurs officiels comme Antoine.

Des rivières au lent courant vagabondaient le long des voies pavées, bordées de pierres finement sculptées de dragons et d'autres créatures demeurant dans les profondeurs des océans, selon les légendes. Des statues de marbre et de jade jetaient leurs belles ombres et les jardins impériaux étaient parsemés de paravents de soie brodés à la main.

Parmi eux, je reconnus des scènes importantes de la Grande Guerre avec l'empereur Qin racontées avec une débauche de détails. Des histoires en riches couleurs, capturées dans les panneaux de soie ou figées dans les gravures de la pierre. C'était une vision enchanteresse, que j'aurais savourée si mon cœur n'avait été lourd de reproches.

Antoine hochait la tête et souriait de son sourire princier, et tout ce que j'aurais voulu, c'était que le sol m'engloutisse de la tête aux pieds, que le temps s'arrête sur ce moment pour que le lendemain ne vienne jamais, que le traité ne soit jamais signé et que je n'aie jamais à…

Après une brève visite guidée, l'empereur nous mena à un quartier du palais divisé en plusieurs pavillons pour les ambassadeurs et les invités. À proximité du Pavillon du dragon, où il passait ses nuits.

Gardez vos amis près de vous et vos ennemis encore plus près, comme disait le proverbe.

Des tapisseries couvraient les murs et chaque recoin s'ornait de nouvelles statues de jade. Suivant la tradition du Sihai, la plupart d'entre elles représentaient des dragons émergeant des océans.

D'après les légendes, le rugissement d'un dragon était capable de provoquer le tonnerre et de commander à la pluie. Du frottement de leurs écailles, ils pouvaient générer des éclairs assez puissants pour fendre le monde en deux, et leurs souffles étaient les vents qui caressaient nos peaux mortelles.

Certains croyaient que les dragons continuaient à vivre dans les profondeurs de nos océans, mais cela faisait des siècles que l'on n'en avait plus aperçu.

D'autres affirmaient que les membres de la dynastie Sihai pouvaient toujours prendre la forme de leurs dragons d'antan s'ils le souhaitaient. Et que, sous leur forme draconique, ils avaient tout pouvoir sur le vent, l'eau et les tempêtes les plus féroces, comme leurs ancêtres.

S'ils avaient conservé leur ancienne magie, c'était un secret que la dynastie gardait à la perfection. J'espérais que les légendes n'étaient rien de plus. Car dans le cas contraire, Valentin Auguste et l'empereur de Rome feraient tout pour prendre le contrôle d'un tel pouvoir.

Rome avait déjà écrasé Er-Lang sous ses pieds. Avaient-ils en vue le même destin pour le Sihai ?

Si les gens du Sihai – et ceux des autres Empires et des petites dynasties vassales – étaient malins, les événements de la dernière décennie à Er-Lang leur auraient servi d'avertissement.

Les Romains pouvaient prendre le déguisement des Dieux des fables, descendus des cieux, mais ils n'étaient pas aussi bienveillants que nous l'avions cru au début, et ils n'étaient pas là pour nous sauver.

Si nous voulions que les choses changent, nous devions nous sauver nous-mêmes.

Après le départ de l'empereur et du prince Feng, Antoine me fit venir à la bibliothèque du pavillon.

« Tu es dans l'hésitation », annonça-t-il une fois que nous fûmes seuls.

Rien n'échappait à ses yeux. Même quand ils étaient fixés sur d'autres personnes, une partie de son attention restait sur moi. Il me regardait, me comprenait. Peut-être un peu trop à mon goût. Mais après tout, moi aussi je le regardais. Et je le comprenais aussi. Peut-être un peu trop à son goût.

« Ils ont l'air gentils, me contentai-je de répondre.

— Beaucoup de gens sont gentils, mais ça ne veut pas dire qu'ils peuvent échapper à la Mort quand leur heure est venue. »

Je mordis ma lèvre, ne sachant que répondre. J'avais déjà franchi la ligne une fois aujourd'hui, et je craignais de le faire une deuxième. Quand on s'amuse à arracher les moustaches du tigre, un jour, celui-ci finit par perdre patience.

Antoine soupira, se frottant la tempe. « Ne me regarde pas comme ça.

— Comment ?

— Comme si c'était moi le méchant. »

Peut-être que vous êtes le méchant, quoi que vous en pensiez, songeai-je, sans le dire.

Il respira profondément une nouvelle fois, puis reprit contenance.

« Tu veux toujours savoir pourquoi j'ai besoin de le faire disparaître, n'est-ce pas ?

— Ça m'aiderait. Je connaissais les enjeux, pour les autres assassinats. La paix entre nos deux nations. Mais l'empereur du Sihai est votre allié.

— Ce que je vais te dire ne doit pas sortir de cette pièce.

— C'est compris.

— J'insiste, Ruying. Si Valentin apprend que je t'ai confié ça, il te tuera. Il ne te fait déjà pas confiance, et je ne suis pas omnipotent quand il s'agit de te protéger de lui.

— Je ne dirai pas un mot. C'est promis. »

Antoine désigna d'un geste le siège en face de lui de l'autre côté de la table, et je m'y assis.

« Le principe de la mission n'est pas de tuer l'empereur du Sihai, mais de le tuer exactement au bon moment. S'il meurt avant d'avoir signé le traité, alors le pouvoir sur les quatre océans passera à son fils, qui est jeune et ambitieux et n'a pas fait ses preuves en tant que dirigeant, ce qui jette l'incertitude sur tout. Mais si l'empereur mourait demain, après avoir signé le traité, celui-ci deviendrait son dernier décret. Je suppose que je n'ai pas besoin de t'expliquer ce que cela signifierait pour l'avenir de nos nations, n'est-ce pas ? »

Je déglutis, une boule dans ma gorge. En effet, c'était clair pour moi.

Quand Feng Sihai monterait sur le trône, il ne pourrait refuser d'honorer le traité, dernière volonté de son père, sans que ce soit perçu comme une offense faite à la mémoire de feu l'empereur ; aucun fils digne de ce nom n'envisagerait une chose pareille.

Si le traité était le premier décret de Feng Sihai, il aurait quand même du poids, mais il serait aussi révocable que n'importe quel serment creux.

L'œuvre de son père serait semblable à une chaîne qui le lierait pour les années à venir.

Rome voulait acculer le Sihai, lui attacher les mains derrière le dos, et pas seulement avec des mots et des manœuvres politiques, mais avec la culture même de Pangu.

Un plan trop astucieux pour être l'idée de Valentin ou de leur grand-père : ces deux-là ne comprenaient pas notre monde à moitié aussi bien qu'Antoine.

« Feng Sihai est jeune, il a les dents longues et il est fier, ajouta Antoine. Il n'a pas la patience de son père, ni sa capacité à se sacrifier. Un jeune empereur instable met en péril l'avenir de mon peuple, car quelle que soit la puissance de Rome, nous ne pouvons pas faire face à un ennemi à la fois sur terre et sur mer. On m'a fait des rapports sur ce dont la marine du Sihai est capable, et je ne tiens pas à vérifier qu'il s'agit de simples racontars.

— Vous vous préparez à la guerre.

— Mon grand-père se prépare à la guerre.

— Mais vous avez dit que vous l'empêcheriez, que vous maintiendriez la paix. C'est pour cette raison que je suis là, à faire vos basses besognes, à éliminer vos ennemis, à enlever des pièces sur l'échiquier pour que vous puissiez garder les deux camps en vie.

— J'ai dit que j'essaierais, répondit Antoine d'une voix un peu trop rude, trop sur la défensive.

— Qu'est-ce qui se passerait si votre grand-père décidait que ça suffit, qu'il a assez attendu ? Vous lui désobéiriez s'il ordonnait l'assaut sur Er-Lang ? »

Un silence. Ses yeux rencontrèrent les miens et j'y saisis une ombre d'indécision, sans parvenir à déterminer s'il s'interrogeait sur l'opportunité de répondre honnêtement. Cela n'avait pas d'importance, car la réponse serait la même.

« Non, je ne désobéirais pas.

— Dans ce cas, vous n'êtes pas de notre côté.

— Ruying…

— Vous êtes juste un lâche qui aime se considérer comme le bienfaiteur de ce monde, mais qui n'a pas le courage de faire ce qui est réellement juste. »

Comme moi.

« Tout ce que j'ai essayé d'accomplir depuis que je suis arrivé à Pangu, je l'ai fait pour ton monde, ton peuple. Je fais de mon mieux, mais parfois, mon mieux est limité. Sans moi, mon grand-père aurait exterminé ton peuple il y a des années. »

Quelle différence cela faisait-il, de faire durer la tragédie alors qu'elle était inévitable ? Un destin funeste, écrit à l'avance dans les étoiles.

Nous pouvions essayer de fuir et de nous cacher, mais le Destin rattrape tout le monde à un moment ou à un autre.

Baihu avait peut-être raison. J'aurais peut-être dû écouter ma sœur.

Si la guerre était arrivée plus tôt, avant que les Romains n'aient eu le temps de planter leurs racines et de se préparer, nos chances de victoire auraient-elles été plus grandes ? Si nous n'avions pas si facilement ployé le genou devant la science pendant cette guerre humiliante, les choses seraient-elles différentes aujourd'hui ? La magie avait-elle une chance face à la science si on en venait à se battre ?

Étions-nous en mesure de les chasser, comme nous aurions dû le faire il y avait quelque vingt années, la première fois qu'ils s'étaient abattus sur nous depuis les cieux ?

J'avais promis à Antoine de tuer pour lui afin de faire durer la paix, mais ça, ce n'était pas prolonger la paix. C'était leur faire gagner du temps.

J'étais en train de céder à mes tentations, de fouler mon pays aux pieds parce que j'avais peur. Peur de l'incertitude, de la révolution, d'un avenir où Er-Lang n'existerait peut-être plus.

J'avais beau détester la violence et la fuir aussi vite que je pouvais, elle se débrouillait toujours pour me rattraper. Elle me suivait, cachée dans les ombres, et tirait la Mort de son sommeil trompeur. On racontait que la magie était parfois donnée par hasard, parfois pour servir un but.

Quand je m'étais laissée aller à plonger mes yeux dans ceux d'Antoine Auguste il y avait six mois et que j'y avais vu non un prince, mais un garçon qui voulait faire ce qui était le plus juste pour nos deux mondes, je pensais avoir trouvé mon but.

Ce n'était pas une solution définitive, mais c'était la meilleure solution que j'avais.

Maintenant, j'y voyais plus clair.

Je m'étais trompée.

De très, très loin.

« Veux-tu te retirer de notre accord ? demanda-t-il.

— Non », mentis-je.

Ses yeux brillèrent d'une lueur victorieuse et il me tendit un dossier de cuir souple, le bout de ses doigts frôlant les miens quand je le pris.

« Le plan est à l'intérieur. Tout ce que tu as besoin de savoir pour demain. Ce n'est qu'une seule vie, Ruying. Ça ne devrait pas être si difficile. »

35

Cette nuit-là, je me tournai et me retournai dans le silence de ma chambre, m'agrippant aux souvenirs de Meiya et de Grand-Mère pour tenter de me rappeler pourquoi je faisais tout ça.

Je pensais que je devais le faire pour elles.

Pour nous.

Pour survivre.

Mais si c'était vraiment pour elles que je faisais ça, ce n'est pas du côté de notre ennemi que j'aurais dû me battre.

Meiya aurait donné sa vie avec joie pour la liberté, et Grand-Mère en aurait fait autant.

Quand j'étais enfant, je rêvais du monde dans lequel Maman avait grandi. Un temps de paix languide, avant que les Romains ne viennent du ciel et ne ruinent tout. Pendant longtemps, j'avais rêvé d'être née à son époque au lieu de la mienne. Dans une vie où j'aurais pu désirer plus que la simple survie.

Maintenant, je me demandais si les générations suivantes m'envieraient. Envieraient-elles cet âge suspendu entre paix et chaos, comme j'avais envié celui de Maman ?

Il n'y a pas besoin de mourir pour connaître la souffrance.

Parfois, vivre était un sort bien pire.

Je contemplai mes mains.

Si je tuais l'empereur, je donnerais à Rome l'assurance de pouvoir mener une invasion sans redouter l'intervention du

Sihai. Sa mort aurait pour répercussion des millions d'autres, qui s'accumuleraient comme un tsunami, engendrant un traumatisme qui perdurerait sur plusieurs générations. Ce serait une guerre comme aucune autre… qui pourrait transformer le continent entier de Pangu en un immense champ de bataille et dévaster la terre pour des milliers d'années à venir.

J'avais voulu croire aux paroles d'Antoine, si désespérément. À son ambition de changer le monde, son désir d'instaurer la paix qu'il prétendait chérir.

Je ne savais pas vraiment quand cette vague de doute avait commencé à imprégner toutes les pensées qu'il m'inspirait. La haine qui avait été comme les anneaux d'un serpent constricteur s'était muée en quelque chose de souple et délicat – des pétales de rose et de la soie chatoyante. Froide comme le jade et verte comme ses yeux. Ma poitrine se contracta et se gonfla dans le tambourinement des battements de mon cœur, ce traître dont je n'admettrais jamais la culpabilité.

C'était ainsi que j'avais détourné les yeux.

Il est aussi maléfique que son frère, me rappelai-je. La seule différence, c'était qu'il était un mal capable de protéger celles que j'aimais.

Un escroc qui m'avait utilisée autant que je l'avais utilisé.

Rien de plus. Rien de moins.

Il serait toujours Antoine Auguste.

Tout comme je serais toujours Ruying Yang.

Deux individus qui n'appartenaient pas au même monde.

Qui ne prendraient jamais le même chemin.

Notre amitié hésitante était fragile. Tous ses regards langoureux et ses sourires délicats étaient impuissants à me protéger de sa fureur.

Les héros meurent. Les lâches survivent. L'écho familier de ces mots résonna comme un sarcasme, me pressant de fermer la fenêtre et d'aller me coucher. *Ce n'est pas à moi de sauver ces vies, leur souffrance n'est pas la mienne. Les seules personnes dont j'aie à me préoccuper, c'est ma famille et moi.*

Six mois plus tôt, j'aurais cédé à ces pensées, j'aurais plié comme des ronces sous la pression.

Pas cette fois.

Je ne me rendis compte de mes intentions qu'une fois mon pied posé sur l'appui de la fenêtre, prête à faire le mur.

Mon bon sens ne faisait que répéter ces cinq mots : *C'est une mauvaise idée, c'est une mauvaise idée, c'est une mauvaise idée…*

Si je descendais par cette fenêtre et que j'essayais de prévenir l'empereur, me croirait-il ? Ou me traiterait-il de menteuse pour me tuer sur-le-champ ? Même s'il n'en faisait rien, Antoine, lui, me tuerait de ses propres mains, s'il venait à l'apprendre.

Mais la Mort n'était pas une promesse que l'on pouvait reprendre si facilement, je ne le savais que trop bien.

Si je tuais l'empereur demain, ce serait jeter une allumette enflammée dans une botte de foin en plein été, et l'incendie ne se contenterait pas de moi et de ma famille.

Je ne pouvais pas vivre avec les conséquences d'un tel embrasement.

Je ne voulais pas mourir, mais peut-être Meiya avait-elle raison. Peut-être la liberté valait-elle qu'on meure pour elle.

Il y avait une limite à ce que j'étais prête à faire pour survivre.

En tout cas, je l'espérais.

36

Quand nous étions enfants, Grand-Mère avait insisté pour que nous apprenions le *qing gong* : l'art de se déplacer prestement et avec légèreté. Elle nous avait appris à sauter sans bruit d'un toit à l'autre, comme des ombres dans la nuit, et à escalader les murs les plus dépourvus d'aspérités.

Vous ne savez jamais quand vous en aurez besoin.

À l'époque, j'ignorais ce qu'elle entendait par là. Maintenant, je comprenais. Il valait toujours mieux qu'une fille sache s'extirper d'une situation où elle ne voulait plus rester coincée. S'échapper nuitamment, se faufiler dans l'obscurité, avoir une chance de laisser le passé derrière soi.

苦海无涯, 回头是岸. *La mer des souffrances est sans limites, mais il suffit de se retourner pour retrouver le rivage*[1].

Enfant, je détestais les leçons sévères de Grand-Mère et sa volonté de nous amener à la perfection.

Aujourd'hui, je lui en étais reconnaissante.

Elle nous avait bien élevées. Elle nous avait rendues fortes en nous inculquant le désir d'être toujours les meilleures versions de nous-mêmes, de toujours viser plus haut.

1. Célèbre citation issue du bouddhisme chinois, couramment utilisée comme proverbe pour signifier : « il n'est jamais trop tard pour réparer ses erreurs ».

Il était presque minuit quand je sautai du toit du palais à celui du pavillon de l'empereur et entrai par la fenêtre, laissée ouverte, de son cabinet de travail. Je trouvai père et fils assis autour d'un bureau éclairé de chandelles, courbés sur un rouleau de texte déplié. La pièce était sombre, et je ne faisais aucun bruit, légère sur mes pieds à force d'entraînement. Pendant un battement de cœur, j'hésitai à la fenêtre. Le cabinet était dépourvu de gardes et l'empereur et le prince Feng trop absorbés par leur lecture pour remarquer ma présence.

Il y avait du relâchement dans leur sécurité ce soir. J'imaginais qu'ils avaient envoyé leurs meilleurs gardes pour protéger Antoine.

Et à juste titre : s'il arrivait quoi que ce soit à Antoine Auguste sur le sol du Sihai, cela serait critique, non seulement pour le Sihai, mais pour le continent entier. Cela donnerait à Rome l'excuse parfaite pour déclarer la guerre à Pangu.

Le prince Feng fut le premier à déceler ma présence au moment où je descendis de la fenêtre, mon ombre perturbant l'immobilité de la pièce et attirant son attention. La main du prince fut promptement sur la lame qu'il portait à la hanche, mais je fus plus rapide et je m'agenouillai, les mains en l'air bien en vue pour qu'ils sachent que je n'étais pas une menace.

Je m'inclinai jusqu'à ce que mon front touche le sol. Du respect. C'était de cette façon qu'il convenait de saluer l'empereur et son héritier. Pas par une minable poignée de main comme Antoine avait choisi de le faire ce matin.

Si nous laissions les Romains balayer nos coutumes et nous imposer les leurs, tout ce qui nous resterait ne serait plus qu'une pâle copie de notre monde, sa culture oubliée. Des millénaires de traditions, évanouies dans un seul souffle de vent.

Quand je relevai les yeux, le visage de l'empereur portait un sourire si large qu'il touchait presque ses yeux humides, qui conservaient leur bonté et leur confiance. La honte sourdit en moi en me rappelant que, ce matin même, j'avais envisagé de le tuer.

« Feng'*er*. » L'empereur fit un signe de la main. Avec réticence, le prince Feng remit son épée au fourreau.

Mais s'il avait rangé une lame, c'était pour mieux en dégainer une autre : ses yeux lançaient des poignards, il me considérait avec une menace voilée, prêt à me couper en deux si j'osais faire un seul geste.

« Que faites-vous ici ? » Le prince avait la voix d'un front de tempête, grondant d'une sourde promesse de furie.

« Je suis venue pour sauver la vie de votre père, Votre Altesse.

— Me sauver ? » dit l'empereur avec un petit rire. Il fit un pas en avant et mit un genou à terre pour que nous soyons face à face à la même hauteur.

Feng Sihai s'approcha doucement lui aussi, restant sur les talons de son père, sa main posée sur son épée. Un mouvement brusque de ma part, et le prince me séparerait la tête du cou.

Je restai immobile, la tête légèrement courbée. L'héritier du Sihai était sans aucun doute un épéiste émérite. En même temps, je ne pouvais lui reprocher de rester vigilant. Je venais de m'introduire par leur fenêtre comme une apparition venue s'emparer de leurs âmes. En fait, cela me fit chaud au cœur de voir combien le prince tenait à son père.

J'aurais voulu partager le même amour pour le mien.

« Et comment comptez-vous me sauver d'Antoine Auguste, jeune fille ? » demanda l'empereur. Sur ses lèvres, un léger sourire amusé. Il n'était pas sous le choc ou ébranlé par la peur comme je m'y étais attendue.

« Vous saviez ? » m'exclamai-je. L'expression de son visage était une réponse en elle-même.

« Qu'Antoine Auguste a l'intention de me faire tuer demain une fois que nous aurons signé le traité ? Comment pourrais-je l'ignorer ? » Le sourire se fana, ses yeux quittèrent les miens. Il y avait une certaine sérénité dans son ton, c'était la voix d'un homme prêt à rencontrer la Mort.

« La famille Auguste ne fait confiance à personne, pas même à sa parentèle. Ces gens-là ne laissent rien au hasard. Je sais qu'ils ne se risqueraient pas à me laisser en vie pour potentiellement révoquer le traité un jour prochain. Il me faut mourir pour m'assurer leur confiance et pour protéger mon peuple de la guerre. »

Je me mordis l'intérieur de la joue. Comme j'étais naïve d'avoir pensé que l'empereur ne soupçonnait rien.

Il était au courant. Évidemment.

Seul un inconscient accorderait une confiance aveugle aux Romains.

« Venez. » L'empereur m'aida à me relever et m'offrit un siège à la table. « Vous devez mourir de froid. Feng'*er*, sers du thé à cette jeune fille. Maintenant, dites-moi ce que vous vouliez me raconter en venant ici. »

Je pris une profonde inspiration. Il ne servait à rien de dissimuler mes informations. Je m'étais déjà entièrement compromise en venant ici. C'est pourquoi je lui racontai absolument tout. Depuis les enlèvements, en passant par les cachots sous Jing-City, jusqu'au plan de Rome de diviser pour mieux régner après le nouveau traité avec le Sihai.

Je vidai mon sac. De fond en comble. Quand j'eus fini, l'empereur hocha la tête et échangea un regard avec son fils.

« Je vous remercie d'être venue jusqu'ici, Ruying Yang. Les quatre océans se souviendront de ce que vous avez fait cette nuit. Vous n'avez pas besoin d'intervenir demain. S'il me faut mourir pour mon peuple, ce sera de mes propres mains et selon mes propres termes.

— Père, supplia le prince Feng, si nous restons les bras croisés pendant qu'ils massacrent nos voisins, il ne restera plus âme qui vive quand ils tourneront leur avidité vers le Sihai. Des tyrans de leur espèce ne seront jamais rassasiés.

— Nous pouvons prendre les armes, oui. Mais à quel prix ? En ripostant, nous nous désignerons comme les ennemis de Rome et les quatre océans deviendront une zone de guerre. Je ne peux pas risquer la destruction de notre patrie pour les siècles à venir. Nous ne sommes pas les seuls hôtes des océans, il faudra que tu t'en souviennes quand tu seras empereur, Feng'*er*. Ce monde n'appartient pas qu'à nous, il appartient à toute vie, et nous n'en sommes que les gardiens. J'ai fait une promesse aux océans quand je suis monté sur le trône, et je dois la tenir, même s'il m'en coûte la vie.

— Et s'ils mentent quand ils disent qu'ils épargneront le Sihai ?

— Alors mes vieux os auront au moins gagné quelques années de paix de plus pour notre peuple », répondit-il, sans regarder son fils. L'empereur avait les larmes aux yeux et un tremblement agitait ses lèvres. Je me sentis comme une intruse au milieu d'un moment de profonde intimité entre père et fils – l'un de leurs derniers. « Quand je ne serai plus de ce monde, le Sihai aura besoin d'un bon empereur, le meilleur que les quatre océans aient jamais vu, pour traverser ces heures sombres.

— Père…

— J'ai besoin que tu sois cette personne, Feng'*er*. Sois le souverain juste et bon que je te sais capable d'être.

— Vous n'avez pas à faire cela, Père. » Le prince Feng tomba à genoux, s'agrippant aux mains de l'empereur, essayant de le raisonner, implorant comme seuls les enfants peuvent le faire auprès de leurs parents. « Nous pouvons trouver d'autres manières de gagner leur confiance. Nous pouvons…

— Non. C'est le sacrifice qu'ils veulent. Nous devons y satisfaire. Ma vie en échange d'un règne paisible pour toi, c'est un marché honorable.

— Ce n'est pas juste, dit le prince d'une voix éraillée, cassée, alors que les larmes s'accumulaient entre ses cils, menaçant de déborder de ses yeux bleu ouragan.

— Je sais.

— Pourquoi devrions-nous ployer le genou ? Pourquoi serait-ce à nous de nous plier à leur volonté ? C'est notre monde, notre terre. Pourquoi devrions-nous tout leur offrir sur un plateau d'argent ? Ces hommes ne sont pas des Dieux. Ce sont des démons échappés des enfers.

— Nous ployons le genou parce qu'une guerre entre la magie et la science pourrait nous détruire tous autant que nous sommes, mon fils. Parfois, il vaut mieux se rendre qu'aller aveuglément à l'abattoir. La liberté et la fierté valent qu'on se batte pour elles, mais seule la paix vaut qu'on meure pour elle. »

Les mêmes mots que je m'étais répétés il y avait des mois.

De l'empereur ou du prince, qui avait raison ?

La tension devint palpable, leurs paroles me rappelant les conversations que j'avais eues mille fois avec Meiya.

« Votre mort ne nous apportera pas la paix, Père. Ce traité ne nous sauvera pas. Il ne fera que nous enchaîner aux ordres de Rome, faire de nous leurs toutous pendant qu'ils s'approprieront notre continent, petit à petit, massacre après massacre », tonna le prince Feng.

Je tressaillis, m'attendant à voir l'empereur répondre par des éclairs à déchirer le ciel. Mais au lieu d'élever la voix, il tendit la main vers celle de son fils et la serra fort.

« Ma décision est prise, mon fils. Ce risque, je suis prêt à le prendre, et ce sacrifice, je le fais de mon plein gré. »

Le prince se détourna brusquement pour cacher à son père les gouttelettes de larmes qui s'échappaient enfin de ses yeux.

L'empereur tendit sa main libre en travers de la table et saisit la mienne.

« Le Destin vous a menée à moi pour une raison, Ruying Yang. Mes astrologues m'ont un jour dit que la Mort ne bénit un mortel que lorsque le monde est au bord du chaos, et que son protégé est voué à le sauver ou à le détruire.

— Je ne suis pas une héroïne. » Ce fut tout ce que je parvins à articuler.

« Dans ce cas, espérons que vous ne faites pas partie des méchants non plus. »

37

Je restai perchée à la fenêtre jusqu'à l'aube pour regarder le lever du soleil colorer le ciel d'une teinte de rouge profond, et je promis à la Mort que je ne pleurerais pas aujourd'hui, quoi qu'il arrive.

L'empereur avait fait son choix. Il ne m'appartenait pas de juger sa décision, car je ne connaissais pas l'avenir et ne pouvais prédire les conséquences qui en découleraient.

Tout ce que je pouvais espérer, c'était que cela suffise. Que cet homme bon qui venait de faire ce qu'il estimait juste ait effectivement choisi le bon chemin.

La signature du traité devait avoir lieu à une heure propice, peu avant midi. L'empereur voulait faire découvrir la cité à Antoine auparavant, lui permettre d'admirer sa beauté ainsi que la joie de son peuple. Ainsi, après le petit-déjeuner, nous embarquâmes pour une promenade sur les rivières qui coulaient depuis le palais sur un somptueux bateau sculpté en forme de dragon rugissant, peint de rouge et orné de soieries, luxueusement conçu pour la navigation de plaisance sur les canaux de la cité.

Un morceau du palais, flottant sur les eaux.

Sur le pont supérieur se tenait un minuscule pavillon agrémenté d'un toit en queue d'hirondelle, soutenu par d'épais piliers dorés et drapé de tentures de soie si fine qu'elles en étaient presque transparentes – pour mieux apprécier les vues de la cité, tout en préservant l'intimité.

Autour d'une table ouvragée, l'empereur sirotait du thé avec Antoine et le prince Feng. Ils étaient entourés par quatre gardes romains et quatre du Sihai. J'étais l'une d'entre eux, avec la permission expresse d'Antoine en personne. C'était un honneur de pouvoir être dans la pièce même où le futur allait se jouer.

À ceci près que je n'avais aucune envie d'être là ni d'assister à quoi que ce soit. Ce que je voulais, c'était m'en aller et rentrer chez moi. Fermer les yeux et effacer les six derniers mois de mon esprit.

J'appelai à moi la magie de la Mort pour retrouver un semblant de sentiment de contrôle.

Les paroles que l'empereur avait prononcées la nuit dernière résonnaient dans mon esprit. *La Mort ne bénit un mortel que lorsque le monde est au bord du chaos, et que son protégé est voué à le sauver ou à le détruire.*

Si c'était là l'intention de la Mort, pour autant qu'elle ait des intentions, pourquoi n'avoir pas béni quelqu'un qui serait doté de la volonté de diriger ? Quelqu'un comme Baihu ? Qui prêterait l'oreille à une fille en la présence de princes et d'empereurs ?

Quel pouvoir avais-je dans tout ça ?

La Mort avait-elle jamais pris en compte ce que moi je voulais ?

« Le bateau serait plus sûr si vous remplaciez ces tentures par du verre pare-balles », déclara Antoine, faisant la moue. Il se cramponnait à la table chaque fois que le bateau tanguait sur une vague clapotante.

Il n'aimait pas l'eau.

« C'est votre façon de faire les choses, mais ce n'est pas la nôtre », répondit le prince Feng d'une voix grave qui commandait le respect.

Une chose qu'Antoine ne lui accorderait jamais, ne serait-ce que par mesquinerie.

L'air se fit lourd.

Les deux princes affichaient un air renfrogné et la haine dans leurs yeux lançait des poignards.

Si l'empereur n'avait pas été fermement assis entre eux, son aura diffusant le seul sentiment de calme sur ce bateau tremblant, le prince Feng aurait tué Antoine et lavé ses mains dans l'eau du canal avant que midi ne sonne.

Même si cela déclenchait une guerre qui pourrait être la dernière, je doutais que le prince Feng ne vienne à le regretter. Il voulait le sang d'Antoine, et justice pour tout ce que Rome avait fait à Pangu.

Exactement comme Baihu.

« Le Sihai règne sur les quatre océans. Cela fait des milliers d'années que nous construisons nos navires de cette façon. Ils n'ont besoin d'aucune modification, et nous, d'aucun conseil de gens comme vous.

— Tout finit par avoir besoin de renouvellement, à un moment ou à un autre. Tout peut être amélioré. C'est comme cela que les humains évoluent.

— C'est ce que vous croyez. Mais les gens de Pangu aiment les choses comme elles sont, et même comme elles étaient, du reste. Vous…

— Feng'*er*, l'interrompit l'empereur, d'un ton sévère. Je vous prie d'excuser mon fils, prince Antoine. La jeunesse est mère de la fierté, et la fierté, de l'arrogance. Je tâche encore de remédier à cela avec lui. Avec de la chance, d'ici à ce qu'il hérite du trône, il se sera défait de ces mauvaises habitudes. »

Alors que nous sortions de l'enceinte du palais pour rejoindre les canaux plus larges de la ville, où les eaux étaient plus profondes et plus agitées, le bateau se mit à tanguer plus fort qu'il ne l'avait encore fait.

Le visage d'Antoine commençait à tourner au vert. Ce vaisseau était plus petit que celui des Romains, assez petit pour que nous ressentions chaque vague qui se brisait sur sa coque, voire chaque ride moutonnante.

Le prince Feng sourit, ses mains cachées sous la table. Je sentis de la magie dans l'air alors que je me glissais plus près du barrot pour trouver un meilleur appui, mon estomac, peu habitué à l'instabilité des vagues, devenant nauséeux.

« Vous n'avez pas l'air très bien, mon prince », lança le prince Feng.

Antoine afficha un sourire factice. « Cela doit être votre bateau branlant. Là d'où je viens, nos navires sont si robustes et bien construits que vous remarquez à peine la différence entre la terre et l'eau.

— Petit ins...

— Prince Antoine, s'interposa l'empereur, les bateaux sont le principal moyen de transport à Donghai, mais si vous préférez voyager par la terre, nous pouvons facilement faire venir un équipage de calèches.

— Non, c'est bon. Donnez-moi seulement quelques minutes pour m'habituer. »

Il mentait. Je savais reconnaître la peur quand j'en voyais.

Je reportai mon attention sur l'extérieur, lassée des chamailleries puériles des princes.

Nous étions escortés par de plus petits bateaux à présent, chacun avec des dizaines de soldats à leur bord, parés, alertes et aux aguets.

Donghai était surnommée la Cité aux Dix Mille Rivières et aux Dix Mille Ponts.

Elle méritait bien son nom.

Des rivières aux teintes bleues et vertes coulaient entre les rues, et des saules graciles se courbaient dans l'air, baignant leurs feuilles à la surface des eaux claires.

De l'autre côté de l'eau, les rues étaient pleines d'échoppes arborant des enseignes qui volaient au vent, vendant des soupes de riz, des raviolis fourrés, du canard laqué et cent variétés différentes de plats qui mettaient l'eau à la bouche. À un carrefour, un Xianling grillait des châtaignes avec ses propres mains et un marionnettiste faisait danser des poupées de papier en leur soufflant dessus.

L'air donnait une impression différente à Donghai, et la magie paraissait plus abondante que chez moi. Venait-elle de l'eau ou d'autre chose ?

Au-dessus de nous, un millier de lanternes jetaient une lueur surnaturelle au-dessus de la rivière, éclairant les eaux d'un éclat sanglant.

La cité était belle, mais le véritable trésor, c'étaient les habitants de Donghai. Ils lançaient des fleurs et d'aimables mots de bienvenue à notre passage, applaudissant et abreuvant Antoine d'une gentillesse qu'il ne méritait pas.

Je scrutai la foule à la recherche de gens aux joues creuses et aux veines sombres et je n'en vis guère aux abords du canal. Cela ne signifiait pas pour autant que l'opiane n'avait pas infiltré Donghai ou ses dizaines de milliers d'îles disséminées à travers les quatre océans.

Mais si tel était le cas, son emprise sur la population était encore légère. Si Feng Sihai se montrait vigilant après son accession au trône, il pourrait sauver son peuple de ce poison malgré tout.

Même si c'était inévitable, je détestais l'idée que davantage de gens tombent en proie à l'opiane.

La seule question était combien de temps il leur restait.

Le prince Feng avait raison. Rome ne se contenterait pas d'Er-Lang. Ce traité protégerait peut-être le Sihai dans l'immédiat, mais pas éternellement.

« J'ai entendu dire que le réseau hydrologique de Donghai est un objet de légendes, l'une des grandes merveilles de Pangu, dit Antoine. J'ai remarqué qu'aucune de vos embarcations ne possède de rames. La plupart des bateaux sur Pangu avancent grâce aux rameurs, mais celui-ci est différent, n'est-ce pas ? Il marche à la magie. »

L'empereur sourit. « Ce n'est pas le bateau qui avance grâce à la magie, ce sont ces rivières. Le sous-sol de la cité cache un réseau complexe de tunnels et de voies d'eau dont l'écoulement est contrôlé par ceux qui ont la maîtrise de l'eau. C'est ainsi que nos bateaux naviguent sans rames et sans vent.

— C'est parce qu'elles sont le plus important moyen de défense de Donghai contre les envahisseurs que ces rivières sont considérées comme une merveille, ajouta le prince Feng, le menton fièrement dressé. Nombreux sont ceux qui ont essayé de nous envahir durant notre histoire. Nos ennemis pensent que, parce que notre population est disséminée à travers les quatre océans, notre capitale sera mal pourvue en hommes et mal défendue.

— Et c'est le cas ? » demanda Antoine.

Feng eut un bref sourire en coin.

Ce que Grand-Mère m'avait dit un jour à propos des canaux de Donghai me revint en mémoire. Loin sous la surface, leur lit était jonché des cadavres et des ossements de ceux qui avaient essayé de prendre la cité.

Si je me concentrais, je pouvais sentir la Mort dans ces eaux, qui nous suivait comme un chasseur prêt à frapper.

« Que Donghai soit gardée par cent ou cent mille hommes, cela ne fait aucune différence : aucun de ceux qui ont tenté d'assiéger la cité n'en est revenu pour le raconter. L'eau nourrit ces rues comme le sang dans nos veines, et notre cité est plus puissante qu'aucune armée ayant foulé le sol de Pangu. Ce concept doit vous être étranger. » Le ton du prince Feng était glacial et ses yeux bleus comme une lame effilée pointée vers Antoine. « Vivre en harmonie avec votre monde, respecter la terre comme votre foyer. »

L'atmosphère se tendit, comme la corde d'un arc avant un tir mortel.

« Feng'*er*, l'avertit l'empereur, mais l'héritier poussa plus loin, la fureur dans ses yeux.

— Dites-moi, Antoine Auguste, tous les gens de votre monde sont-ils aussi cruels que vous et votre frère ? Votre peuple sait-il ce qu'est l'amour ? Vous êtes-vous déjà préoccupé d'une vie qui ne soit pas la vôtre ? » Le ton de l'héritier était tranchant, lourd de rancune. Il regarda Antoine droit dans les yeux.

Je ne pouvais le blâmer pour sa douleur.

Ce jeune homme allait bientôt perdre son père et hériter d'un avenir incertain où il allait devoir endosser les responsabilités d'un empereur avant d'y être préparé.

« Oui », répondit Antoine.

Sans que je m'en rende compte, un petit rire m'échappa, et je le regrettai instantanément quand je sentis l'attention d'Antoine tournée vers moi.

Le coin de ses lèvres se releva brièvement. Il pencha la tête, le regard inquisiteur comme durant notre première rencontre. Comme si j'étais une énigme qu'il voulait résoudre. « Tu ne me crois pas, Ruying Yang ?

— Je... » Les mots restèrent en travers de ma gorge, et aucun son n'en sortit.

Cela ne fit qu'élargir le sourire d'Antoine. Il aimait me regarder m'enfoncer.

« Si vous voulez bien m'excuser, je pense que j'ai besoin d'air. » Sans attendre la réponse de l'empereur, il se leva et me fit signe de le suivre.

Le feu aux joues, je le suivis jusqu'à la proue du navire où les vents de l'hiver claquaient contre nos vêtements, et je frissonnai, serrant mon manteau autour de moi.

Nous croisâmes un groupe de gardes qui patrouillaient sur le pont. Ils me dévisagèrent avec curiosité et dédain.

Je pouvais les entendre me maudire silencieusement.

Traîtresse.

« Pardon d'avoir ri », dis-je quand nous atteignîmes le bout du pont.

Il valait mieux que cela sorte avant qu'Antoine ne me tire les vers du nez.

« Je ne t'ai pas fait sortir pour te gronder. » Antoine hésita un instant. « Je voulais voir si tu allais bien. » Il parlait doucement, sa voix pratiquement perdue dans le hurlement du vent.

Un frisson qui n'avait rien à voir avec le froid me parcourut le dos.

«Je vais bien», mentis-je.

Ma voix dut me trahir, car les sourcils d'Antoine se froncèrent. Sa main eut un petit mouvement. Pendant un instant, je crus qu'il tendrait les bras vers moi, refermerait l'espace entre nos corps et m'attirerait dans son étreinte.

Mais il ne le fit pas.

«Je suis désolé.» Ce furent tous ses mots.

«Moi aussi.

— Ruying, il n'est pas trop tard si tu veux faire machine arrière. Je ne veux pas que tu fasses quoi que ce soit contre ta volonté.

— Ça ne vous a jamais arrêté, jusqu'à présent», coupai-je sèchement, me rappelant la fois où il avait menacé ma famille dans la voiture, m'avait braqué un pistolet sur la tête et m'avait forcée à faire mon choix.

Comme si les mêmes souvenirs lui revenaient en tête, il pencha la tête, honteux.

«J'avais tort. Ces erreurs, avant que je ne te connaisse vraiment, elles étaient…»

Je m'approchai d'un pas et Antoine se figea au milieu de sa phrase, les yeux écarquillés. J'aurais juré que ses joues avaient piqué un fard. Ce pouvait être l'effet du vent, mais quelque chose me dit que ce n'était pas le cas.

Il aimait me voir troublée, cela me fit du bien de voir que, moi aussi, je pouvais le troubler. Que tout son corps devenait tendu quand je m'approchais un peu trop près.

«Est-ce vraiment nécessaire de le tuer?» demandai-je dans un murmure qu'il était le seul à pouvoir entendre.

Je voulais qu'il dise non. Je voulais qu'il se rende compte à quel point le Sihai était une merveille, qu'il perçoive tout ce qu'il y avait de bon dans nos peuples et qu'il comprenne que Pangu était beaucoup plus que ce qu'il en avait pensé au départ. Je voulais qu'il aime cette terre autant que la sienne. Je voulais qu'il se batte pour nous, qu'il convainque ses frères et son grand-père que mon peuple méritait de vivre.

J'espérais qu'en dépit des circonstances, Antoine soit quelqu'un d'honorable, qu'il fasse le bon choix, qu'il soit mon allié comme il l'avait promis.

Si un moment fatidique pouvait changer les choses, c'était maintenant ou jamais.

En laissant la vie sauve à l'empereur du Sihai, il pouvait…

Antoine effleura ma joue de son pouce, son contact si chaud sur ma peau frigorifiée.

Je ravalai la boule dans ma gorge, tâchant d'ignorer le martèlement de mon cœur.

Ce feu pouvait nous réduire en cendres si nous n'y prenions pas garde.

« Je suis désolé », dit-il.

Je tressaillis, et les larmes me piquèrent les yeux. J'aurais dû m'en douter, je n'aurais pas dû être si déçue. Antoine était un prince de Rome. Il devait fidélité à son monde, à son grand-père.

Nous serions toujours séparés par Rome et Pangu, même si nos sentiments nous portaient à croire le contraire.

« Il ne mérite pas de mourir.

— Je sais.

— Non, Antoine, vous n'en savez rien. » Je m'avançai encore d'un pas, refermant l'espace entre nous jusqu'à ce que nos corps se touchent presque.

Antoine était beaucoup plus grand que moi. Mes yeux étaient à la hauteur de ses lèvres et, s'il l'avait voulu, il aurait pu nicher son menton sur ma tête et me blottir contre lui comme une petite chose fragile.

« Il est au courant », soufflai-je. Antoine s'en rendrait compte tôt ou tard. Si je le lui disais maintenant, peut-être changerait-il d'avis et… « L'empereur sait que vous avez prévu de le tuer, et il va vous laisser faire. Voilà à quel point il aime son Empire et son peuple. Il est disposé à gagner votre confiance au prix de son sang, à donner quelques années de paix au Sihai en échange de sa vie. Il n'a pas l'intention de vous trahir, Antoine. Je vous en prie. C'est un homme bon. Annulez l'assassinat. Laissez-le vivre. »

Le regard d'Antoine ne se remplit pas de bienveillance comme je m'y attendais. Au contraire, il se durcit, tournant à la colère, à la rage. J'aurais dû avoir peur de lui, reculer et détourner le regard, courber la tête en signe de soumission comme Père disait que les filles devaient le faire devant les hommes en colère.

Mais je ne le fis pas.

Je gardai la tête haute et mes yeux rivés aux siens, en attente.

« Bien, marmonna-t-il enfin. S'il veut mourir, qu'il meure. Viens. » Il tendit le bras vers moi. « Tu as froid, rentrons. »

Je le repoussai avant qu'il ne me touche. « Vous n'avez pas entendu ce que je viens de vous dire ? Il n'a pas l'intention de se rebeller ! Annulez l'assassinat, Antoine. Pourquoi un homme de bien devrait-il mourir au prétexte que votre famille ne sait pas faire confiance aux autres ? »

Une ombre passa sur son visage. « Devrais-je craindre de savoir comment tu as eu connaissance de tout ça ? »

Mon courage s'effondra, comme passé à la trappe, et tout se figea.

Je vis les visages de Meiya et de Grand-Mère.

Je vis le sang et la Mort, les cadavres jonchant les rues comme des feuilles en automne.

« Ruying, je suis prêt à garder un œil ouvert et un œil fermé en ce qui te concerne, mais ne me dis plus jamais ce que je peux faire ou non. Rappelle-toi qui je suis et qui tu es. Nous…

— Attention ! »

Une flèche siffla en l'air.

Sans réfléchir, je poussai Antoine hors de sa trajectoire juste à temps.

La flèche fendit l'espace où sa tête se trouvait l'instant précédent.

D'autres suivirent, pleuvant depuis les toits des deux rives comme un orage d'été, soudain et brutal.

« À terre ! »

J'appelai à moi la magie de la Mort, mais avant que je ne puisse la saisir, Antoine m'attrapa et me poussa pour que je me baisse. Son corps recouvrit le mien comme un bouclier. J'entendis un grognement s'échapper de sa gorge quand une flèche se planta dans son épaule, son impact le précipitant au sol, et moi avec lui.

« Protégez le prince ! »

Je tombai, le monde basculant de plus en plus, jusqu'à ce que je voie les hommes perchés au sommet des maisons aux toits en queue d'hirondelle des deux côtés du canal. Vêtus de noir, ils portaient les masques peints des acteurs d'opéra et faisaient flotter un drapeau rouge sang avec le même masque en son centre.

Le Spectre.

38

Des boucliers vinrent nous couvrir avant que d'autres flèches ne puissent atteindre leur cible. Des soldats dotés de la maîtrise du vent s'avancèrent au pas de course et lancèrent de furieuses rafales dans la direction des flèches pour les dévier.

Nous fûmes entourés d'hommes, quelques-uns essayant d'aider Antoine à se relever, d'autres appelant les renforts.

Antoine n'avait d'yeux que pour moi. « Est-ce que ça va ? » demanda-t-il, une de ses mains délicatement passée derrière ma tête et l'autre me tenant par l'épaule. J'ignorais quand et comment nous nous étions retrouvés dans les bras l'un de l'autre.

« Vous… vous saignez », bégayai-je, essayant d'étancher sa plaie de mes mains. Il avait vu la deuxième flèche arriver avant moi et aurait pu s'enfuir, l'éviter, faire quelque chose… n'importe quoi. Mais non. Au lieu de se préoccuper de lui-même face au danger, il m'avait mise à l'abri contre lui, faisant écran de son propre corps. « Espèce d'idiot ! Pourquoi ne vous êtes-vous pas enfui ? »

Avant qu'Antoine n'ait le temps de répondre, l'un de ses gardes nous attrapa par les épaules et nous poussa vers le pavillon. Le pont était bondé de soldats à présent.

Dès que des coups de feu se firent entendre, la Mort filtra dans l'air.

Quand nous fûmes à l'intérieur, des rideaux de fer tombèrent par-dessus les tentures de soie. Une demi-douzaine de soldats les clouèrent à une vitesse effrayante jusqu'à ce que nous soyons sains et saufs dans un cocon de plaques de métal ajustées entre elles comme une armure sans défaut.

« Nous n'avons peut-être pas de verre pare-balles, mais nous avons tout aussi bien, fit remarquer le prince Feng, son visage étrangement calme, sa voix si basse que je n'étais pas sûre que quiconque à part moi l'ait entendu dans le tumulte. Qui a besoin de la science quand nous avons la magie ? »

Des guérisseurs encerclèrent vivement Antoine, pressant leurs mains contre la blessure pour arrêter le sang tandis qu'ils découpaient ses vêtements pour les lui retirer. Ils s'occupèrent d'extraire la flèche et passèrent rapidement au soin de la blessure, appliquant baume et bandages avant qu'il ait le temps de s'asseoir. Ils étaient fluides et organisés dans leurs mouvements. Comme on l'attendait de leur part. C'étaient des guérisseurs impériaux ; ils s'étaient entraînés toute leur vie pour des moments comme celui-ci.

La chemise d'Antoine était à moitié défaite, et j'essayai de ne pas le regarder, mais, du coin de l'œil, je ne pus m'empêcher de remarquer les cicatrices blêmes qui meurtrissaient son corps. Entaille après entaille, couvrant son dos comme les marques d'un fouet acharné.

Mon estomac se serra au souvenir de tout ce qu'il m'avait raconté sur son enfance, sa vie dans la rue avant d'être adopté comme prince. Et ces brèves mentions du grand-père qui avait l'air aussi cruel que la rue où il avait été élevé.

« Il va s'en sortir ? demanda l'empereur en même temps que moi.

— J'y travaille, si vous voulez bien me laisser faire, grogna l'un des guérisseurs.

— Examinez-la aussi pour voir si elle n'est pas blessée », ordonna Antoine. Quand ses yeux croisèrent les miens, il me fit un rapide sourire, comme pour essayer de me réconforter.

Comme le traître qu'il était, mon cœur en eut des papillons, une nuée entière.

Je détournai le regard. Je ne voulais pas de ce sentiment terrifiant en moi, et je ne voulais pas lui être redevable de ma vie. Plutôt recevoir une flèche que devoir quoi que ce soit à Antoine Auguste.

« Ruying ? » Je ne m'aperçus qu'il tenait ma main qu'au moment où il la serra.

Je la retirai instantanément, prétendant ne pas remarquer le désappointement sur son visage ni le poids dans ma poitrine, si lourd que j'avais du mal à respirer.

« Pourquoi ne vous êtes-vous pas enfui ? demandai-je.

— Et les laisser te blesser sans rien faire ? »

La magie s'éveilla soudainement à ces mots. Là où elle n'avait fait que couver, elle eut un sursaut vorace.

Moi non plus, je ne veux pas qu'il vous arrive quoi que ce soit. Ces mots pesaient de tout leur poids sur le bout de ma langue. Je serrai les dents. Je ne pouvais pas dire une chose pareille tout haut. Il ne fallait pas qu'Antoine le sache.

Aussi, je lui tournai le dos, m'éloignai à pas lents vers le côté du bateau, m'adossai à un pilier pour me couvrir et m'apprêtai à faire ce que je faisais de mieux : tuer.

Je lui devais la vie. Ce n'était que justice que je sauve la sienne en retour.

Sous nos pieds, le courant faisait rage, nous emportant à toute vitesse, et le bateau tanguait violemment, les eaux qui le portaient tiraillées de tous côtés par les Fantômes du Spectre et les soldats du Sihai qui voulaient l'utiliser. Mais les soldats ne pouvaient se servir des canaux comme d'une arme sans nous mettre en danger. Les eaux étaient profondes et agitées. Si les courants se déchaînaient au point de retourner le navire, nous étions tous condamnés à mort.

Si l'empereur et ses hommes avaient été les seuls à bord, ils s'en seraient peut-être sortis. Ils avaient passé toute leur vie à commander à l'eau, à naviguer sur ces rivières, ils pouvaient se sauver. Mais il y avait à bord trop de Romains qui n'avaient pas la protection de la magie, et un prince ennemi qui n'avait pas l'air de savoir assez bien nager pour survivre.

Les choses se présentaient mal.

Je jetai un coup d'œil par les minuscules interstices entre les rideaux blindés. On tirait des flèches des deux côtés dans le fracas des lames. Les soldats du Sihai essayaient d'escalader les bâtiments qui nous entouraient, mais les Fantômes les cueillaient un par un avec des tirs mortels ou des explosions de magie. Des corps tombaient, de tous les côtés.

Il y avait du sang partout.

La rivière où nous voguions en était déjà rougie. Le chaos régnait de toutes parts alors que la foule hurlait et se précipitait comme un raz-de-marée. La panique se répandait comme une fumée brûlante, sombre, noyant tout sur son passage.

Au milieu de cette anarchie, je vis un enfant, le visage tout rouge, à peine cinq ans, qui se tenait en équilibre sur la rambarde au bord de l'eau pour éviter d'être piétiné dans la confusion, désespérément cramponné à un poteau, en larmes. « Maman ! Maman ! »

Mes mains se crispèrent sur le pilier auquel j'étais adossée. Mon corps bougea par réflexe, mais avant que je ne puisse ne serait-ce que faire un pas en avant, une flèche perdue fendit l'air. Tirée par un Fantôme ou un soldat du Sihai, je n'aurais su le dire.

La flèche transperça le creux de la gorge de l'enfant et, instantanément, les giclées de sang remplacèrent ses cris. Son visage se tordit. Il suffoquait.

Avant que mon corps ne se rappelle comment bouger, le garçon s'écroula au sol et disparut, piétiné par la foule terrifiée. Personne ne s'arrêta pour lui porter secours. Je n'étais même pas sûre que quiconque l'ait vu tomber.

Son âme avait la teinte orange d'un lever de soleil. La couleur d'une flamme éteinte trop tôt.

Les balles et les flèches continuaient de voler, et de nouvelles couleurs suivirent l'âme du garçon.

Des verts,

jaunes,

ors,
argents,
mauves
et bleus…

Des tourbillons de couleurs qui s'élevaient encore et encore dans les airs alors que les âmes quittaient leurs corps, les vies tombant dans le néant l'une après l'autre.

Couleur sur couleur, mes sens en étaient aveuglés.

Je pouvais sentir la saveur de leurs vies dans l'air.

Douces, amères, épicées et aigres. Le bonheur et la douleur, la furie et la solitude.

J'arrachai mon regard de cette vue, tandis que les âmes innocentes se muaient en couleurs crues de plus en plus vite. Ma dernière conversation avec Baihu me revint en mémoire.

« Le Spectre en a après Antoine, dis-je à l'empereur. Ils veulent le tuer pour que le monarque de Rome puisse accuser le Sihai de sa mort. Pour ruiner le traité, peut-être, ou forcer le Sihai à entrer en guerre avec Rome, je l'ignore. Mais nous devons sortir Antoine de là. Nous devons le mettre à l'abri et… »

Avant que je ne puisse terminer, une explosion éventra les rideaux de fer et souffla tout le monde à terre, dans un chaos ahurissant de décombres, de bois éclaté et de métal fracturé.

L'air saturé de magie avait un goût piquant. Six Fantômes bondirent à travers le nuage de débris, sabre au clair, leurs yeux fixés sur Antoine.

Je tentai de me remettre debout mais j'avais la tête qui tournait. Tout tournoyait autour de moi.

Le silence retentissait trop fort dans mes oreilles.

En périphérie de ma vision, les gardes d'Antoine dégainaient leurs armes, tout comme les soldats du Sihai mettaient la main à leur fourreau. Mais les Fantômes étaient prêts, et ils étaient rapides. Les lames s'entrechoquèrent, et les âmes périrent dans les deux camps avec une vitesse et une efficacité si terribles que je me recroquevillai, le sang éclaboussant les décombres comme de brûlantes gouttes de pluie.

« Occupe-toi d'elle, ordonna un homme portant un masque doré, d'un geste vers l'endroit où j'étais, en boule sous une couche de débris de bois. Et rappelle-toi : le Spectre veut la fille vivante. »

Avant qu'il ait le temps de finir, je lançai la magie de la Mort, la déployant sur les hommes les plus proches. Mais quand je tirai, leur *qi* s'accrocha à leurs corps mortels, récalcitrant comme une ceinture de soie nouée serré autour d'une patère. Seul un filet d'énergie finit par ruisseler jusqu'à moi, minuscule comparé à ce que j'avais eu l'intention de prélever.

Leur résistance suffit à me faire lâcher prise. Ceux qui avaient le plus de raisons de vivre étaient les plus difficiles à tuer.

Six mois auparavant, je n'aurais eu aucune chance, mais de lunes montantes en lunes descendantes, ma maîtrise de la magie de la Mort s'était accrue. Elle était forte, comme un muscle bien utilisé.

Si je ne pouvais les vaincre tous à la fois, je les mettrais hors course l'un après l'autre.

Serrant les dents, je concentrai tout mon pouvoir sur le Fantôme le plus proche de moi.

Il trébucha, son énergie se débattant avec acharnement, se cramponnant de toutes ses forces.

Mais j'étais plus forte, et ma prise la plus serrée. En quelques secondes, son *qi* céda et coula vers moi à contrecœur. J'en pris assez pour le faire tomber inconscient, lâchant juste à temps – une chose à laquelle je m'étais entraînée.

Quand son corps heurta le sol, je me tendis vers le Fantôme suivant.

Je donnai une saccade forte et rapide, et il s'écroula à son tour. Immédiatement, je me tournai vers la cible suivante qui s'était déjà mise en mouvement.

L'homme se rua vers moi. Je tendis ma magie vers les courants de son *qi*, mais mon cœur se consumait d'épuisement, et je sentis ma vision commencer à se brouiller, la sensation familière des caillots de sang me montant à la gorge.

Dans mes doigts, un engourdissement se fit sentir, qui m'inondait par vagues, lourdes, imprégnant mes membres et toutes mes sensations d'une énorme pesanteur.

Je m'arrêtai un instant, qui suffit à ma cible pour fracasser d'un coup féroce la table démantibulée derrière laquelle je me cachais. Il fut si rapide que j'eus tout juste le temps de rouler sur le côté pour l'éviter.

J'essayai de tirer sur son *qi*, mais ma prise était lâche, mon esprit confus et épuisé, l'énergie crépitant à travers mon corps tandis qu'elle coulait lentement vers le royaume de la Mort. Quand je réussis à retrouver ma concentration, mes mains enserrant son *qi*, je n'eus pas la force de le faire tomber. Il trébucha à peine, chancelant légèrement sous l'étourdissement.

Une occasion.

Je m'emparai du couteau que je gardais caché dans ma botte. Si je ne pouvais pas le battre avec la magie, alors je le ferais à l'ancienne.

« Je ne suis pas là pour te tuer », feula l'homme. Un avertissement.

« Moi non plus. » D'un coup de pied, je balayai ses jambes sous lui et je plongeai ma lame dans sa poitrine.

Un autre homme me chargea dans le dos. Il lança un coup d'épée ; c'était trop tard pour que je puisse parer.

Mais avant que le métal ne broie la chair, le tonnerre d'un coup de feu figea toute la scène.

Un sang au goût de cuivre éclaboussa mon visage, et l'homme s'écrasa à mes pieds.

Je levai les yeux et vis Antoine, appuyé contre le mur juste derrière l'empereur, un pistolet fumant dans sa main.

Antoine tira un deuxième coup vers Masque d'Or, mais la silhouette élancée à ses côtés leva sa main et le dévia à mi-course d'un geste fluide. Vers moi.

La balle manqua sa cible de quelques millimètres, effleurant mes cheveux sur son passage.

Je roulai derrière un pilier pour me mettre à l'abri, haletante, passant encore mes doigts sur ma tête pour vérifier si j'avais été blessée.

« Vous allez tous regretter d'avoir protégé cette sangsue », rugit Masque d'Or.

L'empereur poussa Antoine derrière lui comme un tigre veillant sur son petit.

Une de ses mains dansait en l'air, une lueur bleue se rassemblant au bout de ses doigts.

« Rappelez vos hommes et arrêtez cette attaque, ou c'est moi qui vais vous montrer ce que "regretter" veut dire.

— Père, non !

— Les Empires sont plus forts ensemble que chacun pour soi ! cria Masque d'Or. Si vous ne voulez pas vous battre à nos côtés, alors nous n'avons pas d'autre choix que de vous y forcer. Le Spectre préfère avoir le prince romain en vie, mais ce n'est pas une nécessité absolue… »

Sur ces mots, Masque d'Or fit apparaître de nulle part une lame de feu et la lança sur l'empereur et Antoine.

L'empereur fit un geste de torsion avec son poignet, et une masse d'eau se rassembla devant lui pour former un épais bouclier.

Le feu fit s'évaporer l'eau, mais le bouclier retint les flammes durant un battement de cœur, qui suffit à l'empereur pour pousser Antoine sur le côté.

Masque d'Or frappa l'empereur d'un nouveau jet de flammes, mais, cette fois, ce dernier ne tenta même pas de se défendre. Il offrit à Antoine un petit sourire tout en fermant les yeux et…

Le temps que Masque d'Or comprenne ce qui était en train de se passer et essaie de faire machine arrière, il était trop tard.

La langue de feu traversa la poitrine de l'empereur, brûlant sa chair jusqu'à ce qu'elle se boursoufle et noircisse.

« Père ! » cria le prince Feng de sous les décombres.

Dans le silence abasourdi, Antoine leva son pistolet et tenta de viser Masque d'Or, mais il ne fut pas assez rapide.

« *Che !* aboya celui-ci. *On se replie !* » Là-dessus, tous les Fantômes encore en vie bondirent pour quitter le champ de bataille.

Quel qu'ait été leur plan d'origine, ça ne s'était pas terminé comme prévu.

« Père… », cria encore le prince Feng en rampant jusqu'à ses côtés.

Je retins mon souffle. La Mort planait au-dessus du corps agonisant de l'empereur.

Je vis des nuances de bleu faire surface tandis que son *qi* s'accrochait avec peine.

Il plaça ses mains dans celles de son fils.

« Père… » Le prince Feng s'écroula, tenant son père blotti dans ses bras, mais les yeux de l'empereur n'étaient pas tournés vers son fils. Il regardait Antoine.

« Je vous ai sauvé, dit-il. Je vous en prie, ne vous battez plus. Faites que ma mort consolide la paix entre le Sihai et Rome pour les années à venir. Si ma vie peut apporter la paix et la prospérité à mon peuple, je meurs content. »

Antoine baissa les yeux vers l'empereur et ne répondit rien. Il n'eut même pas l'audace de mentir.

« Feng'*er*, s'étrangla l'empereur.

— À l'aide ! cria le prince. Au secours ! »

Personne ne bougea. Comme moi, ils savaient comment ça allait se terminer.

« Promets-moi que tu signeras le traité, Feng'*er*. Promets-moi que tu honoreras ton premier décret comme si c'était ma dernière volonté. Le Sihai en a besoin. J'en ai besoin. Ne permets pas que ma mort soit vaine, croassa l'empereur, sa voix à peine un murmure, fragile comme une tempête en train de s'épuiser.

— Père, il ne vous arrivera rien. Nous allons vous soigner. Ça va aller. » Le prince Feng jeta son regard vers les guérisseurs qui se terraient dans un coin. « Faites quelque chose ! Sauvez-le ! »

Je détournai les yeux pour donner au prince Feng un peu

d'intimité pour ces derniers instants. La Mort avait frappé, et elle ne souffrirait pas de refus.

Il ne servait à rien de la supplier.

La Mort ne discrimine pas et ne connaît pas le favoritisme. Peu importe combien d'affaires nous avons encore à régler, nous n'avons pas le choix que de les laisser derrière nous. Nous pouvons nous débattre autant que nous voulons, mais quand notre heure est venue, la Mort arrive aussi sûrement que passent les saisons.

Elle ne souffre pas de refus.

« Feng'*er*, promets-moi que tu n'entreras pas en guerre avec Rome.

— Père…

— Promets-le-moi, Feng'*er* ! » implora l'empereur, sa voix éraillée. Il était arrivé au bout de son souffle et au bout de sa route.

« Je… je vous le promets. »

Les couleurs surgirent dans l'air.

L'âme de l'empereur était d'un bleu paisible pareil au ciel avant un orage.

« Père ! » gémit le prince Feng, dans une douleur à déchirer les tympans.

Je sentis la magie avant que ses effets ne deviennent palpables : un torrent bouillonnant de rancœur qui s'échappait du prince dans un rugissement de tonnerre.

L'eau monta, clapotant autour du bateau, s'élevant comme des serres géantes, anéantissant tout sur son passage.

Elle se déplaçait à toute vitesse, balayant les ennemis des toits par des jets fulgurants, et le monde lui répondait avec un écho de cris étouffés et de craquements d'os brisés. J'eus à peine le temps de rejoindre Antoine avant qu'un mur d'eau ne s'abatte sur nous, nous projetant dans le canal.

Des vagues glaciales nous enveloppèrent ; le courant, impitoyable, agrippait toutes les âmes à sa portée, nous entraînant loin, loin, loin vers le fond.

Œil pour œil, dent pour dent. L'eau prenait sa vengeance pour la mort de l'empereur, guidée par la magie de son héritier.

Prise dans son étau, je suffoquai à la recherche de l'air inaccessible et me débattis, cherchant une main secourable.

39

La vie était une chose capricieuse.

Un fil ténu.

Une flammèche vacillante.

Une fragile porcelaine, aussi fine qu'un cheveu, nécessitant d'être protégée.

Je connaissais intimement la noyade : les poumons qui brûlent, les membres agités en tous sens.

Je portais toujours la cicatrice des souvenirs de ce jour sous la cascade.

La peur venait en premier, puis la douleur et, finalement, l'euphorie et la paix.

Le réseau hydrologique du Sihai était complexe, son courant trop rapide, trop fort pour que les mortels puissent lui résister. Dans le noir, je vis des éclats de vert sur du bleu profond.

Un bras autour de ma taille.

Pitié, la Mort. Je ne veux pas mourir.

40

J'essayais de nager, mais quelque chose m'entraînait au fond. J'essayais de respirer, mais il n'y avait pas d'air.

J'essayais de lutter, mais…

41

Comme un morceau de bois flotté, tantôt je remontais, tantôt je sombrais, entre conscience et inconscience.

Cent fois, je coulai et refis surface, chaque éclair de réalité, bref et brouillé, se fondant dans le suivant, jusqu'à ce que je ne puisse plus les distinguer.

De l'eau d'un froid hivernal s'infiltra dans ma gorge, noyant mes poumons.

Des mains sur mon dos.

Le poids du monde me clouait au sol.

« Ruying ! Réveille-toi ! gargouilla une voix à travers les eaux. Debout ! »

La berge d'une rivière gelée. Les courants avaient enfin consenti à relâcher leur étreinte et m'avaient laissée les poumons en feu, mais mon cœur battant toujours.

Il y avait de la boue glacée sous ma main, tandis que j'essayais de me remettre debout.

« Vous pouvez partir. » Ma propre voix.

Mes vêtements étaient lourds d'eau, collants et glacés contre ma peau, et me gelaient jusqu'à l'os.

« Je ne vais pas te laisser. »

Des tons bleus et froids. Au loin, le soleil mourant.

« Je ne vais pas te laisser. »

La Mort, planant au-dessus de moi.
«Je ne vais pas te laisser.»
Je ne veux pas mourir.

42

Je m'éveillai, et cela m'arracha une grimace. Ma main effleura le bandage autour de mon ventre, enroulé serré et proprement, mais pas assez pour éviter une infection : ma peau semblait chaude. La fièvre s'installait.

« Tu es réveillée. » Un murmure profond me fit ouvrir les yeux malgré le brouillard où j'étais.

Antoine était assis au bord du lit, une couverture élimée sur les épaules. Le feu dans un coin était en train de mourir, la pièce se refroidissait. Ses lèvres avaient perdu leurs couleurs.

« Vous m'avez sauvée ? » Une sensation inconfortable remua dans ma poitrine. Les serpents m'étranglaient les côtes. C'était difficile de respirer, et difficile de le regarder en face.

« Évidemment que je t'ai sauvée. Qu'est-ce que j'allais faire ? Te regarder te noyer ou te laisser mourir de froid sur la rive ?

— Mais vous ne savez pas nager. » Je me souvenais de la façon dont il s'était cramponné à la table à chaque fois que le bateau tanguait, les yeux apeurés. Ce pouvait être un simple mal de mer, mais quand je le vis froncer les sourcils, je sus que j'avais touché un point sensible.

«Je n'allais pas te laisser mourir», répéta-t-il. Les mêmes paroles qu'il avait prononcées sur le bateau. « Que je sache nager ou pas, je ne te laisse pas mourir, un point c'est tout. »

La sensation dans ma poitrine se fit plus pesante. Il avait risqué sa vie pour moi, encore.

Je lui devais ma vie deux fois maintenant. Cette escapade se révélait plus coûteuse que je ne l'avais imaginé.

« Où sommes-nous ? » Les quatre murs nus autour de nous étaient sans commune mesure avec le luxe du palais impérial de Donghai.

Une chaumière abandonnée, couverte d'une épaisse couche de poussière, envahie de moisissure et de plantes sauvages qui se faufilaient par les fenêtres partiellement tendues de papier et les fissures qui parcouraient les murs. Tout était imprégné d'une vague odeur de terre et d'humidité, mais il y avait un toit au-dessus de nos têtes et il nous abritait du froid qui, autrement, nous aurait dévorés comme une bête affamée.

Apparemment, personne n'y avait vécu depuis un bon moment ; au moins, nous ne risquions pas d'être considérés comme des intrus. Les fourrures qui me gardaient au chaud étaient mangées aux mites, et les robes élimées dans le style de Pangu que portait maintenant Antoine étaient en lin, et à mille lieues de ses costumes bien taillés et de ses cravates en soie.

Au moins, nous étions au sec.

Au moins, nous étions en vie.

Dans un éclair, des visions de courants rageurs et d'obscurité sans fin défilèrent devant mes yeux. Je me souvins d'avoir suffoqué, privée d'air, et de l'eau, lourde et glacée, avec des courants trop forts pour leur résister, qui m'entraînaient toujours plus loin vers le fond.

Je frissonnai.

« J'ai dû te retirer tes vêtements mouillés pour te changer », ajouta Antoine, hésitant, sans trop me regarder. Ses joues étaient teintes d'une légère couleur. Il rougissait ?

« J'espère que ça ne te dérange pas. Tu aurais attrapé la mort si je t'avais laissée dans cette robe, et j'avais besoin de bander ta blessure. Tu saignais et je…

— Merci », murmurai-je, refrénant un demi-sourire en le

voyant perdre ses mots. Cela lui donnait visage humain, à ce prince sévère, et cela me rappelait que derrière ses froncements de sourcils songeurs, derrière tous ces moments où ses responsabilités le plongeaient dans des abîmes de réflexions, il y avait un jeune homme de vingt ans à peine. Tout juste quelques mois de plus que moi – une chose facile à oublier, étant donné son attitude.

« Ne me remercie pas. Tu as fait la même chose pour moi, sur le bateau. Quand tu as vu la première flèche, tu ne t'es pas enfuie et tu n'as pas cherché à te protéger. Au contraire, tu as pensé à moi avant tout le reste. Si tu ne m'avais pas poussé, je ne serais peut-être pas en vie au moment où nous parlons. »

Ma gorge se serra. Il avait raison. Je l'avais poussé pour l'écarter de la flèche. Un réflexe, j'avais agi sans y penser.

Mais faire bouclier de son corps, me porter dans le froid glacial au milieu de nulle part alors qu'il était lui-même blessé ? Ça n'avait rien à voir.

Si les rôles avaient été inversés, est-ce que j'aurais fait la même chose ?

Peut-être que oui, et que cela me faisait trop peur pour l'admettre.

Ou peut-être que ses sentiments étaient à sens unique, et qu'au bout du compte, j'aurais récompensé son sacrifice par une trahison.

Aussi longtemps que Jing-City souffrirait sous la tyrannie de Rome, Antoine serait l'ennemi mortel d'Er-Lang. Peu importe combien il pouvait me plaire – et pour me plaire, il me plaisait –, rien ne changerait cet état de fait.

Une pensée qui s'enfonçait profondément, et qui mordait sans pitié, comme les crocs minuscules mais enragés d'insectes avides de sang.

Les yeux mi-clos, je me laissai aller à le regarder et je sentis l'affection dans son regard se répandre lentement comme un tendre rayon de soleil. Une sorte de chaleur qui montait le long de mon cou et se coulait profondément sous ma peau, lissant les rides de mes indécisions, rendant tout un peu plus supportable.

Quand ses lèvres se courbèrent vers le haut, quand il me gratifia de ce sourire qui lui faisait des fossettes et qui m'enchantait de plus en plus à chaque fois que je le voyais, une partie de moi voulut s'approcher de la lumière, la laisser m'envelopper, me perdre en elle.

Un désir que j'essayai d'étouffer au plus vite.

Peu importe combien je brûlais de nourrir cette chose qui s'épanouissait entre nous, c'était impossible. Je savais que ce feu risquait de nous réduire en cendres si nous n'y prenions pas garde. Si je m'approchais trop près, il n'hésiterait pas à consumer le peu qui restait de la fille que j'avais été. La sœur, la petite-fille et l'amie comme se la rappelaient ceux et celles qui m'aimaient.

Mais ici, loin des palais scintillants et des jeux politiques de Rome, nous étions seuls.

Ici, juste pour cette nuit, il n'avait pas besoin d'être Antoine Auguste, et je n'avais pas à être Ruying Yang. Nous pouvions simplement être un garçon et une fille. Je me décalai dans le lit, lui faisant une place.

« Il fait froid », chuchotai-je, cédant à la tentation. Je savais les conséquences d'une telle invitation, de tels mots.

L'espoir qu'ils allumeraient en lui, et l'avenir que je ne me permettrais jamais d'envisager.

Meiya et Grand-Mère seraient consternées si elles savaient, mais j'avais déjà fait nombre de choses qui leur feraient honte. Ça, ce n'était rien à côté de certains de mes péchés les plus lourds.

Pour une nuit, pour une lueur de chaleur précieuse, personne n'avait besoin de savoir.

Antoine hésita, un pli lui barrant le front. « J'ai lu qu'il est indécent pour une jeune fille d'Er-Lang d'être seule dans la même pièce qu'un homme après le coucher du soleil, sans parler de…

— Après tous les gens que vous m'avez fait tuer, c'est là que vous fixez la limite ? » Je laissai échapper un petit rire. « Nous aurons plus chaud ensemble. Je ne tiens pas à mourir d'hypothermie, et je ne tiens pas à ce que, vous, vous mouriez d'hypothermie non plus. Pas après ce que nous avons traversé pour nous garder en vie. Nous nous inquiéterons des questions d'honneur une fois que nous aurons passé la nuit. »

De plus, avec tout ce que j'avais fait ces six derniers mois – travailler pour le compte de Rome et assassiner mes propres compatriotes –, ma réputation et mes chances de contracter un mariage respectable étaient compromises depuis longtemps par le sang que j'avais sur les mains.

Quand Antoine ouvrit la bouche, je ne sus pas s'il s'apprêtait à protester davantage ou à me faire des excuses.

Finalement, il ne fit ni l'un ni l'autre, mais monta simplement dans le lit à côté de moi. Durant le bref moment où il se glissa sous les couvertures, je tremblai du froid qu'il venait de laisser entrer, mais bientôt, tout retrouva sa chaleur.

Deux corps réchauffaient ce petit cocon de couvertures plus vite qu'un seul.

Ce lit s'appelait un 炕 – c'était essentiellement un long matelas étendu au-dessus d'un foyer en briques, assez grand pour y faire tenir toute une famille. À une époque, cette maison pouvait avoir accueilli six personnes ou plus. Il n'était pas rare que trois générations vivent sous le même toit dans les régions rurales des Empires. Le centre du lit était la partie la plus chaude, réservée aux aînés – les grands-parents –, tandis que les côtés étaient laissés à ceux qui étaient jeunes et en bonne santé.

Je me demandai où pouvaient être les anciens occupants de la chaumière, à présent.

Théoriquement, si Antoine avait voulu que nous soyons au chaud, il aurait dû allumer le feu sous le lit, mais je doutais qu'il sache qu'il y avait un foyer là-dessous.

À côté de moi, son souffle se fit court, chaque inspiration et chaque expiration retentissant dans le silence. Il était assez près pour que je sente les battements heurtés de son cœur, mais suffisamment loin pour préserver la décence. Même en ce moment, il était prudent, prenant garde de ne pas réduire l'espace entre nous.

« J'ai eu tellement peur quand je t'ai trouvée sans connaissance sur la berge, murmura-t-il dans le noir, si doucement que je me demandai si ces mots étaient destinés à être entendus. J'ai cru que tu allais mourir. »

Je sentis ses yeux sur moi, et des flammes tremblotantes montèrent le long de mon cou tandis que je gardais les miens fixés sur le plafond, sur n'importe quoi du moment que ce n'était pas sur lui.

J'avais l'impression de me noyer à nouveau. À ceci près que, cette fois, j'étais tentée de laisser l'eau m'emporter.

« Comment avons-nous survécu aux canaux ? »

Antoine rit doucement. « La chance ? L'eau était impétueuse, comme une déflagration d'énergie, plus qu'un courant manipulé intentionnellement. Je me suis demandé si la puissance brute du prince avait terrassé celle de tous les autres qui essayaient de contrôler l'eau pour me noyer. Je ne sais pas. Et au fait, je sais nager, je... ne suis juste pas très doué pour ça. Mais l'eau nous entraînait dans les conduites souterraines plus vite que je n'étais capable de nager. Et avant que j'aie le temps de reprendre mes esprits, le courant nous avait recrachés à l'extérieur, dans une rivière où le flot était plus calme, et c'est là que je t'ai remorquée jusqu'au bord.

— Pourquoi m'avez-vous sauvée ? demandai-je, aussi doucement que lui. Vous auriez pu m'abandonner sur la rive, mais vous ne l'avez pas fait.

— Je t'ai sauvée parce que j'y tenais. » S'il savait ce que j'avais fait la nuit précédente, comment j'avais prévenu l'empereur de ce qu'il comptait faire, est-ce qu'il voudrait toujours me voir en vie ? « Parce que j'étais obligé... Parce que je ne pouvais pas supporter l'idée que tu meures.

— À cause de mon Don ? Parce que vous ne voulez pas gaspiller les talents comme le mien ?

— Si ça te fait plaisir de croire ça. »

Une seconde de silence. Nous savions très bien ce qu'il voulait dire par là, mais aucun d'entre nous ne voulait le dire tout haut, être le premier à admettre l'existence de ces nœuds étouffants et de ces papillons au plus profond de nos poitrines, leurs ailes palpitant à l'unisson de nos cœurs enfiévrés.

« Il y a des années, j'ai entendu parler d'une prophétie de Pangu, disant que ceux qui reçoivent la bénédiction de la Mort sont amenés un jour à sauver ou à détruire le monde. »

La même prophétie fallacieuse que l'empereur avait citée la nuit précédente.

« Mon monde possède beaucoup de prophéties. Ne les prenez pas tant au sérieux. À les en croire, il y a beaucoup de gens qui sont destinés à sauver le monde. La plupart de ces prophéties ne se réalisent pas, et quand c'est le cas, c'est souvent par pure coïncidence. » Je marquai une pause, pesant mes mots avec soin. « Est-ce pour cela que vous m'avez recrutée ? Parce que vous pensez que je vais détruire mon monde ?

— Ou le sauver, qu'il s'agisse de ton monde ou du mien, murmura-t-il. Et je mentirais si je disais que ça ne m'a jamais traversé l'esprit.

— C'est pour cela que vous êtes gentil avec moi ?

— Au début, peut-être.

— Plus maintenant ?

— Plus maintenant. »

Il y eut un silence. Je relâchai le souffle que j'avais retenu jusque-là.

« Est-ce que je suis folle, Antoine ? De penser que, en dépit des apparences, vous êtes quelqu'un de bien, et pas le monstre pour lequel tout le monde vous prend ? »

De l'autre côté du petit gouffre qui nous séparait, Antoine avança la main et toucha la mienne.

C'est lui qui fit le premier pas, mais c'est moi qui laissai nos doigts s'entremêler sous les couvertures.

« Merci », ce fut tout ce qu'il dit. Dans ces deux mots, il y avait tant de déchirements, tant de traumatismes.

« À vous aussi, murmurai-je. De me voir telle que je suis, de me comprendre. Je pense que vous êtes peut-être le premier à voir en moi quelque chose qui appelle l'admiration plutôt que la peur.

— Les gens diront toujours du mal de ce qu'ils ne comprennent pas. Je te le promets, Ruying, l'histoire ne se souviendra pas de toi autrement que comme d'une héroïne. Une légende dont la magnificence sera chantée, récitée et racontée pour les âges à venir.

— Je ne pense pas que ce soit une chose que vous ou moi puissions décréter. C'est l'histoire qui décide quels récits seront faits de nos vies.

— Tu oublies que ce sont les vainqueurs qui écrivent l'histoire, et j'ai la ferme intention d'être victorieux. Le monde se souviendra de toi comme d'une héroïne, Ruying Yang, parce que c'est comme cela que moi, je me souviendrai de toi. Pour toujours. »

Ses paroles m'ensorcelaient aussi sûrement que des mensonges couverts de miel. J'avais tellement envie que cette chanson soit vraie, tellement envie de rester dans le monde qu'il venait de me décrire.

Mais Antoine ne pouvait pas faire de moi une héroïne.

Si je lui restais fidèle, aux yeux de mon peuple, je n'en serais jamais une. Pas après tout ce que j'avais fait. Et je doutais fort que les siens voient jamais une Xianling autrement que comme une sauvage dont l'Empire avait péri sous la puissance de la science.

Il pouvait mentir pour moi, mais la vérité subsisterait pour l'éternité dans les bruits et les murmures. Et je ne voulais pas que ma postérité soit bâtie sur des mensonges. Si ce monde devait encore se souvenir de mon nom dans mille ans, je voulais que ce soit pour la vérité. Je n'avais pas envie d'un conte expurgé et plaqué or.

Je voulais qu'on se souvienne de moi pour ce que j'étais.

Le bon, le mauvais, et tout ce qu'il y avait entre les deux.

« Le monde est vaste, et tu es capable de tant de choses, Ruying, dit Antoine, pensant à voix haute. Quand tout ne sera plus que poussière, les étoiles mêmes se souviendront de toi. J'y veillerai. Le pouvoir est la plus belle chose qui soit, et tu es plus puissante que tu ne le crois. Embrasse la magie que la Mort t'a conférée, et sois-en fière. Assume-la. Toi et moi, nous pourrions être des Dieux si nous en avions envie. Il nous suffit d'avoir la force de nous libérer des entraves de ces principes moraux qui nous enchaînent à la médiocrité.

— Vous voulez dire ceux qui nous rattachent à notre humanité ? »

Ceux-là mêmes qui me glissaient entre les doigts à chaque meurtre, comme du sable, comme de l'eau. Plus je m'y accrochais, plus vite ils s'étiolaient.

Et d'ici peu, ils arriveraient à leur fin, et il ne me resterait plus rien.

Et que se passera-t-il à ce moment-là ? C'était la question qui occupait toutes mes pensées depuis six mois.

« Bonne nuit, murmurai-je, avant que l'un de nous ne franchisse une ligne qui risquerait de tout bouleverser.

— Bonne nuit », me répondit-il. Mais aucun de nous ne bougea. Deux cœurs, battant à l'unisson. Nous étions si près qu'il eût été facile de l'embrasser, de traverser ce gouffre qui nous séparait alors que nous étions censés être du même côté. Des alliés. Des amis…

Si c'est juste pour cette nuit. Si c'est juste pour un instant, peut-être…

Antoine fut le premier à franchir cette ligne invisible. Il s'approcha timidement, comme pour me donner le temps de le repousser, de m'enfuir.

Mais je ne le fis pas.

Quand il fut tout près, je me penchai vers lui à mon tour.

D'un coup, dans le murmure de l'obscurité, nos lèvres se frôlèrent légèrement, comme deux plumes en train de tomber. Le contact d'une allumette contre une pierre à feu : une étincelle, une chaleur, une attirance qui m'appelait plus près, encore plus près, comme une force de gravité telle que je n'en avais jamais ressenti. Un désir que même la Mort n'aurait pu attiser dans mon cœur froid.

Mais juste comme la main d'Antoine commençait à s'approcher de moi, alors que ses lèvres se pressaient plus fort contre les miennes pour quelque chose que je n'étais pas prête à risquer dans cette chaumière abandonnée avec un prince de Rome – le même prince dont l'Empire avait construit ses rues immaculées sur les ossements de mes ancêtres…

Je reculai, le feu aux joues.

Antoine ne chercha pas à pousser plus loin, ni à me serrer plus près contre lui, comme une part de moi l'aurait voulu.

Il me lâcha, comme s'il s'était attendu à cette réaction depuis le début.

Il y eut un silence.

Mon cœur battait la chamade, mes poumons serrés à force de retenir mon souffle pour ne pas faire de bruit.

« Bonne nuit », marmonnai-je enfin.

Dans le noir, j'aurais juré qu'Antoine souriait.

« Bonne nuit, mon amour. »

Je fermai les yeux. Quoi que je ressente pour lui, cela devait mourir. Je ne pouvais pas caresser des idées et des sentiments pareils, et lui non plus.

Le pouvoir était un jeu dangereux. Ceux qui voulaient être forts ne pouvaient ressentir ce genre d'élans, ils ne pouvaient pas se permettre d'aimer. Parce que dès que vous vous attachiez à quelque chose, cela devenait votre faiblesse.

Pour mon propre intérêt et pour le sien, ces fragiles moments hors du monde devaient rester ici pour toujours, dans cette chaumière délabrée.

À partir de demain, nous ne pourrions plus jamais être aussi proches.

Antoine Auguste était l'ennemi de mon peuple. Rien ne pourrait jamais changer cela.

À travers mes cils, je jetai un regard vers lui et, dans l'obscurité, je vis son visage s'assombrir. Quand il se tourna finalement de l'autre côté, il laissa échapper un dernier murmure dans la nuit. « Un jour, je te mériterai peut-être. »

Et peut-être qu'un jour, j'apprendrai à pardonner.

Un jour, peut-être, nos deux mondes apprendraient à coexister, comme le mien l'avait fait avec la magie.

43

ANTOINE

L'aube vint lentement ce matin-là, sa lumière dorée filtrant à travers les fenêtres tendues de lambeaux de papier.

Antoine n'arrivait pas à dormir, c'est pourquoi il restait étendu sur le côté, à regarder Ruying qui dormait près de lui. Sa respiration régulière qui faisait s'élever et retomber sa poitrine, son visage si paisible dans la lumière incertaine. Antoine aurait voulu pouvoir arrêter le temps, et rester pour toujours dans cet instant.

Il y avait bien longtemps, son grand-père lui avait dit que l'amour était une faiblesse. C'était à cause de l'amour que son père avait dû mourir. Son grand-père avait refusé de laisser l'avenir de son peuple entre les mains d'un homme faible.

Depuis ce jour, Antoine s'était promis qu'il ne serait jamais faible, et que son grand-père serait fier de lui. Il s'était juré de n'aimer rien ni personne en dehors de Rome et de son peuple, comme le doit un bon monarque. Et à la veille de l'apocalypse, son monde avait plus que jamais besoin d'un bon monarque : un qui pourrait ramener sur lui la prospérité.

Pendant presque une décennie, Antoine avait tenu sa promesse. Il s'était interdit tout amour et s'était ri des Roméo et Juliette de sa planète et des chansons d'amour qui passaient en boucle sur les radios. Maintenant, dans ce lit avec Ruying à côté de lui, Antoine comprenait enfin ce qu'avait voulu dire son grand-père par « l'amour est une faiblesse ».

Pourquoi on faisait la guerre pour lui.

Pourquoi les poètes consacraient leur vie à mettre en mots ce sentiment.

Du regard, il parcourut ses yeux, ses joues, son nez, ses lèvres.

Antoine n'avait pas la moindre idée de comment Ruying s'était frayé un passage jusque dans son cœur, y avait tracé un cercle et en avait revendiqué la possession, comme une dragonne avec son trésor. Tout ce qu'il savait, c'est que, quand il avait vu cette flèche filer vers elle sur le navire, il avait agi sans réfléchir, sans même une seconde d'hésitation. Et quand il l'avait vue en sang sur la berge, quand il avait pensé qu'elle était peut-être morte, plus rien d'autre n'avait eu d'importance.

S'il lui arrivait quoi que ce soit, Antoine mettrait le monde à feu et à sang.

Il entrerait en guerre si cela lui permettait de la protéger.

Et c'était pour cela qu'il fallait qu'il la laisse partir. Et vite. Il ne voulait pas voir la fureur embraser son visage comme un feu de forêt balayant les arbres secs en automne si jamais elle découvrait les horreurs dont il avait été capable, les crimes qu'il avait commis.

Ce qu'il avait prévu pour son monde.

Il ne voulait pas voir sa déception se changer en haine.

Et elle le haïrait, à n'en pas douter.

Pour toujours.

Si elle le voyait pour ce qu'il était, avec ses erreurs et ses failles, elle ne pourrait jamais comprendre.

Antoine ne voulait pas voir son cœur brisé.

Et pourtant, d'un autre côté, il ne supportait pas l'idée de la laisser partir.

Il voulait se souvenir d'elle comme cela, pour l'éternité. Un moment figé dans le verre.

Même si elle lui brisait le cœur, il se souviendrait toujours d'elle telle qu'elle était dans ce moment.

Belle, magnifique. Antoine Auguste n'était pas un homme de foi, mais il aurait fait dévotion devant son autel, il se serait agenouillé devant elle jusqu'à ce que les étoiles disparaissent, jusqu'à ce qu'il ne reste plus rien de leurs planètes que des particules oubliées, égarées dans l'univers. Même s'ils devenaient ennemis un jour, il se rappellerait cette nuit. La douceur de sa main dans la sienne, le sourire qu'elle lui avait offert jadis.

44

Ma blessure était infectée. La chair à vif suppurait. Je la nettoyai du mieux que je pus, comme Grand-Mère me l'avait appris, mais nous étions au milieu de nulle part, je n'avais pas les herbes ou les ingrédients qu'il fallait pour la traiter. Je devais faire de mon mieux et espérer que les hommes d'Antoine nous retrouvent avant que l'infection n'empire.

« Tu as mal ? » demanda-t-il en remettant en place les bandages de fortune fraîchement lavés. C'étaient simplement des draps déchirés, et la chose qui faisait le mieux l'affaire sur le moment.

« Un peu, avouai-je en tenant ma chemise retroussée. Vous êtes doué pour ça. » Je désignai les bandages et ses doigts aux gestes méticuleux. C'était comme s'il avait fait ça des milliers de fois.

« J'ai de l'entraînement », dit-il, et je me rappelai les cicatrices que j'avais vues quand les guérisseurs l'avaient soigné avec de la magie. « Les rues de Rome sont un fléau hors catégorie. Et mon grand-père aussi. »

C'était la seule explication dont j'avais besoin, et la seule qu'il me donnerait.

« Tu pourrais me raconter une histoire ? demanda-t-il quand il eut fini. Une de ton monde.

— Quel genre d'histoire voudriez-vous entendre ?

— Ta préférée. »

Je souris. « Avez-vous déjà entendu parler de la Déesse Nüwa ?

— La Déesse céleste de la montagne Wucai ? »

J'opinai. « Grand-Mère racontait que c'était une Déesse-serpent, et qu'elle vivait à l'aube des temps. Elle était la mère des humains et la protectrice de notre royaume. On trouve ses traces dans le moindre fragment de notre histoire, dans nos légendes. Ce sont ses descendants qui ont mené les Grands Dieux à la victoire contre l'empereur Qin, il y a des milliers d'années. Certains croient encore que ses descendants se soulèveront à nouveau et…

— … sauveront ton peuple du mien ?

— C'est une légende urbaine.

— Ne sous-estime pas les légendes urbaines, Ruying. Ce genre de rumeur est source d'espoir, et l'espoir est l'étincelle qui déclenche toutes les choses grandes et terribles.

— Cette histoire n'a rien à voir avec les rébellions. Elle commence il y a bien longtemps, à la création du monde, quand Nüwa vivait seule sur cette terre immense, dans les échos du silence, et que le fardeau de la solitude pesait lourd sur ses épaules. C'est la solitude qui la poussa à façonner des choses avec de la terre. Et les humains et les animaux qu'elle fabriqua lui plurent tellement qu'elle leur offrit le Don de la Vie en soufflant sur eux pour les animer.

« De toutes ses créations, les humains étaient sa préférée. Elle nous aimait tant qu'elle n'arrivait pas à travailler suffisamment vite pour fabriquer assez d'humains à son goût. C'est pourquoi elle trempa une liane dans une flaque de boue, et chaque fois qu'une éclaboussure touchait le sol, des humains en jaillissaient comme de nouvelles pousses au printemps, beaux et parfaits. On dit que ceux qu'elle avait fabriqués de sa main héritèrent de sa magie et devinrent les Xianlings. Ceux qu'elle avait faits à l'aide de lianes et de boue n'en héritèrent pas, mais ils étaient si reconnaissants d'avoir reçu la vie qu'ils ne s'en soucièrent pas.

« Pendant longtemps, Nüwa vécut en harmonie avec ses créations, prenant soin de nous comme si nous étions ses enfants.

Elle nous regarda prospérer et apprendre à faire la cueillette, à chasser, à cultiver et à façonner nos propres créations merveilleuses. Cependant, cette paix ne dura pas. Un jour, sous un ciel empli de tonnerre et d'éclairs, deux dragons aux prises l'un avec l'autre émergèrent de l'océan et déchirèrent le ciel, inondèrent le monde et semèrent une telle désolation sur la terre que les humains qu'elle aimait tant furent noyés. Pour nous sauver, il lui fallait réparer le ciel. Aussi, elle porta à sa main une lame et se fit une coupure si profonde que le sang coula comme une rivière. En se solidifiant, son sang forma des pierres aux cinq couleurs. Elle fit fondre les pierres et versa cette substance sur les parties du ciel qui avaient été brisées par les dragons. Mais cette opération prenait trop de temps, et elle ne supportait pas de nous voir souffrir.

« En fin de compte, elle se sacrifia et utilisa son propre corps, son propre sang et sa magie pour réparer le ciel. Pour nous. Grand-Mère m'a raconté que c'est à l'endroit où le ciel s'était effondré et où Nüwa avait fait fondre les pierres Wucai que la montagne Wucai sortit de terre, et que c'est là que ses enfants se rassemblèrent pour la vénérer. Pendant des milliers d'années, nous avons étudié sous la houlette des Moines pour pouvoir utiliser notre magie. Pour nous rappeler d'où nous venions et ce que Nüwa avait sacrifié pour que nous puissions vivre… Enfin, jusqu'à ce que votre peuple arrive, qu'il revendique la montagne et les temples comme sa propriété, et que les Moines disparaissent de la surface de notre monde.

— Qu'est-il arrivé aux pierres Wucai qui restaient ? »

La question me prit de court. « Quoi ?

— J'ai lu ça quelque part dans un livre, dit-il d'un air dégagé. Je suis curieux. Le livre ne disait rien sur ce qu'étaient devenues les pierres. Tu le sais, toi ?

— Tout dépend de la légende que vous décidez de croire, répondis-je prudemment. Selon certains, les pierres furent dispersées aux quatre coins du ciel et devinrent des étoiles. Pour d'autres, elles reprirent leur forme initiale – du sang – et fondirent pour être absorbées par la terre à la mort de Nüwa. D'autres encore disent qu'elles grandirent et devinrent la montagne Wucai. Grand-Mère m'a dit qu'il ne restait qu'une seule pierre après les cataclysmes. Cette unique pierre avait reçu la magie de Nüwa et était trop dangereuse pour être conservée. "Wucai" signifie "cinq couleurs", aussi les Moines la divisèrent en cinq pierres plus petites, chacune d'une couleur différente, et chacune possédant un fragment de la magie de Nüwa.

— Où sont ces pierres, maintenant ?

— Nous n'en savons rien. » Je ris. « Il y en a qui prétendent que chacun des empereurs détient un seul des morceaux de la pierre d'origine, mais je pense que si elles sont réelles, elles ont plutôt dû être perdues il y a belle lurette, dans les chutes des Empires et avec les fous furieux qui désiraient plus de pouvoir que quiconque ne devrait jamais en posséder.

— Quand le traité a été signé il y a vingt ans, les empereurs de Pangu nous ont supposément offert des fragments de ces cinq pierres colorées, un pour chaque Empire, chacun d'une teinte différente. Je me suis toujours demandé si ces pierres étaient réelles. »

Je levai un sourcil. « Je ne le savais pas. »

Une chose de plus que les empereurs n'avaient jamais porté à la connaissance de leurs citoyens. Quelle que soit la vérité, elle n'arriverait pas aux oreilles de mortels comme moi.

Le visage d'Antoine devint pensif à ma réponse. « Quoi qu'il en soit, c'est une belle histoire.

— J'ai toujours aimé Nüwa pour ce qu'elle représente. C'était une divinité-serpent, qu'on associe très souvent au mal et au danger. Je me demande parfois si les autres Dieux évitaient Nüwa à cause de son corps serpentiforme, d'où sa solitude et son amour pour les humains, qui la révéraient au lieu d'en avoir peur. Ceux qui naissent en portant le mal ne deviennent pas toujours mauvais. Ceux qui sont nés pour détruire ne le font pas forcément. Nüwa a échappé à sa destinée de démone, et c'est ça qui m'a donné l'espoir que…

— Que tu pourrais toi aussi un jour échapper à tes pouvoirs ? » Antoine m'observa un moment, comme s'il réfléchissait à ce qu'il s'apprêtait à dire. « Chez moi, notre ciel est déchiré lui aussi. Pas par une guerre entre des dragons, même si ç'aurait été génial. Le nôtre a été brisé par l'avidité de mon peuple – notre pollution et notre inconscience. Notre soif de luxe et de confort. » Il eut un rire amer et creux. « Si Nüwa était originaire de ma planète, et si elle nous avait créés de la même façon que ton peuple, je me demande ce qu'elle penserait de nous. Est-ce qu'elle aurait honte ? Est-ce qu'elle nous aimerait encore assez, malgré tout, pour donner sa vie pour nous ?

— Nüwa aime tous ses enfants. »

Antoine eut un sourire vide. « Moi, elle ne m'aimerait pas. Ni mon grand-père. Ni le peuple de Rome. » De sa main, il toucha l'endroit derrière ses côtes jusqu'où devaient s'étendre ses cicatrices. « Veux-tu savoir quelle est ma plus grande peur ? »

La mort ? faillis-je demander, mais jamais un homme ayant peur de la mort ne se jetterait au-devant d'une flèche pour sauver une fille.

« La fureur de votre grand-père ?

— Presque, bien que je n'aie pas peur de lui. Ce dont j'ai peur, c'est de devenir comme lui. » Son sourire se fana. « J'imagine que je n'ai pas besoin de te dire comment j'ai eu mes cicatrices… Chaque fois que Valentin et moi commettions une erreur, le décevions ou faisions quelque chose qu'il prenait comme un signe de faiblesse, il nous battait. Il pense que tout est faiblesse et que la seule façon d'être fort est d'être froid, cruel et sans cœur, comme le vent d'hiver. Il nous a élevés pour que nous soyons à son image, pensant que ça nous rendrait forts, mais je n'ai jamais voulu être comme lui. »

Sa main toucha la mienne, et je laissai nos doigts s'entrelacer comme la nuit précédente.

« Vous n'avez pas à devenir comme lui, murmurai-je. 苦海无涯, 回头是岸. *La mer des souffrances est sans limites, mais il suffit de se retourner pour retrouver le rivage.*

— 苦海无涯, répéta-t-il – *la mer des souffrances est sans limites.* » Ses yeux étaient perdus dans le lointain, en un endroit où je ne pouvais le suivre. « Puis-je te poser une question ? » reprit Antoine, sa main tenant toujours la mienne, son pouce effleurant le dos de ma main, tendrement, avec hésitation. Comme si, au moindre geste brusque, je risquais de reculer, comme la nuit dernière.

« Oui.

— Pourquoi certaines âmes sont-elles plus difficiles à récolter que d'autres, pour toi ? »

Je souris. « Je ne récolte pas les âmes. J'aspire le *qi* qui nous entoure et qui rattache nos âmes à nos corps mortels. En tout cas, c'est ce que je crois. Ce n'est pas comme si on nous enseignait ce genre de choses à l'école.

— Et pourquoi pas ?

— Parce que chaque forme de magie est différente. Parce qu'il est impossible de la comprendre, tant il y a de variantes des mêmes pouvoirs. Parce que la magie est rare. Et, par-dessus tout, parce qu'elle est dangereuse. Elle est comme une malédiction qui nous hante, un démon à qui nous devons résister en permanence.

— Ce sont des mensonges. Les familles royales en savent plus que ce qu'elles n'en disent. Si elles n'avaient pas autant peur du potentiel de leur propre peuple et si elles entraînaient les Xianlings comme toi dès l'instant où ils découvrent leur Don, si elles vous aidaient à vous élever jusqu'au niveau le plus haut possible au lieu de simplement vous apprendre à domestiquer et contrôler vos pouvoirs comme s'il s'agissait de quelque chose qu'il faut réprimer, peut-être qu'Er-Lang aurait une chance de s'en sortir en cas de guerre. Le progrès est difficile quand les humains sont trop occupés à se noyer dans la peur de leur propre potentiel. Les tiens auraient pu… auraient dû, en fait, vivre comme des Dieux. C'est Rome qui aurait dû finir à genoux. Et regarde-nous maintenant, regarde-toi, terrorisée par la bénédiction qui est la tienne, terrifiée par ton ombre. »

Je fronçai les sourcils. « De quoi voulez-vous parler ? »

Antoine secoua la tête. « Non, rien. Continue, s'il te plaît. Pourquoi certains *qi* sont-ils plus difficiles à extraire que d'autres ? »

Mes lèvres se serrèrent, se réduisant à une ligne, et je retirai ma main de la sienne. Je détestais quand il faisait cela : dire quelque chose que je ne pouvais pas comprendre avec ce ton suffisant, puis refuser de me l'expliquer. Il ne me faisait pas confiance. Pas encore.

« Comme je viens de le dire, je n'ai pas vraiment de réponse. Ce n'est pas le genre de choses qui s'étudient ou qu'on peut apprendre, car chaque Don est unique à sa façon. Cependant, ma théorie est que cela dépend de la volonté de vivre de la personne. Plus quelqu'un a de raisons d'être attaché au royaume des mortels, plus il se débat pour s'accrocher à son *qi*. C'est l'instinct de survie. Si j'essayais de vous tuer maintenant, vous vous défendriez. »

De nouveau, ses lèvres remuèrent. « Mais si… »

Dans un vrombissement, une flèche jaillit dans la chaumière, perforant le papier de la fenêtre et manquant de peu le cou d'Antoine.

« Baisse-toi ! » cria-t-il.

J'avais déjà réagi, traversant la pièce à toute vitesse pour mettre le verrou à la porte, même si je doutais que ce morceau de bois pourri puisse nous protéger pendant longtemps.

Je me faufilai, baissée, le long du mur et jetai un coup d'œil par la fenêtre. De l'autre côté de la rivière se trouvaient des hommes portant des masques peints. Les Fantômes du Spectre.

Je lâchai un juron. J'avais espéré que Feng Sihai s'était occupé d'eux ce jour-là sur les canaux, et je ne les aurais pas crus assez fous pour patrouiller dans les forêts alentour en risquant une escarmouche avec les soldats romains, à la recherche d'Antoine.

Mais s'ils voulaient s'emparer de lui ou le tuer, j'imaginais que c'était le moment rêvé. Et peut-être leur dernière occasion de le faire.

« Combien ? demanda Antoine en me rejoignant, à genoux sous la fenêtre.

— Vingt, dis-je, comptant les lueurs des âmes qui brillaient au loin.

— Tu peux t'occuper d'eux ?

— Je ne sais pas. Ils sont trop nombreux. Je ne peux pas tous les abattre avant qu'eux nous tuent.

— Je crois en toi. »

Mon cœur se gonfla à ces mots, mais sa foi n'y changeait rien. Pas si je n'avais pas la force d'y arriver.

Je jetai un coup d'œil par la fenêtre. Au bord de la rivière, les hommes s'étaient immobilisés. Ils étaient à deux cents mètres. Juste hors de portée, comme s'ils connaissaient les limites de ma magie.

« Ruying Yang ! » appela une voix à l'extérieur. C'était un homme au masque rouge, qui se tenait devant le meneur de la formation. « C'est bien ton nom ? »

Baihu ?

Non. La voix était ressemblante, mais ce n'était pas lui. Et Baihu ne mettrait jamais en danger sa position parmi les rangs romains pour une mission comme celle-ci. Même aux abois, il n'était pas aussi inconsidéré. Son statut de bras droit de Valentin était trop précieux pour risquer de le perdre.

« Nous ne voulons pas te faire de mal, Ruying Yang. Livre-nous le prince et tu pourras partir librement. Tu n'as pas envie de rentrer chez toi ? De revoir ta famille ? »

Je serrai les dents. Nous n'avions ni pistolet ni épée, seulement le poignard toujours attaché à ma jambe et la magie dans mes veines. Je fermai et rouvris mes mains.

« Tu as un plan ? demanda Antoine.

— Pas un bon. » Je tirai ma lame et la lui appuyai contre la gorge.

45

Nous émergeâmes, Antoine les mains dans le dos et la pointe de ma lame dangereusement près de sa gorge. Un geste déplacé et je pouvais lui percer la jugulaire, aussi facilement que l'on fait éclater une baie.

Nous approchâmes des Fantômes à pas lents et mesurés, mais mes mains tremblaient.

Antoine m'avait sauvé la vie. Je ne pouvais pas l'abandonner. Pas avant d'avoir remboursé ma dette.

Il n'aurait qu'une occasion de s'échapper, et s'il était assez rapide, avec de la chance il pourrait distancer les Fantômes pendant que je gagnais du temps pour lui.

Il devait y avoir une équipe de recherche quelque part dans cette forêt. Si les Dieux le voulaient, ils le trouveraient avant que les Fantômes ne le rattrapent.

Masque Rouge applaudit. «Je savais que tu choisirais le bon chemin. Une enfant de Pangu sera toujours une enfant de Pangu.»

Antoine ne dit rien et ne protesta pas. Je me demandai s'il pensait que j'étais en train de le vendre, d'échanger égoïstement sa vie contre la mienne après tout ce qu'il venait de faire pour moi.

Pas à pas, nous nous approchâmes des Fantômes, mais sur une trajectoire qui s'infléchissait aussi vers les étendues sauvages de la forêt. Antoine aurait de nombreuses possibilités de se cacher avec le feuillage et la voûte des arbres. Il s'en tirerait. Il était trop futé et trop ambitieux pour mourir avant d'avoir renversé ses frères et hérité du trône.

Finalement, j'avais ma réponse. Au bout du compte, j'allais le sauver. Parce qu'il était un prince de Rome. Car s'il mourait au mauvais endroit, au mauvais moment, cela déclencherait une guerre, et le sacrifice d'un homme de bien, d'un bon empereur, n'aurait alors servi à rien.

Malgré tout, ce n'était pas ma seule raison. Au fond de moi, même si je refusais de l'admettre, je savais que je voulais qu'il vive – même si j'étais consciente que je n'aurais pas dû, et même si mes doutes ne faisaient que grandir quant au fait qu'il mérite de vivre.

Peut-être que c'était la meilleure fin possible pour nous deux.

Si je mourais pour lui, il me serait redevable à jamais, moi, une fille de Pangu. Morte, je ne pourrais plus faire du mal à mon propre peuple, et, par culpabilité, Antoine veillerait à prendre soin de celles que j'aimais, aussi longtemps qu'il vivrait.

Et, égoïstement, je ne pouvais pas supporter l'idée de le laisser mourir.

Tout comme il n'avait pas supporté de le faire pour moi.

« Ils ne me tueront pas », chuchotai-je. La forêt était maintenant proche. S'il était assez rapide… « Cours ! »

Je le poussai vers les arbres et lançai ma magie, prête à me jeter dans la gueule de la bête pour voir combien de précieuses minutes je pouvais lui faire gagner. Mais avant que j'aie le temps de faire un seul pas, Antoine attrapa ma main.

« 要死一起死, feula-t-il. *Si nous mourons, nous mourons ensemble.* » Là-dessus, il se mit à courir, m'entraînant avec lui.

« Antoine, non ! » criai-je. Mais nous nous étions déjà élancés. « Je peux les retenir. Je peux gagner du temps.

— Tu sais à quel point c'était difficile, de te porter jusqu'à cette chaumière ? Je ne vais pas m'enfuir pour sauver ma vie et t'abandonner là ! » rétorqua Antoine, fermement décidé.

Sa main agrippait la mienne avec force, comme si sa vie en dépendait – ou comme s'il avait peur que je lui file entre les doigts et que je coure à la rencontre des Fantômes.

Une flèche nous dépassa en sifflant.

« Si nous parvenons jusqu'à la forêt et y trouvons un endroit où nous cacher, nous devrions pouvoir les semer ou au moins prendre assez d'avance pour que vos hommes vous retrouvent. »

Ils étaient trop nombreux et nous n'étions que deux. Nous ne faisions pas le poids.

« Ils nous retrouveront tous les deux.

— Si vous mourez, ce sera la guerre. Si c'est moi qui meurs, ça ne fera aucune différence. » J'aurais dû lui faire lâcher prise, le repousser et lui dire de sauver sa peau.

Et pourtant…

« Ta vie fait une différence pour moi, gronda-t-il, serrant ma main jusqu'à m'en faire mal. Et si tu meurs, ce sera la guerre aussi. C'est moi qui la déclarerai en personne et… »

Une spirale rougeoyante s'abattit devant nous, et dès qu'elle toucha l'herbe, ses flammes explosèrent en un brasier déchaîné, si vite que nous eûmes à peine le temps de nous arrêter pour l'éviter avant que le feu ne nous emprisonne dans un cercle impeccablement tracé. Un embrasement si rapide et si virulent qu'il ne pouvait avoir été créé que par la magie.

Antoine et moi étions dos à dos, tentant de rester hors de portée de la rage des flammes dont la chaleur était telle que je sentais l'air crépitant me dessécher les poumons.

C'est fini. J'attendis que le feu nous consume, que tout devienne douleur. Les doigts d'Antoine s'entrelacèrent avec les miens une dernière fois et les serrèrent.

« Si nous allons en enfer, au moins, nous irons ensemble », dit-il, répétant ce qu'il avait dit à bord du navire, alors qu'il ne se doutait pas que notre fin serait si proche.

Mais la Mort ne vint pas.

Au contraire, le feu se calma. L'envie soudaine me vint de me ruer à travers les flammes en courant, mais quelque chose me dit que ce ne serait pas si facile. Si ce feu était commandé par la magie, il pouvait grossir et brûler au doigt et à l'œil de son maître. Je parcourus les Fantômes du regard, cherchant un signe qui m'indiquerait celui qui maîtrisait le feu, un froncement de sourcils ou une main tendue dans un geste raide.

«Je vais nous sortir de là», marmonnai-je. Je ne pouvais pas laisser ces dettes de vie en suspens. L'empereur du Sihai ne s'était pas sacrifié pour qu'Antoine meure avant de pouvoir remplir sa part du contrat.

Je levai la main afin de rassembler ma magie, mais Antoine m'arrêta, secouant la tête et pressant mes doigts.

«Tu as confiance en moi? souffla-t-il.

— Oui.» La réponse m'était venue trop facilement.

«Bien, dans ce cas, fais ce que je te dirai.

— C'est vraiment dommage, lança Masque Rouge alors que les Fantômes se glissaient au-devant de nous comme des serpents, la tête renversée en arrière et les crocs à nu. Un talent comme le tien aurait été bien utile au Spectre. Cela me fait mal de voir une descendante du légendaire clan Yang s'abaisser à vivre comme le chien de Rome. Ton grand-père se retournerait dans sa tombe s'il le savait.

— Il n'y a rien de honteux à vouloir vivre, déclara Antoine de la voix onctueuse et princière qu'il savait si bien prendre. Et si vous êtes là pour faire de moi votre otage, ça ne marchera pas. Mon grand-père ne renoncera pas à Pangu pour moi. Il ne fera ça pour personne. Si vous m'enlevez, tout ce que vous ferez, c'est provoquer encore plus de violence et d'effusions de sang. Réfléchissez bien avant de vous lancer là-dedans.

— Oh, mais c'est précisément ce sur quoi nous comptons, mon cher prince. Nous voulons la guerre. Nous voulons un bain de sang. Nous escomptons bien qu'en vous kidnappant, nous ne laissons pas d'autre choix à votre grand-père que d'abandonner ses faux-semblants de paix. Nous voulons qu'en attaquant, il démolisse votre image fantasmatique de Dieux bienveillants, et que Pangu arrête de croire que des traités peuvent avoir le moindre poids face à votre rapacité.

— C'est ça, votre plan ? Utiliser la violence pour unir tous les Empires de Pangu et les petites dynasties qui se donnent le nom de royaumes parce que les Grands Empires ne se sont pas donné la peine de les faire disparaître ? ricana Antoine. Si votre planète devait assister à ce que la puissance de la science peut faire, ce serait chacun pour soi. Je vous garantis que personne ne viendrait à la rescousse d'Er-Lang ou du Sihai.

— Vous vous avancez beaucoup, pour un homme en train de perdre la main.

— Quoi qu'il en soit, nous n'avons pas besoin d'en arriver là, reprit Antoine. Si vous laissez partir la fille, non seulement je me rendrai de mon plein gré, mais je peux aussi vous dire tout ce que vous voulez savoir sur Rome. Tous les secrets scientifiques que vos espions ne pourraient pas rassembler même si on leur donnait cent ans pour le faire. Je vous dirai comment fonctionne toute notre technologie, et grâce à moi vous aurez le pouvoir de lutter à armes égales, mortels contre mortels, et non face à des Dieux.

— Vous trahiriez votre Empire pour une fille ? s'esclaffa Masque Rouge. 英雄难过美人关, *tous les héros échouent quand vient l'épreuve de l'amour.* Je ne pensais pas que vous étiez du genre amoureux transi, Antoine Auguste.

— Contentez-vous de la laisser partir.

— Fort bien. De toute façon, une arme pareille est trop rare pour être tuée. Ce serait vraiment dommage. »

Autour de nous, le feu mourut.

« Vas-y, m'intima Antoine.

— Quoi ? Non, je ne pars pas sans vous.

— Fais-moi confiance, Ruying.

— Antoine... »

Il se pencha sur moi et, alors qu'il déposait un baiser sur ma joue, il récupéra discrètement le poignard que j'avais en main et le glissa dans sa manche.

« Fais-moi confiance. »

Sur ces mots, il me repoussa, et je trébuchai, ne sachant que faire. Je pouvais me battre, mais ça ne servirait pas à grand-chose. Les Fantômes auraient ma peau bien avant que je n'aie la leur. Je n'avais aucune idée des Dons qu'ils pouvaient posséder. Le combat aurait été équitable si Antoine et moi avions eu nos pistolets, mais il avait perdu le sien dans l'eau, et je n'étais pas autorisée à porter une arme.

« Vas-y ! ordonna Antoine d'un ton sec. Cours et ne te retourne pas. Aie confiance en moi, Ruying. File. »

Une lueur farouche brûlait dans ses yeux. Le désespoir. J'avais l'impression que mes pieds étaient collés au sol. Je ne pouvais pas l'abandonner comme ça. Quel genre de lâche ferait une chose pareille ?

Mais d'un autre côté, à quoi pouvais-je lui servir ?

Peut-être qu'il valait mieux que je m'enfuie et que j'aille chercher de l'aide. Retrouver les soldats romains et amener du renfort.

Quand mes pieds acceptèrent de bouger, Antoine sourit enfin. « Au revoir, mon amour. »

Je m'enfuis, gardant un œil en arrière par-dessus mon épaule.

Je vis Antoine s'approcher de Masque Rouge.

« Venez, mon prince. Vous avez beaucoup de choses à nous dire.

— Certainement. »

Ils se retrouvèrent nez à nez, si près l'un de l'autre que, lorsque Antoine brandit le poignard et le planta tout droit dans la gorge de Masque Rouge, il était trop tard pour qu'il puisse se défendre.

« Vous voulez les secrets de Rome ? Essayez de les extirper des mains de mon cadavre ! »

Et Antoine retourna la lame contre lui-même et la plongea dans sa poitrine.

Non !

Il tomba avant qu'un cri n'ait eu le temps de s'arracher à ma gorge. Masque Rouge gisait inanimé sur le sol, et les autres Fantômes restaient figés sur place. Personne ne bougeait.

Puis tout arriva très vite. La seule chose que j'entendis fut le martèlement de mon cœur. Et les seules choses que je vis furent le corps affaissé d'Antoine et la tache rouge qui s'étendait rapidement, imprégnant sa robe élimée.

Courir, c'est la dernière chose qu'il m'a demandé de faire.

Et c'est ce que je fis, mais pas en direction de la forêt.

Je courus jusqu'à lui.

« Restez avec moi, dis-je dans un gémissement, en m'effondrant à côté de lui. Je vous en prie, restez avec moi. »

Des cris étouffés résonnèrent au loin, comme si le tumulte me parvenait sous forme d'échos à travers des eaux profondes où j'avais l'impression de me noyer à chacune de mes respirations heurtées.

«Je vous en prie ! » suppliai-je, pour qu'Antoine s'accroche, pour que la Mort l'épargne.

Le sang s'épanchait trop vite. Il me brûlait les mains alors que je tentais de faire pression pour l'arrêter.

Des coups de feu éloignés retentirent.

«Je t'avais dit de t'enfuir», toussa Antoine d'une voix dure et empreinte de colère, mais sa main était douce quand il l'étendit pour toucher mon visage.

La Mort planait au-dessus de lui. J'essayai de la repousser de toutes mes forces.

« Non. Vous ne pouvez pas l'emporter. Je ne vous laisserai pas faire !

— On se replie ! brailla une voix au loin.

— Antoine…

— Votre Altesse ! » Une paire de mains couvrit les miennes. « C'est bon, on s'occupe de lui. »

Quelqu'un me tira doucement pour m'éloigner de la scène, et je le laissai faire.

Une nuée de docteurs en blouse blanche entoura Antoine, tandis que la Mort s'attardait au-dessus de lui. Elle attendait, attendait, attendait.

QUATRIÈME PARTIE

苦海无涯, 回头是岸

*La mer des souffrances est sans limites,
mais il suffit de se retourner
pour retrouver le rivage*

46

Nous fîmes le chemin du retour jusqu'à la moitié romaine de Jing-City dans un hélicoptère comme ceux qui gravitaient aux abords du portail. Un oiseau sans ailes, plus rapide qu'il ne devrait être possible de l'être. Sitôt atterris, ils emmenèrent Antoine au pas de course jusqu'à un bloc opératoire situé sous la cité pour une intervention chirurgicale.

Je restai dans le couloir et j'attendis.

Une opération. Le docteur essaya de m'expliquer en quoi cela consistait, mais il y avait trop de choses que je ne comprenais pas. Trop de terminologie scientifique romaine que je ne connaissais pas.

Tout ce que je savais, c'était qu'il aurait pu m'abandonner et sauver sa peau, mais qu'il avait choisi de rester. Il avait échangé sa vie contre la mienne. Mais pourquoi avait-il retourné ce couteau contre son propre cœur ? Était-ce pour donner aux Fantômes ce qu'ils voulaient pour qu'ils ne me poursuivent pas ou parce que l'idée de vivre comme leur prisonnier lui était si insupportable qu'il préférait mourir ?

Non. Il va s'en tirer. C'est obligé. Je lui dois trop de vies, maintenant. Il doit vivre, pour pouvoir recouvrer ces dettes. Pour que je lui rende la pareille.

Mais pendant que les docteurs romains essayaient de le sauver, tout ce que je pouvais faire, c'était attendre.

Ma main contre mon menton, je fis la seule chose que je pouvais faire dans un moment comme celui-là.

Je priai.

Je priai les Dieux des anciennes légendes.

Je priai les êtres célestes des histoires que l'on me racontait avant d'aller au lit.

Je priai la Mort, l'esprit tutélaire de mon Don.

Je priai la terre du Nord, qui était censée aimer ses enfants et nous protéger de tout son pouvoir. Je priai tous les Dieux qui voudraient prêter l'oreille.

Je vous en prie, dis-je, envoyant ma pensée dans l'abysse, espérant que la Mort m'entende. *Si vous prenez sa vie, je ne vous le pardonnerai jamais. Et toi, Antoine Auguste, tant que je ne t'aurai pas rendu la pareille pour m'avoir sauvée sans ma permission, tu n'as pas le droit de mourir.*

« Tu n'as pas le droit de mourir... », sanglotai-je, encore et encore, à travers les larmes qui trempaient mes vêtements.

Tu n'as pas le droit de mourir.

Au bout d'un moment, un jeune docteur vint soigner ma plaie, que j'avais oubliée, mais il refusa de me laisser rester dans le couloir ou voir Antoine.

« Rentrez vous reposer », me dit-il après m'avoir donné un médicament supposé m'aider à guérir.

Je voulus protester, mais les gardes qui se tenaient derrière lui m'arrêtèrent dans mon élan.

« Nous vous tiendrons informée s'il arrive quoi que ce soit au prince. Il va s'en sortir. »

Il va s'en sortir.

Finalement, je hochai la tête et rentrai à l'appartement que j'occupais, en bordure des propriétés des princes, près des casernes où logeaient leurs gardes, et près de l'hôpital soigneusement dissimulé où l'on prenait soin d'Antoine.

47

Quand je rentrai dans mon appartement, un visiteur m'y attendait.

Baihu mit son doigt devant sa bouche tandis que je passais la porte.

Il suffit de l'espace d'une respiration pour que le choc ébranle ma conscience et disparaisse aussitôt.

Je fermai la porte derrière moi, mais sans la verrouiller.

Je lançai des coups d'œil à droite et à gauche, vérifiant si d'autres hommes se tapissaient dans les ombres. Si Meiya était…

« Je suis venu seul », dit-il, prenant ma vigilance pour du malaise.

Je me sentis fondre à cette voix familière qui me rappelait tellement mon foyer. C'était comme une couverture molletonnée, chaude et réconfortante sur ma peau fatiguée. Mes pieds avancèrent d'un pas titubant, et je faillis me jeter dans ses bras rassurants et bien connus, avant de me rappeler que Baihu était l'espion du Spectre.

À savoir, quelqu'un qui avait, directement ou indirectement, joué un rôle dans la tentative d'assassinat sur Antoine.

L'une des raisons pour lesquelles il était dans cette salle d'opération, à se battre pour rester en vie.

« Est-ce que ça va ? » Baihu gardait ses distances, mais ses yeux me scrutaient, cherchant toute trace de blessure. L'inquiétude marquait ses traits dans la lumière embuée. Sa main, à moitié tendue, hésitait entre nous, comme s'il voulait se rapprocher tout en craignant ma réaction.

Quand il réussit finalement à rassembler son courage et à s'avancer vers moi en tendant ses bras, je le rembarrai d'une forte bourrade.

« Tu as essayé de le tuer », dis-je d'une voix étranglée, le souffle coupé.

Je ne m'aperçus pas que je pleurais avant de sentir les sanglots dans ma gorge, le chagrin me déchirant le cœur en lambeaux. Venais-je de me mettre à pleurer maintenant ou avais-je été en larmes depuis le Sihai, depuis qu'Antoine avait planté ce poignard dans sa propre poitrine, en choisissant la mort plutôt que de trahir Rome ?

« C'est ta faute. Tout est ta faute.

— Que s'est-il passé ? eut-il l'audace de demander.

— Ce qui s'est passé ? C'est à toi de me le dire, Baihu Er-Lang. C'est toi qui as organisé l'attaque au Sihai, n'est-ce pas ? Tu as envoyé ces Fantômes tuer Antoine et l'empereur parce que tu ne voulais pas qu'ils signent le traité. Tu as tué un bon empereur, qui se souciait de son peuple, simplement parce qu'il avait la force d'âme de choisir la paix plutôt que la guerre, le sacrifice plutôt que la décimation. »

Le regard de Baihu devint dur, comme s'il venait enfin de comprendre de quel côté j'étais. Je m'attendis à ce que son visage se mue en un masque de fureur et de rage. Au lieu de cela, il eut simplement un rire, et secoua légèrement la tête. D'un seul coup, il abandonna tout faux-semblant. L'inquiétude qu'il m'avait manifestée une seconde plus tôt venait de s'évanouir comme des larmes sous une pluie d'orage.

« Il a vraiment réussi à rentrer dans ta tête, pas vrai ? Est-ce que tu as la moindre idée de ce que tu viens de faire, Ru ? dit-il d'une voix aussi basse qu'un souffle, au cas où les murs auraient eu des oreilles. Est-ce que tu te rends compte que si tu avais prêté main-forte aux Fantômes, si tu les avais laissés l'enlever au lieu de le protéger, tu nous aurais aidés à renverser le cours de ce conflit ? Au lieu de ça… »

Baihu ferma les yeux, ses traits à demi pincés par la déception.

« Je te l'ai déjà dit, je ne compte pas te laisser le tuer.

— Nous n'avions pas l'intention de le tuer ! Pas avant d'être rendus à la dernière extrémité. Tu peux me croire, si notre priorité avait été d'attenter à sa vie, il serait déjà mort. Tu n'es pas le seul assassin sur ce continent, Ruying. Tes pouvoirs sont peut-être rares, mais il existe des tueurs aussi forts que toi, aussi discrets que toi, et qui se sont entraînés toute leur vie pour être meilleurs que tu ne l'es. Nous voulions le kidnapper et l'interroger. Le prince nous est plus utile vivant que mort. Et tu crois honnêtement que nous lui accorderions une mort aussi douce ? Il mérite de souffrir. Toute sa vie. Pour les millions de frères de sang que nous avons perdus par sa faute, au nom de sa science et de sa prétendue paix… » La bouche de Baihu tremblait dans un sourire forcé.

Il s'appliquait à ravaler les paroles dont il savait qu'elles me blesseraient, mais son silence faisait plus de bruit que ses mots. Et au milieu de son silence, la honte me brûlait comme des charbons ardents.

« Je ne regrette pas ce que j'ai fait », murmurai-je. Demi-vérité, demi-mensonge. Une teinte de gris distordue, entre le blanc et le noir. « Il fallait que je le sauve. Je ne pouvais pas permettre que l'empereur du Sihai soit mort en vain. »

À ces mots, le visage de Baihu se radoucit. « L'empereur est un dommage collatéral. Nous ne nous attendions pas à devoir payer un tel prix. » C'était peut-être ce qui se rapprochait le plus d'une excuse de sa part.

J'entendais encore l'écho des cris du prince Feng tandis qu'il serrait le corps de son père dans ses bras, et je pouvais toujours voir l'intense teinte de bleu de l'empereur éclater dans les airs quand la Mort l'avait enlevé à ce monde.

La magie chantait au bout de mes doigts. Mes bracelets étaient toujours inactifs. J'aurais pu en finir avec Baihu si je l'avais voulu.

Et ainsi venger l'empereur, rendre à Baihu la monnaie de sa pièce pour ce qu'il avait fait à Antoine, pour tout ce que je ressentais rien qu'à le voir, cette honte qui continuait de me ronger de l'intérieur malgré mes efforts pour faire de mon mieux, ce que je pensais être juste.

« Tes prétendus dommages collatéraux, tu as une idée de ce que cela va représenter si la guerre se déclare ? Un nombre incalculable de vies, qui ont des noms, des pensées, des désirs et des peurs, et des dizaines de milliers de raisons de vivre. Comme tous les gens que j'ai vus mourir devant mes yeux au Sihai. Des gens innocents, Baihu. » Je le dévisageai, attendant qu'un quelconque signe de repentance apparaisse sur son visage. Il ne vint pas. « Je sais que tu veux ce qu'il y a de mieux pour Er-Lang, pour Pangu, mais la guerre n'est pas la réponse. Ça ne peut pas être ça.

— La guerre est la seule réponse. Dans les premières années, la paix était peut-être encore une option plausible, mais ce n'est plus le cas aujourd'hui. » Baihu fit un pas en avant, réduisant l'espace qui nous séparait. « Dis-moi, Ruying, es-tu prête à abandonner ton propre sang pour lui ?

— Non. » La réponse était venue facilement. « Mais je ne te laisserai pas non plus le tuer.

— Parce qu'il t'a sauvé la vie ? Parce qu'il est gentil avec toi, qu'il te regarde avec tendresse et admiration au lieu d'avoir peur de toi ? C'est tout ce qu'il suffit de faire pour gagner ta confiance, ta fidélité… ton cœur ? Dis-moi, que sais-tu réellement d'Antoine Auguste ? Sais-tu comment il compte parvenir à cette prétendue paix dont il nous rebat les oreilles ? Ce qui arrive aux Xianlings qu'ils n'estiment pas dignes d'être gardés ? Tu es au courant de l'existence des laboratoires souterrains qu'ils gardent bien cachés ? »

Mon cœur s'arrêta dans un bond. « Les laboratoires ?

— Antoine fait des envolées lyriques et est disposé à risquer sa vie pour toi, mais il ne traite pas toutes les vies sur Pangu avec le même genre de respect. »

Une terreur cuisante et acide roula au fond de mon estomac.

À mon silence, les yeux de Baihu s'adoucirent encore davantage, et chaque muscle de mon corps frémit à la façon dont il me regardait. Avec tellement de peine. Avec le genre de pitié que je détestais depuis toujours, comme si j'étais une petite fille perdue et désemparée à qui il aurait fallu apprendre la vie, qu'il aurait fallu protéger. Une fille trop fragile pour affronter les tempêtes et les vents déchaînés des hivers de la vie.

« Qu'est-ce qu'ils font dans ces laboratoires ?

— C'est le père d'Antoine qui a découvert le portail entre nos planètes et qui a commencé ses recherches sur la magie, mais c'est Antoine qui a franchi la ligne, creusé nos tombes et enfoncé les clous dans nos cercueils.

— Qu'est-ce que tu essaies de me dire ?

— Valentin est peut-être un va-t-en-guerre avec plus de pouvoir que de cervelle, mais ce qu'Antoine a fait – et continue de faire – est dix mille fois pire. Depuis son enfance, il a mené des expériences avec son père sur notre peuple, et les a poursuivies après sa mort. »

Mon estomac fit un bond. « L'opiane ? »

Baihu secoua la tête. « C'était l'œuvre de son père, un moyen pour négocier avec notre peuple. Nous avions tout ce qu'ils désiraient, et eux n'avaient rien de ce que nous pouvions désirer. Le rapport de force n'était pas en leur faveur, donc les Romains ont décidé de ruiner des vies pour le renverser. L'opiane n'est que la partie émergée de l'iceberg. »

Qu'y a-t-il de pire que l'opiane ?

« Montre-moi. Je veux voir ça de mes propres yeux. »

48

J'étais prête à escalader des murs, fracturer des fenêtres et me teindre les mains de ruisseaux de sang rouge pour parvenir à accéder aux laboratoires.

La réalité se révéla beaucoup plus simple.

En tant que bras droit de Valentin Auguste, Baihu jouissait d'une longue liste de privilèges. L'un d'eux était l'accès sans restriction à pratiquement tous les recoins du territoire romain, y compris leur complexe souterrain et tentaculaire de couloirs, de cachots et de salles dédiées à la science.

Je suivis Baihu, marchant sur ses talons, jouant le rôle de garde obéissante tandis qu'il nous conduisait à travers des portes électroniques, rondes et aussi blanches que l'ivoire, comme je n'en avais jamais vu. Elles se séparaient en deux moitiés par la diagonale et ne se déverrouillaient qu'à l'aide de la clé que des gardes portaient autour du cou. À chaque fois qu'elles s'ouvraient dans un bourdonnement d'électricité, j'en avais des frissons glacés dans le dos.

Mon pas était léger et hésitant, comme celui d'une voleuse craignant d'être prise sur le fait. Je m'attendais à ce qu'on se saisisse de moi, qu'on me demande de m'identifier, mais personne n'osa, face à l'ombre imposante de Baihu. Les gardes s'inclinaient à son passage, lui témoignant un respect auquel je n'avais jamais eu droit.

Mes entrailles se tordaient à chacun de mes pas laborieux, la peur de ce que j'allais découvrir au détour de ces couloirs me montant à la gorge. La lâcheté l'emportait, en moi j'aurais voulu m'arrêter, ne pas aller plus loin, ne jamais savoir quels secrets ils cachaient.

Mais j'étais lasse, si lasse de rester dans le noir, de marcher sur des œufs en gardant les yeux bien fermés juste pour pouvoir dormir la nuit.

Maintenant, je voulais la vérité ; je voulais arrêter de vivre avec un œil ouvert et un œil fermé.

« Tu viens souvent ici ? » demandai-je à Baihu d'une voix qui ne dépassait pas le volume sonore d'un soupir. Je gardais la tête baissée, par peur que des caméras de sécurité ne soient dissimulées au-dessus de nos têtes. Je ne pouvais pas les voir, mais cela ne voulait rien dire. Si c'était vraiment entre ces murs qu'Antoine cachait ses secrets, il ne laisserait pas ces couloirs sans surveillance.

« Une fois seulement, et ça m'a suffi. » Comme s'il sentait ma paranoïa, il ajouta : « Le plafond est équipé de minuscules caméras, pratiquement indétectables, mais ne t'inquiète pas, ils n'ont pas le son, donc tant que tu parles doucement et discrètement, ils ne pourront pas lire sur nos lèvres.

— Tu en sais beaucoup sur cet endroit.

— Ça fait partie de mon travail. Valentin croit que c'est pour mieux l'aider à comploter contre Antoine que j'ai appris la configuration de la cité et tous ses secrets. »

J'eus un bref sourire. Baihu était bien loin d'être un pion aveugle comme il l'avait laissé croire à tout le monde. Il avait sa place dans le jeu, prenait des décisions, provoquait des réactions, versait de l'huile sur un feu qui grossissait de plus en plus.

Une nouvelle volée de marches nous mena à un corridor sombre aux murs de brique nue, bordé de ce qui devait être des centaines de cellules aux portes de fer.

Des cris éclatèrent dans l'air, aigus et perçants – en les entendant, mes os se mirent à trembler.

Je me rappelais ces cris. Un souvenir qui semblait remonter à une vie précédente.

La prévenance d'Antoine m'avait presque fait oublier tout ce que les Romains m'avaient fait subir durant les quelques jours qui avaient suivi mon enlèvement.

« Je connais cet endroit.

— C'est là que je t'ai retrouvée, il y a des mois. Rome y garde prisonniers les Xianlings qui n'ont pas encore été évalués ou ceux dont ils estiment qu'ils ne valent pas la peine. Enfermés dans des cages comme des souris, en attendant de remplir leur dernière fonction.

— Quelle dernière fonction ? Que Rome veut-elle de nous, de Pangu ? » Ces questions, j'avais essayé de les poser maintes et maintes fois à Antoine, et je n'avais récolté que des réponses dénuées de sens ou du silence.

Baihu ne se montra pas plus prolixe. Une fois de plus, mes questions restèrent sans réponse, alors qu'il me conduisait le long d'un couloir lourdement gardé où les portes des cellules étaient à présent espacées et peu nombreuses, et semblaient faites d'un matériau complètement différent de celles que nous venions de laisser derrière nous.

Baihu ne me regardait plus quand nous nous arrêtâmes.

« Je me rappelle que tu voulais savoir ce qu'était devenue la princesse Helei. »

Il fit un geste de la main ; le garde silencieux appuya sur quelque chose dans le panneau de verre à côté de la porte, et une image s'afficha sur l'écran.

Contrairement aux cellules où j'avais été enfermée, dans l'air vicié et l'obscurité lancinante, celle-ci était éclairée par des lampes électriques. Ses murs semblaient moelleux et capitonnés, et elle contenait des piles et des piles de livres, des tentures de soie et des meubles sculptés trop beaux pour une prisonnière ordinaire.

La fille à l'intérieur était assise en tailleur dans un angle, les yeux fixés sur le blanc cru du plafond. La princesse était aussi belle que le disaient les légendes. La peau d'un bronze doré, les cheveux noirs, son visage avait la délicatesse d'une goutte de pluie. Son nez était parfait, ses lèvres rebondies et ses yeux sombres d'une beauté si surnaturelle qu'ils avaient dû être façonnés par Nüwa en personne.

Quand elle tourna la tête et que ses yeux couleur de nuit rencontrèrent les miens, leur intensité me fit reculer. Même par l'intermédiaire d'une caméra et d'un écran, quelque chose en eux me donna l'impression que son regard perçait à jour les technologies de Rome et plongeait directement dans mon âme.

À cet instant et à l'expression de son visage, j'aurais juré qu'elle m'avait reconnue.

Le front barré d'un léger sillon, la princesse se leva, les lèvres entrouvertes comme si elle voulait dire quelque chose. Un secret trop longtemps gardé, qui avait attendu d'être partagé avec la bonne personne.

Je me penchai plus près, tandis qu'elle se rapprochait de la caméra, ses lèvres commençant à remuer…

L'écran s'éteignit.

« Viens, dit Baihu. On va être en retard pour le clou du spectacle. »

Il entoura ma main de la sienne. Je m'apprêtais à protester, mais il secoua la tête en manière de mise en garde. Nous étions toujours en terrain ennemi. Et contrairement aux caméras, ces gardes avaient des oreilles, et tout ce que nous pourrions dire reviendrait à celles des princes.

Je ravalai la boule dans ma gorge. Baihu avait toujours une raison de faire ce qu'il faisait. Pendant tout le chemin pour arriver jusqu'ici, il n'avait pas esquissé la moindre intention de faire profil bas, déambulant dans ces couloirs la tête haute, au lieu de raser les murs. Il voulait qu'on nous voie. Il tenait à ce que les princes soient au courant de cette visite.

Pourquoi ?

On ne peut pas la laisser là. Ces mots pesaient lourdement sur ma langue.

« Nous n'avons pas le choix, souffla-t-il, comme s'il savait d'avance ce que j'allais dire. Et la princesse ne veut pas être délivrée. Contrairement aux rumeurs qui racontent que les princes romains convoitaient sa beauté et auraient forcé l'empereur à livrer sa dernière fille survivante, personne n'a obligé Helei à se sacrifier. Quand Rome a demandé un otage à mon oncle en gage de sa bonne foi, aucun de mes bons à rien de cousins princiers n'a voulu faire son devoir. Les Romains ne voulaient pas de ces camés, de toute façon ; ils savaient que la plupart d'entre eux ne vivraient qu'une poignée d'années à l'allure où ils brûlaient leur *qi* en se gavant d'opiane. Au bout du compte, c'était elle ou Yongle, qui était encore prince à cette époque, l'héritier de mon oncle, et le seul de ses fils à être à peu près apte à la fonction. » Sous les lampes à la lumière crue, les traits de Baihu se déformèrent en un masque hideux, rempli d'amertume et de mépris. « Mon oncle ne méritait pas son sacrifice, mais c'est son choix à elle. La piété filiale et toutes ces conneries. »

Je ne trouvai rien à répondre. C'était le devoir d'une fille que de se sacrifier pour son père, pour ses frères. Apparemment, même les princesses ne pouvaient échapper à cette fatalité.

Nous avançâmes, passant d'autres portes, d'autres couloirs noyés de lumière par des lampes blanches translucides, mais une obscurité s'y faisait sentir malgré tout, qui fit se dresser les cheveux sur ma nuque. L'air sentait l'eau de Javel, empuanti par les miasmes persistants de la Mort. Un froid se tapissait derrière ces murs, et je sentais sa présence s'accroître à chacun de mes pas. Si la main de Baihu n'avait pas tenu la mienne, ne l'avait pas serrée pour me faire avancer, mes pieds se seraient dérobés sous moi. J'aurais peut-être fait demi-tour.

Quelles que soient les choses qu'ils cachaient ici, ce ne pouvait être pire que les terreurs qui surgissaient de mon imagination. Ou peut-être qu'au contraire, je savais exactement combien ce serait monstrueux, mais j'étais trop veule pour l'admettre, pour accepter que j'avais servi un maître à la cruauté déguisée.

« Tu la vois, n'est-ce pas ? La Mort. Qui traîne dans le coin, comme un intrus qui refuse de s'en aller.

— Comment tu…

— Tu me l'as dit, une fois, avant le décès de ma mère, avant que je ne quitte Jing-City pour devenir… » Il eut un demi-sourire.

Je me rappelais maintenant. Une confession que je lui avais chuchotée alors que sa mère était dans le pire syndrome de sevrage qu'elle ait jamais eu jusque-là. J'avais senti la présence de la Mort autour de sa maison, comme une vipère prête à mordre.

« C'est pour moi qu'elle l'a fait, dit Baihu.

— Quoi ?

— La vraie raison pour laquelle elle s'est mise à l'opiane, elle m'en a parlé sur son lit de mort. Ce n'était pas pour soulager ses douleurs physiques, ni son cœur brisé quand mon père nous a abandonnés. C'est pour moi qu'elle a commencé à en prendre. Un minable quelconque lui a fait gober que l'opiane lui procurerait une vie plus longue, et ma mère était désespérée, elle voulait vivre aussi longtemps que son corps infesté de tumeurs le lui permettrait. Elle était tout ce qui me restait au monde. Sans elle, j'allais me retrouver orphelin, tout seul dans cette cité cruelle. Elle voulait vivre pour me voir grandir, devenir assez fort pour pouvoir faire face aux vautours de cette cité. Jamais elle ne se serait doutée que le sacro-saint médicament qui était supposé la sauver finirait précisément par me rendre orphelin.

— Je suis désolée.

— Ne t'en fais pas. Bientôt, je laverai mes mains dans leur sang. »

Une image de Baihu debout au-dessus du corps d'Antoine me traversa l'esprit tandis que nous nous arrêtions devant une porte verrouillée dans un couloir solitaire.

Il prit une clé dans sa poche et nous conduisit dans une pièce sombre pourvue d'un mur de verre éclairé à l'extrémité opposée. Je m'approchai pour jeter un coup d'œil à l'immense salle en contrebas, où s'affairaient des hommes et des femmes en blouse blanche. Elle était remplie d'ordinateurs et d'écrans, de graphiques et de tubes à essai qui brillaient sourdement. Et de machines dont je ne connaissais pas le nom.

« C'est l'une de ses salles de recherche. Il en a beaucoup d'autres. Tu vois ces gens en bas ? » Baihu pointa du doigt les blouses blanches, si loin en dessous de nous qu'elles ressemblaient plus à des marionnettes qu'à des personnes. « Ce sont les scientifiques d'Antoine, ils sont là pour mettre ses expériences en application – entre autres choses.

— Pourquoi nous as-tu amenés ici ?

— Attends, tu vas voir ça tout de suite. »

Il prit un siège à côté de la fenêtre. La pièce était construite comme le balcon qui surplombait l'arène, où j'avais vu les princes se prélasser pendant que des Xianlings comme moi luttaient pour survivre.

Moins d'une minute plus tard, deux gardes traînèrent une jeune femme ensanglantée vers une capsule de verre ronde au centre de la salle. Ses cheveux étaient coupés en brosse et des cicatrices meurtrissaient l'entièreté de la peau exposée de son dos. Des blessures récoltées au combat, des coupures profondes aux bords irréguliers. Un souvenir permanent des lames ennemies auxquelles elle avait survécu.

En vraie guerrière, elle se débattit aux mains des scientifiques à chacun de ses pas, mais cela ne suffit pas. Ils étaient trop nombreux et elle était seule.

C'est seulement lorsqu'ils commencèrent de l'attacher dans la capsule que je pus voir clairement son visage.

Ma main vola jusqu'à ma bouche.

Taohua.

À travers les épaisseurs de verre, je ne pouvais entendre ses cris, mais elle s'arc-boutait contre ses liens avec une telle frénésie que je craignis qu'elle ne se casse le bras juste pour parvenir à se libérer. Ses yeux étaient agrandis comme ceux d'un animal sauvage. Elle avait perdu du poids. Sa silhouette, auparavant menue, n'était plus qu'un fétu de chair et d'os.

Une femme posa une perfusion sur le bras droit de Taohua tandis qu'un homme injectait quelque chose dans celui de gauche.

Je fus debout avant même de m'en rendre compte, me ruant vers la porte, arrêtée seulement par Baihu qui m'attrapa par la taille et me tira en arrière comme si j'étais une enfant prise d'une crise de colère.

« Lâche-moi ! criai-je. Elle n'est pas censée être ici ! Antoine a dit qu'il l'avait laissée partir. Il avait promis… »

Baihu me plaqua une main sur la bouche avant que je n'aie le temps de dire un mot de plus. Il m'agrippa, son bras enroulé si serré autour de ma taille que j'arrivais à peine à respirer. « Arrête, Ruying. Te laisser envahir par l'émotion ne sert à rien.

— Lâche-moi ! répétai-je, la voix étouffée. Laisse-moi, il faut que j'y aille ! Il faut que je la sorte d'ici ! Il faut que…

— Pense à Meiya et à ta grand-mère, Ru. Antoine est peut-être souple avec toi, mais ça, c'est d'un autre niveau. Si tu fais quoi que ce soit pour interrompre leurs expériences, Antoine n'hésitera pas à te punir, à te donner une leçon en se servant de celles que tu aimes le plus. Fais-moi confiance, je l'ai vu faire pire pour moins que ça. »

Meiya.

Grand-Mère.

Ma famille. Je me raccrochais à elles de toutes mes forces. Mais à chaque acte épouvantable que je voyais perpétré de la main d'Antoine, ces idées de famille, de survie, s'effilochaient, fragiles comme des fils de soie détricotés.

Taohua faisait partie de ma famille, elle aussi. Ma plus proche amie. Une sœur, non de sang, mais avec tout autant d'honneur, de souvenirs, de fidélité.

« Non, ce n'est pas possible. Antoine m'avait promis de la libérer ! » dis-je d'une voix brisée. Les larmes me brûlaient les yeux et tout ce que j'avais en moi tremblait d'une rage comme je n'en avais jamais ressenti.

J'aurais dû demander de ses nouvelles, j'aurais dû vérifier que tout allait bien, comme je l'avais fait avec ma famille. Mais comme avec ma famille, j'avais été trop consumée par ma propre honte pour affronter une rencontre. En cet instant, la voir c'était comme arracher toutes les sutures de mes blessures en rémission.

Baihu soupira. Il desserra ses bras, juste un peu. « Ici, nous sommes dans le monde romain, et nous ne pouvons rien y faire. C'est trop tard. Taohua va mourir. Sa vie est en sursis depuis qu'ils l'ont amenée ici et qu'ils ont commencé à lui injecter ces sérums censés augmenter sa force. Elle a rempli sa fonction. Maintenant que ses organes sont en train de lâcher, ses jours sont comptés. La mort est une miséricorde, une façon de mettre fin à ses souffrances. Mais ils ne la lui accorderont pas avant de l'avoir exploitée une dernière fois.

— Non. Ce n'est pas vrai ! On peut faire quelque chose ! Aide-moi, Baihu ! Aide-moi à la sauver ! Aide-moi…

— Pour Taohua, il est trop tard. Mais pas pour les milliers de gens qui pourraient subir le même sort qu'elle, Ruying. » Baihu posa une main sur mon épaule pour me réconforter, mais je ne voulais pas de réconfort.

Je voulais qu'Antoine ait tenu sa promesse. Je voulais que Taohua soit saine et sauve, chez elle, avec sa mère et son père qui avaient déjà traversé la tragédie horrible de perdre leurs fils les uns après les autres, jusqu'à ce qu'il ne leur reste plus que Taohua et sa sœur.

« Quand je lui ai juré fidélité, il m'a promis de la laisser partir.

— Antoine fonctionne comme ça. Au mensonge. »

Je laissai tomber mes yeux jusqu'à la salle en dessous de nous. Tandis que s'échappaient les cris de ma meilleure amie qui suppliait qu'on lui laisse la vie sauve, une partie de moi prit feu. Les cendres devinrent des braises et les braises des flammes. L'aveuglement qui m'embrumait les yeux se dissipa. Plus j'y voyais clair, plus il m'était difficile de me voiler la face.

« Qu'est-ce qu'ils sont en train de lui faire ? » Ma voix tremblait. Cette fille, en bas, ce n'était pas une inconnue sur qui il m'était possible de fermer les yeux ou une de mes cibles que je pouvais me forcer à ignorer.

C'était Taohua Ma. Mon amie, qui avait été là pour moi pendant les pires moments de solitude de ma vie. Je la connaissais. J'avais grandi avec elle. Ri et pleuré avec elle. J'avais partagé mes espoirs et mes rêves avec elle. C'était quelqu'un que je n'aurais jamais cru pouvoir perdre. Jamais…

La magie frémit puis bouillonna, ses flammes attisées jusqu'à la furie. Je plaquai mes mains, serrées en poings, contre la vitre. J'y appliquai toute ma volonté, souhaitant qu'elle casse, que tout ce moment vole en éclats comme on interrompt un cauchemar.

Il n'y eut aucun changement dans la vision que j'avais devant les yeux, ni dans le monde autour de moi.

Mais une partie de moi, elle, changea.

« Ruying. » Baihu avait prononcé mon nom, doucement. Je pouvais entendre son propre cœur se briser. Taohua avait aussi été son amie, il fut un temps. Il couvrit ma main de la sienne, l'enveloppant comme si elle était fragile, comme si elle risquait de se casser.

« Ton Don ne marchera pas ici. Toute cette chambre est protégée par un champ de force qui perturbe la magie, mis au point par les meilleurs scientifiques d'Antoine. Si elle fonctionnait ici, cela ferait longtemps que quelqu'un se serait échappé et aurait rayé cet endroit de la carte, et Rome avec. »

Au-dessus de nous, la lumière des plafonniers du laboratoire baissa.

« Je suis navré que tu doives assister à ça, vraiment », murmura Baihu tandis que les scientifiques s'éloignaient de la capsule. Il serra ma main, trop fort, comme un dompteur s'efforçant de calmer un prédateur en captivité. « Je suis désolé que ce soit Taohua. Mais il faut que tu saches ce que Rome est en train de faire. Et le genre de barbarie qu'Antoine te cache. »

Une explosion de voyants bleus déchira l'obscurité. Le bras de Baihu m'entoura la taille et me serra contre lui. Pour me réconforter ou pour me retenir, je ne savais pas trop.

« Chaque jour, ils emmènent des Xianlings ici pour les vider de leur force vitale. »

Il continua de parler tandis que la luminosité des voyants augmentait progressivement. Taohua, elle, hurlait de plus en plus fort, les veines dans son cou ressortant tellement que je crus qu'elles allaient éclater.

Le sang de ses veines ruisselait dans un tube, puis était recueilli dans un récipient.

Je pleurais.

« Si tu veux mettre fin à tout ça, alors tu dois te battre, Ruying, dit Baihu. Voilà ce qu'ils font aux nôtres une fois qu'ils ont fini de servir. À leurs yeux, nous ne sommes pas des humains, seulement des choses dont ils peuvent disposer à leur guise. Comme du bois pour le feu ou de la soie pour faire des vêtements. »

Le sang coulait, et coulait encore, et les efforts de Taohua pour se débattre s'arrêtèrent. La tension dans ses cris disparut. Par les yeux sombres de la Mort, je vis l'énergie la quitter, lentement. Son âme vacilla, voletante, prête à étendre ses ailes et à s'envoler vers l'Autre Monde.

Je fermai les yeux. Je voulais rentrer à la maison, revenir aux jours d'ignorance bienheureuse où je pouvais faire semblant de ne pas voir ce que j'avais devant les yeux. Ne pas prêter attention au fait que les Romains nous tuaient pour leur amusement, nous traquaient comme des animaux sauvages dans les faubourgs de la cité et massacraient des familles juste pour faire des orphelins leurs serviteurs, jolies jeunes filles et garçons vigoureux.

Je sentis dans ma bouche le goût des larmes salées qui roulaient sur mes joues.

« Tu peux fermer les yeux sur les horreurs du monde, mais ça n'efface pas leur existence, ajouta doucement Baihu. Ouvre les yeux, Ruying. Ouvre les yeux et regarde. Arrête de fuir la vérité. »

Au-delà des limites de mes sens, je perçus la couleur de Taohua.

Sa Mort était d'un or miroitant, éclatant et magnifique, une teinte plus lumineuse que le *qi*, l'essence vitale qui se trouve en chacun de nous. La couleur du bonheur, de la joie, de la bonté, de la gloire et de l'espoir radieux de l'aube.

« Non ! » criai-je, essayant de projeter ma magie dans la salle en dessous, de retenir son *qi* avant qu'il ne s'évanouisse dans le néant.

Mais de l'autre côté de la vitre, la magie de la Mort était aussi ténue que des filaments de sucre filé qui me fondaient dans les mains. Je tentai d'établir le contact avec elle, encore et encore, mais rien ne se manifesta. La Mort était mon esprit tutélaire. Je pouvais faire appel à elle, comme une amie, comme une alliée, mais je ne pouvais pas l'arrêter. Il ne m'appartenait pas de lui donner des ordres. Je n'avais jamais été sa maîtresse, simplement un instrument de sa volonté. Un réceptacle où elle pouvait prendre possession de ce qu'elle estimait lui revenir.

La Mort ne discriminait pas et ne connaissait pas le favoritisme.

Et quand la colère s'éteignit, que les yeux de Taohua furent vides, je serrai les dents et j'essuyai mes larmes.

La douleur se solidifia en courage.

Antoine allait payer pour ça. J'allais faire regretter à Rome le jour où elle avait posé le pied sur notre terre et s'était permis de prendre notre bonté pour de la faiblesse.

« Taohua n'est pas la première à mourir de cette façon », dis-je. J'eus un hoquet, et mes larmes se tarirent. Non parce que la douleur avait cessé, mais parce que pleurer ne changerait rien. Me désoler ne changerait rien.

Exactement comme fermer les yeux n'avait rien changé non plus.

« Un nombre incalculable de victimes de leurs expériences ratées ont été attachées dans cette capsule, le sang d'innombrables Xianlings a été récolté dans cette salle, ici même », confirma Baihu.

Chacune de ces âmes faisait partie de mon peuple. Des compatriotes qui partageaient le même sang que moi, façonnés avec amour par Nüwa, de sa main ou à l'aide des lianes que la nature avait faites, cela n'avait pas d'importance.

Le sang des miens. Le sang de mon âme.

Chacun d'entre eux avait été l'ami, l'enfant, le parent, le frère ou la sœur de quelqu'un. Ils avaient aimé et on les avait aimés.

Ici, sous la moitié romaine de la cité, ils n'étaient rien.

Des pions dans un jeu.

Des jouets aux mains d'Antoine et de Valentin. Comme le multiplicateur que j'avais tué dans la cage il y avait des lunes de ça, pour prouver ma valeur à Antoine.

Il était mourant. C'était ça qu'il avait voulu dire.

« Il m'avait promis de laisser partir Taohua », répétai-je, riant presque de ma stupidité. Je savais que je ne devais pas me fier à lui, et pourtant, c'est ce que j'avais fait quand même. Et voilà où ça m'avait menée, ce que ça m'avait coûté. « Il avait promis…

— Je ne sais pas quelles histoires Antoine t'a racontées, ni quelles promesses il t'a faites, mais ce n'étaient que des mensonges. La seule chose dont il se préoccupe, c'est lui-même. Ses ambitions et sa soif de pouvoir. Tu ne l'as fréquenté que quelques petits mois, mais moi, ça fait trois ans que je le connais. Il n'a rien à faire de nous. Tout ce qu'il veut, c'est se servir de nous, nous posséder. Rafistoler sa satanée planète avec la magie de notre peuple. Tu te rappelles quand je t'ai dit que la rafle au cours de laquelle tu as été enlevée n'aurait jamais dû avoir lieu ? Valentin n'est pas inconscient au point de mener une opération à aussi haut risque juste sous le nez de l'empereur. La paix entre Rome et Er-Lang a beau être un écran de fumée, c'est une chose que les deux camps s'appliquent à maintenir. Pour le moment, en tout cas. L'empereur est au courant des activités de Rome, du fait qu'ils kidnappent des Xianlings pour faire leurs expériences. C'est l'un des prix parmi tous ceux que mon oncle a eu à payer pour cette paix factice. Les Romains font ce qui leur chante quand ça leur chante, et l'Empire d'Er-Lang garde un œil ouvert et l'autre fermé. »

Baihu poursuivit son explication, mais toutes mes pensées étaient tournées vers Taohua.

Il y a eu des signalements de cadavres retrouvés échoués sur la côte, vidés de leur sang. Leurs corps n'étaient plus que des enveloppes ratatinées : une des dernières choses qu'elle m'ait dites.

« Taohua n'était pas au courant de ce qui se passait, n'est-ce pas ? Elle enquêtait sur des corps, vidés de leur sang, elle...

— Elle faisait son enquête de façon privée. Son père connaissait la vérité et ça faisait des mois qu'il essayait de l'écarter de la piste, mais tu sais comment elle est. Têtue, comme toi. Comment aurait-elle pu se contenter d'oublier, alors que ses compatriotes disparaissaient, et réapparaissaient sous forme de cadavres à des milliers de kilomètres ? Taohua était jeune. Son père voulait la protéger, mais ça n'a pas suffi.

— Pourquoi les Romains ont-ils mené une rafle dans la capitale ? Juste pour faire exercice de leur pouvoir, pour se rappeler au bon souvenir de l'empereur et de tous les martyrs d'Er-Lang ?

— Si seulement ça avait été ça. » Baihu prit quelques feuilles de papier pliées dans la poche de sa veste et me les tendit. « Lis ça. »

Les pages pesaient dans ma main, et en les dépliant, mon ventre se noua si fort qu'un nœud pareil ne pourrait jamais être défait.

C'était une longue liste de noms, et le mien était tout en haut. Au bout du document se trouvait la signature d'Antoine. Sa calligraphie cursive familière, et l'emblème à l'encre dorée que j'avais vu maintes et maintes fois. Le même qu'il utilisait pour signer mes ordres de mission.

À cet instant, mon cœur s'arrêta, saisi de honte, d'affliction, d'un millier d'émotions différentes sur lesquelles je ne pouvais pas mettre de mots.

« C'est Antoine qui a donné l'ordre, Ruying. Pas Valentin.

— Pourquoi ?

— Pour toi. Cette rafle, c'est pour mettre la main sur toi qu'il l'a menée. Un pouvoir quasi divin comme le tien, il était prêt à tout risquer pour se le procurer. Même la guerre. Il savait quelles seraient les conséquences d'un tel acte au beau milieu de la capitale, mais il s'en fichait. Tout son discours de paix, de tolérance et de compassion, c'est "faites ce que je dis, pas ce que je fais" – plus particulièrement quand l'enjeu est quelque chose qu'il désire. Antoine n'est pas celui que tu crois. Il n'est pas le défenseur de la paix que tu voulais si désespérément qu'il soit. Ce qu'il veut, c'est régner, et il est prêt à n'importe quoi pour prouver à son grand-père qu'il peut nous gouverner mieux que ne le feraient ses frères. Il ne s'est jamais soucié du bien de nos deux mondes. La seule chose qui l'intéresse, c'est le pouvoir, et la façon la plus facile d'y accéder est de devenir l'héritier présomptif de son grand-père.

— Tous ces gens… Ils sont morts. À cause de moi. Taohua… elle est morte par ma faute.

— Ce n'était pas ta faute. Quand Antoine voit quelque chose qu'il veut, il le prend, en dépit des conséquences, et sans une pensée pour les dommages collatéraux. » Il prit mes mains dans les siennes et les serra fort. « Rejoins-moi, Ru. Aide-moi à mettre fin à cette tragédie et à ramener les choses dans l'ordre. Tue Antoine, tue Valentin et, ensemble, nous pourrons déclencher une guerre entre Rome et Pangu. Ensemble, nous pouvons libérer notre peuple de l'oppression qu'ils essaient de faire passer pour de la paix. Il est temps de mettre un point final à ces décennies d'humiliation. »

Je ne répondis pas.

Au lieu de cela, je dirigeai de nouveau mon regard en contrebas, sur les scientifiques et le sang qu'ils avaient récolté.

« Pourquoi ont-ils pris le sang de Taohua ?

— Ce n'est pas notre sang qu'ils veulent, répondit Baihu. Mais cette question, tu devrais la poser toi-même à Antoine. »

49

Je ne versai pas d'autres larmes avant d'être rentrée dans ma chambre et d'avoir grimpé dans mon lit. Sauf que ce n'était ni ma vraie chambre, ni mon propre lit. Rien de tout cela n'était à moi, en réalité.

J'étais dans une cage.

Le fait qu'Antoine l'ait remplie de jolies choses n'y changeait rien : une cage reste une cage, et je ne devais pas l'oublier.

Pour autant, cette chambre grise m'apportait ce qui se rapprochait le plus d'un sentiment de sécurité. Ici, je me donnai la permission d'être faible, de m'effondrer, de pleurer et d'étouffer les cris de mon chagrin dans mon oreiller.

Les larmes brûlent, mais elles finissent par s'arrêter.

Les cœurs brisés peuvent guérir avec le temps.

Je me laissai voler en éclats, pour pouvoir le moment venu recoller les morceaux ensemble, et revenir plus forte.

Si une vie existait après la mort, j'espérais que Taohua y avait trouvé la paix.

Si la réincarnation existait réellement, j'espérais que, dans sa prochaine vie, pour son plus grand bonheur, elle aurait des parents qui lui diraient qu'ils sont fiers d'elle, afin qu'elle sache toujours combien elle est aimée.

Dans le silence du crépuscule, dans la solitude de ma chambre, je crus entendre des échos du rire de Taohua, et je sentis une partie d'elle présente à mes côtés.

Sa main sur mon épaule, son souffle sur ma peau, avec une odeur de kakis et de citronnelle dans l'air. Je n'aurais pas su dire si c'était mon imagination, mais j'aurais juré sentir la Mort la tirer par la manche de l'Autre Côté, et Taohua tenir bon, parce qu'elle ne voulait pas me laisser ici toute seule. Comme elle détestait, enfant, que nous soyons séparées quand je devais rentrer à la maison et faire face aux foudres de mon père.

Ç'aurait dû être moi.

Je méritais de mourir, pas Taohua. Mon âme était noire, et mes mains souillées. Taohua donnait son amour sans compter, comme le soleil, et sa gentillesse était sans limites. Tout ce qu'elle voulait, c'était faire la fierté de son père, lui prouver que les filles étaient tout aussi bien que les fils.

« Je suis désolée, gémis-je, mon souffle entrecoupé de sanglots, haché par les larmes et les morceaux brisés de mon cœur palpitant. Je n'aurais jamais dû faire confiance à Antoine. J'aurais dû savoir que ça finirait comme ça. Je… »

Ma voix se cassa, et je serrai les mains sur ma poitrine. J'avais l'impression que quelque chose sous la surface allait faire éclater la chair et les os pour pouvoir sortir. Une partie de moi que je ne pouvais panser se fissurait lentement comme une mince épaisseur de glace cédant sous un poids et, en dessous, les eaux bleues et glaciales avaient hâte de m'engloutir dans leurs profondeurs amères.

Je fermai mes mains en poings et j'accueillis la magie de la Mort, l'invitant à parcourir mon corps comme un lever de soleil en hiver, sa chaleur crépitant comme de minuscules flammes qui brûlaient par-dessus le chagrin.

Pleurer ne ramènerait pas Taohua.

Je crispai les doigts jusqu'à m'en faire saigner, huit meurtrissures en demi-lunes imprimées dans mes paumes.

« Une vie pour une vie », murmurai-je dans l'air froid en essuyant mes larmes. Le coton de mes manches, froid lui aussi, était rêche contre ma peau. Mes yeux me piquaient à force de pleurer, brouillant ma vision.

Antoine avait brisé sa promesse en premier.

Les Dieux ne me puniraient pas si je brisais la mienne à mon tour.

« Tu peux y aller, chuchotai-je dans l'obscurité de la chambre vide. Je ne te laisserai pas mourir en vain, Taohua. On se souviendra de toi. Comme d'une héroïne, celle que j'ai toujours su que tu étais. »

50

Antoine se réveilla deux jours plus tard. Le temps que j'arrive à l'infirmerie, il était encerclé de conseillers : une pleine chambre de pâles vieillards, avec des airs sévères et renfrognés et des regards glacials. Je ne m'étais pas attendue à ce tableau.

J'avais pensé que Valentin serait le premier à se tenir à son chevet, lorsqu'il reprendrait connaissance, lui tenant la main, ses yeux rouges d'avoir pleuré.

Valentin et Antoine avaient beau être en désaccord sur beaucoup de choses, ils étaient quand même frères, n'est-ce pas ? Dans l'esprit, si ce n'était par le sang. S'il arrivait quoi que ce soit à Meiya, je resterais à ses côtés, quoi qu'en disent les docteurs.

Et Valentin était bien là. Mais dans le fond, les bras croisés, une expression d'aigreur sur le visage, comme s'il était mécontent que son frère ait survécu.

Je m'attendais également à trouver Antoine faible et patraque, mais, à part un peu plus de pâleur qu'à l'accoutumée, il n'avait pas l'air différent. Si je n'avais pas senti son pouls s'affaiblir, si je n'avais pas vu le sang s'échapper de sa poitrine comme une rivière pourpre, si je n'avais pas perçu la mort, en attente à ses côtés, je n'aurais jamais su qu'il était passé aussi près de perdre la vie.

L'odeur âcre des produits chimiques romains rendait l'air piquant. Je savais la science capable de choses improbables, mais ça – enlever un homme des bras de la Mort qui l'attendait –, c'était d'un autre niveau. Aucun homme n'aurait dû survivre à cette blessure. Quand la Mort vient réclamer une âme, on ne peut pas la lui refuser.

Et pourtant…

Antoine leva les yeux quand j'entrai dans la chambre. « Laissez-nous », dit-il aux conseillers et à Valentin.

J'attendis dans un coin le temps qu'ils sortent, un par un.

Même dans ces hideux vêtements d'hôpital, Antoine était beau. Une vision envoûtante à couper le souffle, comme l'étaient les meilleurs menteurs.

Il est facile de se fier à une belle figure, et il avait toujours eu le don de m'amener à lui faire confiance malgré ce que me disait mon instinct.

Valentin fut le dernier à quitter la chambre. Avant de sortir, il chuchota quelque chose à l'oreille de son frère, quelque chose qui lui fit crisper la mâchoire, un léger pli lui barrant le front.

Il me lança un clin d'œil en passant devant moi, mais ne dit rien.

« Comment va ta blessure ? » demanda Antoine quand nous fûmes seuls.

Il était assis et tenta de se redresser. Ses mouvements étaient lents, il eut une légère grimace de douleur. Une partie de moi eut envie de me précipiter à ses côtés, mais je me refrénai. Malgré tout, ce que j'avais ressenti pour lui sur l'île persistait, comme le froid soutenu d'un long hiver, en dépit de la percée de lumière du printemps.

Durant ce bref instant, j'eus mal pour lui.

Je repoussai le remords qui me picotait la nuque, et je restai près de la porte maintenant fermée.

Antoine me fit le genre de sourire qui aurait rempli ma poitrine de papillons à peine deux jours plus tôt.

Maintenant, il me retournait l'estomac.

Des souvenirs du corps blême de Taohua, son visage figé dans un cri pour l'éternité, me hantaient à chaque fois que je fermais les yeux. Je ne les oublierais jamais, et la haine qu'ils allumaient en moi était inextinguible.

Comme s'il ressentait ce changement en moi, Antoine se redressa davantage. Je crus qu'il allait descendre du lit d'hôpital et venir jusqu'à moi, même s'il lui fallait tituber.

Il ne bougea pas.

Il ouvrit la bouche, comme si les mots se pressaient à ses lèvres, mais aucun ne prit forme.

Il savait que j'avais été au laboratoire. C'était obligé. J'étais capable de reconnaître de la culpabilité quand j'en voyais. Ce devait être ce que Valentin lui avait chuchoté avant de partir.

Le silence traîna en longueur jusqu'à ce que son demi-sourire se fige en une grimace et que l'atmosphère se refroidisse.

« Pendant le temps où j'étais inconscient, j'ai rêvé de toi.

— Vraiment ?

— C'était un rêve à propos de nous. En un autre endroit et un autre temps. Dans un univers différent, où tu me regardais sans haine dans les yeux, et où je n'étais pas un prince enchaîné à ses devoirs. » Il prit une profonde inspiration, se préparant à ce qui allait se passer. « Valentin t'a envoyé Baihu. Il veut…

— N'essayez pas de me manipuler. L'important, ce n'est pas pourquoi Baihu m'a montré ces laboratoires. C'est ce que j'y ai vu. »

Son expression était comme le ciel avant la tempête, calme mais redoutable. « Si je t'expliquais, tu m'écouterais ?

— Allez-y », répondis-je sèchement. Je n'avais pas la patience pour ses petits jeux, mais s'il souhaitait s'expliquer, j'étais disposée à écouter ses mensonges.

« Je n'avais pas l'intention de te duper, Ruying.

— Vous m'aviez dit que vous la relâcheriez.

— Je sais. » Il tressaillit et sa voix se cassa.

Si j'avais eu moins de jugeote, j'aurais pensé qu'il était sur le point de pleurer. Mais l'époque où je plaçais ma foi en cet homme indigne de confiance était révolue. J'avais été stupide de penser du bien de lui, alors qu'il était aussi vicieux que les monstres qui l'entouraient.

Ici et maintenant, la simple vue de cet homme m'entaillait le cœur comme un couteau. Ce qui avait fleuri entre nous, quoi que ça ait pu être, s'était flétri pétale par pétale, ruiné, moisi, pourri par une haine que n'effaceraient ni ses sourires charmeurs ni ses mots d'apaisement.

« Vous disiez que nous étions amis, mais les amis ne brisent pas leurs promesses comme ça. Les amis ne… » Ma voix à moi aussi se cassa. Je ravalai la boule dans ma gorge tandis que les souvenirs de Taohua gonflaient mes yeux de larmes. « Pourquoi vous ne l'avez pas laissée partir comme vous l'aviez promis ?

— Ils avaient déjà commencé les expériences sur elle avant que nous passions notre marché, expliqua-t-il. Elle avait le Don de force, et son corps était capable d'accumuler des quantités invraisemblables d'énergie. Une seule goutte de son sang en contenait plus que la majorité des Xianlings n'en ont dans tout le corps. Les scientifiques pensaient que s'ils arrivaient à percer son code génétique, ils pourraient trouver la réponse à tous nos problèmes.

— N'essayez pas de renvoyer la faute sur les autres, Antoine. Ce sont vos ordres qu'ils suivent, ces scientifiques. Si vous leur aviez dit d'arrêter, ils l'auraient fait. N'essayez pas de vous laver les mains de son sang, car elles sont loin d'être blanches et pures. C'est ça, être un prince ? Commettre des erreurs et laisser les autres en payer les conséquences ? Récolter les éloges quand ça vous arrange et refuser d'en porter la faute quand vous n'avez pas envie d'admettre vos torts ?

— Ruying…

— J'aurais dû faire confiance à mon instinct. » Je laissai échapper un rire, des trémolos dans la voix, ma poitrine tremblante. Chaque parcelle de mon corps était à la fois tendue et fragile, et je sentais que le plus léger contact aurait pu me fracasser, d'un moment à l'autre. « Après que vous m'avez sauvée au Sihai, j'ai cru que vous étiez différent de votre grand-père et de votre frère.

Je me trompais lourdement. Vous êtes exactement comme eux, si ce n'est pire. C'est peut-être Valentin le sujet des contes terrifiants de mon peuple, mais au moins, il ne prétend pas être autre chose que ce qu'il est. Vous ? Vous êtes un loup déguisé en agneau. Un serpent en sommeil. Je n'arrive pas à comprendre comment j'ai pu me raccrocher à la moindre de vos paroles et vous croire malgré… »

Un bruissement de draps qu'on déplace. Des pas légers.

Quand Antoine se leva pour marcher jusqu'à moi, il avait les larmes aux yeux et le remords se peignait sur son visage.

Ces larmes n'avaient peut-être pas l'air feintes, mais je savais qu'elles l'étaient. Il savait très bien mentir, tromper et justifier ses iniquités comme si c'étaient des actes honorables.

Je pouvais presque entendre ses paroles enrobées de miel, prêtes à percer la lourdeur de l'atmosphère. Mais j'avais déjà joué à ce jeu-là. Je l'avais cru la première fois, je ne me ferais pas avoir une deuxième.

« J'allais te dire la vérité, dit-il doucement, comme un petit garçon en train d'avouer quelque chose qu'il aurait préféré que l'on ne découvre pas. À un moment ou à un autre.

— Sauf que vous ne l'avez pas fait.

— Je ne voulais pas que tu me haïsses. »

J'éclatai de rire, et il sursauta comme si je venais de lui plonger un couteau dans le cœur. « Les scientifiques ont pris le sang de Taohua », dis-je. Le masque de culpabilité et de honte d'Antoine se mua en une expression froide, quelque chose qui ressemblait à de la peur, comme s'il savait déjà quelle question allait suivre.

« Pourquoi ont-ils fait ça ?

— Tu ne comprendrais pas.

— Dites-moi la vérité, Antoine. »

Il soupira, s'avouant vaincu, et recula. « Ton peuple pense que nous sommes venus ici pour exploiter vos pouvoirs. Ils se trompent. Nous n'en avons pas après votre magie, ou en tout cas pas de la façon que vous pensez. À l'intérieur de votre corps, vous avez de minuscules cellules qui contiennent des quantités astronomiques d'énergie, tellement que ce ne devrait pas être scientifiquement possible. Nous leur avons donné beaucoup de noms différents, mais celui sur lequel je me suis finalement arrêté il y a quelques mois est cellules-*qi*, comme la force à l'origine de vos pouvoirs. Elles vivent et se reproduisent dans votre corps comme tous les autres types de cellules, et elles stockent l'énergie comme d'autres stockent l'oxygène. Nous pensons que c'est à cause de cette énergie que les tiens possèdent des facultés surnaturelles. Soit par contamination via des radiations, soit parce qu'elles sont la source de ce que vous appelez "magie". Mais comment elles en viennent ou non à produire vos capacités, ce n'est pas la question qui nous intéresse. La clé, c'est la quantité incalculable d'énergie contenue dans chaque cellule. Ce pourrait être la solution à tous les problèmes de Rome. Mon père avait la conviction profonde que ces minuscules cellules sauveraient mon monde entier, et, d'après mes recherches, je pense qu'il avait raison.

— Qu'est-ce que tout ça a à voir avec le fait de sauver votre planète ? »

51

« Elle est en train de mourir, dit doucement Antoine. Cela fait des siècles que ça a commencé. Mon peuple a vécu trop longtemps au-dessus de ses moyens. Nous avons trop foré et miné, pollué et exploité notre planète, de toutes les façons possibles et imaginables. Nous étions trop gourmands. Nous voulions tout et n'importe quoi, ce n'était jamais assez. Nous n'avons fait que dévorer et dévorer encore, jusqu'à ce que Mère Nature se rebiffe. Nous savions ce que nous étions en train de faire, les dégâts qui en résultaient. Et pourtant, génération après génération, nous avons maintenu des modes de vie d'un luxe insoutenable. Comme des rois et des reines qui vivent à crédit, en volant les générations futures. Tout le monde était au courant des conséquences, mais personne n'a levé le petit doigt. Ils pensaient que ce serait à la génération suivante de régler le problème. » Antoine sourit. « Et voilà, maintenant nous sommes arrivés au moment où nous allons devoir payer pour les crimes de mes ancêtres, et la génération à qui cela incombe est la mienne. À cause des humains qui ont vécu avant moi, mon monde est au bord du chaos.

— En quoi cela nous concerne-t-il ? Votre planète est en train de mourir ? C'est votre problème, pas celui de Pangu.

— Tout ce qui a trait au présent – et à l'avenir – de ton monde est lié au passé du mien. Tu vois, les scientifiques de chez moi sont à la recherche de solutions. Pour fournir nos villes en énergie, maintenir notre niveau de vie, sans causer de dégâts supplémentaires à notre planète. Et pourtant, malgré tous leurs doctorats et leurs distinctions, aucun n'est parvenu à une solution viable jusqu'à ce que mon père découvre les portails. Jusqu'à ce que nous découvrions les Xianlings et l'énergie que vous portez en vous. »

Un par un, je reliais les pointillés.

« Les cellules-*qi* sont spéciales. Une fois recueillie, une seule cellule contient cent fois plus d'énergie que le carburant qui alimente nos villes, et sans générer les déchets toxiques qui polluent nos fleuves et notre air.

— Donc vous entraînez comme des soldats les Xianlings qui présentent un intérêt à vos yeux, et vous tuez tous les autres juste pour engranger leurs cellules comme du grain pour l'hiver ? »

Nous étions une récolte, à leurs yeux, rien de plus. Nos vies n'avaient pas plus de valeur que les fruits dans leurs paniers ou le riz dans leurs bols.

« Quel rôle joue l'opiane dans tout ça ? insistai-je, avant qu'il n'ait le temps de répondre. Il y a bien une raison pour que votre peuple diffuse cette drogue.

— Au départ, mon père pensait que nous pourrions commercer avec ton peuple en échange de la construction d'usines sur Pangu dans lesquelles nous débarrasser de nos déchets – toutes les choses qui ne sont plus viables sur ma planète –, mais nous avons rapidement découvert que tout ce que vous pouviez désirer vous était déjà fourni par cette planète et sa magie. Nous aurions pu vous apporter des armes, mais vous étiez déjà si puissants avec l'aide de la magie que vous seriez devenus simplement invincibles avec la science. Et donc, nous vous avons donné l'opiane, une drogue conçue à l'origine comme stimulant pour améliorer la magie chez ceux qui en étaient déjà doués, et même offrir des capacités magiques à ceux qui n'en avaient pas. L'idée de départ, c'était que ce soit un cadeau, une solution face à la disparition de votre magie. Mais, au fur et à mesure, nous avons découvert le pouvoir que vous avez en vous et appris que si l'opiane fonctionne, c'est parce qu'elle stimule la croissance des cellules-*qi*, générant donc davantage d'énergie dans vos corps. Ce n'était pas un mensonge quand nous disions qu'elle pouvait renforcer vos Dons, et même éveiller la magie chez ceux qui ont des cellules dormantes. Mais elle a aussi d'autres effets. Les transes surnaturelles générées par ce processus étaient un bonus auquel nous ne nous attendions pas, et c'était bienvenu vu que nous essayions de créer quelque chose dont ton peuple ne pourrait plus se passer.

— Mais à côté de ça, l'opiane nous tue. Si nous en consommons trop, nous mourons, et si nous en consommons trop peu, nous mourons aussi. Vous jouez aux Dieux avec nos corps, et c'est une chose qui n'aurait jamais dû être permise à des mortels.

— Comme je l'ai dit, il y a des… effets secondaires. La surproduction de cellules-*qi* peut parfois… causer des conséquences indésirables quand le corps n'a pas assez d'énergie pour supporter cette production. L'énergie est en quantité finie. On ne peut ni la créer ni la détruire. C'est comme avec la magie : les lois de la science donnent d'une main et prennent de l'autre. Nous ne savons pas d'où ces cellules tirent leur énergie. Mes scientifiques pensent qu'elle provient du soleil, de l'air autour de nous, de l'énergie qui habite toute chose, comme il est impossible que ce soit simplement dans vos corps. Mais quand il y a trop de ces cellules et qu'elles n'arrivent plus à récolter assez d'énergie dans leur environnement, elles commencent à attaquer le corps comme de la vermine enragée qui réclame à manger. C'est un peu comme la gravité ou la façon dont les trous noirs se créent, et si tu regardes ça un peu comme… »

J'éclatai de rire, et ça l'arrêta au milieu de sa phrase.

« Mon père, qui était dépourvu de magie, chantait les louanges de l'opiane et de Rome. Il disait : "Ce sont des Dieux, et le Don de leur opiane est destiné à tout le monde, pas seulement aux Xianlings." Si seulement il avait su que les vôtres nous gavaient d'opiane comme on engraisse des cochons destinés à l'abattoir !

Quel imbécile il était de croire à vos prétendues vérités ! Nous avez-vous jamais perçus comme des humains ou avons-nous toujours été des choses à vos yeux ? Nos vies n'ont-elles toujours été qu'un carburant pour la cupidité de votre planète ? »

Antoine eut l'audace de secouer la tête, comme s'il pouvait encore justifier ses actes injustifiables. « Mon père n'a jamais eu l'intention de provoquer tout ça, Ruying. Il faut que tu me croies. Il était parti pour créer quelque chose qui renforcerait les Xianlings, pour que nous ayons quelque chose à vous offrir. Tout ce qu'il voulait, c'était aider ton peuple, que nos deux planètes vivent en harmonie. »

Antoine tendit la main vers moi, mais je le repoussai. À présent, ces mots n'étaient que du bruit. Ils ne signifiaient plus rien.

Je pouvais sentir les cadavres disséminés dans les rues de Jing-City, la puanteur dévorante tandis que mon père dérivait loin de nous en planant, la fumée dont le vestibule était rempli en permanence.

Les larmes de Grand-Mère. Les bleus de ma sœur.

Tout ça à cause de la convoitise d'individus qui vivaient sur une autre planète.

Ils avaient tué leur monde et, au bout du compte, c'était le mien qui en payait le prix.

La déchéance de ma famille. Des morts innombrables. Ces bracelets autour de mes poignets.

Toutes les choses que mon peuple avait été obligé de traverser durant les deux dernières décennies, tout ça, c'était à cause d'eux.

« Nous n'avions pas l'intention de provoquer tout ça, Ruying. Je t'en prie, crois-moi. » La voix d'Antoine se cassa, il voulait désespérément que j'entende ce qu'il me disait.

Mais tout ce que j'entendais, c'étaient les cris de mon passé, envers un père qui nous abandonnait pour les extases de l'opiane et qui vénérait les Romains comme des êtres suprêmes.

« Si tout ça n'a jamais été dans vos intentions, alors prouvez-le. Faites quelque chose. »

L'abattement se lut sur son visage. « Ce n'est pas aussi simple que ça.

— Vraiment ?

— C'est au-dessus de moi, Ruying. Même si je voulais arrêter tout ça, mon grand-père ne me laisserait pas faire. Ma planète ne tiendra pas longtemps sans l'énergie de ton peuple, son sacrifice est en train de donner un répit à une civilisation entière. Ce n'est pas une solution définitive, c'est juste le temps de trouver quelque chose de mieux. Donne-moi un peu de temps, je…

— Et combien de gens vont mourir, d'ici à ce que vous trouviez une meilleure solution ? » Le visage de Taohua m'apparut de nouveau, sa peau aussi blanche que des os, sa bouche figée dans un cri pour l'éternité. « Combien des miens sont morts, jusqu'à présent, pour donner un répit aux gens de votre espèce ? Est-ce que vous le savez, seulement ? Est-ce que vous connaissez tous leurs noms, parce que ces gens avaient des noms, ainsi que des mères et des pères, ils avaient des vies entières devant eux avant que vous ne nous les arrachiez. C'étaient des personnes, Antoine… Et vous les avez tuées de sang-froid. Vous, et tous ceux de votre monde, vous n'êtes que des monstres. »

Il se détourna, les joues rougies de honte, ses poings serrés comme s'il pouvait faire disparaître cet instant à la seule force de ses puissantes mains.

« Et la rafle, elle a été menée sous vos ordres, pas vrai ? Vous m'avez enlevée à ma famille pour que je devienne votre boucher. »

Un muscle se raidit dans la mâchoire du prince. La colère, la frustration, tendues comme un arc. « Je sais que tu es en colère contre moi pour le moment, Ruying. Mais je te jure, tout ce que je fais, c'est pour le plus grand bien de tous. Pour nos deux mondes.

— Si la paix avait vraiment de l'importance à vos yeux, vous n'auriez pas fait une descente pareille sur la cité cette nuit-là, et risqué une guerre avec Er-Lang juste pour un jouet que vous avez voulu au moment même où vous l'avez vu, sans vous préoccuper de ce qu'il faudrait faire pour l'obtenir. Vous m'avez enfermée dans une cage et vous m'avez pratiquement laissée mourir dans cette cellule juste pour me forcer à vous croire, à mettre ma vie entre vos mains. Tout ça pour pouvoir m'utiliser comme arme.

— J'ai recollé les morceaux avec l'empereur. Parfois, pour gagner la guerre, il faut savoir prendre des risques. Et tu étais un risque qui en valait la peine. »

Gagner la guerre. C'était ça qu'il voulait.

Pas la paix, mais la victoire pour Rome à n'importe quel prix. Il se moquait de ce qui arriverait à mon peuple, du moment qu'il leur procurait ce qu'ils voulaient. Voler la magie de nos corps, pour qu'ils puissent continuer de vivre dans le luxe à crédit, comme leurs ancêtres l'avaient fait.

Il voulait affaiblir les Empires ; si Rome se décidait pour l'invasion, rien ne l'arrêterait. Il se fichait des gens comme moi.

Il n'en avait jamais eu quoi que ce soit à faire.

Et ça ne changerait jamais.

« Qu'est-ce que vous me cachez d'autre ? » demandai-je. Si Antoine m'avait menti à ce sujet, alors il le faisait certainement pour d'autres choses. « Ma famille est… »

Il me coupa. « Elles vont bien. Je t'ai peut-être caché des choses, mais ta famille est en sécurité, autant qu'il est possible de l'être. Et elle le sera aussi longtemps que je vivrai. Je suis désolé, Ruying. Donne-moi simplement un peu de temps. Je peux arranger tout ça si tu veux bien me faire confiance. Parfois, des gens doivent mourir pour que d'autres puissent vivre. Sacrifier quelques-uns pour le plus grand nombre, ce n'est pas une décision facile, mais c'est le genre de décisions que doivent prendre les souverains. Et je suis né pour régner. Je pensais que tu le comprendrais mieux que quiconque. Le poids du pouvoir, la force que cela demande de tuer, de décider qui va vivre et qui va mourir. Nous sommes pareils, Ruying, ne le vois-tu pas ? Tu es la seule personne au monde qui comprenne… »

Il tendit à nouveau la main vers moi, mais je m'écartai brusquement.

« Je n'ai rien en commun avec vous, Antoine Auguste. Vous dites être ici parce que votre planète est en train de mourir ? Eh bien, la mienne aussi. Vous êtes en train de la tuer avec votre drogue, vos expériences, votre convoitise. Vous n'êtes pas un Dieu. »

Il ouvrit la bouche, mais aucun son n'en sortit.

Un lourd silence tomba.

Je fermai les yeux. Je ne savais plus quoi ajouter pour lui faire entendre raison. Il avait fait son choix, et rien de ce que je pourrais dire ne pourrait le changer, lui faire comprendre.

« Je fais ce que j'ai à faire, dit-il. Tout comme toi quand tu m'as juré fidélité pour sauver ta famille.

— Ça n'a rien à voir.

— C'est exactement la même chose. Nous sommes pareils, que tu veuilles l'admettre ou non. Deux personnes qui font de mauvaises actions pour les bonnes raisons. C'est pour ça que nous en sommes là. Attirés l'un vers l'autre par le sort, parce que nous sommes destinés à être égaux. Ensemble, nous pouvons réparer tous les torts qui ont été commis avant nous. Mais pour créer de nouvelles règles, nous devons avoir le courage de détruire tout ce qui a été construit auparavant. Et sur ces cendres, nous pouvons bâtir quelque chose de neuf et de meilleur à la place. Un souverain bienveillant ne peut pas sauver le monde. La paix se fait au prix du sang. Reste à mes côtés, et je te promets que je bâtirai de meilleurs lendemains. Pour nous deux. »

Il fit un pas vers moi, et je me forçai à ne pas reculer. Je ne voulais pas me recroqueviller devant lui, je ne voulais pas qu'il pense pouvoir me faire peur.

« Ensemble. » Il tendit la main pour prendre la mienne. Cette fois, je le laissai faire. « Nous pouvons sauver tout le monde. »

La seule chose dont mon monde a besoin d'être sauvé, c'est de vous.

« C'est ça ou regarder Valentin et Cassius amener l'apocalypse sur Pangu. Je détruis avec l'intention de reconstruire, eux non. Je souhaite que les deux camps fassent des concessions, mais Valentin et Cassius veulent la domination. Ils veulent conquérir ton monde et faire de Pangu une deuxième Rome. S'ils y parviennent, tous les gens que tu as jamais connus mourront dans la foulée. Et mon peuple aura détruit une planète de plus», dit-il d'une voix lente et froide.

Mes bracelets étaient toujours désactivés. Je pouvais le tuer. Je ne sortirais pas vivante de cette chambre, mais je pouvais mettre un terme à sa vie, venger Taohua, et Père, et tous ceux qui étaient morts par la faute des Romains.

Mais la vengeance ne suffisait pas.

Et Antoine avait raison. Ça allait au-delà de lui. Ça allait bien au-delà de nous tous, maintenant.

Même si je le tuais, ça ne ramènerait pas Taohua à la vie, et nous ne pouvions pas remonter le temps pour revenir avant que Rome n'infiltre Er-Lang. Antoine mort, son grand-père continuerait à récolter le sang de mon peuple pour alimenter les villes romaines.

Choisis tes combats, me rappelèrent les enseignements de Grand-Mère. *Il n'y a pas de mal à perdre une bataille, du moment que tu gagnes la guerre.*

«Tu me fais confiance, Ruying?

— Je vous fais confiance», mentis-je.

Le soulagement inonda son visage et la chambre s'illumina de sa lumière cruelle et insolente.

Je m'efforçai de répondre à son sourire.

Baihu avait raison, il était temps pour nous de prendre position.

Si c'étaient eux ou nous…

Mon choix était fait : nous.

52

Baihu m'attendait quand je vins frapper à sa porte. Il avait versé deux tasses de thé encore chaudes d'où s'échappaient des volutes de vapeur. Il m'en tendit une et prit une petite gorgée de la seconde.

« Quand j'ai tout découvert, je n'ai pas non plus réussi à y croire sur le moment. Je me souviens de chacun des sentiments qui m'ont assailli : la colère, la haine, la frustration… Je crois que je n'ai jamais eu autant envie de tuer quiconque que la famille Auguste ce jour-là, mais malheureusement, il fallait que je fasse preuve de patience.

— Parce que venger les morts, ce n'est pas la même chose que protéger les vivants. » Je soupirai. « Pourquoi personne ne fait rien ?

— Le Spectre…

— Ce n'est pas de lui que je veux parler. Les empereurs, les familles royales, c'est leur travail de nous protéger. Le peuple d'Er-Lang a été décimé depuis que les Romains sont arrivés. Le Sihai signe un nouveau traité dans le dos de tout le monde. Qu'en est-il de Lei-Zhen, de Ne-Zha et de l'Empire Jiang ?

— Ils ont peur. Pour le moment, ce n'est pas leur problème. Donc ils restent en dehors de tout ça et font attention à ne pas se salir les mains avec des ennuis qui ne les concernent pas directement.

— Mais il en va de leur devoir de nous protéger. C'est à ça que servent les empereurs, non ? À protéger leur peuple ?

— Crois-en mon expérience en tant que personne du même sang que ces soi-disant descendants des Dieux, la royauté n'est pas aussi formidable que tu le crois. Il ne suffit pas de venir d'une lignée pour être une bonne personne. L'existence de mon père en est la preuve, Ruying, et mes cousins sont aussi pourris que leurs pères. La seule qui ait une âme à peu près décente, c'est Helei, et regarde où ça l'a menée. Prisonnière de Rome, une otage dont la vie serait menacée si Yongle se rebellait. » Baihu secoua la tête. « Il est temps pour nous de placer notre foi en quelque chose de neuf. Les Romains sont la plus grande menace que notre monde ait jamais connue, et les Dieux ne vont pas venir nous sauver. Ils ne vont pas descendre de leurs demeures célestes et se battre pour nous comme le prétendent les légendes. Ils ne vont pas se réincarner dans des enveloppes mortelles comme ceux qui nous ont sauvés de l'empereur Qin il y a mille ans. C'est à nous d'agir, maintenant. Si nous ne faisons rien, ils ne s'arrêteront jamais. » Il me tendit la main. « Rejoins-nous, Ruying. Les Fantômes ont besoin de toi. J'ai besoin de toi. »

Cette fois, je n'hésitai pas. Je posai ma main dans celle de Baihu et demandai :

« Quel est notre plan ? »

53

Ma mère m'a nommée Ruying, car elle voulait que je sois courageuse.

Mon père a toujours pensé que les filles devaient être douces et dociles. Selon lui, le courage était un luxe que seuls les hommes pouvaient se payer.

Pendant des années, je l'ai cru.

Incline-toi.

Agenouille-toi.

Obéis.

Ne t'attire pas d'ennuis.

C'était le genre de vie que Père voulait pour moi.

Mais je n'étais pas née pour être la fille parfaite et docile.

Aucune fille ne naît jamais timide et apeurée, contrairement à ce qu'affirment les hommes.

Père m'a toujours appris à crier face au danger et à trouver ma protection dans la bonté d'un homme comme il faut.

Moi, je ne voulais pas crier. Je voulais regarder le danger dans les yeux et le faire trembler à mon tour.

Le courage d'un garçon était de la bravoure.

Le courage d'une fille était de la sottise.

À partir de ce jour, je voulus être sotte.

REMERCIEMENTS

À Anne Groell, qui a été la première à croire en ce livre : je te serai éternellement reconnaissante pour les opportunités que tu m'as offertes. Il a fallu pratiquement huit ans pour que ce livre soit publié et, sur ce laps de temps, j'ai envisagé d'abandonner à maintes reprises, mais quelque chose de têtu (ou d'incroyablement inconscient) en moi m'a poussée à continuer d'essayer, à continuer d'y croire. Avec le recul, ces années de larmes et de chagrins en valaient la peine, car elles m'ont permis de finir par avoir la meilleure équipe éditoriale avec Scott Shannon, Keith Clayton, Tricia Narwani, Ayesha Shibli, Bree Gary, Alex Larned, Ashleigh Heaton, Tori Henson, Sabrina Shen, David Moench, Jordan Pace, Adaobi Maduka, Maya Fenter, Abby Oladipo, Rob Guzman, Ellen Folan, Brittanie Black, Elizabeth Fabian, ainsi que tous ceux et celles chez Del Rey et Random House qui ont mis la main à la pâte sur ce livre.

À Carmen McCullough, Alicia Ingram, Harriet Venn, Chessanie Vincent, Stevie Hopwood, Adam Webling, Bella Haigh, Andrea Kearney, Becki Wells, Kat Baker et toute l'équipe de Puffin/Penguin Royaume-Uni : merci d'avoir réalisé mon rêve. Ces dernières années, je me suis entendu répéter trop souvent que les livres comme le mien, à propos de gens qui me ressemblent, ne se vendraient pas au Royaume-Uni, mais vous leur avez prouvé qu'ils avaient tort. Vous avez mon éternelle gratitude pour la foi et la passion que vous avez tous et toutes eues en ce petit livre.

À Xiran Jay Zhao : merci d'avoir été mon humain de soutien émotionnel, mon directeur artistique, mon ami, mon supporter, mon psychothérapeute, d'être resté avec moi jusqu'à six heures du matin quand j'étais en larmes et de m'avoir permis de m'en sortir au cours des pires journées, semaines et mois.

Merci à tous les auteurs et autrices incroyables qui ont lu ce livre aux premiers stades et m'ont offert des mots encourageants. Merci aux amis qui m'ont aidée à traverser les tempêtes et qui m'ont tenu la main quand je voulais laisser tomber. Et pour avoir toujours cru en moi, pour m'avoir offert leur sagesse et leurs mots gentils, et pour m'avoir inspirée quand je donnais l'impression d'avoir perdu tout espoir, mes remerciements vont à : Thea Guanzon, Joelle Wellington, Adalyn Grace, Namina Forna, Natasha Bowen, Anissa De Gomery, Hannah Whitten, Chloe Gong, J. Elle, Alyssa Earthly, Daphne Lao Tonge, Ciannon Smart, Sam Soar, Amy Andrawos, Emily Russell, Maeeda Khan, Andrea Stewart, Ann Liang, Alina Khawaja, Isabel Cañas, Lydia Gregovic, Sydney Shields, Joel Rochester, Rebecca Ross, Gabriela Romero Lacruz, Jordan Lynch, Ariana Godoy, Rebecca Schaeffer, Sarah Rees Brennan et beaucoup d'autres encore.

Aux fantastiques critiques de Booktok et d'Instagram, des blogs et des chroniques, merci pour votre soutien. Merci à toute l'équipe d'Illumicrate pour son travail acharné, et pour avoir fait en sorte que ce livre parvienne jusqu'aux mains d'autant de personnes. Merci à Sija Hong pour sa merveilleuse illustration de couverture, et à Regina Flath pour avoir fait le design de la couverture de mes rêves.

Mes remerciements à tous mes amis écrivains et écrivaines qui m'ont poussée et encouragée, qui croient en moi depuis des années, même aux moments où je ne croyais pas en moi-même. À Kari, pour n'avoir pas jeté l'éponge. À Thao, pour avoir misé sur moi. À Suzie, pour sa gentillesse, son savoir et tout ce qu'elle m'a appris. Merci à toutes les équipes de cession des droits d'auteur pour l'étranger et aux maisons d'édition étrangères d'avoir porté ce livre aux quatre coins du monde.

Aux lectrices et lecteurs qui sont là depuis le début : merci. À celles et ceux qui m'ont découverte par ce livre : il lui a fallu huit ans pour enfoncer les portes de fer qui mènent à la presse d'imprimerie et arriver jusque dans vos mains. J'espère que vous aimerez ce livre trempé de larmes autant que moi.

À mes grands-parents : merci pour vos histoires, votre amour, vos blagues, pour le porridge du matin et les balades du soir. Je vous aime. Vous me manquez. Je ferais les mêmes choix horribles que Ruying si cela me permettait de remonter le temps et d'être à vos côtés durant vos années de crépuscule. J'ai commencé d'écrire ce livre durant cet été terrible où j'ai perdu 奶奶和姥姥[1]. Je ferais n'importe quoi pour avoir dix ans de plus avec vous tous, pour revenir en arrière…

J'ai passé huit ans à cœur ouvert, parce que je refusais de baisser les bras sur ce livre à propos d'une fille prête à tout pour protéger sa famille, obligée de passer à côté d'énormément de choses durant les dernières années de vie de celles qu'elle aime parce qu'elle se trouve en une terre lointaine, à se battre pour une meilleure vie. Il y a beaucoup de choses dans *Défier les Dieux cruels*, mais son essence, surtout dans ses premières versions, est l'histoire d'une fille qui aime ses grands-parents, à qui ils manquent, et pour qui elle ferait n'importe quoi pour leur offrir une vie meilleure. Il ne se passe pas un jour sans que je souhaite que vous soyez encore auprès de moi. J'aurais tellement aimé que vous puissiez tenir ce livre dans vos mains.

1. Nai-Nai et Lao-Lao : la grand-mère paternelle et la grand-mère maternelle de l'autrice.

REMERCIEMENTS DE LA TRADUCTRICE

À Peihan Yang et Baptiste Kaenel, mes merveilleux consultants linguistiques qui ont généreusement offert leur aide et ont rendu la traduction de ce livre extrêmement agréable, et grâce à qui les lecteurs francophones pourront profiter d'un texte plus nuancé et plus riche.

Aux membres du Chapitre des Armes qui ont fréquenté le salon « traduction » de notre Discord et ont proposé leurs idées pour rendre les couleurs de l'anglais dans notre langue.

À César Bastos pour m'avoir incitée à me lancer comme traductrice : sans toi, rien n'aurait été possible.

CHEZ LE MÊME ÉDITEUR

CLAIRE LEGRAND, *Une couronne de lierre et de verre – Middlemist*, I

ADA VIVALDA, *Porcelaine sous les ruines*

STACEY MCEWAN, *Glace – La Trilogie des Glaces*, I

Gouffre – La Trilogie des Glaces, II

J. ELLE, *House of Marionne*

KATE GOLDEN, *A Dawn of Onyx – Les Pierres sacrées*, I

SARAH A. PARKER, *Un pétale de cristal et de sang – Crystal Bloom*, I

Un rameau d'épines et d'argent – Crystal Bloom, II

LAUREN ROBERTS, *Powerless*

Powerful

MAI CORLAND, *Five Broken Blades*

Composition : Soft Office
Achevé d'imprimer par Rotolito S.p.A.
en mars 2025
Dépôt légal : avril 2025

ISBN 978-2-07-306245-1/Imprimé en Italie

628614